କଥା ଦେଇଛି ମୃତ୍ୟୁକୁ

(ଗଳ୍ପ ସଂକଳନ)

ଭାନୁମତୀ ସାହୁ

VIDYA
PUBLISHING INC.
ବିଦ୍ୟା ପବ୍ଲିଶିଙ୍
ଟରୋଣ୍ଟୋ, କାନାଡ଼ା ॥ ଭୁବନେଶ୍ୱର, ଓଡ଼ିଶା

 କଥା ଦେଇଛି ମୃତ୍ୟୁକୁ

(ଗଳ୍ପ ସଂକଳନ)

<table>
<tr><td>ଲେଖିକା</td><td>: ଭାନୁମତୀ ସାହୁ</td></tr>
<tr><td></td><td>ଅନ୍ବେଷଣ, ୫ ୨/୨, ଭାଗବତ ସନ୍ଧାନ କଲୋନୀ,</td></tr>
<tr><td></td><td>ଜି.ଜି.ପି., ଭୁବନେଶ୍ବର–୨୫, ମୋ: ୬୩୭୧୮୧୩୬୫୫</td></tr>
<tr><td></td><td>Email : vsahoo1961@gmail.com</td></tr>
<tr><td>ପ୍ରକାଶକ</td><td>: ଡ. ତନ୍ମୟ ପଣ୍ଡା, ଡ. ସୁନନ୍ଦା ମିଶ୍ର ପଣ୍ଡା</td></tr>
<tr><td></td><td>ବିଦ୍ୟା ପବ୍ଲିଶିଙ୍ଗ୍ ଇଙ୍କ, ଟରୋଣ୍ଟୋ, କାନାଡ଼ା</td></tr>
<tr><td>ପ୍ରଥମ ସଂସ୍କରଣ</td><td>: ଜୁନ୍ ୨୦୨୫</td></tr>
</table>

....

KATHA DEICHHI MRUTYUKU

(A Short Story Collection)

by Smt. Vanumati Sahoo

ISBN : 978-1-998475-79-7

1st Edition	: June 2025
Published by	: Dr. Tanmay Panda & Dr. Sunanda Mishra Panda
	Vidya Publishing Inc., Toronto, Canada
Website	: www.vidyapublishing.com
Email	: vidyapublishinginc@gmail.com
Cell	: +1 6478389884
Odisha Contact	: Nirmalya Garden, Plot 516/1719, House 10,
	KIIT Post Office, Patia, Bhubaneswar-751024
Cell	: +91 8984131810
Cover Design	: Dr. Tanmay Panda and Srushti Panda
Printed at	: Biswanath Enterprises, India
Price	: ₹ 200 /-

ଉତ୍ସର୍ଗ

ଓଡ଼ିଶା ଭାଷା ସାହିତ୍ୟର ପ୍ରକାଶକମାନଙ୍କୁ
ଯେଉଁମାନଙ୍କ ଯୋଗୁ ଓଡ଼ିଆ ପୁସ୍ତକର ପ୍ରକାଶ ତଥା
ପ୍ରସାର ହୋଇପାରୁଛି....

— ଲେଖିକା

କୃତଜ୍ଞତା।

ଏହି ଗଳ୍ପ ସଂକଳନର ଅଧିକାଂଶ ଗଳ୍ପ ଓଡ଼ିଶାର ବିଭିନ୍ନ ପତ୍ରପତ୍ରିକା ଯଥା: ଅପୂର୍ବା, ଅକ୍ଷାଂଶ, କଥା କଳିକା, ସମାରୋହ, ଶ୍ୱେତ ସଂକେତ, ସୁଧନ୍ୟା, ବିଶ୍ୱମୁକ୍ତି, ଶତଦ୍ରୁ, ଗୋଧୂଲି, ଯୁଗଶ୍ରୀ ଯୁଗନାରୀ, ମନୋରମା, ଯୁବପ୍ରଭା, ସୃଜନ ସ୍ୱପ୍ନ, ସମ୍ଭବ, ରୁହାଣି, ପଲ୍ଲୀବନ୍ଧୁ, ଅଭିଯାନ, ରତ୍ନଚିରା, ବନଫୁଲ, ଅଭିନବ ପ୍ରୟାସ, ଆଶା, ଚିର ସମର୍ଥୀ, ସପ୍ତର୍ଷି (ସମ୍ବଲପୁର ବିଶ୍ୱବିଦ୍ୟାଳୟର ମୁଖପତ୍ର) ଇତ୍ୟାଦିରେ ପ୍ରକାଶିତ ହୋଇଥିବାରୁ ମୁଁ ଏହାର ସମ୍ପାଦକ / ସମ୍ପାଦିକାମାନଙ୍କୁ ଧନ୍ୟବାଦ ଅର୍ପଣ କରୁଅଛି । ମୋର ସ୍ୱାମୀ ଉଭିଦବିତ୍, କବି, ଜନପ୍ରିୟ ବିଜ୍ଞାନ ତଥା ଜାତୀୟସ୍ତରର ବିଜ୍ଞାନ ପାଠ୍ୟପୁସ୍ତକ ଲେଖକ ପ୍ରଫେସର ଅରୁଣ ଚନ୍ଦ୍ର ସାହୁଙ୍କ ପ୍ରେରଣା, ଦିଗ୍‌ଦର୍ଶନ ଓ ଅକୁଣ୍ଠ ସହଯୋଗ ପାଇଁ ତାଙ୍କୁ ମୁଁ ଗଭୀର କୃତଜ୍ଞତା ଜ୍ଞାପନ କରୁଅଛି । ମୋର ପୁତ୍ର, କନ୍ୟା, ଜ୍ୱାଁଇ, ବୋହୂ, ନାତିନାତୁଣୀ, ବନ୍ଧୁବାନ୍ଧବ ତଥା ଶୁଭାକାଂକ୍ଷୀମାନଙ୍କ ସଦିଚ୍ଛା ପାଇଁ ସେମାନଙ୍କୁ ମୁଁ ଏ ଅବସରରେ ସ୍ମରଣ କରୁଅଛି । ସୁନ୍ଦର ଅକ୍ଷରସଜ୍ଜା ନିମନ୍ତେ 'ଗୁଡୁଟୁ ଡିଟିପି ଆର୍ଟ'ର ଶ୍ରୀ ବିଜୟ କୁମାର ମହାନ୍ତି ମଧ୍ୟ ଧନ୍ୟବାଦାର୍ହ । ସୁନ୍ଦର ପରିପାଟୀରେ ଏ ପୁସ୍ତକକୁ ପ୍ରକାଶ କରିଥିବାରୁ ମୁଁ ଏହାର ପ୍ରକାଶକ 'ବିଦ୍ୟା ପବ୍ଲିଶିଂ ଇଙ୍କ୍' (ଟରୋଣ୍ଟୋ, କାନାଡା)ଙ୍କୁ ଧନ୍ୟବାଦ ଅର୍ପଣ କରୁଅଛି । ଆଶା ଏ ଗଳ୍ପଗୁଡ଼ିକ ପାଠକ / ପାଠିକାମାନଙ୍କ ମନକୁ ଛୁଇଁ ପାରିବ । ପରିଶେଷରେ ମୁଁ ଶ୍ରୀରଘୁନାଥଜୀଉଙ୍କ ଆଶିଷ ଭିକ୍ଷା କରୁଅଛି ।

ଭାନୁମତୀ ସାହୁ

କଥାକ୍ରମ

•••

କଥା ଦେଇଛି ମୃତ୍ୟୁକୁ

୦୫, ଆଉ ନେଇପାରୁନି ପ୍ରଶ୍ୱାସ । କି କଷ୍ଟ ଲାଗୁଛି ? କାହିଁକି ? ଟିକିଏ ଟିକିଏ ଚିକ୍କାର କରୁଥିଲେ ପ୍ରକାଶ । ନିଜର ଆର୍ତ୍ତସ୍ୱର ଶୁଣିବାକୁ ଶୟନ କକ୍ଷରେ କିଏ ନଥିଲେ । ତେବେ କ'ଣ ଏଇ ମୁହୂର୍ତ୍ତରେ ମୃତ୍ୟୁ ହୋଇଯିବକି ଏଠି ?

ପୁଣି ଟିକିଏ ଜୋର୍‌ରେ ଚିକ୍କାର କରି ଡାକିଲେ – ଆସ ଆସ ।

ପାଖ ରୁମ୍‌ରୁ ସ୍ତ୍ରୀ ଇନ୍ଦୁ ଦୌଡ଼ି ଆସି ଡାକିଲା ବଡ଼ ପାଟିରେ ଚିଲେଇ ଚିଲେଇ – ଆସରେ, ବାପାଙ୍କର କ'ଣ ହୋଇଯାଉଛି ।

ପୁଅ ଓ ବୋହୂ ଶବ୍ଦ ଶୁଣି ତରବରରେ ଆସିଗଲେ ବାପାଙ୍କ ରୁମ୍‌କୁ । କ'ଣ ହେଲା ପଚାରିଲା ବେଳକୁ ବାପା ନିର୍ବିକାର ହୋଇ କିଛି କ୍ଷଣ ପାଇଁ ଅନ୍ୟମନସ୍କ ହୋଇପଡ଼ିଲେ ଯେମିତି ।

ତତ୍‌ସଙ୍ଗେ ସଙ୍ଗେ ପୁଅ ଅକ୍‌ସିମିଟର ଆଣି ବାପାଙ୍କ ଡାହାଣ ହାତର ମଝି ଅଙ୍ଗୁଳିରେ ଲଗାଇଦେଇ କହିଲା–ବାପାଙ୍କ ଅକ୍‌ସିଜେନ ବାୟନ ହୋଇଗଲାଣି । ଶୀଘ୍ର ଡାକ୍ତରଖାନା ନେଇଯିବା । ସେତେବେଳେ ସାନପୁଅ ଏହା ଶୁଣି ଗ୍ୟାରେଜ୍‌ରୁ କାର୍ କାଢ଼ି ଟେକିନେଲା ବାପାଙ୍କୁ ସତେ ଯେମିତି ଗୋଟିଏ ଛୋଟପିଲାଟିକୁ ଟେକିଲା ପରି । ଆଉ ଗୋଟିଏ ମୁହୂର୍ତ୍ତ ଅପେକ୍ଷା କରିବାର ବେଳ ନୁହେଁ । ଦୁଇପୁଅ ନେଇଗଲେ ବାପାଙ୍କୁ ଭୁବନେଶ୍ୱରର ଏକ ସ୍ୱନାମଧନ୍ୟ ନର୍ସିଂହୋମ୍‌କୁ । ସେଠି ଅପେକ୍ଷାରତ ଥିଲେ ଝିଅ ଓ ଜ୍ୱାଇଁ । ଆଉ କାଳବିଳମ୍ବ ନ କରି ନିଜ ଡାକ୍ତର ନାତୁଣୀ ଜ୍ୱାଇଁ ତାଙ୍କୁ ଆଇୟୁସି ଭିତରକୁ ନେଇ ଭେଣ୍ଟିଲେଟର ଲଗାଇବା ପୂର୍ବରୁ ପଚାରିଲେ ଶାଶୁ ମୋନାଙ୍କୁ – ମା' ଅଜାଙ୍କର ଶେଷ ସମୟ ଉପସ୍ଥିତ । ତାଙ୍କୁ ଶେଷ ଚିକିତ୍ସାର ଚେଷ୍ଟା ଯଦି ମୋ ଦ୍ୱାରା କିଛି ସମ୍ଭବ ହେବ ମୁଁ ପ୍ରୟାସ ଜାରି ରଖିବି । ଆପଣମାନେ ଶେଷ ଚିକିତ୍ସା ପାଇଁ ମୋତେ ଅନୁମତି ଦେବେ ତ ?

ମୋନା ଭାଇଭଉଣୀ ଭିତରେ ବଡ଼ । ତେଣୁ ଭାଇମାନଙ୍କୁ ରୁହାଁ କହିଲା – ମୋ ଇଚ୍ଛାରେ ତମେମାନେ ସମ୍ମତ ତ ? ବାପାଙ୍କ ଶେଷ ଚିକିତ୍ସା ଆରମ୍ଭ କରିବେ ତ ମୋ ଜ୍ୱାଇଁ !

ବଡ଼ଭାଇ କହିଲା – ହଁ ନାନୀ । ମୃତ୍ୟୁ ତ ନିକଟରେ ଅଛି । ଆମେ ଯଦି ଚେଷ୍ଟା କରି ବଞ୍ଚେଇ ପାରିବା ତେବେ ବାପାଙ୍କୁ ପାଖରେ ପାଇବା ତ ?

ଭାଇଭଉଣୀଙ୍କ ସମ୍ମତି ପ୍ରଦାନପରେ ନିର୍ଭୀକ ମନରେ ଡକ୍ଟର ଅସୀମ୍ ଆରମ୍ଭ କରିଦେଲେ ଚିକିତ୍ସା । ସାଙ୍ଗେ ସାଙ୍ଗେ ପ୍ରକାଶ ଅଚେତ ହୋଇ ପଡ଼ିଲେ । ନାକରେ ପାଟିରେ ନଳୀ ପଶେଇ ଆଇସିୟୁ ଭିତରେ ନିଃଶବ୍ଦରେ ଚିକିତ୍ସା କହୁଥିଲେ ଅସୀମ । ବାହାରେ ଶାଶୁ ଶ୍ୱଶୁର, ମାମୁଁ ଶ୍ୱଶୁର ଦୁଇଜଣ ଅପେକ୍ଷାରତ । ପ୍ରାୟ ଘଣ୍ଟାଏ ପରେ ଅସୀମ ଆଇସିୟୁ ଭିତରୁ ବାହାରି ଆସିଲେ କରିଡ଼ୋରକୁ । କହିଲେ ବ୍ୟଗ୍ର ହୋଇ – ଆଉ ଯଦି ଅଧଘଣ୍ଟେ ଲେଟ୍ ହୋଇଯାଇଥାଆନ୍ତା ତେବେ.... !

ଅଟକି ଯାଇଥିଲା ଅସୀମଙ୍କ ଅନ୍ୟ ଶବ୍ଦଗୁଡ଼ିକ । ତେବେ ଅର୍ଥ – ମୃତ୍ୟୁକୁ ଭେଟିବା !

ମୋନା ଭାଇମାନଙ୍କ ସହ ସେଠି ବସିଥାଏ ଏକ ଅଜଣା ଆଶଙ୍କାରେ । ମନେମନେ ଭଗବାନଙ୍କୁ ପ୍ରାର୍ଥନା – ମୋ ବାପାଙ୍କୁ ବଞ୍ଚାଇ ଦିଅ । ପୁଣି ନିଜକୁ ସାନ୍ତ୍ୱନା ଦେଇ ଭାବେ – କିଛି ହେବନି ମୋ ବାପାଙ୍କର ।

ମୋନା ସାନ ଭାଇମାନଙ୍କ ମୁହାଁକୁ ରୁହାଁ କହିଲା – ଚିନ୍ତା କରନି । ଆମ ବାପା ଆମକୁ ଛାଡ଼ି ଯିବେନି ।

ଅଥଚ ମୋନା ଭାବୁଥିଲା – ମୃତ୍ୟୁ ପାଖରେ ଆମ୍ବଡ଼ିମା ଦେଖାଇ ହେବନି ଯେ ଡାକ୍ତର ବଞ୍ଚେଇଦେବେ ଜୀବନକୁ । ଡାକ୍ତରଙ୍କ ଚେଷ୍ଟା ଓ ଆୟୁଷ ହିଁ ମଣିଷକୁ ପୃଥିବୀ ସହ ସଂପର୍କ ଯୋଡ଼ିବାକୁ ଦେଇଥାଏ । ମୃତ୍ୟୁର ଅଦୃଶ୍ୟ ହାତକୁ କିଏ ଦେଖିଛି ? ବରଂ ମୃତ୍ୟୁପାଖରେ ନତମସ୍ତକ ହୋଇ ଜୀବନ ଦାନ ମାଗିପାରେ ଜଣେ । ଅନ୍ୟମନସ୍କ ହୋଇ ଉଠିଲା ମୋନା । କିଛି କ୍ଷଣପାଇଁ ବାପାଙ୍କୁ ଯେମିତି ପାଖରେ ଠିଆହୋଇଥିବାର ଦେଖ କହିଲା – ବାପା, ତୁମେ ପୁରା ଠିକ୍ ହୋଇଗଲ କି ?

ଦୁଇଭାଇ ବଡ଼ନାନୀ ମୋନାକୁ ହଲେଇ ଦେଇ ଆଖିରୁ ଲୁହ ଗଡ଼ାଇ କହିଲେ – ଆମ ବାପା ନିସ୍ତେଜ ହୋଇ ପଡ଼ିଛନ୍ତି ଆଇସିୟୁରେ । ଆଖିବନ୍ଦ ଅଛି ପରା ।

ଭାବାନ୍ତର ଭେଦି ମୋନା ପ୍ରକୃତିସ୍ଥ ହୋଇ କହିଲା – ବାପାଙ୍କର ଦେହ ଠିକ୍ ହୋଇଯିବ ।

ସମସ୍ତେ ଚୁପ୍ । ନୀରବି ଯାଇଛି ବାପାଙ୍କ ସ୍ୱର । ଭେଣ୍ଟିଲେଟରରେ ଦିନପରେ ଦିନ କଟିଲାଣି । ସଂପର୍କର ମୋହ ଭିତରେ ବାପାଙ୍କ କଥା ଖୁବ୍ ମନେପଡ଼େ ମୋନାର । ଖାଇବାକୁ ଇଚ୍ଛା ନାହିଁ । ରାତ୍ରିରେ ଖୋଲା ଆକାଶକୁ ଚାହିଁ ମୋନା ପଚାରେ – ସ୍ୱର୍ଗ କେଉଁଠି ! ନର୍କ କେଉଁଠି ? ଏ ତ ପୃଥିବୀ !

ନିର୍ବାକ ହୋଇ ରହିଁଥିବା ବେଳେ ତାକୁ ଶୁଣାଯାଏ ବାପାଙ୍କ ସ୍ୱର – ଝିଅ ଚିନ୍ତା କରନି । ମୁଁ ମୋ ପୁଣ୍ୟ ବଳରେ ବଞ୍ଚିଯିବି । ମୁଁ ଦେଖୁଛି କଟକ ଡାକ୍ତରଖାନାର ମେଡ଼ିସିନ୍ ୱାର୍ଡର ରୂପ । ସେଠି ମୁଁ ମୋ ପାରାଲିସିସ୍ ହୋଇଥିବା ବାପାଙ୍କୁ ଦୁଇମାସ ଧରି ପଡ଼ି ରହିଥିଲି କାଲେ ଭଲ ହୋଇଯିବେ ବୋଲି । କିନ୍ତୁ ଶେଷରେ ପାରାଲିସିସ୍‌ରେ ଆକ୍ରାନ୍ତ ବାପାଙ୍କୁ ଧରି ଫେରିଥିଲି ଖୁବ୍ ମନଦୁଃଖରେ । ମୋନା ଅନେକ ଥର ପଚାରେ – ବାପା, ତମେ ଇଞ୍ଜିନିୟର ଚକିରି ଛାଡ଼ି ପାଞ୍ଚବର୍ଷ ବାପାଙ୍କୁ ସେବା କଲ । ତଥାପି ମୃତ୍ୟୁକୁ ଅଟକେଇ ପାରିଲନି । କାହିଁକି ଚାକିରି ଛାଡ଼ିଲ ? ତମେ ତ ପରଜୀବନରେ ହଇରାଣ ହେଲ ଓ ଆମେ ମଧ୍ୟ ହଇରାଣ ହେଲୁ ତୁମର ଏହି ତ୍ୟାଗର ମୂଲ୍ୟରେ । ଭଲ କଲେଜରେ ପାଠ ପଢ଼ି ପାରିଲୁ ନାହିଁ ।

ଜେଜେବାପା ତ ଚାଲିଗଲେ ପାଞ୍ଚବର୍ଷ ପରେ । ତଥାପି ତୁମେ ସାରାଜୀବନ ନିଜକୁ ପୁତ୍ରର ତ୍ୟାଗରେ ଯୋଡ଼ିଦେଇ ହଇରାଣ ହେଲ । ବୋଉ ଅନେକଥର କହିଛି– ତୋ ବାପା ଭାରି ସଉକିନିଆ ଥିଲେ । ପକେଟରେ ତୁମେ ଗୋଲାପଫୁଲ ଲଗେଇ ଫଟୋ ଉଠେଇଛ । ଭଲ ଖାଇଛ । ଫିଲ୍ମ ଦେଖିଛ । ଆମ ଗାଁ ଘରେ ଟଙ୍ଗା ହୋଇଥିବା ହିରୋ ଦିଲ୍ଲୀପ କୁମାର, ହିରୋଇନ୍ ନର୍ଗିସ୍ ଓ ବୈଜୟନ୍ତୀମାଲାର ଫଟୋକୁ ଦେଖି ବଡ଼ ହେଲାପରେ ଜାଣିପାରିଲୁ ତୁମେ ମଧ୍ୟ ଆରାମରେ ବଞ୍ଚିବାକୁ ଚାହୁଁଥିଲ । କିନ୍ତୁ ଜେଜେବାପାଙ୍କ ବେମାର ତୁମ ସ୍ୱପ୍ନକୁ ଭାଙ୍ଗି ତୁମକୁ ବୈରାଗୀରେ ପରିଣତ କରି ଦେଲା କେତେବେଳେ କିଏ ବୁଝିପାରିନଥିଲେ । ବୋଧେ ତମେ ହିଁ ବୁଝିଥିବ । ଏହି ଜୀବନର ମୂଲ୍ୟ ଭୋଗରେ ନୁହେଁ, କେବଳ ତ୍ୟାଗରେ ଯୋଡ଼ି ହୋଇଛି ।

ଝା'ପରେ ବଦଲିଗଲା ତୁମ ଚାଲିଚଳଣୀ । ତୁମେ ପ୍ୟାଣ୍ଟସାର୍ଟ ବଦଲରେ ପିନ୍ଧିଲ ଧୋତି କାମିଜ । ତମ ସାଙ୍ଗମାନେ କାର୍ ଧରି ବୁଲିବା ବେଳେ ତୁମେ ରହିଗଲ

ଗାଁ ଘରକୁ ଜାବୁଡ଼ି । ତୁମ ମନର କ୍ଷୁଧାରାକ୍ଷାସଟି ବହୁ ଦୂରକୁ ଚାଲି ଯାଇଥିଲା । ଖାଦ୍ୟ, ବସ୍ତୁ ପ୍ରତି ମଧ୍ୟ ମନର ସଂଯମତା ଆସିଯାଇଥିଲା । କାହାପ୍ରତି ତୁମର ତ ହିଂସା ଦ୍ୱେଷ ନଥିଲା । ତମେ ନିଜ ନଜରରେ ଖୁବ୍ ଭଲ ହୋଇଯାଇଛ । ଯଦିଓ କେତେକ ତୁମକୁ ଅନେକ ଅପ୍ରିୟ କଥା   କହି ଆକ୍ରମଣ କରିଛନ୍ତି ତଥାପି ତୁମେ ସେମାନଙ୍କଠାରୁ ଆକର୍ଷଣକୁ ଦୂରେଇ ଦେଇନ । କହିଛ – ସେମାନେ ମୋର ନିଜର । ବାପା ପରା ମୃତ୍ୟୁବେଳେ କହିଥିଲେ “ଏ ଘର, ପିଲାମାନେ ତତେ ଲାଗିଲା । ତୁ ମା’, ଭାଇଭଉଣୀଙ୍କ କଥା ବୁଝିବୁ ।”

ଶେଷରେ ତୁମେ ଗାଁ ମାଟି, ପାଣି, ପବନର ସମ୍ପର୍କ ଯୋଡ଼ି ସ୍ନେହ ପ୍ରେମର ମଣିଷଟିଏ ପାଲଟିଗଲ । ମଧୁର ଓ ତିକ୍ତ ସଂପର୍କରେ ମଧ୍ୟ ନିର୍ବିକାର ହୋଇ ଚୁପ୍ ରହିଲ । ତୁମ ପୁତ୍ର ତ୍ୟାଗର ସୀମା ଟପିଗଲା । ନିଷ୍ଠୁର ସମୟରେ ମଧ୍ୟ ତୁମେ ଝଡ଼କୁ ସାମ୍ନା କଲାବେଳେ ଦିଗହରା ହୋଇନ । “କାମନାର ବିନାଶରେ ଦୁଃଖର ବିନାଶ” ଚିନ୍ତା କରି ଭଗବାନଙ୍କ କୃପା ଭିକ୍ଷା କରିଛ । ତମର ପ୍ରତିଛବି ଖୋଜିଲାବେଳେ ତୁମର ସ୍ମୃତି ହିଁ ଅବସାଦ ଦୂର କରି ଚେତେଇ ଦେଉଛି – “ଚିନ୍ତା କରନି । ତୁମେମାନେ ସୁଖରେ ରୁହ । ତମମାନଙ୍କ ଖୁସି ଆମ ଖୁସି ।”

ଝିପିଝିପି ବର୍ଷା ପଡ଼ିଲା ଆକାଶରୁ । ବର୍ଷା ତ ନୁହେଁ ଆକାଶର ଲୁହ ହୋଇପାରେ ଭାବି ମୋନା ପୋଛିଲା ନିଜ ଆଖିର ଲୁହ । ବାପାଙ୍କ ସହ କଥା ହେଉଥିଲା ତ ? ନା, ନା, ବାପା ତ ଏବେ ଡାକ୍ତରଖାନା ବେଡ଼ରେ ।

କିଛିକ୍ଷଣ ପାଇଁ ତା କଲିଜା ଥରି ଉଠିଲା ଯେମିତି – “ବାପା ବଞ୍ଚିଛନ୍ତି ତ ?”

– ଥଣ୍ଡା ଧରିବ । ଘରକୁ ଆସ । ଶୁଣାଗଲା ସ୍ୱାମୀଙ୍କ ସ୍ୱର ।

– ମୋ ବାପା ଠିକ୍ ହୋଇଯିବେ ତ ?

– ହଁ । ଅସୀମ୍ ତ ଚେଷ୍ଟା ଚଲେଇଛନ୍ତି ।

– କାଲି ପଞ୍ଚମ ଦିବସ ହେବ ଭେଣ୍ଟିଲେଟର୍‌ରେ ରହିବାର । ଖାଇବା ପିଇବା ତ କିଛି ନାହିଁ । ଆଖି ବୁଜି ପଡ଼ିଛି । ସେଠି ସତରେ ବଞ୍ଚିଛନ୍ତି ତ ?

– ତମେ ଶିକ୍ଷିତା ହୋଇ ଡାକ୍ତରୀ ପାଠ ଉପରେ ଏ କି ପ୍ରଶ୍ନ କରୁଛ ? ଜୀବନଥିବା ମଣିଷ ହିଁ ଡାକ୍ତରଖାନା ବେଡ଼ରେ ରୁହନ୍ତି ।

ଆଖି ବୁଜିଦେଲା ମୋନା । ଏ କି ଅବାନ୍ତର ପ୍ରଶ୍ନ ତା ମନକୁ ଆସୁଛି ତା ଝିଅ ପୁଅ, ଜ୍ଵାଇଁ ଡାକ୍ତର ହୋଇଥାଇ ମଧ୍ୟ । ହଉ ଚାଲ ଘରକୁ । ଖାଇବା ସମୟ ତୁମର ହୋଇଗଲାଣି ।

ଏଠି ନିରୋଳାରେ ବସି ମୋନା ଭାବୁଥିଲା ବାପାଙ୍କ କଥା – ବାପା ମୋତେ ଖୁବ ଭଲ ପାଆନ୍ତି । ନୟାଗଡ଼ କଲେଜରେ ପରୀକ୍ଷା ଦେବାବେଳେ ସକାଳ ସାତଟାରେ କାଲୁପଡ଼ା ବସରେ ନୟାଗଡ଼ ଆସିଯାଉ ଆମେ ବାପ ଝିଅ । ନୟାଗଡ଼ କଲେଜ ସାମ୍ନାରେ ପହଁଞ୍ଚିଲାବେଳକୁ ନଅଟା ପନ୍ଦର କି ସାଢ଼େ ନଅ ବାଜିଯାଏ । ସକାଳୁ ଘରୁ କ'ଣ ଭାତ, ଟିକିଏ ଡାଲି, ତରକାରୀ ଖାଇ ଆସିଥାଉ ଯେ ପରୀକ୍ଷା ପରେ ଘରକୁ ଫେରୁ ଫେରୁ ଚାରିଟା କି ପାଞ୍ଚଟା ହୋଇଯାଏ । ପିଇବା ପାଣି ପାଖରେ ମଧ୍ୟ ନଥାଏ । ଯଦି କଲେଜ ପାଖରେ ବସ ଭିଡ଼ ଦେଖୁ ସେଠି ଚଢ଼ି ନ ପାରି ଦୁଇକିଲୋମିଟର ଚାଲି ଚାଲି ବସଷ୍ଟାଣ୍ଡରେ ପହଁଞ୍ଚିଥାଉ । ବହୁତ କଷ୍ଟ କରି ପାଠ ପଢ଼ିଛି । ସେତେବେଳେ ତ ଆଉ ଆଜିକାଲି ପରି ବସ ସେବା କି କଲେଜ ଗଢ଼ି ଉଠିନଥିଲା ଚାରିଆଡ଼େ । ଯିଏ କଷ୍ଟ କରି ପଢ଼ିଛି ସେ ଜାଣିଛି ସେ କଷ୍ଟ । ମୋନା ବେଳେବେଳେ କୁହେ – ତମେ ତ ଆରାମ୍‍ରେ ବିଜେବି କଲେଜ ହଷ୍ଟେଲରେ ରହି ପଢ଼ିଲ । ମୁଁ ମଧ୍ୟ ରମାଦେବୀରେ ସିଟ୍ ପାଇ ପଢ଼ି ପାରିଥାଆନ୍ତି !

– ହଁ, ତୁମେ ତ ମାଟ୍ରିକ୍ ଫାଷ୍ଟକ୍ଲାସ ପାଇଛ ମାନେ ସବୁଠି ଭଲ କଲେଜରେ ସିଟ୍ ପାଇ ପାରିଥାନ୍ତ । କଟକ ଓ ଭୁବନେଶ୍ଵରରେ ମୋ ମାଉସୀ ଓ ସଂପର୍କୀୟଙ୍କ ଝିଅମାନେ ଅଛନ୍ତି କିନ୍ତୁ ପାଠ ସେତେ ଭଲ ନାହିଁ । ସେମାନଙ୍କ ପାଖରେ ସୁଯୋଗ ଅଛି କିନ୍ତୁ ପାଠ ନାହିଁ । ଏଇ ତ ବିଡ଼ମ୍ବନା !

– ଛାଡ଼ ! ଯାହା ଯୋଗଥିବ ତାହା ହେବ । ମୋ ବାପା ଯଦି ଇଞ୍ଜିନିୟରିଂ ଚାକିରି ଛାଡ଼ି ନଥାନ୍ତେ ତେବେ ଭଲ ହୋଇଥାଆନ୍ତା । ରକ୍ଷଣଶୀଳ ପରିବାର ଯୋଗୁ ପାଠର ଗୁରୁତ୍ଵ ନଥିଲା । ବାପା ତ କୁହନ୍ତି– ଅତୀତକୁ ମନେ ପକେଇ ମନରେ ଘାଣ୍ଟି ହେବା କାହିଁକି ?

– ହଉ ବାପା ତ ଧର୍ମରେ ଅଛନ୍ତି ।

– ମୋ ବାପା ବଞ୍ଚିଯାଆନ୍ତେ ହେଲେ !

– ଆମର ଆଶା ସଫଳ ହେଉ ।

ମୋନା ଓହ୍ଲାଇଲା ପାହାଚ ସିଡ଼ିରେ ତଳକୁ । ପଛରେ ତା ସ୍ୱାମୀ ସିଡ଼ିଘର କବାଟ ବନ୍ଦ କରି ଆସିଲେ । ଏବେ ଦୁହେଁ ନିଜ ଘରେ ଅଛନ୍ତି । ଝିଅ ତ ବିବାହ କରିସାରିଛି । ପୁଅ ଓ ବୋହୂ ମଧ୍ୟ ଏଠି ରହୁଛନ୍ତି । ପୁଅର ମେଡ଼ିକାଲ ପି.ଜି. ଚଳିଛି । ମୋନା ଏବେ ଭିନ୍ନ ଭିନ୍ନ ସମ୍ପର୍କ ଭିତରେ ଗତି କରି ସାରିଲାଣି । ପୁତ୍ରୀ ଥିଲା ପିତା ଓ ମାତାଙ୍କର । ସ୍ତ୍ରୀ, ମା', ଭଉଣୀ, ଶାଶୁ ଆଦି ସଂପର୍କ ଭିତରେ ଗତି କରି ମଧ୍ୟ ତାକୁ ଖୁବ୍ ମିଠା ଲାଗେ କନ୍ୟା ଜୀବନ । ପିଲାଦିନେ ତ ଆରାମରେ କଟିଥିଲା । ବାପା ଥିଲେ ଧନୀଘରର ପୁଅ । ତେଣୁ ଧନର ମାପ ପାଖରେ ଝିଅିରି ଟଙ୍କା ତ କମ୍ ଲାଗିବ ତାଙ୍କୁ । ଲକ୍ଷ୍ମୀ ଚଞ୍ଚଳା । ତେଣୁ ପର ଜୀବନରେ ଧନର ଅଭାବ ହିଁ ବାପାଙ୍କ ମନକୁ ଭାରାକ୍ରାନ୍ତ କରିଦେଇଥିଲା । ଯାହାହେଉ, ତାର ଦୁଇଭାଇ ଏବେ ପୁଣି ଅଭାବ ଭିତରୁ ମୁକୁଲି ଆସି ନିଜ ଉନ୍ନତି କରିଛନ୍ତି । ଖାଇବା ପିଇବା, ଔଷଧପତ୍ର ଦେବାରେ ଭାଇମାନେ ଆଗୁଆ । ବୋହୂ ତ ସେବା କରୁଛି ବାପାଙ୍କ ମନ ଜାଣି । ବାପା ବୋଉଙ୍କ ଏବେ ଚିନ୍ତା ନାହିଁ । ବୋଉ କୁହେ – ଏବେ ମୋର ସବୁ ଭଲ ହେଲାବେଳକୁ ଏହି ହାର୍ଟରୋଗ ମୋ ମନରେ ଉଦାସ ଭରିଦେଲାଣି । ପୁଅ ବୋହୂର ସେବା ପାଇଁ ତ ପାଞ୍ଚବର୍ଷ ଜୀବନ ପନ୍ଦରବର୍ଷ ହୋଇଯିବ ।

ମୋନା ହସି ହସି କୁହେ – ଏମିତି ବୋହୂ ସମସ୍ତଙ୍କୁ ମିଳୁଲୋ ବୋଉ ।

– ତୋ ବୋହୂ କେମିତି ? ପରଖ। ଖାଇନିଲୋ ମା' । କେତେ ଆଶା କରିଥିଲି । ଅଥଚ୍ ଯାଇପାରିଲିନି ନାତି ବାହାଘରକୁ ଏହି ହାର୍ଟ ରୋଗ ସକାଶେ । ଡର ଲାଗୁଛି ଘରୁ ବାହାରିଲେ । ଯାହା ହଉ ନାତୁଣୀବୋହୂ ତ ଆମକୁ ଦେଖ ଆସିଥିଲା । ମୋ ଗୋଡ଼ହାତ ଘଷି ପକେଇଥିଲା । ତୋ ସେବା କରିବ ଯେ ।

– ବୋଉ ମୁଁ ଏବେ ପରା କାର୍ଯ୍ୟକ୍ଷମ ଅଛି । ମୋର ସେବା କ'ଣ ଦରକାର ?

ବୋଉ ବାପା ଚାହିଁଥିଲେ ମୋନାର ମୁହଁକୁ କିଛି କ୍ଷଣପାଇଁ । ତା'ପରେ କହିଲେ– ଶୁଖ୍ଲା ଦିଶୁଛୁ ତ ? ଘର କାମରେ ବେଶୀ ଧଦି ହୋଇଗଲୁଣି କି ?

– ଓଜନ କମେଇଲେ ରୋଗ କମିବ ପରା ।

– ଭଲରେ ରୁହ । ତମମାନଙ୍କୁ ଦେଖିଲେ ଭଲ ଲାଗେ ଲୋ ମା' ।

ବାପା ଡାକ୍ତରଖାନାରେ ପଡ଼ିଲାପରେ ବୋଉର ଘନ ଘନ ଫୋନ୍ ଆସୁଛି ମୋନା ପାଖକୁ – ବାପା ଭଲ ଅଛନ୍ତି ତ ? ମୁଁ ତ ଘରୁ ବାହାରି କୁଆଡ଼େ ଯାଇପାରୁନି । ମୁଁ ତ ଆଗ ମରିବି । ବାପାଙ୍କ ଦେହ କାହିଁକି ଖରାପ ହେଲା ?

ପଞ୍ଚମ ଦିବସରେ ଭେଣ୍ଟିଲେଟରରୁ ଉଠିଲେ ବାପା । କ୍ୟାବିନ୍‌ରେ ଆଉ ସପ୍ତାହେ ରହି ମୋନା ଘରକୁ ଫେରିଲେ । କାହିଁ କେବେ ହେଲେ ବାପା କହିନଥିଲେ ପୁଅ ଝିଅଙ୍କୁ "ମୋର ମୃତ୍ୟୁ ଆଗକୁ ଠିକ୍‌ ବର୍ଷେ ପରେ ହେବ ବୋଲି ।" ଯେଉଁ ମାସ ଯେଉଁ ତାରିଖରେ ସେ ହସ୍‌ପିଟାଲ୍‌ରେ ଆଡ଼ମିସନ୍‌ ହୋଇଥିଲେ ତା ପରବର୍ଷ ସେହି ମାସ ସେହି ତାରିଖରେ ଇହଲୋକ ତ୍ୟାଗ କଲେ କେମିତି ? ଆଜି ପର୍ଯ୍ୟନ୍ତ ବୁଝିପାରିନି ମୋନା ଏହାର ରହସ୍ୟ କ'ଣ ? ବାପା ତ ପାଟି ଖୋଲି କହିନାହାନ୍ତି ଆଇସିୟୁରେ ମୃତବତ୍‌ ପଡ଼ିଥିବା ସମୟର କଥାକୁ । କ'ଣ ସେଠି ଶରୀର ଜୀବନ୍ତ ହୋଇ ମୃତ୍ୟୁଲୋକରୁ ଫେରି ଆସିଛି କି ଜୀବନ୍ୟାସ ପାଇ ? ସତରେ କ'ଣ ଯମ ଦେବତା ଚିତ୍ରଗୁପ୍ତଙ୍କୁ ପାଞ୍ଜି ଦେଖି ରାଗିଛନ୍ତି କି– "ଏହାଙ୍କ ଜୀବନ ବର୍ଷେ ପରେ ଆସିବାକୁ ହେବ । ତୁମେ ବର୍ଷେ ଆଗୁଆ ଆଣିଲ କେମିତି ?"

ଭିନ୍ନ ଭିନ୍ନ ଭାବନା ଭିତରେ ମନରେ ଭାବନା ଆସେ ଯେ – ବାପା କ'ଣ ମୃତ୍ୟୁଦେବତାକୁ ଗୁହାରି କରିଥିବେ "ମୋ ଜୀବନ ଏବେ ଫେରାଇ ଦିଅନ୍ତୁ" ବୋଲି । ତେବେ କ'ଣ ବୋଉ ଗୁହାରି କରିଥିବ ସାବିତ୍ରୀଙ୍କ ପରି "ମୋ ସ୍ୱାମୀଙ୍କ ଜୀବନ ଫେରାଇ ଦିଅନ୍ତୁ" ।

ସବୁ ପ୍ରଶ୍ନର ନିର୍ଭୁଲ ଉତ୍ତର ତ କିଏ ଜାଣିନାହାନ୍ତି । ବାପା ଭଲହୋଇ ଫେରିବା ପରେ ବୋଉ ମଧ୍ୟ ଅଶେଷ ଧନ୍ୟବାଦ କରିଥିବ ତା ମନର ଠାକୁରଙ୍କୁ । ଦୁହେଁ ଖୁସିରେ ବଞ୍ଚଛନ୍ତି । ବୋହୂ ତ ସେବା କରୁଛି । ସାଂଧ୍ୟାବେଳେ ଦୁହେଁ ବସି ଗପ କରନ୍ତି ପିଲାଙ୍କୁ ନେଇ । ବାପାଙ୍କର ଆଉ ଦୁର୍ବଳତା ନାହିଁ ଯଦିଓ ଅଶୀବର୍ଷରେ ପଦାର୍ପଣ କରି ସାରିଲେଣି । ତିନିମହଲା ପାହାଚ ଚଢ଼ି ସେ ମଧ୍ୟ ଛାତ ଉପରେ ବୁଲା ଚଲା କରୁଛନ୍ତି । ଝିଅ ଜ୍ୱାଇଁ ପୁଅବୋହୂ କୁଣିଆ ମଇତ୍ରଙ୍କ ମେଳରେ ସେ ଅଧିକ ଆନନ୍ଦିତ ହୁଅନ୍ତି । ଏ ସବୁ ଭିତରେ ସମୟ ତ ଗଡ଼ି ଚାଲିଛି । ଅତୀତକୁ ଏବେ ମନପକେଇବା ପାଇଁ ଇଚ୍ଛା ନାହିଁ । ଏମିତି ଚାଲୁ ଚାଲୁ ହଠାତ୍‌ ଦିନେ ବାପା ଖାଇପିଇ ଶୋଇଲେ ମଶାରୀ ଭିତରେ । ବଡ଼ ବୋହୂ ମଶାରୀ ଟାଙ୍ଗିଦେଇ ଖାଇବାକୁ ବସିଛି । ରୁଟି ଖଣ୍ଡେ ଖାଇଛି, ଶୁଣାଗଲା ବାପାଙ୍କର ଅସ୍ୱସ୍ଥସ୍ୱର ଯେମିତି । ଦୌଡ଼ି ଆସିଲେ ପୁଅବୋହୂ ନାତି ନାତୁଣୀ ଆଉ ଘରକୁ ଆସିଥିବା ବୋହୂର ଭଉଣୀ ଓ ତା ବର । କ'ଣ ହେଲା କହୁ କହୁ ନାତି ଅକ୍ସିମିଟର ଲଗାଇ ଚେକ୍‌ କରି କହିଲା – ବାଉନ ହୋଇଗଲା ଅକ୍‌ସିଜେନ୍‌ । ପୁଣି ଟେଷ୍ଟ କରୁ କରୁ ଜିରୋ ହୋଇଗଲା ।

ଅନାସକ୍ତ ନିର୍ବିକାର ବାପା ଋଲିଗଲେ ଆରପୁରକୁ ପାଞ୍ଚମିନିଟ୍ ଭିତରେ ଠିକ୍ ଗତବର୍ଷ ଭଳି ଏଇ ମାସ ଓ ଏଇ ତାରିଖରେ । ପଡ଼ୋଶୀ ଭାଇ ଜଣେ ଆସି କହିଲେ – ବଡ଼ବାପା ପରା କହୁଥିଲେ "ଆଉ ଗୋଟିଏ ବର୍ଷ ମୋ ଜୀବନ ଅଛି ।"

ଆଶ୍ଚର୍ଯ୍ୟ ! କେମିତି ବାପା ଏକଥା କହିଥିଲେ ତାଙ୍କୁ ? ଚେତାହୀନ ଅବସ୍ଥାରେ ଆଇସିୟୁରେ ପଡ଼ିବା ଭିତରେ କ'ଣ ଶୁଣିପାରିଥିଲେ ଡାକ୍ତରଙ୍କ କଥାଗୁଡ଼ିକୁ କି ? କେବେ ତ ନିର୍ଦ୍ଧିଷ୍ଟ ଦିନ, ତାରିଖ ଡାକ୍ତର ଶୁଣେଇ ପାରିବେ ନାହିଁ । ତେବେ କ'ଣ ସେହି ଅଚେତ ଅବସ୍ଥାରେ ସେ ବୁଲି ଯାଇଥିବେ ଯମପୁର କି ? ଯମ ଦେବତା ତାଙ୍କୁ କହିଥିବେ "ଯାଅ, ଆଉ ବର୍ଷେ ତୁମର ପୃଥିବୀରେ ରହଣା ।"

ତେବେ ବାପା କ'ଣ ମୃତ୍ୟୁକୁ କଥା ଦେଇଥିବେ – ଯାଅ ଏବେ ମୋ ଆୟୁଷ ସରିନି । ବର୍ଷେ ପରେ ଆସିବ ।

ବିଭିନ୍ନ ଅନିଶ୍ଚିତ ପ୍ରଶ୍ନରେ ମନଟି ଭିଜିଗଲା ବେଳେ ବାପାଙ୍କ ନିଶ୍ଚଳ ଦେହକୁ ଜାବୁଡ଼ି ଧରି ମୋନା କାନ୍ଦଣା ସ୍ୱରରେ ପଚରିଥିଲା – ବାପା ତୁମକୁ ଆମେ ପାଇବୁ କେଉଁଠି ? ତୁମେ ତ ଆମକୁ ବାପଛେଉଣ୍ଡ କରି ଋଲିଗଲ । ତୁମର ମୁଠା ମୁଠା ସ୍ନେହରେ ଆମେ ତ ସୁଖ ସାଉଁଟିଛୁ । କିନ୍ତୁ ବାପା ତୁମେ ଆମକୁ ଛାଡ଼ିଗଲ କାହିଁକି ? ଆଉ କେତେ ବର୍ଷ ଆମପାଖରେ ଥାଆନ୍ତ ହେଲେ ! କିଏ ତୁମ ପରି ମୋତେ ଆଉ ଭଲପାଇପାରିବନି ! ତୁମେ ହିଁ ପୁଣି ଓହ୍ଲେଇ ଆସ ଆମ ପରିବାର ଭିତରକୁ । ଇଚ୍ଛା ହେଉଛି ଦେଖିବାକୁ ତୁମ ରୂପ ପୁଣି ଥରେ !

ଖଇ କଉଡ଼ି ପଡୁଥିଲା ଦାଣ୍ଡରେ । ବାପାଙ୍କ ମୃତ ଦେହ ଋଲିଯାଉଥିଲା ଆଖ୍ତର ଦୂରକୁ ଦୂରକୁ ସ୍ୱର୍ଗଦ୍ୱାର ଅଭିମୁଖେ ।

❑

ଲାଞ୍ଜିଆ ତାରା

କେମିତି ଲାଞ୍ଜିଆ ତାରା ଆକାଶରେ ଛାଣ୍ଡୁଣୀ ପରି ବିଛାଇ ହୋଇ ପଡ଼ି ଚକ୍ ଚକ୍ ଦେଖାଯାଏ ତା ବିଷୟରେ ବୋଉ କିଛି ଜାଣିନଥାଏ । କେବଳ ଭୋର ଭୋରରୁ ପୂଜାକୁ ଉଠାଇ ନେଇ ଆକାଶକୁ ଆଙ୍ଗୁଠି ଦେଖାଇ କହେ– ଦେଖେ ଲାଞ୍ଜିଆ ତାରା । ଏବେ ପ୍ରତିଦିନ ଆକାଶ ବକ୍ଷରେ ଦିଶୁଛି ।

– ସବୁବେଳେ ଦେଖାଯିବନି ?

– ନା । କେଇ ଦିନପରେ ତା'ର ଚିହ୍ନ ଆକାଶରୁ ଲିଭିଯିବ ।

ଜେଜେମା' ରାଗରେ ଗେରେ ଗେରେ ହୁଏ – ଏହି ଅଶୁଭ ତାରାକୁ ପିଲାଙ୍କୁ ଦେଖାଇବା କି ଦରକାର ?

ପାଞ୍ଚବର୍ଷର ଝିଅ ପୂଜା ଶୁଭ ଅଶୁଭ ଭିତରେ ପାର୍ଥକ୍ୟ ବାରି ପାରିନଥାଏ । ସେ କେବଳ ଉପଭୋଗ କରେ ଏହି ଦୃଶ୍ୟଟିକୁ । ଆଜି ଏହି ଚଳିଶବର୍ଷରେ ଯେତେବେଳେ ତର୍ଜମା କରୁଛି ଯଦି ବୟସ୍କମାନଙ୍କର ଅନୁଭୂତିକୁ ନେଇ ନିଜ ଜୀବନକୁ ଚଲାଇ ନିଅନ୍ତେ ତେବେ ଆଜି ତାକୁ ଏପରି ପରିସ୍ଥିତିକୁ ସାମ୍ନା କରିବାକୁ ପଡ଼ିନଥାନ୍ତା । ସେ ହିଁ ନିଜେ ଦୋଷୀ ନିଜର ସ୍ୱୟଂ ସ୍ୱେଚ୍ଛାଚରିତା କାର୍ଯ୍ୟରେ । ଯେତେବେଳେ ଶାଶୁ ଶ୍ୱଶୁରଙ୍କ ଶୃଙ୍ଖଳା ଭିତରୁ ବାହାରି ନିଜ ଇଚ୍ଛାରେ ଚଳିବ ବୋଲି ଭାବି ଅଲଗା ଘର କରି ରହିଲା ସେତେବେଳେ ନିଜର ସୁବିଧା ଅନୁସାରେ ପିଲାଦୁଇଟିକୁ ଚଲେଇ ନେଲା । ପିଲାଦିନରୁ ଶୃଙ୍ଖଳାରେ ବନ୍ଧା ସତ୍ୟ ନିଜ ସମୟ ଅନୁସାରେ ନିଜ କାମ ସାରିଦେଇ କର୍ମକ୍ଷେତ୍ରକୁ ବାହାରିଯାଇଛି । ଆଉ ପୂଜା ପିଲାଙ୍କ ନିତ୍ୟକର୍ମରେ ମଧ୍ୟ ଢିଲାମାରି ଗାଧୁଆ ପାଧୁଆ ସହ ଜଳଖିଆ ଖୁଆଇ ସେମାନଙ୍କୁ ପଢ଼େଇବା ପାଇଁ ଉତ୍ସାହିତ କରିବା ବଦଳରେ ନିଜ ଦାମୀ ମୋବାଇଲ୍ ଖଣ୍ଡକ ଧରି ସୋଫାରେ ବସି ସାଙ୍ଗସାଥୀଙ୍କୁ ଦେଖ ଖୁସି ହୁଏ । ଫୋନ୍ କରେ । ଯେମିତି ସେ ଏବେ ଅବସର ଜୀବନ କଟଉଛି । ପାଖରେ ପଡ଼ିଥିବା ଗୃହ ଦାୟିତ୍ଵକୁ ଆଖିବୁଜି ଦେଇ ନିଜ ମନର ଇନ୍ଦ୍ରଧନୁରେ ଅନେକ ରଙ୍ଗୀନ୍ ଚିତ୍ର ଆଙ୍କି ମିଡ଼ିଆରେ ନିଜକୁ

ପ୍ରତିପାଦନ କରିବାକୁ ଆଣ୍ଢା ଭିଡ଼ିଥାଏ । ତେଣୁ ଘର ଦାୟିତ୍ୱଠାରୁ ଅନ୍ୟ କଥାରେ ମୁଣ୍ଡ ପଶେଇ ଦିନେ ଜଣେ ଭଲ ସାଙ୍ଗଟିକୁ ଘରକୁ ଡାକିଥିଲା ଖାଇବା ପାଇଁ ।

ସାଙ୍ଗ ଆସିବ । ସତେ ଯେମିତି ତା'ର ବସ୍ ସେ ଅଟେ । ତେଣୁ ତାକୁ କେମିତି ଖୁଆଇ ପିଆଇ ମନ ଜିଣିବ ଭାବି ଦୁଇ ଘରି ଦିନ ଆଗରୁ ପ୍ରସ୍ତୁତ ଆରମ୍ଭ କରି ସାରିଥିଲା । ସେ ଆସିବା ଦିନ ସକାଳ ପହରରୁ ରୋଷେଇଘରେ ପଶିଛି ଯେ ଦିନ ସାଢ଼େ ଏଗାରଟା ହେଲାଣି ସେଠୁ ବାହାରି ପାରୁନଥିଲା । ଗୋଟିଏ ପରେ ଗୋଟିଏ ରୋଷେଇ ପ୍ରକାର ଭେଦ ଅନୁସାରେ କରୁ କରୁ ସମୟ ଜଣାପଡୁନଥିଲା ପୂଜାକୁ । ଶାଶୁ ବୁଲି ଆସି କହିଥିଲେ- ଏତେ ସମୟ ଆଜି ରାନ୍ଧୁଛୁ କ'ଣ ?

– ମା' ଭଲ ଭଲ ଆଇଟମ୍ କରୁଛି । ସେ ସାଙ୍ଗ ଆସିବ ତ ?

ଶାଶୁ ଆଉ କିଛି ନ କହି ଘୁଲିଯିବାକୁ ବାହାରିଲା ବେଳକୁ ସାଙ୍ଗ ଜଣକ ଏକା ଆସି କଲିଙ୍ଗ୍ ବେଲ୍ ଚିପିଲା । ଶାଶୁଙ୍କୁ ଦେଖ ସେ ନମସ୍କାର କରି ଘର ଭିତରକୁ ପଶିଲା । ପୂଜା କହିଲା- ମା' ବସନ୍ତୁ । କଥା ହେଉଥିବେ ।

ଶାଶୁ ତା ସାଙ୍ଗ ସହ ଅଧଘଣ୍ଟେ ବସି କଥାବାର୍ତ୍ତା ହେଲାବେଳକୁ ସତ୍ୟ ଆସି ପହଁଞ୍ଚିଲେ । ସତ୍ୟ ମା'କୁ ଘୁହିଁ କହିଲେ ମୋର କାମ ସରିଗଲାଣି । ତେଣୁ ଘୁଲି ଆସିଲି ।

– ତେବେ ମୁଁ ଯାଉଛି । ତୋ ବାପା ଏକା ଅଛନ୍ତି କହି ପୂଜାର ଶାଶୁ ଘୁଲିଗଲେ । ସତ୍ୟଙ୍କ ବାପାଙ୍କର ସବୁ ଘର । ସେ ଏଠି କୋଠା ତୋଳିଛନ୍ତି ନିଜ ଘୁକିରି ଟଙ୍କାରେ । ତେଣୁ ସେ ଉପରେ ରହନ୍ତି ଆଉ ତଳଘର ଭଡ଼ା ଲାଗିଥିଲା । ପୁଅ ବୋହୂ ଆସି ଏଠାରେ ରହିଲା ପୂର୍ବରୁ ଭଡ଼ାଲୋକଙ୍କୁ ଉଠାଇ ଦିଆଯାଇଥିଲା । ସହଜରେ ପୂଜାର ଶାଶୁ ଶ୍ୱଶୁର ସାଧା ଓ ନିରାମିଷ ଭୋଜନ କରନ୍ତି ତେଣୁ ପୁଅବୋହୂ ପିଲାମାନେ କି ଖାଦ୍ୟ ଖାଇ ଖୁସି ହୁଅନ୍ତି ସେଥିପ୍ରତି ନଜର ଅଦାଜ କରିନଥାନ୍ତି । ବୋହୂ ପୂଜା ତା ନିଜ ଅନୁସାରେ ରୋଷେଇ କରି ପୁଅ, ସ୍ୱାମୀ, ଝିଅ ଓ ନିଜକୁ ତୃପ୍ତି କରି ଖୁସିରେ ଥାଏ । ଶାଶୁ ଶ୍ୱଶୁରଙ୍କୁ କ'ଣ ରାନ୍ଧି ଦେବ ସେଥିପ୍ରତି ମଧ ଧ୍ୟାନ ଦେଇନଥାଏ ଯେହେତୁ ଜଣେ ରୋଷେୟା ଆସି ଉପର ଓ ତଳ ସଦସ୍ୟଙ୍କ ଅନୁସାରେ ରାନ୍ଧି ଦେଇ ଘୁଲି ଯାଇଥାଏ । ଶାଶୁ ଶ୍ୱଶୁର ଲେଖକ ଶ୍ରେଣୀର । ତେଣୁ ସରଳ ଜୀବନ ସହିତ ଉଚ୍ଚ ଭାବନା ଭିତରେ ଥିବାରୁ ଛୋଟ ମୋଟ କଥାରେ

ହସ୍ତକ୍ଷେପ କରିବାକୁ ରୁହିଁନଥାନ୍ତି । ଏହାଦ୍ୱାରା ପୂଜା ନିଜ ମର୍ଜିରେ ଉଠୁ କି ବସୁ ସେ ଆଡ଼କୁ ଶାଶୁ ମଧ୍ୟ ଅନାଇନଥାନ୍ତି କାରଣ ତଳଫ୍ଲାଟର କବାଟ ବନ୍ଦଥିଲେ ଦରକାର ନପଡ଼ିଲେ ଶାଶୁ ଠକ୍ ଠକ୍ କରିବେ ନାହିଁ । କିନ୍ତୁ ଯଦି ଶାଶୁ ଶ୍ୱଶୁରଙ୍କ ଆଖିରେ କିଛି ଅରୁଚିକର ଦୃଶ୍ୟ କି ପରିସ୍ଥିତି ଉପୁଜିଲେ ସେମାନେ ରାଗରେ ନିଆଁବାଣ ହୋଇଯିବେ । ପିଲାମାନେ ନିଜ ଇଚ୍ଛା ଅନୁସାରେ ତଳ ଉପର ମହଲାକୁ ଯିବା ଆସିବା କରନ୍ତି । ସତ୍ୟ ଓ ପୂଜା ମଧ୍ୟ ଯାଇଥାଆନ୍ତି ଛାତରେ ଲୁଗାପଟା ଶୁଖାଇବାକୁ ଓ ଦରକାର ବେଳେ ଶାଶୁଙ୍କ ପାଖରୁ ଜିନିଷପତ୍ର ଆଣିବାକୁ । ଯଦିଓ ମନଭିତରେ ମନୋମାଲିନ୍ୟ ନାହିଁ ତଥାପି ପୂଜା ଓ ସତ୍ୟ ଅଲଗା ପରି ତଳେ ରାନ୍ଧି ଖାଇଲା ବେଳେ ପ୍ରତିରୋଧ କରିନଥିଲେ । ନିଜ ରୁଚିରେ ଖାଦ୍ୟ ଖାଇ ଖୁସିରେ ରୁହନ୍ତୁ ବୋଲି ଶାଶୁ କହନ୍ତି । ଶ୍ୱଶୁର କୁହନ୍ତି – ଏଇଠି ଏକାଠି ରାନ୍ଧି ଖାଇଥିଲେ ତା'ର କି ଅସୁବିଧା ହେଉଥିଲା ? ଏମିତି ତରକାରୀ ଖାଇବି ନାହିଁ ସେମିତି ଖାଇବି କହି ଆମ ପୁଅକୁ ଅଲଗା ରାନ୍ଧି ଖୁଆଉଛି ।

– ଯାହାକୁ ଯାହା ଭଲ ଲାଗିଲା କରନ୍ତୁ । ଆମେ ତ ରୋଗକୁ ଡରି ଶିଝାମିଝୁ ଖାଇବା । ଯୁବକ, ପିଲାମାନେ ମାଛ ମାଂସ ତେଲ ମସଲା ଖାଦ୍ୟ ଖାଇବେ । ଆମେ କ'ଣ ଖାଉନଥିଲେ କି ? ଏବେକୁ ରୋଗ ହେବାରୁ ସବୁ ସୁଆଦିଆ ଖାଦ୍ୟ ବନ୍ଦ କରିଦେଲେ । ଶାଶୁ ସଫେଇ ଦେଇ କହନ୍ତି ।

– ଅଲଗା ରହିଲା ପରି ତଳେ ରହୁଛି । ଗୋଟିଏ ମହଲା ଘର ଥିଲେ ଭଲ ହୋଇଥାଆନ୍ତା । ବେଶୀ ମହଲା କରିବାରୁ ଆମେ ଗୋଟିଏ ଫ୍ଲାଟ୍‌ରେ ରହିବୁ କହିଲା ପୁଅ – ଶ୍ୱଶୁରଙ୍କ ଅଭିଯୋଗ ଶୁଣାଯାଏ ।

ଏହି ଗୋଟିଏ ଗୋଟିଏ ରୁମ୍ ଭିତରେ ଏକାଠି ରହିଥିଲେ ତମର ଖାଇବା ପିଇବା ଶୋଇବାରେ ବ୍ୟତିକ୍ରମ ହେବ । ଏବେ ରାତି ନଅଟା ହେଉହେଉ ଶୋଇବାକୁ ଯାଉଛ । ଆଜିକାଲି ପିଲା ଦଶଟା ପରେ ଶୋଇବେ । ତମେ ତ ବେଶୀ ପାଟି କରିବ ପିଲାଙ୍କ ବ୍ୟତିକ୍ରମ ଦେଖିଲେ । ତଳକୁ କିଏ ଆସିଲା ଗଲାରେ ତମର ଆଉ କିଛି ଅସୁବିଧା ରହୁନାହିଁ । ସେମାନେ ତାଙ୍କ ସାଙ୍ଗ କି ସାଥୀ କଥା ବୁଝୁଛନ୍ତି । ଆମ ଉପରେ କାମ ଲଦି ଦେଉ ନାହାନ୍ତି । ତାଙ୍କ ପିଲାଙ୍କ କଥା ପୁଅ ବୋହୂ ବୁଝୁଛନ୍ତି । ତମେ ନା ମୁଁ ବୁଝୁଛେ କି ?

ଆଜି ଶାଶୁ ପାହାଚରେ ଉପରକୁ ଚଢ଼ୁଚଢ଼ୁ ପୂଜାର ଶ୍ୱଶୁର କହିଲେ- ପୂଜାର ସାଙ୍ଗ ଆସିଗଲାଣି ।

– ହଁ । ତାକୁ ଟିକିଏ ଜଳଖିଆ ଦେଇ ବସାଇ ଥିଲା । ପୁଅ ଆସିବାରୁ ମୁଁ ଉଠିଆସିଲି ଉପରକୁ । ପୂଜାକୁ କହି ଦେଇଛି ରୋଷେଇ କରିସାରିବା ପରେ ତାକୁ ଖୁଆଇ ଛାଡ଼ିଦେବୁ । ତୋ ଝିଅର କାଲି ପରୀକ୍ଷା ଅଛି । ତେଣୁ ଅତି ଚର୍ଚ୍ଚାକରି ତାକୁ ଦିନସାରା ବସେଇବୁ ନାହିଁ । ସେ ତ ବାହା ହୋଇନି । ମୋ ପୁଅ ଆସିଲାଣି । ମୋ ପୁଅ ସହ ବେଶି ଗପସପ କରିବ ନାହିଁ । ଝିଅମାନଙ୍କୁ ଯେମିତି ଚରିତ୍ର ପ୍ରତି ସଚେତନ କରେ ସେମିତି ପୁଅମାନଙ୍କୁ ମଧ୍ୟ ଚରିତ୍ର ପ୍ରତି ସଜାଗ କରେ ।

ଶାଶୁ କେତେବେଳୁ ଫେରିଗଲେଣି । ପୂଜା ବିଭିନ୍ନ ଖାଦ୍ୟରେ ତା ସାଙ୍ଗକୁ ଆପ୍ୟାୟିତ କରୁଛି । ସେ ସାଙ୍ଗ ନୀତା ମଧ୍ୟ ଯିବାର ନାଁ ଧରୁନି । କହିଲା- ସଂଧ୍ୟାଯାଏଁ ମୁଁ ରହିବି । ତମ ପିଲାଙ୍କ ସହ ଖେଳିବି ।

ସଂଧ୍ୟା ସାଢ଼େ ପାଞ୍ଚଟା ହେଲାଣି । ପୂଜାଙ୍କ ଶ୍ୱଶୁର ନିତ୍ୟାନନ୍ଦ ବାରମ୍ବାର ଶାଶୁ ନନ୍ଦିତାକୁ ପ୍ରଶ୍ନ କରୁଛନ୍ତି – ସେ ଝିଅ ଗଲାଣି ନା ଅଛି ?

– ମେନ୍ କବାଟ ବନ୍ଦ ଅଛି । ଭିତର କଥା ମୁଁ ଜାଣିବି କେମିତ ?

– ବାହାର ଲୋକଙ୍କୁ ଘର ଭିତରେ ରଖି କି କଥା ହେଉଛନ୍ତି ଯେ ଆମେ କାଲେ ଯିବୁ ବୋଲି କବାଟ ଦ୍ୱାର ବନ୍ଦ କରିଛନ୍ତି । ମୁଁ ତ ପ୍ରାୟ ଦରକାର ନ ଥିଲେ ଯାଏନି । ତମେ ଟିକିଏ ମଝିରେ ମଝିରେ ଯାଇ ବୁଲି ଆସ । ଖର ଆସିଲା ବେଳକୁ କବାଟ ବନ୍ଦ ଥିଲା ।

– ତୁମେ ଖାଲିଟାରେ ବ୍ୟସ୍ତ ହେଉଛ । ବଡ଼ ପିଲା ହେଲେଣି । ପୁଅ ଝିଅର ବାପା ମା' । ସେମାନେ ବୁଝିପାରିବେନି ଯେ ଆମେ ତାଙ୍କୁ ଏ ବିଷୟରେ ଜ୍ଞାନଦେଇ ରଖିଥିବା । ତମକୁ ମୋତେ କେତେ ଦେଖିଥିଲେ ତମ ବାପା ମା' । ତମେ ତ ବାହାରେ ଚାକିରି କରିଥିଲ । କଟକରେ ଥିବାବେଳେ କୁଣିଆଙ୍କ ଭିଡ଼ ଥିଲା କେବଳ । ଏବେ ମୋବାଇଲ୍ ଯୁଗର ପିଲା । ସେମାନଙ୍କୁ କ'ଣ ବୁଝାଇବି ?

– ସାଙ୍ଗସୁଖ ଭିତରେ ପଶି ଘରସଂସାର ଭାଙ୍ଗିବା ଜାଣନ୍ତି ।

– ନିଜ ସମୟକୁ ଭୁଲିଗଲଣି । ସାଙ୍ଗମେଳରେ ତୁମେ ମଧ୍ୟ ସମୟ ସାରି କେବେ ବ୍ୟସ୍ତ ହେଉନଥିଲ । ଯେତେ କହିଲେ କ'ଣ ଶୁଣୁଥିଲ କି ? ଏବେ ବୁଢ଼ା ହେଲ ବୋଲି ଏପରି କହୁଛ ।

– ଆମେ ଏମିତି କାହାଘରେ ଯାଇ ପାଞ୍ଚଛଅ ଘଣ୍ଟା ରହୁନଥିଲୁ । ବୁଲି ଯାଇ ଫେରି ଆସୁଥିଲୁ ଘଣ୍ଟାଏ ଭିତରେ । ଏ ଝିଅ ତ ବସିଛି ଯେ ଯିବାର ନାଁ ଧରୁନି ।

– ସେମାନେ ନିଜ କଥା ବୁଝନ୍ତୁ ।

ସମୟ ଅତିକ୍ରାନ୍ତ ହୋଇଯିବାରୁ ପୁଣି ନିତ୍ୟାନନ୍ଦ କହିଲେ– ନନ୍ଦିତା, ଯାଅ କବାଟ ଠକ୍ ଠକ୍ କରିବ । ଦେଖିବ ସେ ଝିଅ ଅଛି ନା ଗଲାଣି ।

– ତମେ ଏଠି ବସି ମନସ୍ତାପ ବଢ଼ଉଥାଅ । ହଉ ମୁଁ ଯାଉଛି କହି ନନ୍ଦିତା ତଳକୁ ଓହ୍ଲାଇଲା । କବାଟ ଠକ୍ ଠକ୍ କଲାପରେ ନାତୁଣୀ କବାଟ ଖୋଲିଲା । ପଚାରିଲା – ସେ ଝିଅ ଗଲାଣି କି ?

– ଜେଜେମା’ ଯାଉଛନ୍ତି ।

– ତୁ ପାଠ ପଢ଼ୁଥାଅ । କାଲି ପରୀକ୍ଷା ଅଛି । ଏମିତି ଯଦି ବାପା ମା’ ମାନେ ନିଜ ସାଙ୍ଗସାଥୀ ଓ ନିଜ କାମରେ ସମୟ ସାରି ଘରର ପଢ଼ା ପରିବେଶକୁ ହଟାଇ ଦେବେ ତେବେ ତୁ ବଡ଼ହେଲେ କି ପାଠ ପଢ଼ିବୁ ?

ନାତୁଣୀ ଚୁପ୍ କରି ଋଲିଗଲା । ସେ ଝିଅ ଋଲିଯିବାପାଇଁ ପ୍ରସ୍ତୁତ ହୋଇ ଡ୍ରଇଂ ରୁମ୍ କବାଟ ଖୋଲିଲା । ବୋହୂ ପୂଜା କହିଲା – ମୁଁ ଯାଏ ତାକୁ ଛାଡ଼ିଦେଇ ଆସିବି ।

ନନ୍ଦିତା ବୁଝିପାରୁନଥିଲା – ବୋହୂ ପୂଜା ଅଧିକା ଅତିଥ ଚର୍ଚ୍ଚା କରିବାକୁ ଋହୁଁଛି । କି ଦରକାର ଅଛି ତାକୁ ନେଇ ତା ଫ୍ଲାଟ୍‌ରେ ପହଁଛାଇ ଦେବାକୁ ? ଯିଏ ଦେଶ ବିଦେଶରେ ଏକା ଏକା ଭ୍ରମଣ କରି ଫେରି ଆସିବାକୁ ସକ୍ଷମ ତାକୁ ପୁଣି ଛାଡ଼ିଯିବା କି ଦରକାର ? ପୁଅକୁ ନନ୍ଦିତା କହିଲା – ବେଶୀ ହେଉଛରେ ବାପା । ତୁ ଏତେ ସମୟ ଘରେ ବସି କ’ଣ କରୁଥିଲୁ ? ଛାତ ଉପରକୁ ଗଲୁନି ।

ଚୁପ୍ ପଡ଼ିଗଲା ପୁଅ । ନନ୍ଦିତା ଚୁପ୍ ଥିଲେ ମଧ ଭାବପ୍ରବଣତାରେ ଭାରି ଥାଏ । କିଛି ଏପଟ ସେପଟ ଘଟଣା ଦୃଷ୍ଟିରେ ପଡ଼ିଲେ ପାଟି ବନ୍ଦ କରି ବସିଯିବନି ତ ଆଉ ? ନିଜ ପିଲା ତ !

ସମୟ ସାଙ୍ଗରେ ପୂଜା ନିଜ ବିଷୟ ଚିନ୍ତା କରି କରି ନିଜ ପିଲାଙ୍କ ଦାୟିତ୍ୱରେ ତୁଟି କରି ଋଲିଥିଲା । ଶାଶୁ ଶ୍ୱଶୁରଙ୍କ ପ୍ରତି କର୍ଣ୍ଣପାତ ନ କରି ନିଜେ ଠିକ୍ କରୁଛି ବୋଲି ଭାବି ଋଲିଲା । ସେଥିପାଇଁ ପିଲାଙ୍କ ପାଠପଢ଼ାରେ ତୁଟି ଦେଖାଗଲା । ଶାଶୁ ନନ୍ଦିତାଙ୍କ ବାରମ୍ବାର ତାଗିଦ୍ – ଘର ସଂସାର କାମ ଆଗ । ଆଗରେ ଯେଉଁ ଗୃହିଣୀ

ଦାୟିତ୍ୱର ଭାର ନେଇଛୁ ତାକୁ ଠିକ୍ ଭାବରେ ପାଳନ କଲେ ଯୋଗ୍ୟ କରିପାରିବୁ ସନ୍ତାନକୁ ।

ଯିଏ ନ ଶୁଣିବ ତାକୁ କହିବା ମଧ୍ୟ ନିରର୍ଥକ । ସମସ୍ତଙ୍କୁ ଉପଦେଶ ଭଲ ଲାଗେନି । ନିଜ ମତରେ ରୁଚି ରଖି ନିଜ କାମକୁ ପ୍ରଶଂସା କରନ୍ତି । କାହିଁକି ବା ପାଟି ସାରିବ ବୋଲି ନନ୍ଦିତା ମଧ୍ୟ ଚୁପ୍ ପଡ଼ିଯାଏ । ପୁଅ ବୁଝିବାକୁ ଆରେକ । ନିଜେ କ୍ଲାସ ୱାନ୍ ଅଫିସର କାହାଚେଷ୍ଟାରୁ ହୋଇପାରିଛି ସେ ବିଷୟରେ ବିଶ୍ଳେଷଣ କରିବାର ମନ ତା'ର ନାହିଁ । ତେଣୁ ପୁଅକୁ ବିବାହ କରିଦେଲା ପରେ ତାକୁ ଉପଦେଶ ଦେବା ମଧ୍ୟ ବାରୁଲାମି ହୋଇପାରେ । ଆଜିକାଲି କିଏ ପିତୃ ଆଜ୍ଞାଧାରୀ ପୁତ୍ର ନାହାଁନ୍ତି ଯେ ପିତାଙ୍କ ଗୁଣଧାରୀ ହୋଇଥିବେ । ଏବେ ଟଙ୍କା ରୋଜଗାର କଲାପରେ ପିଲାମାନେ ହିଁ ସର୍ବେସର୍ବା । ବାପା, ମା'ଙ୍କ ଆଜ୍ଞାରୁ ବାହାର । ସେଥିପାଇଁ ନିଜ ପିତାମାତାମାନଙ୍କ ଠାରୁ ଦୂରେଇ ଯାଇ ନିଜ ମନରେ ଚଲିଲା ପରେ ଯେତେବେଲେ ସ୍ୱାମୀ ସ୍ତ୍ରୀ ପ୍ରତି କଟାକ୍ଷର ସ୍ୱର ଉଚ୍ଚାରିତ କରନ୍ତି ସେତେବେଲେ ଘରର ଫାଟ ଆରମ୍ଭ ହୋଇଥାଏ । କେତେବେଲେ ଛାଡ଼ପତ୍ର ରୂପ ନେଇଥାଏ ବୁଝିଲା ବେଳକୁ ଦୁଇ ଜଣ ଅଲଗା ହୋଇ ରହିଯାଆନ୍ତି । ଆମ ସମାଜର ଯୁବ ପିଢ଼ିଙ୍କ ପରମ୍ପରା ଓ ସଂସ୍କୃତି ପ୍ରତି କେତେ ସଚେତନତା ଅଛି ବୁଝିପାରୁଥିବେ । ଏମିତି ଗୋଟିଏ ଗୋଟିଏ ଲାଞ୍ଛିଆ ତାରା କେତେବେଲେ ନିଜ ଉପରେ ତା ଶକ୍ତି ଲଦି ଦେଇ ପାରିବ କହିହେବନି । ତେଣୁ ବେଳ ହୁଁ ସାବଧାନ ହେବା କଥା ।

ଆଜି ପୂଜା ଠିକ୍ ବୁଝିପାରିଛି ଶାଶୁଙ୍କ ବୟସରେ ଉପନୀତ ହୋଇ ସାରିବା ପରେ । ଏବେ ତା ପୁଅ ଓ ଝିଅ ତା କଥା ଭିତରେ ନାହାନ୍ତି । ସ୍ୱାମୀ ମଧ୍ୟ କାମ ଯୋଗୁ ବହୁ ସମୟ ବାହାରେ । ବୁଝିପାରିଛି ନିଜ ସମୟର ଭୁଲକୁ ଓ ଶାଶୁଙ୍କ ଉପଦେଶକୁ । ବୟସ ଅତିକ୍ରାନ୍ତ ପରେ ତା'ର ପ୍ରୟୋଗ ହେବ କେମିତି ପିଲାଙ୍କ ଉପରେ । ଅଯୋଗ୍ୟ ଓ ବେକାରିଆ ପିଲାଙ୍କୁ ବୁଢ଼ା ବୟସରେ ପୋଷି ପାଲିବ କେତେଦିନ ? ଖାଲି ଖାଇବାକୁ ଦେଇ ଦେଲେ ଚଲିବନି ତ ଆଉ ? ସେମାନଙ୍କ ଘର ସଂସାର, ପିଲାଛୁଆଙ୍କ କଥା ବୁଝିବାକୁ ଅମର ହୋଇ ରହିନଥିବେ ବାପା ମା' । ଏଇ ତ ଦୁଃଖ ପୂଜାର । ଶାଶୁ ଶ୍ୱଶୁର ଆଉ ସ୍ୱର୍ଗରୁ ଆସି ଉପଦେଶ ଦେବେନି ଏହି ଅପରାଦ୍ଧ ବୟସରେ । ସବୁ ଭୁଲ୍ ହୋଇ ଯାଇଛି । ତାକୁ ସୁଧାରିବାକୁ ପୁଣି ଆଉ ଗୋଟିଏ ଜନ୍ମ ନେବାକୁ ପଡ଼ିବ ବୋଧେ । ଏଇ ତ ଅବଶୋଷ ଅପରାଦ୍ଧ ଜୀବନରେ ଯାହାର

କଳାଛାୟା ଦିଶୁନଥିଲା ବୟସର ଉଦ୍ଧାମତାରେ । ନିଜର ଗୃହିଣୀପଣକୁ ଯେତେ ଧିକ୍କାର କଲେ ମଧ ଆଉ ତା'ର ମୂଲ୍ୟ ନାହିଁ । କେବଳ ବାହାର ଲୋକଙ୍କ କଟୁସ୍ୱର ପ୍ରତିଧ୍ୱନିତ ହେଉଥିଲା – କଅଁଳ ଶିଶୁକୁ ମଣିଷ କରି ତୋଳିବାରେ ମା'ଟି ଏତେ ଅବହେଲା କଲା କେମିତି ? ସେ ମା' ନା ସାବତ ମା' ?

ମନେ ପଡ଼ିଯାଉଥିଲା ଯେଉଁଦିନ ସାଙ୍ଗ ଲିଜା ତା ପୁରୁଷ ବନ୍ଧୁ ସହ ଘର ଭିତରକୁ ହଠାତ୍ ପଶି ଆସିଲା ବିନା ଫୋନ୍‌ରେ । ପୁଅ ଥିଲା ଗାଧୁଆ ଘରେ । ହୋ ହୋ ହୋଇ ଲିଜା ପୁରୁଷ ବନ୍ଧୁ ସହ ବସି କଥା ହେଲାବେଲେ ପୂଜା ହସିହସି ଜଳଖିଆ ଦେଲାବେଲେ ପୁଅର ମନ ଭିତରେ ରାଗ ଉଠିଆସିଲା ଯେମିତି । କହିଲା– ଏଇଟା ଘର । ନୁହେଁ ଆମୋଦପ୍ରମୋଦର ମହଲ । ମୋ ବାପା ମା' ଏଠି ସ୍ୱାଧୀନତା ଦେଇଛନ୍ତି ବୋଲି ତାଙ୍କର ମର୍ଯ୍ୟାଦା ରଖ । ବହୁତ ହୋଇଗଲାଣି । ଏଥର ଆଉ ନୁହେଁ !

❑

ସୁମତୀ ଖୁଡ଼ୀ

ସମୟ ଅଟକି ଯାଏନି । ରାସ୍ତାରେ ଚାଲୁଚାଲୁ ଜୀବନର ମୁହୂର୍ତ୍ତଗୁଡ଼ିକ କେତେ ଶୀଘ୍ର ଘଣ୍ଟା, ଦିନ, ମାସ, ବର୍ଷରେ ରୂପାନ୍ତରିତ ହୋଇ କଟିଗଲାଣି ଭାବିଲା ବେଳକୁ ମନରେ ପ୍ରତିକ୍ରିୟା ମଧ ଉଠିଯାଉଛି । ତେବେ ଅତୀତ ଏବେ ବାସ୍ତବତାକୁ ଅତିକ୍ରମ କରି ବର୍ତ୍ତମାନ ସହ ଛଦି ହୋଇଗଲାଣି । ଏଠି କଣ୍ଟନାର ଚିହ୍ନ ନାହିଁ । ଅନେକ ସ୍ୱପ୍ନ ଦେଖିଲା ପରେ ତା'ର ଅବଧୃ ସରି ଗଲାଣି । ମୁଁ ଏବେ ଯେଉଁଠି ଠିଆ ହୋଇଛି ଆଗକୁ ଆଉ ସମୟ କେଇ ବର୍ଷର ଯାହାର ଠିକଣା ସର୍ବଶକ୍ତିମାନଙ୍କୁ ଜଣା ।

ଆଜି ଆଉ ନୂଆ ସ୍ୱପ୍ନ ଦେଖ ତାକୁ ପାଳିବାକୁ ଉଧାହ କି ଉଦ୍ଦୀପନା ନାହିଁ । କେତେ ସ୍ୱପ୍ନ ଭାଙ୍ଗିଛି ତ କେତେ ପୁରଣ ହୋଇଛି ତା ପ୍ରତି ଆଉ ନିଘା ନାହିଁ । ବର୍ଷ ବର୍ଷ ଧରି କେତେ ଘଟଣା ମୋ ଜୀବନର ସ୍ମୃତିର ଫର୍ଦ୍ଦରେ ଯୋଡ଼ିହୋଇ ରହିଛି ଯେ ତାକୁ ଲିଭାଇଦେବା ମଧ ମୋ ପକ୍ଷେ ସମ୍ଭବ ନୁହେଁ । କାରଣ ଏହି ଜୀବନର ଅପରାହ୍ନରେ ସେ ଘଟଣାର ସ୍ମୃତି ମନରେ ସଂଚରିଗଲେ ହୃଦୟରେ ଭରିଯାଏ ଆନନ୍ଦ । ଆଉ ମୁଁ ହୋଇଯାଏ ସେ ଦଶ ବର୍ଷର ଝିଅଟିଏ ସୁଷମା ।

ଶୁଣାଗଲାଣି ସୁମତୀ ଖୁଡ଼ୀଙ୍କର ଡାକ ବାରି ଅଗଣାରୁ – ନାନୀ, ନାନୀ ଏ ଚୂନାମାଛ ତରକାରୀ ଗିନାଟି ନେଇ ଦେଇଦିଅ ସୁଷମାଙ୍କୁ । ଖାଇ ବସିଛନ୍ତି ପରା ।

– ତୁ ଆସୁନୁ ଦେଇଦେଇ ଯିବୁ ।

– ନନା ଅଛନ୍ତି ପରା ।

– ନନା ଦୁଆର ଆଡ଼େ ଗଲେଣି । ମୁଁ ପୂଜାଘରେ ଅଛି ।

ହଉ କହି ସୁମତୀ ଖୁଡ଼ୀ ବେସର ଆମ୍ବୁଲ ଦେଇ ରାନ୍ଧିଥିବା ଚୂନାମାଛ ଗିନାଟିଏ ସୁଷମା ଭାତଥାଳି ପାଖରେ ଥୋଇ ଦେଇ କହିଲେ – ଝିଅ ଖାଇଦିଅ । ତମ ସ୍କୁଲ ସମୟକୁ ରୁହିଁ ମୁଁ ଆଜି ରାନ୍ଧିଦେଇଛି । ତମକୁ ଏ ମାଛ ଖାଇବାକୁ ଭଲ ଲାଗେ ବୋଲି ଆଗ ଆମିଷଚୁଲିରେ ରାନ୍ଧି ଆଣିଛି । ଦଦା ମଧ ଖାଇ ବସିଛନ୍ତି । ରୁଖାଲ ଭଲ ଲାଗୁଛି ତ ?

ସୁଷମା ମାଛ ତରକାରୀ ଗିନାରୁ ଟିକିଏ ଖାଇ ଦେଇ କହିଲା – ଖୁଡ଼ୀ ବହୁତ ସୁଆଦ ହୋଇଛି । ତମ ରନ୍ଧାକୁ ବାହୁନିବ କିଏ କି ?

ମୁଣ୍ଡରେ ସିନ୍ଦୁ ଯାଏଁ ସବୁବେଳେ ଓଢ଼ଣା ଟାଣି ଥାଆନ୍ତି ଖୁଡ଼ୀ । ସେ ଘର ଗୋଟାକର କାମ କରି ମଧ କେବେ ଗାରୁ ଗାରୁ ହୋଇ ନଥାନ୍ତି ଶାଶୁଙ୍କ ଉପରେ । ତାଙ୍କର ଖାଇବା ସମୟ ଦିନ ଗୋଟାଏ ପରେ ପଡ଼େ । ସକାଳୁ ଖାଲି ପେଟରେ କାମରେ ବ୍ୟସ୍ତ । ବଡ଼ ଘର ଯୋଗୁଁ ଏ କାମ ସେ କାମ ହେଉ ହେଉ ଦିନ ସରେ । ପୁଣି ଶାଶୁ ଶ୍ୱଶୁର ଘରର ହଳିଆ ମୂଲିଆ ସାଙ୍କୁ ଜମିବାଡ଼ି, ପଦା ଆଦି ଅଛି । ବର୍ଷସାରା ଅମଳ ରତୁ ପହଁଞ୍ଚିଥାଏ ଯେମିତି । ଧାନ, ମୁଗ, ବିରି, ମାଣ୍ଡିଆ, ଭୁଇଁଚଣା, ରାଶି, କୋଲଥ, ହରଡ଼ ଆଦି ଫସଲ ସାଙ୍କୁ ଆମ୍ବ, ପଣସ ସହ ପିଆଜ ଋତୁ, ମାଛ ଋତୁ, ପରିବା କହିଲେ ଭେଣ୍ଡି ଜହ୍ନ, ବାଇଗଣ, କଖାରୁ, ଆଲୁ, ସାରୁ, ମୂଲା, ଛତିନ୍ଦ୍ରା (କୋଟଲ), ଛତୁ ଏପରି ବିଭିନ୍ନ ପନିପରିବା ଋତୁ ଭିତରେ ଘରେ ହୋଇଥାଏ ଗଦା ଗଦା ଜିନିଷ । ଖାଇବାକୁ ଲୋକ କାହାଁନ୍ତି ? ଶ୍ୱଶୁର ଦିନସାରା ମାଟି ସହ ଲାଗି ଥାଆନ୍ତି । ନଣନ୍ଦମାନେ ବାହାହୋଇଗଲେଣି । ଖୁଡ଼ୀ ଗୋଟିଏ ବୋହୂ କେବଳ ମଇଁଆ ଜେଜେମା'ଙ୍କର । ବୋହୂ ଦେଢ଼ଶହ ଫୁଟ ଲମ୍ବ ଘର ଭିତରେ ଉପର ଓ ତଳଘର ଭିତରେ କୁଆଡ଼େ ରହିଲେ ଡାକିଲା ବେଳକୁ ଶୁଣାଯିବନି । କେବଳ ଦାଣ୍ଡୁଆର କବାଟ ଆଉଜା ଥବ । ବାଡ଼ି ଘର ଆଢ଼େ ବୋହୂ ଶାଶୁଙ୍କ କାମ ଲାଗିଥାଏ । ନୂଆ ନୂଆ ଖୁଡ଼ୀ ବାହାହୋଇ ଆସିଲାବେଳକୁ ସୁଷମା ତାଙ୍କ ପାଖରେ ବସିବାକୁ ଭଲପାଏ । ଖୁଡ଼ୀ ବାସନତେଲ ଲଗାଇ ମୁଣ୍ଡ କୁଣ୍ଢେଇ ଦେଇଥାଆନ୍ତି । ଗୋଡ଼ରେ ଅଲତା ଲଗାଇ ଦିଅନ୍ତି । ସ୍କୁଲରେ ଫେରିଲା ପରେ ସୁଷମା ଖୁଡ଼ୀଙ୍କ ପାଖରେ ଅଲି କରେ– ମୋ ପାଇଁ ମାଟି କଣ୍ଢେଇ କରିଦିଅ ଖୁଡ଼ୀ ।

ସୁଷମା ଆଜି ବୁଝିପାରିଛି ସେ ସମୟରେ ତା'ର ବୁଦ୍ଧି କେତେ ଥିଲା । ଖୁଡ଼ୀ ପନ୍ଦର ବର୍ଷ ବୟସରେ ବାହାହୋଇ ଆସିଥିଲେ । ସେ ମଧ କିଶୋରୀରୁ ଉତ୍ତୀର୍ଣ ହୋଇନଥିଲେ । ତେଣୁ ଚତୁର୍ଥୀ ପରଦିନ ଖୁଡ଼ୀ କହିଥିଲେ – ସୁଷମା, ଦେଖ, ଏ ହାତଘଣ୍ଟାଟି ତମ ଦାଦା କାଲି ରାତିରେ ଦେଇଛନ୍ତି ।

ସୁଷମାର ପ୍ରତିକ୍ରିୟା କେବଳ ଥିଲା – କି ସୁନ୍ଦର ଦିଶୁଛି ? ଏଥର ତମେ ମୋତେ ସମୟ କେତେଟା ବାଜିଲା କହିଦେବ ।

ଆସ୍ତେ ଆସ୍ତେ ସୁମତୀ ଖୁଡ଼ିଙ୍କ ବାହାହୋଇ ଆସିବା ଦିନଗୁଡ଼ିକ ଲମ୍ବିଗଲେ । ଖୁଡ଼ୀ ପୁରୁଣା ହୁଅନ୍ତି ଅଧିକ ଆମ୍ୟାୟତା ସହ । ସେ ସୁଷମା ପାଇଁ ମାଟି କଣ୍ଢେଇଠାରୁ ହାଣ୍ଡିଚୁଲି ଆଦି ଗଢ଼ିଦେଇ ଖରାରେ ଶୁଖାଇ ରଖି ଦେଇଥାଆନ୍ତି । ତାଙ୍କର ପୁଅଟିଏ ହୁଏ । ତା ପଛରେ ମଧ ସମୟ କାଟୁ କାଟୁ ଖୁଡ଼ୀ ଆହୁରି ଅଭିଜ୍ଞତା ହାସଲ କରିଥାଆନ୍ତି ଘରକରଣା ବିଷୟରେ । ଧନୀ ଆଭିଜାତ୍ୟ ଘରର ବୋହୂ ଓ ଝିଅକୁ ଦାଣ୍ଡୁଆର ଦିନବେଳେ ଯିବା ମନା । କିଏ ଯେମିତି ତମକୁ ଦେଖିବାର ସୁବିଧା ପାଇବେ ନାହିଁ । ଗାଁଲୋକ ବଡ଼ ଘର ବୋହୂ ଝିଅକୁ ଦେଖିବାର ସୁଯୋଗ ପାଆନ୍ତି ନାହିଁ । ମନ୍ଦିରକୁ ଗଲେ ମୁଣ୍ଡରେ ଓଢ଼ଣାଟାଣି ଦିଅଁ ଦର୍ଶନ କରନ୍ତି । ଖୁଡ଼ୀ ଯେହେତୁ ବଡ଼ ଘର ଝିଅ ଥିଲେ ତେଣୁ ବଡ଼ଘର ବୋହୂ ଚଳଣୀରେ ଚଲିବା ଅସୁବିଧା ଲାଗେନି । ପ୍ରାୟତଃ ବଡ଼ ଘର ଝିଅମାନେ ବାହାରେ ବୁଲି ନଥାନ୍ତି । ସେଇ ଘର ଭିତରେ ବୁଲାଚଲା ସବୁ ସରେ । କେବେ ଦାଣ୍ଡରେ କି ହାଟରେ କି ଯାତ୍ରାପାର୍ଟିରେ ଯାଇ ମୁହଁ ଦେଖାଇ ବସିବାକୁ ଘରର ବୟୋଜେଷ୍ଠଙ୍କ ଅନୁମତି ନ ଥାଏ । ତେଣୁ ଘର କରଣା ଭିତରେ ଛନ୍ଦି ହୋଇ ସେମାନେ ଗୁମ୍ ସୁମ୍ ହୋଇଯାଆନ୍ତି ନାହିଁ କିନ୍ତୁ ବଡ଼ ପରିବାର ଜଞ୍ଜାଳ ଭିତରେ ନାକେଦମ୍ ହୋଇ ଦିନସାରା ସମୟ ମଧ ମିଲେନି ଟିକିଏ ବିଶ୍ରାମ ନେବାକୁ । ସବୁ ଭାଇଙ୍କର ଘରର ଅଗଣାଗୁଡ଼ିକ ଖୋଲାଥାଏ । ତେଣୁ କାମ ସରିଗଲା ପରେ ଅଗଣାରେ ମେଲିକରି ଗପସପ ଯୋଡ଼ନ୍ତି ପ୍ରତି ଜେଜେଙ୍କର ବୋହୂ ଝିଅମାନେ । କେଉଁଦିନ ଗପ କରି କରି ରଉଳରୁ ଧାନ ବଛା ସରିଯାଏ ତ, କେଉଁଦିନ ମିଳିମିଶି ଆପୁଡ଼ାଲ୍ ବଡ଼ି ଡାଲାଡ଼ାଲା ପ୍ରସ୍ତୁତ ହୋଇ ସରିଥାଏ । ଯାହାର କାମ ସରିଲା ସେ ଆଉ ଜଣକୁ ସାହାଯ୍ୟ କରିବାକୁ ଆଗେଇ ଆସି ଶାଗ ବାଛିଦିଏ କି ପରିବା କାଟିଦିଏ । ଏମିତି କାମ କରି ଦିନ ସାରିଥାଆନ୍ତି ଯଦିଓ ଜେଜେମାନେ ଅଲଗା ହୋଇସାରିଥିଲେ । ଅଥଚ ସେମନଙ୍କ ପିଲାମାନଙ୍କ ମନରେ ଅଲଗା ହେବାର ଚିହ୍ନ ଜମାରୁ ନଥାଏ । ତେଣୁ ପଖାଳ କଂସା ଖାଇଲେ ଏକାଠି ଗୋଟିଏ କଂସାରେ ହାତ ପଶେଇ ଖାଇବାକୁ ଦ୍ୱିଧା କରନ୍ତି ନାହିଁ । ଖୁଡ଼ୀ, ପିଉସୀ ନାନୀମାନେ ଖୁବ୍ ନିଜର ଲାଗନ୍ତି ସୁଷମାକୁ । ସେ ଘରର ବଡ଼ ଝିଅଥିବାରୁ ଦାଦା, ଜେଜେବାପା ସମସ୍ତେ ତାକୁ ବେଶୀ ଭଲ ପାଆନ୍ତି । କହନ୍ତି – ଆମ ଘରର ବଡ଼ ଝିଅ ଆମ ସୁଷମା । ଆଜି ପିଉସୀମାନେ ବାହାହୋଇ ଯିଏ ଯେଉଁଠି ଥିଲେ ମଧ ଏକାଠି ହେଲେ ବହୁତ ଖୁସି ହୋଇଯାଆନ୍ତି ।

ସୁଷମାର ମନେଅଛି ତା ସାନଜେଜେବାପା ବେଦୀରେ ବସି ତା ବାହାଘର କରିଥିଲେ ଯେହେତୁ ତା ଜେଜେବାପାଙ୍କ ମୃତ୍ୟୁ ହୋଇସାରିଥିଲା । ଏତେ ବଡ଼ ପରିବାର ଭିତରେ ଦାଦା ଖୁଡ଼ୀ, ନାନୀ, ପିଉସା, ପିଉସୀମାନେ ଦେଖିଲେ ବହୁତ ଖୁସି ହୁଅନ୍ତି । ଖୁଡ଼ୀ, ପିଉସୀ ଦେଖିଲେ କୋଳେଇ ପକାଇକହନ୍ତି – ତତେ କେତେବର୍ଷ ହେଲା ଦେଖିନି । ଆମକୁ ଭୁଲିଗଲୁ କି ? ସେଦିନ ଆଉ ଫେରିବନିଲୋ ଝିଅ । କେତେ ନିଜରପଣ ଥିଲା ଆମ ଘରଭିତରେ । ଏକା ଥାଲିରେ ବସି ଖାଉଥିଲେ । ଆଉ ଖୋଜିଲେ ମିଳିବ ନାହିଁ । କେବଳ ସ୍ମୃତି ହୋଇ ରହିଗଲା ।

ସୁଷମାର ଧାୟସା ଝଲକ ଭିତରେ ପୁଣି ଦୃଶ୍ୟ ହୋଇଯାଏ ସେ ମଧୁର ମୁହୂର୍ତ୍ତର ଛବି ଚିକ୍ ଚିକ୍ କରି । ଅପରାହ୍ନର ନିରୋଳାପଣରେ ସେହି ସ୍ମୃତିଗୁଡ଼ିକ ଗୁଞ୍ଜରିତ ହେଲାପରେ ସେ ତ ପିଲାଟିଏ ହୋଇ ଜୀବନ ଜଞ୍ଜାଳରୁ ମୁକ୍ତ ହୋଇଯାଏ ସତେ ଯେମିତି । ମନ କୁହେ ସମସ୍ତଙ୍କ ଘରକୁ ବୁଲି ଯାଇ କେଇଦିନ କଟାଇବାକୁ । କିନ୍ତୁ ସମୟ ସାଥୀ ହୋଇନଥାଏ । କେବଳ କାହା ବାହାଘର ବେଳେ ଏକାଠି ହୋଇଯାଆନ୍ତି ଘରର ସବୁ ନାନୀ, ପିଉସୀମାନେ । ଗପସପର ଆସର ଭିତରେ ବ୍ୟକ୍ତିଗତ ଜୀବନର ଜଞ୍ଜାଳ ଭୁଲି ହୋଇଯାଏ । ବାପ ଘରର ଶାନ୍ତି ଆଉ କେଉଁଠି ମିଳିବ କି ?

କାଲି ଗୋଟିଏ ବାହାଘରରୁ ଟିକିଏ ସଅଳ ଫେରିବାକୁ ବାଧ୍ୟ ହୋଇଥିଲା ସୁଷମା । ପିଉସୀ ନାନୀର ପୁଅ ବାହାଘରରୁ ଏତେ ଶୀଘ୍ର ଫେରିବାକୁ ତା'ର ଇଚ୍ଛା ନ ଥିଲା । କିନ୍ତୁ ପରିସ୍ଥିତି ବାଧ୍ୟ କଲା ଯେ ତା ସ୍ୱାମୀ କହିଲେ ଏହି ମଣ୍ଡପରେ ବେଶୀ ସମୟ ରହିବାକୁ ମୋର ଇଚ୍ଛା ହେଉନି । ବ୍ଲଡ୍‌ପ୍ରେସର ଔଷଧ ଖାଇବି ତୁମ ଭାଇ ଘରକୁ ଗଲେ । ଗରମ ଲାଗିଲାଣି ଯେ ଗାଧୋଇବି । ଏପରି ବିଭିନ୍ନ କଥା ଶୁଣିଲା ପରେ ସୁଷମା ସେଠି ନ ରହି କାର୍‌ ଡ୍ରାଇଭରକୁ କହିଲା– ଚାଲୋ ଏଠୁ ଫେରିଯିବା । ବାବାଙ୍କ ଦେହ ଠିକ୍ ଲାଗୁନି ।

ଘରେ ପହଁଞ୍ଚିଲା ପରେ ସବୁ ଠିକ୍ ହୋଇଗଲା ତା ସ୍ୱାମୀଙ୍କର । ସୁଷମାର ଆକ୍ଷେପ ଥିଲା – ଆମେ ଗାଡ଼ି କରି ଏତେ ଟଙ୍କା ପଇସା ଖର୍ଚ୍ଚ କରି ବାହାଘରକୁ ଖୁସି ହେବାକୁ ଆସିଛେ, ଏଥରେ ତମେ ଟେନ୍‌ସନ ହେଲେ ମୁଁ କ'ଣ କରିବି ? ଦୀର୍ଘ ଚାଳିଶ ବର୍ଷ ହେଲା ତମ ଘର ପଛରେ ଲାଗି ଲାଗି ଘରୁ ପାଦ କାଢ଼ି କୁଆଡ଼େ

ଯାଇପାରେନି । ଏଥର ଆଉ ତମକୁ ନେଇ ଆସିବି ନାହିଁ । ମୁଁ ମୋ ଇଚ୍ଛାରେ କେଇଦିନ ରହି ଯିବି ମୋ ବାପଘରେ ।

– ତମର ବାପା, ବୋଉ ତ ନାହାଁନ୍ତି ?

– ବାପା ବୋଉ ନଥିଲେ କ'ଣ ମୋ ଭାଇ ଭାଉଜମାନେ ଆମକୁ ତଲେ ପକେଇ ଦେଉଛନ୍ତି କି ? ପୁନେଇଁ ପର୍ବରେ ବ୍ୟାଗ୍ ବ୍ୟାଗ୍ ପରିବା ସାଙ୍ଗକୁ ମିଠା, ଖଜା ସବୁ ଯୋଗାଡ଼ କରି ଆଣୁଛନ୍ତି କ'ଣ ଦେଖୁନ କି ? ବଡ଼ ଘରେ ବାହା ହୋଇଥିଲ ବୋଲି ତମର ସମ୍ମାନ ଆମଘରେ ଯଥେଷ୍ଟ ଉଚରେ ଅଛନ୍ତି । ଆଗ ଜ୍ୱାଇଁଙ୍କ କଥା ବୁଝ ବୋଲି ପିଉସୀ ନାନୀ କହିଲା ପରା ମୋତେ ।

ତା' ପରଦିନ ମଉଆ ପିଉସୀ ନାନୀ ଯିଏ ମଉଆ ଜେଜେବାପାଙ୍କ ଝିଅ ଫୋନ୍ କରି ପରୁରିଲା – ଜ୍ୱାଇଁଙ୍କର ଦେହ କ'ଣ ହେଲା ? ସେ ତ ସୁକୁମାରିଆ ପିଲା ।

– ହଁ, ଏ କରୋନା ଟୀକା ନେଲାପରଠାରୁ ବ୍ଲଡ୍‌ପ୍ରେସର ବଢ଼ୁଛି । ତେଣୁ ଖାଇବା ପିଇବାରେ ସମୟକୁ ଦେଖି ଚଳିବାକୁ ପଡ଼ୁଛି ।

– ହଁ ମ, ପିଲାଟିଏ ତ ସେ ?

– ରିଟାୟାର୍ଡ଼ କଲେଣି ଦଶ ବର୍ଷ ହେବ । ତୁ ତାଙ୍କୁ ପିଲା କହୁଛୁ ।

– ଆମ ଆଗରେ ତମେ ସମସ୍ତେ ପିଲା । ଆଗ ଜ୍ୱାଇଁଙ୍କ କଥା ବୁଝ । ମୋ ଘରକୁ ବୁଲି ଆସିଲେ ମୁଁ ତାଙ୍କ ଖାଇବା ପିଇବା ବୁଝିଦେବି ଠିକ୍‌ରେ । ଆସେ ମୋ ଘରକୁ । କେତେବେଲେ ପୁରୀ ଆସି ଜଗନ୍ନାଥ ଦର୍ଶନ କରି ଫେରିଯାଉଛୁ ମୁଁ ଜାଣିପାରୁନି । ମୋ ଘରେ ଖାଇ ପିଇ ଦୁଇଦିନ ଏଠି ରହି ଯାଆନ୍ତୁ ।

– ପିଲାମାନଙ୍କ ସାଙ୍ଗରେ ଯିବାଯୋଗୁ ଫେରିଆସୁଛି । ପିଲାମାନଙ୍କୁ ନେଇ ତମ ଘରଆଡ଼େ ଆଉ ଯାଇ ହେଉନି ।

– ହଁ । ସୁବିଧା ଦେଖି ଆସିବୁ । ଗାଁରେ ଏଥର ଦୁଇଦିନ ରହିଲି । ନନା ତ କହିବେ – 'ସକାଲୁ ଆସି ସଂଧାବେଲେ ଝୁଲିଯାଉଛ । ବାପଘରେ ରାତିରେ ରହିବାକୁ ଝୁହଁନ । କାହିଁକି ଗରୀବ ଭାଇ ଘରେ ରହିବ ?'

ସୁଷମା, ତୁ ଯାହା ଭାବେ ସେଠି ରହିବାକୁ ମୋର ଆଉ ଇଚ୍ଛା ନାହିଁ । ତାଙ୍କ ପୁଅମାନଙ୍କ ବିଷୟରେ ଜାଣିଥିବୁ ତ ? ସୁମତୀ ଭାଉଜ ବେଡ଼ରେ ପଡ଼ିଛି ଯେ ଗୋଡ଼

ସାରା ଘା' ହୋଇଗଲାଣି । ତା'ର ଦେଖା ରୁହାଁ ଯଦି ଠିକ୍‌ରେ କରିଥାଆନ୍ତେ ତେବେ ସେ ଆଜି ଏ ଅବସ୍ଥା ଭୋଗି ନଥାନ୍ତା । ଡାଇବେଟିସ୍‌ ହେଲା ବୋଲି ଠିକ୍‌ରେ ଔଷଧ ପତ୍ର ଖାଇଲେ ମଣିଷ କେଇବର୍ଷ ଆରାମରେ ଚଳିପାରିବ । ତୁ ଜାଣିଥିବୁ ତ ଆମ ଘର କଥା । ନନା ତ ଭାଉଜ କଥା ବୁଝିବାକୁ ନାରାଜ । ନିଜର ଖାଇବା, ଟିଭି ଦେଖିବା ଓ ମନ୍ଦିର ଯିବା ଆଦି କାମରେ ଦିନ ସରୁଛି । ସ୍ୱାତି ରୋଗଶଯ୍ୟାରେ ପଡ଼ିଛି ଯେ ତା ପାଖରେ କିଏ ଟିକିଏ ବସିବାକୁ ନାହିଁ । ବୋହୂମାନେ ଯେଝାକୁ ଯେଝା । ଏବେ କୁଆଡ଼େ ମିଲିମିଶି ସେବା କରୁଛନ୍ତି । ନହେଲେ ମା'ଟି ପରିସ୍ୱାରେ ଘାଣ୍ଟି ହେଲେ ମଧ ସେମାନଙ୍କର ଚିନ୍ତା ନଥିଲା । ପ୍ରତିଦିନ ନର୍ସ ଆସି ତାଙ୍କର ଘା' ଗୁଡ଼ିକ ସଫା ସୁତୁରା କରିଯିବାରୁ ଶୁଖିଗଲାଣି । ଆଉ ସେ ଘର ଭିତରେ ଦୟା ମାୟା ନାହିଁ । ଭାରି ତାକ ତରକରେ ବୋହୂମାନେ ଅଛନ୍ତି । ଭାଉଜ ତ ଗୁଙ୍ଗୀ ପରି ପଡ଼ି ରହିଛି । ସବୁ ଜାଣୁଛି ତଥାପି ପାଟି ଖୋଲିବାକୁ ଡରୁଛି । ମୁଁ ଏକଥା କ'ଣ ଜାଣିଥିଲି କିଲୋ ଝିଅ ? ଭାଉଜଙ୍କୁ କହିପକାଇଲି ତମ ମୁଣ୍ଡର ଦେହରେ ଟିକିଏ ତେଲ ଘଷା ଘଷି କରିଦେଲେ ଏତେ ନୁଖୁରା ଦିଶିବନି ଦେହ ମୁଣ୍ଡ । ମୁଣ୍ଡର ଚୁଟି ଫୁର୍‌ ଫୁର୍‌ ହୋଇ ଉଡୁଛି । ତମେ ସିନା ଉଠି ବସି ପାରୁନ ହେଲେ ତମ ଝିଅ ବୋହୂମାନେ ଏ କାମ ଟିକିଏ କରିବାକୁ ମନ କରୁନାହାଁନ୍ତି କି ? ଝିଅ ତ ପାଞ୍ଚମାସ ଆସି ରହିଲା ମା'ର ଦେଖା ରୁହାଁ କରିବାକୁ । କି ସେବା କରୁଛନ୍ତି କେଜାଣି ମା'ର ଆଜି ଏ ଅବସ୍ଥାରେ ପଡ଼ିଛି ? ଝିଅଲୋ, ଏତିକି ଭାଉଜ ପାଖରେ କହିଲା ବେଳକୁ ବୋହୂମାନେ କାନ ଠେରି ଶୁଣିଥିଲେ ମୋ କଥାକୁ । ସାଙ୍ଗେ ସାଙ୍ଗେ ନଣ୍ଦଙ୍କୁ ରିଲେ କରିଦେଲେ । ସେ ପରା ଫୋନରେ ଅଭିଯୋଗ କଲା ଭାଉଜଙ୍କୁ – ମୁଁ ତୋ ସେବା କରୁନଥିଲି କି ? ବୋଉ ତୁ ନନୀ ପାଖରେ କ'ଣ କହିଲୁ ?

କେତେ କ'ଣ ବାଣୀ ଶୁଣାଇଦେଲା ଭାଉଜଙ୍କୁ । ଭାଉଜ ରୁପ୍ କରି ରହିଲେ ଝିଅ କଥା ଶୁଣିଲା ପରେ । ମୁଁ ଦିନେ ଓଳିଏ ପାଇଁ ଯିବି । କାହିଁକି କାହାଘରେ ଅଶାନ୍ତି କରିବି ? ପିଉସାଙ୍କ ପାଖରେ ମୋ ଝିଅକୁ ରଖ ଆସିଥିଲି ଦୁଇରାତି ପାଇଁ । ଦିନେ ନ ରହିଲେ ନନା କେତେ କ'ଣ ବାଣୀ ମୋତେ ଶୁଣାଉଛନ୍ତି । ସେଠାର ଗୋଟିଏ ରାତି ଯୁଗଟିଏ ପରି ଲାଗିଲା । କେମିତି ରାତି ପାହିବ ମୁଁ ମୋ ଘରକୁ ଫେରିବି ବୋଲି ଭାବିଲି । ତୁ ସୁମତୀ ଖୁଡ଼ିଙ୍କୁ ଦେଖାଯାଇଥିଲୁ କି ? ମା'ଟିକୁ ଭଲମନ୍ଦ ଟିକିଏ ଖୁଆଇଲେ କି ଦିପଦ କଥା ହେଲେ ଭାଉଜଙ୍କ ମନ ଭଲ ଲାଗନ୍ତା । ଦେହ ମୁଣ୍ଡ ଆଉଁସି ଦିଅନ୍ତେନି କି ବୋହୂମାନେ ? ଆମେ କୁଣିଆ ପରି ଯିବୁ ଫଳମୂଲ, ମିଠା

ଖଜା ଧରିଧରି । ତା'ପରେ ଫେରି ଆସିବୁ ଘଣ୍ଟେ ଦୁଇଘଣ୍ଟା ଭିତରେ । ଦିନେ ଯଦି ତା'ର ଅବହେଳା ବିଷୟରେ ପାଟି ଖୋଲିଲୁ ତେବେ ଭାଉଜ ହିଁ ଶୁଣିବ ଅନ୍ୟମାନଙ୍କ କଥା । ଛାଡ଼ ସେ ଗାଁ ଘର କଥା । ସବୁ ନିଜରପଣ ଏବେ ଛାଡ଼ିଗଲାଣି ।

— ନାନୀ, ମୁଁ ଯାଇଥିଲି ଖୁଡ଼ୀଙ୍କୁ ଦେଖିବାକୁ ହସ୍ପିଟାଲରୁ ଫେରିବା ପରେ । ଖଟରେ ପଡ଼ିଛନ୍ତି । ପଚରିଲି – ସୁମତୀ ଖୁଡ଼ୀ, ମୋତେ ଚିହ୍ନି ପାରୁଛ ତ ?

— ହଁ । ତମେ ସୁଷମା ।

— ମନ ଅଛି ମୋ ପାଇଁ ଗଢ଼ି ଦେଉଥିବା ମାଟି କଣ୍ଢେଇ କଥା ।

— ହଁ । ସବୁ ମନ ଅଛି ।

ଯାହା ପଚରିଲି କେବଳ ତା'ର ଉତ୍ତର ପାଉଥିଲା ସୁଷମା । ଖୁଡ଼ୀଙ୍କ ଅବସ୍ଥା ଦେଖ ଆଖିରେ ଲୁହ ଜକେଇ ଆସିଥିଲା । ଖୁଡ଼ୀ ନିଜ ଆଡୁ ବେଶୀ କିଛି କହୁନଥିଲେ । ସମୟ ସହିତ ମଣିଷ ଘର ସଂସାର ଭିତରେ ପଶି ବୟସ ବଢ଼ିଗଲେ କାଳା, ମୂକ ରୋଲ୍ କରିବାକୁ ବାଧ୍ୟ ବୋଲି ଜାଣିଲି । ମୋ ଗପୁଡ଼ୀ ସୁମତୀ ଖୁଡ଼ୀଙ୍କ ଏ ଅବସ୍ଥା ପାଇଁ ସେ ତ ଖାଲି ଦାୟୀ ନୁହଁନ୍ତି ? ଯେଉଁ ସ୍ୱାମୀଙ୍କ ହାତଧରି ଏ ଘରକୁ ଆସି ପୁଅବୋହୂ ଝିଅ ଜ୍ୱାଇଁଙ୍କର ସଂସାରରେ ନିଜ ସମୟକୁ ସାରିଦେଇ ମଧ୍ୟ ଅବଶୋଷର ଚିହ୍ନ କେବେ ମୁହଁରେ ଉକ୍ତି ମାରିବାକୁ ସୁମତୀ ଖୁଡ଼ୀ ଦେଇ ନଥିଲେ ସେ ଆଜି କେମିତି ସହାନୁଭୂତି ପାଇ ପାରୁନାହାନ୍ତି ? ନାରୀଟି ନିଜ ସମୟକୁ ଗୋଟିଏ ପରିବାର ଭିତରେ ଆବଦ୍ଧ କରିଦେଲେ ମଧ୍ୟ ଅପରାହ୍ନ ବୟସରେ ହତାଦାର କାହିଁକି ? ମୋ କାହିଁକିର ପ୍ରଶ୍ନର ଉତ୍ତର ନଥିଲା ମୋ ପାଖରେ ଯେମିତି । ଆଖିରେ ମେଞ୍ଚାଏ ଲୁହଧରି ସୁମତୀ ଖୁଡ଼ୀଙ୍କ ପାଖରୁ ମୁଣ୍ଡିଆଟିଏ ମାରି ଫେରି ଆସି ଡ୍ରାଇଭରକୁ କହିଲି – ଚାଲ ଯିବା ଭୁବନେଶ୍ୱର । ଆଉ କେଉଁଠି କାମ ନାହିଁ । ସଂଧ୍ୟା ହୋଇଯିବ ।

ଡ୍ରାଇଭର ପଚରିଲା – ମା' ଏଇଟା କାହା ଘର ଥିଲା ?

ଏଇଟା ମୋ ଜେଜେଙ୍କ ଅମଲର ଦୁଇମହଲା କୋଠାଘର । ଏବେ ଆଗ ଓ ପଛରେ କିଛି ବଦଲେଇ ଦେଇ ନୂଆ ରୂପ ଦେବାକୁ ଦାଦାମାନେ ରୁହଁଛନ୍ତି । ଏହି ଘରେ ମୋ ବାହାଘର ହୋଇଥିଲା ଓ ମୋ ପିଲାଦିନ କଟିଗଲା । ଏବକୁ ଘର ଭାଗ ହୋଇ ଦାଦାମାନଙ୍କ ପାଖରେ ରହିଛି । ମୋ ବାପା ବୋଉ ପାଟଣା ସାହିର ପୁରୁଣା

ଘରକୁ ଉଠି ଆସିଥିଲେ ଭାଇ ବାହାଘର ପରେପରେ । ସତୁରୀ ବର୍ଷ ଉପରେ ଏହି କୋଠାଘର କେମିତି ଦମ୍ଭରେ ଠିଆ ହୋଇଛି ଦେଖୁଛୁ ତ ? ବହୁତ ମଞ୍ଜଭୁତ କରି ଏହି ଘର ତୋଲାଯାଇଥିଲା ପ୍ରତି ଜେଜେଙ୍କ ପାଇଁ ବୋଲି ଶୁଣିଥିଲି ।

– ସେ ଯୁଗରେ ତମର ଏତି ନାଁ ଥିଲା । ଧନୀଘର ବୋଲି ପାଖ ଆଖରେ କୁହାକୋହି ହେଉଥିଲେ ।

– ଏବେ ଆଉ ଧନ ସମ୍ପତି ନାହିଁରେ । କେବଳ କର୍ପୂରର ମହକ ଟିକିଏ ରହିଛି ଏହି ଘରେ ସେହି ସ୍ମତିର କପଡ଼ାରେ । ସବୁ ଦାଦା ଖୁଡ଼ୀ ନିଜର ଥିଲେ ସେତେବେଳେ । ଏବେ ତ କଳିଗୋଳ ଭିତରେ ସମୟ କଟୁଛି ଯେ ପରିବାରର ସଂଖ୍ୟା କୁଆଡ଼େ ହଜିଯାଉଛି ।

– ସେ ସମୟ ସେମିତି ଥିଲା ।

– ସତ କହିଲୁ । ସମୟ ସହ ମନ, ପ୍ରାଣ, ସ୍ନେହ ମମତା ସବୁ ବଦଳିଗଲାଣି । ପିଲାଦିନର ସ୍ମତିର ସମୟ ଗଲା କୁଆଡ଼େ ?

ସୁଷମା ହୋଇଗଲା ତ ଭାବପ୍ରବଣ । ଆଖିରେ ଦିଶୁଥିଲା ବାପା ବୋଉ ଓ ଅନ୍ୟମାନଙ୍କ ମୁହଁ । ସେମାନଙ୍କ ସ୍ମତିର ସୁବାସିତ ମହକରେ ପୂର୍ଣ୍ଣଚ୍ଛେଦ ପଡ଼ିନି ତା ଜୀବନରେ । ଏବେ ମଧ୍ୟ ତା ମନରେ ଆଚ୍ଛାଦିତ ହୋଇ ରହିଛି ସ୍ମତିର ରଙ୍ଗୁଡ଼ା ।

ଆଖ ବୁଜି ଦେଲା ସୁଷମା । ଅକୁହା କଥାର ବ୍ୟଥା ତା ମନରେ ଉଙ୍କି ମାରୁଥିଲା । କାହା ଉପରେ ଅଭିମାନ କରିବ ସେ । ସମୟ ଛଡ଼ା ଆଉ କିଏ ଅଭିମାନକୁ କୋଳେଇ ନେଇପାରେ କି ?

◻

ସୁନା ଶଙ୍ଖା

ମୋ! ମନରେ ଅଧିକାଂଶ ବେଳେ ବୋଉର କଥା ଶୁଭିଥାଏ । ଏବେ ସେ ସ୍ନେହବୋଲା ମଧୁର କଥା ଶୁଣିବାକୁ ସୌଭାଗ୍ୟ ମିଳିବ ନାହିଁ । କେବଳ ତା'ର ମୃଦୁ ଗୁଞ୍ଜରଣ ହୃଦୟକୁ ସ୍ପର୍ଶ କରି ମିଳାଇଯିବ ପୁଣି କୁଆଡ଼େ ? ମୋ ଭାବନା ଭିତରେ ଅତୀତର ବାସ୍ତବତାକୁ ଅନୁଭବ କଲାବେଳେକୁ ମୋ ଝିଅର ବାହାଘର ଆଉ କେଇଦିନ ବାକି ଥିଲା ମାତ୍ର । ତା ପୂର୍ବରୁ ମୁଁ ମା' ହିସାବରେ ପ୍ରସ୍ତୁତି ଆରମ୍ଭ କରିଦେଇଥିଲି । କଂସା ବାସନ ସାଙ୍ଗକୁ ସୁନା ରୂପା କିଣା କିଣି କରି ଯୋଗାଡ଼ କରିବା ଦାୟିତ୍ୱ ମୋର । ନଚେତ୍ ଖାଲି ହାତରେ ଝିଅକୁ କେଉଁ ପିତା ମାତା କେବେହେଲେ ବିଦା କରିବାକୁ ରୁହିଁ ନଥାନ୍ତି । ଏ ତ ଗଲା ବଡ଼ ଜିନିଷପତ୍ର କିଣାକିଣିର କଥା । ପୁଣି ଲୁଗାପଟା, ବାହାଘର କାର୍ଡ଼ ଛପା ବଣ୍ଟା, ଭୋଜିଭାତ କଥା ଯଦି ମୁଁ ନ ବୁଝିବି ତେବେ ମୋ ଅବୁଝ। ସ୍ୱାମୀ କହିବେ – ତମେ କ'ଣ କରୁଥିଲ ?

ମୋର ବାହାଘର ବେଳର ପୁରୁଣା ସୁନାକୁ ଭାଙ୍ଗି ଦେଇ ନିଦା ସୁନାରେ ନିଜ ପାଇଁ ଦୁଇପଟ ସୁନାଚୁଡ଼ କରିଦେଲି । ମେଞ୍ଜାଏ ଛୋଟ ଛୋଟ ସୁନାକୁ ଗଣାଗଣି କରି ସାଇତି ରଖିବା ମଧ ଆଉ ଠିକ୍ ଲାଗୁନଥିଲା । ଝିଅ ପାଇଁ ସୁନା ଅଳଙ୍କାର ଜିପିଏଫ୍ ଟଙ୍କାରେ କିଣି ସାରିଲେଣି ମୋ ସ୍ୱାମୀ । ଝିଅର ଦୁଇ ନଣନଦକୁ ଦୁଇଟା ମୁଦି ଓ ଝ୍ୟାଙ୍କ ଅଳଙ୍କାର ସବୁ ସ୍ୱାମୀଙ୍କ ରୋଜଗାର ଟଙ୍କାରେ କିଣା ସରିଛି । ବାକି ରହିଗଲି ମୁଁ । ତେଣୁ ଏହି ଖର୍ଚ୍ଚବେଳେ ନିଜପାଇଁ ସୁନା ଗହଣା କିଣିବା ମଧ ଉଚିତ ନୁହେଁ ଜଣେ ମା'ଙ୍କ ପକ୍ଷେ । ତେଣୁ ବଡ଼ ସୁନା ଦୋକାନରେ ପୁରୁଣା ଅଳଙ୍କାର ବଦଳେଇ ଦେଇ ଗୋଟିଏ ହଳ ସୁନା ଚୁଡ଼ି ସାଙ୍ଗକୁ ହଳେ ସୁନା ଶଙ୍ଖା କରିଦେବାକୁ ରହିଁଲି ।

ସ୍ୱାମୀଙ୍କ ପ୍ରଶ୍ନ – ତମର ଶଙ୍ଖା ଅଛି, ଝିଅ ପାଇଁ ତ କିଣା ସରିଛି । ଆଉ କାହା ପାଇଁ ପୁଣି ଗଢ଼ିବ ।

– ମୋର ବୋଉ ପାଇଁ ।

– ତାଙ୍କର ସୁନା ଶଙ୍ଖା ନାହିଁ କି ?

– ଥଳେ ଗଢ଼ିବାକୁ କହିଥାଆନ୍ତି କାହିଁକି ? ତା ଦଉ ସୁନା ଗହଣାରେ ମୋ ପାଇଁ ଖାଲି ଗଢ଼ିବି ନାହିଁ । ତା ପାଇଁ ଗଢ଼ିବାକୁ ରହୁଛି । ମୋ ବୋଉର ସୁନା ଶାଢ଼ୀ ପ୍ରତି ଲାଳସା ନଥିଲା ବୋଲି ଆଜି ପର୍ଯ୍ୟନ୍ତ ତ ସୁନା ଶଙ୍ଖା ତା ହାତରେ ଶୋଭା ପାଇନି ।

– ତମ ଅଜା ପରା ବୋଉକୁ ଧାନଜମି ଦେଇଥିଲେ ।

– ହଁ ଧାନଜମି ଦେଇ ପ୍ରତିବର୍ଷ ଧାନ ବିକ୍ରିକରି ମୋ ପାଇଁ ସୁନା ଗହଣା ରଖିଥିଲା । ଯେତେବେଳେ ବାପାଙ୍କ ପାଖରେ ଟଙ୍କାର ଅଭାବ ପଡ଼େ ବାପାଙ୍କୁ ଟଙ୍କା ଦେଇ ଦେଇ ପତ୍ନୀବ୍ରତା ଧର୍ମ ପାଳନ କରେ । ଅଜା ସୁନାଟୁଡ଼୍ ପାଇଁ ଆଠ ଭରି ସୁନା ଦେଇଥିଲେ । ବାପା ତାକୁ ନେଇ ନିଜ ଭାଇମାନଙ୍କ ପାଠ ପଢ଼ାରେ ଲଗାଇଦେଲେ । ସେଥିପାଇଁ ବୋଉ କୁହେ – ଆମ ମଫସଲ ଗାଁରେ ସେତେବେଳେ ସୁନା ଟୁଡ଼୍ ଗଢ଼ା ଯାଉନଥିଲା । ତମ ଗାଁ ବଣିଆ ପାଖରେ ଡିଜାଇନ୍ ଦେଖି ଗଢ଼ିବାକୁ ବାପା ଟଙ୍କା ହଜାରେ ଦେଇଥିଲେ । କିନ୍ତୁ ତୋ ବାପା ସବୁ ନେଲେ ।

– କାହିଁକି ଦେଲୁ ?

– ତୋ ଦାଦାମାନେ ବ୍ରହ୍ମପୁର, ପୁରୀରେ ପାଠ ପଢ଼ୁଥିଲେ । ପ୍ରତି ମାସରେ ଟଙ୍କା ଏକ ତାରିଖ ପୂର୍ବରୁ ପଠେଇବାର ଥାଏ । ବ୍ୟବସାୟରୁ ଲାଭରେ କୁଣିଆମଇତ୍ର ଘରଖର୍ଚ୍ଚ ସାଙ୍କୁ ତୋ ଦାଦାମାନଙ୍କ ପାଠ ପଢ଼ା ଚଳିଥିଲା । ତୋ ପିଉସୀ ନାନୀମାନେ ତ ଆମ ଘରକୁ ହିଁ ଆସିଥାଆନ୍ତି ପୋଖତି ହେବାକୁ । ପିଲା ଦଶମାସ ହେଲେ ଯିବେ ଶାଶୁଘରକୁ । ବାପା ମୁଣ୍ଡରେ ହାତ ଦେଇ ବସିଲେ ମୋତେ ଭଲ ଲାଗୁନଥିଲା । ତେଣୁ ମୋ ସୁନା ଟଙ୍କା ନେଇ ଖର୍ଚ୍ଚ କରିଦିଅ ବୋଲି କୁହେ ।

ତୋ ବାପା, କହିଥିଲେ ଭାଇମାନେ ଚକିରି କଲେ ତୋ ସୁନା ଟଙ୍କା ଆଠଭରିର ଫେରସ୍ତ ମୁଁ କରିଦେବି । ବର୍ଷ ପରେ ବର୍ଷ କଟିଲା, ଭାଇମାନେ ଚକିରି ବାକିରି କରି ନିଜ ସୁବିଧାରେ ରହିଲେ । ଆଉ ମୋ କଥା କାହିଁକି ମନେ ରଖିବେ ? ନିଜ ମା', ଭାଇ ଓ ବାପାଙ୍କ ପାଇଁ ଚକିରି ଛାଡ଼ି ଆସିଥିଲେ ତୋ ବାପା ।

– ତା'ପରେ ବ୍ୟବସାୟରେ ଘାଟା ହେଲା ।

– ହଁ । ଟଙ୍କାରୁ ପରିମାଣ କମି ଆସିଲା । ହାତରେ ଟଙ୍କା ରହିଲା ନାହିଁ । ଘରର କିନ୍ତୁ ଖର୍ଚ୍ଚ କାଟ ହେଉନଥିଲା । ତେଣୁ ପଦାହେରିକା ବିକ୍ରିହୋଇ ଘର ଖର୍ଚ୍ଚ ଭରଣା ହେଲା । ଆଉ ମୋ ସୁନା ଚୁଡ଼୍ କଥା ସେଇଟି ରହିଗଲା ।

ଭାନୁମତୀ ସାହୁ ••• ୩୩

– ବୋଉ, ମୋ ବାହାଘରକୁ ତୁ ଏତେ ସୁନାରୂପା ଦେବା ଉଚିତ ନଥିଲା ।

– ତୋର ସୁନାରୂପା ପ୍ରତି ଆଗ୍ରହ ନାହିଁ ବୋଲି ସୁନା ସେବତୀ ଫୁଲ ଦିଟା ନେଲୁନାହିଁ । ମୋର ରୁଚିଟା ସେବତୀ ଫୁଲ ଥିଲା । ତାକୁ ଗଣ୍ଠିରେ କି ବେଣୀରେ ଲଗାଉଥିଲି ।

– ଭଲ କରିଛି ମୁଁ ନେଇନି । ମୋତେ ଖୋସା କି ବେଣୀରେ ସୁନା ସେବତୀ ଫୁଲ ଲଗାଇବାକୁ ଭଲ ଲାଗେନି । ଖୋସା ତ ମୁଣ୍ଡରେ ପାହାଡ଼ ଲଦିଲା ପରି ଲାଗେ । ତେଣୁ ବାହାଘର ପରେ ଏହି ଖୋସା ଯୋଗୁଁ କେତେ ଚୁଟି ଚାଣି ହୋଇ ଉପୁଡ଼ି ଗଲା । ତେଣୁ ଶାଶୁଙ୍କୁ କହିଲି "ମା' ମୁଁ ବେଣୀ କରିନେବି । ଏପରି ମୁଣ୍ଡରେ ବଳ ରଖ଼ି ବଡ଼ ଖୋସା କରିବା ମୋ ପକ୍ଷେ ସମ୍ଭବ ନୁହେଁ । ମୋତେ ମଧ ଭଲ ଲାଗେନି । ବୋଉ ସୁନା ଫୁଲ ଦେଉଥିଲା ଯେ ଲଗେଇ କି ଆସିଲି ନାହିଁ ।"

– ତୁ ମନା କଲୁ କାହିଁକି ? ଖୋସା ମଝିରେ ଲଗାଇଲେ ଭାରି ସୁନ୍ଦର ଲାଗିଥାଆନ୍ତା । ଶାଶୁ କହିଲେ ।

ଭାବିଥିଲି, ମୁଣ୍ଡରୁ ଲୁଗା ଖସିବା ଉଚିତ୍ ନୁହେଁ ବୋହୂର ଗାଁ ଭିଆଁରେ । କିଏ ଦେଖ଼ିବ ମୋ ସୁନା ଫୁଲ ଖୋସାରେ ।

ଆଜି ଏ କଥା ଭାବିଲେ ମଧ ହସ ଲାଗେ । ଏତେ ହାର ଥାଇ ମଧ ବାହାଘର ବେଳେ ସାଧା ଚେନ୍ ପିନ୍ଧିଲେ ଭଲ ଲାଗେ । ଶାଶୁଘର ହାର କି ଯୁଇ ହାର ବେକରେ ଗୋଞ୍ଜି ଦେଲା ପରି ଲାଗୁଥାଏ । କିଏ ହାତରେ ଆର୍ମଲେଟ୍ ଲଗାଇବ । ହଁ କେବଳ ତା ଭିତରେ ସୁଦର୍ଶାବ୍ରତ ରଖ଼ିଦେଇ ଲଗାଉଥିଲି । ଏବେ ସୁନା ଗହଣା ମଣ୍ଡି ହୋଇ ରହିବା ଇଚ୍ଛା ନାହିଁ । ବାଧ ହୋଇ ନୂଆ ବାହାହୋଇ ଆସିଲାବେଳେ ପ୍ରତି ଅଙ୍ଗୁଲିରେ ସୁନା ମୁଦି ଲଗାଇ ରହିବାକୁ ପଡ଼ୁଥିଲା । ଭଲ ନ ଲାଗିଲେ ମଧ ବାଧ ହୋଇ ଲଗାଇବାକୁ ପଡ଼େ । ହାତରେ ସୁନା ଚୁଡ଼, ଓ ଶଙ୍ଖା ତ ଅହ୍ୟସୁଲକ୍ଷଣୀର ସଙ୍କ । ବୋଉ ଦେଇଥିବା ଆଠ ପଟ ସୁନାଚୁଡ଼ି ସାଙ୍କୁ ଶାଶୁ ଦେଇଥିବା ସୁନା ଶଙ୍ଖା ସବୁବେଳେ ଲଗାଉଥିଲି । ମୋ ଝିଅ ବାହାଘର ପୂର୍ବରୁ ବୋଉ ପାଇଁ ଦୁଇପଟ ଶଙ୍ଖା ଗଢ଼ି ଦେଇ କହିଥିଲି– 'ପିନ୍ଧିପକା । ହାତକୁ ଭଲ ମାନିବ' । ବୋଉ ଗୋଟିଏ ହାତରେ ବାର ପଟରୁ ଅଧ୍ଖିକା କାଚ ଚୁଡ଼ି ଲଗାଉ ଥିଲା । ତେଣୁ ବୋଉ ହାତରେ ଗଲେଇ ଦେଲା ପରେ ବୋଉ କହିଲା–ମୁଁ ଝିଅକୁ ଦେବି ନା ଝିଅ ମୋତେ ଦେବ !

– ବୋଉ ମୁଁ ତତେ ଦେଲି କେତେବେଳେ ? ଏଇ ସୁନା ତୋଠାରୁ ପାଇଥିଲି । ସେଥିରେ ମୋ ପାଇଁ ଗଢ଼ିଲି । ଇଚ୍ଛା ହେଲା ତୋତେ ଦୁଇଟା ଦେବି । ମୋର ନୁହେଁ ଏ ସୁନା ରୁଡ଼ି । ତୋର ଦଉ ସୁନା ଅଳଙ୍କାରର ଏକମାତ୍ର ଭରଣା ।

– ଝିଅ ପାଖରୁ କିଏ ନେବ କି ? ତତେ ଟଙ୍କା ଦେଇଦେବି ।

– ଜମାରୁ ନେବିନି ମୁଁ ।

– ହଉ ଯେତେ ଦିନ ବଞ୍ଚିଥିବି ଲଗେଇଥିବି । ମରିଗଲେ ତୋ ସୁନା ତୁ ନେଇଯିବୁ । ବାପାଙ୍କ ପୂର୍ବରୁ ମୁଁ ତ ଆଗ ଯିବି । ମୋ ହାର୍ଟ ଖରାପ ହେଲାଣି ବୋଲି ଡାକ୍ତର କହିଛନ୍ତି ।

– ବେକାର କଥା ଆଉ କହନା ତୁ । ମୋ ଝିଅ ବାହାଘରରେ ବାପାର ଓ ତୋର ବେଶି କାମ ରହିଛି ।

– ହଁ, ତା ଅଜା କରିବେ ବାହାଘର ବେଦୀରେ ବସି କରି ।

– ଭଲ କଥା, ତୋ ଭ୍ୟାଁ କରିବେ କେବଳ କନ୍ୟାଦାନ । ତମେ ଦୁଇଜଣଙ୍କ ଯୋଗୁଁ ମୋ ଘର ଆଜି ପୁରିଯାଇଛି । ମୋ ଶ୍ବଶୁର ଥିଲେ ବହୁତ ଖୁସି ହୋଇଥାଆନ୍ତେ । ଏବେ ଶାଶୁ ଆସିଛନ୍ତି ପାଖକୁ । ରହିବେ ମାସେ ଖଣ୍ଡେ ।

– ରୁହନ୍ତୁ ସମୁଦୁଣୀ ଠାକୁ ଖୁସିରେ । ଆମମାନଙ୍କର ଇଚ୍ଛା କେବଳ ଦେଖିବାକୁ ତୁମମାନଙ୍କ ସୁଖର ସମୟକୁ ଟିକିଏ ।

– ଯାହାହେଉ   ତୋ ଝିଅ ବାହାଘର ଦେଖିଦେଲୁ । ଆଉ ତୋ ପୁଅ ବାହାଘରକୁ ବଞ୍ଚିଥିବୁ କି ନାହିଁ କିଏ କହିବ ?

– ହଁ ମୋ ପୁଅ ବାହାଘର ନିଶ୍ଚୟ ଦେଖିବ । ଆଉ କେତେ ବର୍ଷ କି ରହିଲା ? ଚଉଦ ମସିହା ବେଳକୁ ବାହାଘର କରିଦେବୁ ।

ପୁଅ ବାହାଘର ପୂର୍ବରୁ ଶାଶୁ ଢଳିଯାଇଥିଲେ । କିନ୍ତୁ ମୋ ବାପା ବୋଉ ଜୀବିତ ଥିଲେ । ବାହାଘରର ଦେଢ଼ବର୍ଷ ପରେ ଆଗ ବାପା ଢଳିଗଲେ ଓ ଠିକ୍ ବର୍ଷକ ପରେ ସେହି ଏକା ଜାନୁୟାରୀ ବାଇଶି ତାରିଖରେ ବୋଉ ମଧ ଆଖ୍ ବୁଜିଲା । ବାପା ମୋ ନାତୁଣୀକୁ ଦେଖ୍ ପାରିନଥିଲେ । ଅଥଚ ମୋ ବୋଉ ମୋ ନାତୁଣୀକୁ କୋଳରେ ଧରି ଗେଲ କରିଥିଲା । ଝିଅର ପୁଅ ଦୁଇଟାଙ୍କ ସହିତ ବାପା ବୋଉ କଥାବାର୍ତ୍ତା କରି ଖୁସି ହୋଇଥିଲେ ।

ଭାନୁମତୀ ସାହୁ ••• ୩୫

ଆଜି ସବୁ ଯେମିତି ସ୍ୱପ୍ନ ପରି ଲାଗୁଛି ଏ ମାୟା ସଂସାର । ଆମେ ଆସିବା ଓ ଯିବା ପ୍ରକ୍ରିୟାର ଅନ୍ତ କାହିଁ ? ବୋଉର ମୃତ୍ୟୁ ପରେ ଗାଁକୁ ଯାଇ ଶବ ସହ ସ୍ୱର୍ଗଦ୍ୱାର ଯାଇଥିଲି ଝିଅ ହିସାବରେ । ସେଠି ଘିଅ, ଧୂପ, ଚନ୍ଦନ କାଠ ଦେଇ ଜୁଇ ଲିଭିଲା ପର୍ଯ୍ୟନ୍ତ ଅପେକ୍ଷା କରିଥିଲୁ ଆମେ ଦୁଇ ଭଉଣୀ । ସ୍ତ୍ରୀ ଲୋକମାନେ ଶ୍ମଶାନ ଆସିବା ମନା । ବାପାଙ୍କ ମୃତ୍ୟୁପରେ ଭୁବନେଶ୍ୱରରୁ ସିଧା ସ୍ୱର୍ଗଦ୍ୱାର ଯାଇଥିଲୁ । ବଡ଼ ଝିଅ ହିସାବରେ ମୁଁ, ମୋ ସ୍ୱାମୀ ଓ ମୋ ପୁଅ ଯାଇଥିଲୁ । ମୁଁ ଦେଖିଲି ମୋ ବାପାଙ୍କ ଜୁଇ ଜଳୁଥିବାର ଦୃଶ୍ୟ ଯେଉଁଥିପାଇଁ ମୁଁ ଗଭୀର ଭାବରେ ହୃଦୟଙ୍ଗମ କଲି ମୋ ବାପାଙ୍କ ଶରୀରରେ ଆସ୍ତେ ଆସ୍ତେ ବିସ୍ମୟର ପରିବର୍ତ୍ତନ ଭରିଯାଉଛି ଯେମିତି ? କିଛି ସମୟ ପରେ ତାଙ୍କର କିଶୋର ବୟସ ରୂପ ମୋତେ ଦିଶିଲା । ପୁଣି ତା'ପରେ କେବଳ ଏକ ମାଟି ଶରୀରର ଆକୃତି ଦେଖାଗଲା ଜୁଇର କଳାକାଠ ପଡ଼ି । ମୁଁ ସେହି ରହସ୍ୟମୟ ଭାବନାରେ ଜଡ଼ସଡ଼ ହେଲା ବେଳେ ମୋ ସ୍ୱାମୀଙ୍କ ସ୍ୱର ଶୁଣାଗଲା – ଏଠି ଠିଆହୋଇ କ'ଣ ଦେଖିବ ? ଝୁଲ ସମୁଦ୍ର କୂଳରେ ବସିଯିବ ।

ସୂକ୍ଷ୍ମାତିସୂକ୍ଷ୍ମ ପଞ୍ଚମହାଭୂତ ଶରୀରର ଧୂଆଁର କୁଣ୍ଡଳୀ ଭିତରେ ମୁଁ ଏକାଗ୍ର ହୋଇ ଭାବୁଥିଲି – ବାପା, ତମେ ସତ କହୁଥିଲ । ଏଇ ମାୟା ସଂସାରରେ ଜୀବନର ମୂଲ୍ୟ ଭିତରେ ରୂପ ଅରୂପର ସ୍ଥାନ କାହିଁ ? ଆୟୁଷ ସରିଲେ ଲୀନ ହେବ ପଞ୍ଚମହାଭୂତ ଶରୀରକୁ ଛାଡ଼ିଦେଲ । ତା'ପରେ ପୁନର୍ଜନ୍ମ ଅଛି କି ନାହିଁ କିଏ ଜାଣେ ? ଯେତେଦିନ ଏଠିକୁ ଆସିଛି ଭଲ କାମ କରିବ । ଲୋଭ ମୋହ ମାୟାରେ ପଡ଼ି ଜୀବନକୁ କଳୁଷିତ କରିବା ନାହିଁ ।

ଆଜି ସ୍ପଷ୍ଟ ଦିଶୁଛି ମୋ ବାପାଙ୍କ ମୁହଁ । କି ମୁରୁକୁଦ ହସ । କି ନରମ କଥା । ମନରେ ଅଭିମାନ ନଥିଲା । ବୋଧେ ପାଞ୍ଚ ବର୍ଷ ପାରାଲିସିସ୍ ହୋଇଥିବା ବାପାଙ୍କ ସେବାକୁ ଶ୍ରେଷ୍ଠ ଧର୍ମ ମାନି ସେ ନିର୍ବିକାର ହୋଇ ନିଜର ବେଶଭୂଷା ଖାଦ୍ୟପେୟ ଓ ପୂର୍ବ ଚଳଣୀକୁ ତ୍ୟାଗ କରିଦେଇଥିଲେ । କୁଆଡ଼େ ଗଲା ପକେଟ୍‌ରେ ଗୋଲାପ ଫୁଲ ଲଗାଇ ଫୁଲ ପ୍ୟାଣ୍ଟ ସାର୍ଟ ପିନ୍ଧିବା ଛବି ! କାହିଁ ପ୍ରତିଦିନ ବାସନା ସାବୁନ ଲଗାଇ ଗାଧୋଇବାର ଦିନ ମୋ ଆଖିରେ ପଡ଼ିନି । ଦେଖିଲା ଦିନଠାରୁ ଧୋତି କାମିଜ୍‌ ପିନ୍ଧା ସରଳ ମଣିଷଟିକୁ ଦେଖି ଆସିଛି । ନ ଥିଲା ମନରେ ଅବଶେଷ କି ଅଭିମାନ କାହାଉପରେ । ନିଜର ସୁଖ ସ୍ୱାର୍ଥପରକୁ ତ୍ୟାଗ କରି ଅନ୍ୟପାଇଁ ବଞ୍ଚିଥିଲେ ସାରା ଜୀବନ । ଯେଉଁଦିନ ତାଙ୍କର ଜଣେ ସାଙ୍ଗ ଫିଟ୍‌ ଫାଟ୍‌ ହୋଇ ନିଜ କାରରେ ଆସି

ବାପାଙ୍କ ନାଁ ପଢ଼ୁରି ଦେଖାକଲେ ସେଦିନ ସେ ସାଙ୍ଗ ଚକିତ ସ୍ୱରରେ କହିଥିଲେ –
ତୁ ଏମିତି ବଦଳି ଗଲୁ କେମିତିରେ ସାଙ୍ଗ। ମୁଁ ବିଶ୍ୱାସ କରିପାରୁନି। ତୋର
ଖାନ୍ଦାନୀ ରୂପ ଆଉ କାହିଁ? ଆମେ ପରା ସାଙ୍ଗହୋଇ ଇଞ୍ଜିନିୟରିଂ ଝିକିରିରେ
ଯୋଗ ଦେଇଥିଲେ !

ବାପା ହସି ହସି କହିଥିଲେ – ସମୟ ବଦଳାଇ ଦେଲା। ତୁ ଭଲ ଅଛୁ ବୋଲି
ଜାଣି ଖୁସିହେଲି।

କୋଲାକୋଲି ହୋଇ ଅତୀତର ଛବି ରୋମନ୍ଥନ କରିଥିଲେ ଦୁଇ ସାଙ୍ଗ।
ତା'ପରେ ସେ ମନଦୁଃଖ କରି ଫେରିଥିଲେ ବାପାଙ୍କ ତ୍ୟାଗ ଦେଖ।

ବାପା ଶେଷ ପର୍ଯ୍ୟନ୍ତ କେବେ ଅନ୍ୟକୁ ଦୋଷ ଦେଇ ବଞ୍ଚିବା ଶିଖିନଥିଲେ।
ସେ କହୁଥିଲେ ସମୟ ହିଁ ସେତେବେଲେ ସେମିତି ଥିଲା। ଯାରି ଭିତରେ ବୋଉ
ମଧ ଅବହେଲିତ ହୋଇ ପଡ଼ୁଥିଲା। ଦୁହେଁ ଅନ୍ୟମାନଙ୍କ ପାଇଁ ବଞ୍ଚ ଖୁସି
ହେଉଥିଲେ। ଶତ୍ରୁ କି ଖରାପ ଲୋକକୁ ମଧ ଖରାପ କହିବେ ନାହିଁ। ସେମାନଙ୍କ
ଭିତରୁ ଭଲଗୁଣ ଦରାଣ୍ଡିବେ।

ଯେଉଁଦିନ ବାପା ଝିଲିଗଲେ ବୋଉ ବାହୁନି ବାହୁନି କାନ୍ଦିଲା ଯେ ତା ଆଖିର
ଲୁହ ସରିଲା ନାହିଁ ଯେମିତି। କାନ୍ଦିଲେ ଆଖିର ଲୁହ ସହିତ ନାକରୁ ରକ୍ତ ବୋହିଲା।
ଭାଇ ଭାଉଜମାନେ କହିଲେ "ବୋଉ କାନ୍ଦନି, ତମେ କାନ୍ଦିଲେ ତମ ଦେହ ଖରାପ
ହେବ।"

ବୋଉର କାନ୍ଦ ଚୁପ୍ ହୋଇଯାଏ। ତଥାପି ବୋଉ ବାପାଙ୍କ ମୃତ୍ୟୁ ପରେ
ହାତରୁ ରୁଡ଼ି କାଢ଼ି ବେକରୁ କାନରୁ ସବୁ ସ୍ୱର୍ଣ୍ଣ ଗହଣା କାଢ଼ି ରଖିଦେଲା, କହିଲା–
ଆଉ କାହା ପାଇଁ ସଜ ହେବି। ଦେଇଥିବା ସୁନା ଶଙ୍ଖା ବାପାଙ୍କ ମୃତ୍ୟୁପରେ ଆଉ
ପିନ୍ଧିଲାନାହିଁ। କହିଲା ଏଥର ତୋ ସୁନା ତୁ ନେଇଯାଆ।

ମୁଁ ବୋଉକୁ କହିଲି – ତୁ ଏଥର ଗୋଟିଏ ସୁନା ରୁଲି କରି ପିନ୍ଧି ପକା। ମୁଁ
ଜମାରୁ ନେବିନି ଏ ସୁନା ତୋଠାରୁ।

– ମୁଁ ମରିଗଲା ପରେ ତୋ ଭାଇମାନେ ଦେଇଦେବେ ମୋ ସୁନାରୂପା ଭାଗ
କଲା ବେଲେ।

– ତୁ କାହିଁକି ଏପରି କହୁଛୁ?

– କିଏ ଜାଣିଥିଲା ତୋ ବାପା ଆଗ ଢଳିଯିବେ ବୋଲି । ମୁଁ କେତେବେଳେ ଯିବି ଠିକ୍ ନଥିଲା । ମୁଁ ଅହ୍ୟସୁଲକ୍ଷଣୀ ହୋଇ ଢଳିଯିବି ବୋଲି ଭାବିଥିଲି । ଦେଖିଲା ବେଳକୁ ତୋ ବାପା ଠକ୍ କରି ଢଳିଗଲେ ଖାଇ ପିଇ ଶୋଇଲା ବେଳକୁ । ଏମିତି ମରଣ କାହାର ହୁଏ କି ? ମୁଁ ଆଉ କେଇଦିନ ବଞ୍ଚିବି କି ?

ବାପାଙ୍କ ପରେ ବୋଉର ଦେହ ଭଲ ରହୁନଥିଲା ବାପାଙ୍କ ମୃତ୍ୟୁ ଚିନ୍ତାରେ । ବାପାଙ୍କୁ ମନରେ ଝୁରୁଥିଲା ସେ । ସେ ମୃତ୍ୟୁ ପର୍ଯ୍ୟନ୍ତ ଚଳତକ୍ଷମ ଥିଲା । ସହଜେ ହାର୍ଟ ରୋଗୀ । କାମର ଉପରୁ ତାକୁ ପୁରା ମୁକ୍ତ କରି ଠାକୁରାଣୀଙ୍କ ପରି ସେବା ଯୋଗାଉଥିଲା ତା ବଡ଼ ବୋହୂ । ଦିନେ ହେଲେ ଅବଶୋଷ କରିନି ବୋହୂଟି ସେବାରେ ନିୟୋଜିତ ରହି । କୁହେ – ଆମର ବଡ଼ ପୁଣ୍ୟ ହେବ ଶାଶୁ ଶ୍ୱଶୁରଙ୍କ ସେବା କଲେ । ତାଙ୍କ କୃପାରୁ ମୋ ପିଲାମାନଙ୍କର ମଙ୍ଗଳ ହେବ ।

ବୋଉର ମୃତ୍ୟୁଦିନ ସକାଳ ଜଳଖିଆରେ ସଜ ରୁଟି ଡାଲମା ଦେଇଥିଲା ବୋହୂ । ବୋଉର ଖାଇ ସାରିବା ପରେ ପରେ ତା'ର ସାତ ପ୍ରକାରର ଔଷଧ ଖାଇବାକୁ ଦେଇ ଥିଲା । ତା'ପରେ ବୋଉ ତା ଖଟ ଉପରେ ବସିଥିଲା ପରେ ବୋହୂଟି ଲୁଗା ବାଲଟି ଧରି ଛାତ ଉପରକୁ ଗଲା ଶୁଖାଇବାକୁ । ଘରେ କିଏ ନଥିଲେ । ଭାଇ ତା କାମରେ ଘର ବାହାରେ । ପିଲାମାନେ କଲେଜରେ । ତେଣୁ ଦାଣ୍ଡପଟ ଗ୍ରୀଲ୍ ତାଲା ଦେଇ ଯାଇଥିଲା ଛାତ ଉପରକୁ । ବୋଉର ଲୁଗାପଟା ସଫା ସୁତୁରା କରି ସାଇତି ରଖିବା ତା'ର କାମ ମଧ । ବାପା ଥିଲା ବେଳେ ବାପାଙ୍କ ଲୁଗା ସଫା କରି ଇସ୍ତ୍ରୀ କରିଦେଇ ସବୁ ସଜାଡ଼ି ରଖିଥାଏ ବୋହୂ । ବାପା ବୋଉଙ୍କର କିଛି କାମ ନାହିଁ । କେବଳ ଗ୍ରୀଲ୍ ଭିତର ସୋଫାରେ ବସି କିଏ କୁଣିଆ ମଇତ୍ର ଆସିଲେ କଥାବାର୍ତ୍ତା କରିବେ କିମ୍ୱ । ସାଇଭାଇ କି ଆଉ କିଏ ଆସିଲେ ବସି ଦୁଃଖ ସୁଖ କଥା ହେବେ, ପେପର ପଢ଼ି ଓ ଠାକୁର ପୂଜା, ଭାଗବତ ପଢ଼ି ଦିନର ସମୟ ସରିଥାଏ । ଘରର କୌଣସି ଚିନ୍ତା ତାଙ୍କର ଆଉ ନଥାଏ । ଭାଇ ହିଁ ଘର ଓ ଭଉଣୀମାନଙ୍କ କଥା ବୁଝୁଥାଏ । ମାସକ ପାଇଁ ଔଷଧ ଆଣି ବାପା ବୋଉକୁ ଯୋଗାଇ ଦେଇଥାଏ । ମୋ ବାପା ଯେମିତି ନିଜ ବାପାଙ୍କ ସେବା ତୁଟି କରିବାକୁ ଚହିଁନଥିଲେ ସେମିତି ଭାଇ ମଧ ବାପାଙ୍କ ସେବା ପ୍ରତି ଅବହେଳା କରୁନଥିଲା ଅଧିକାଂଶ ବେଳେ ଭାଉଜ କାନ୍ଦୁ ମାନ୍ଦୁ ହୋଇ କହେ – ବାପା, ବୋଉ ଏଇଠି ବସିଥାଆନ୍ତେ ହେଲେ । ମୋତେ ଏକା କରି ଢଳିଗଲେ । ମୁଁ ଆଉ କେଇବର୍ଷ ସେବା କରିଥାଆନ୍ତି ।

– ଆୟୁଷର ଭରସା ନାହିଁ । ତୁ ସେବା କରି ପୁଣ୍ୟ ଢେର ପାଇଛୁ ବୋଲି ମୁଁ କହେ । ତୋର କିଛି ଅସୁବିଧା ହେବନି ।

– ହଁ ନାନୀ । ନହେଲେ ମୋ ପୁଅ ଏକୋଇଶିବର୍ଷରେ ପାଠ ଶେଷକରି ବଡ଼ କମ୍ପାନୀରେ ରକିରି ପାଇଥାଆନ୍ତା କେମିତି ? ସବୁ ବାପା ଓ ବେଉଙ୍କ ଆଶୀର୍ବାଦର ଫଳ । ମୁଁ ତ ସେଦିନ ଉପରୁ ଆସିଲା ପରେ ଦେଖିଲି ବେଉ ଚୁପ୍ ରହିଛନ୍ତି । ହଲାଇ ଦେଲି ବେଉଙ୍କୁ । ବେଉ କିଛି କହିଲେନି । ତେଣୁ ପିଠିକୁ ଜୋର୍‌ରେ ହଲେଇଲା ପରେ ଉତ୍ତର ଦେଲେ – ଦେହ ଭଲ ଲାଗୁନି ।

ସାଙ୍ଗେ ସାଙ୍ଗେ ଡାକ୍ତରଖାନା ନେଇଗଲୁ ଓ ସେଠୁ ଏମ୍ସକୁ ନେଇ ଭୁବନେଶ୍ୱରରେ ପହଁଚିଲୁ । ମୁଁ ଜାଣି ସାରିଥିଲି ହାର୍ଟଷ୍ଟୋକ୍ ହୋଇ ସାରିଥିଲା । ତା ପୂର୍ବରୁ ଥରେ ମଧ୍ୟ ହାର୍ଟଷ୍ଟୋକ୍ ହୋଇ ଆମ ଗାଁ ଡାକ୍ତରଖାନାରୁ ଅଧିକା ଚିକିତ୍ସା ପାଇଁ ତାଙ୍କୁ ବ୍ରହ୍ମପୁର ନେଇଥିଲୁ । ଆଉ ଥରେ ହାର୍ଟ ଆଟାକ୍ ହେଲେ ବଞ୍ଚେଇ ହେବନି ବେଉଙ୍କୁ ।

ମୁଁ ଏମ୍ସରେ ପହଁଚିଲା ପରେ ଗାଁରୁ ଭାଇଭାଉଜ ଆମ୍ବୁଲାନ୍ସରେ ବେଉଙ୍କୁ ଆଣିଥିଲେ । ସେଠି ବେଉ ସମସ୍ତଙ୍କୁ ଦେଖି ଖୁସି ହେଲା । ଭଲ ଲୋକ ପରି କଥାବାର୍ତ୍ତା କଲା । ପୁଅ ବୋହୂମାନଙ୍କୁ କହିଲା – ‘ଯାଅ ଖାଇଦେବ । ଖାଇନ କେତେବେଳୁ । ଏଠି ଜ୍ୱାଇଁକୁ ଦେଖିଲି । ନାତି, ନାତୁଣୀବୋହୂ, ଅଣନାତୁଣୀ ଦେଖିଲିଣି । ମୋ ବେକରୁ ମାଲାଟି କାଢ଼ି ନାନୀକୁ ଦେଇଦିଏ । ଏହି ଡାକ୍ତରଖାନାରେ ସୁନା ଗହଣା ରଖିବେ ନାହିଁ ।’ କାନରୁ ବେକରୁ ଜିନିଷ କାଢ଼ି ଦେଲା ବେଉ । ତା’ପରେ ଭାଉଜ ମୋତେ ଦେଇ କହିଥିଲା – ନାନୀ ତମ ପାଖରେ ଥାଉ ।

ବେଉର ମୃତ୍ୟୁ ସେ ଦିନ ରାତି ତିନିଟା ପଦରରେ ହୋଇଗଲା । ଦୁଇଭାଇ, ଭାଉଜ ସେଠି ବେଉଙ୍କୁ ରାତିସାରା ଜଗି ବସିଥିଲେ । ମୁଁ ମୋ ସ୍ୱାମୀ, ମୋ ପୁଅ ଯିବା ବେଳେକୁ ବେଉର ଆଖି ବନ୍ଦ ଥିଲା । ତାକୁ ସିଧା ଗାଁକୁ ନେଇ ତା’ପରେ ପୁରାଯିବାକୁ ସବୁ ବ୍ୟବସ୍ଥା କରାଯିବ ବୋଲି ଭାଇ କହିଥିଲା । ତେଣୁ ବେଉ ସାଙ୍ଗରେ ମୁଁ ମଧ୍ୟ ଗାଁକୁ ଗଲି । ସେ ଦିନ ବ୍ଲଡ୍‌ପ୍ରେସର, ଡାଇବେଟିସ୍ ଔଷଧ ନ ଖାଇ ସିଧା ଗାଁରୁ କୁଟୁମ୍ବର ଦାଦା ଓ ଭାଇଙ୍କ ସହ ବେଉର ମରଣଶୋର ସାଙ୍ଗରେ ସ୍ୱର୍ଗଦ୍ୱାର ଯାଇଥିଲି । ବାପା, ବେଉ ଓ ମୋ ଶାଶୁଙ୍କ ଶବଦାହ ବେଳେ ମୁଁ ସେଠାରେ ଉପସ୍ଥିତ

ଥିଲି ଓ ଆଖିରେ ଦେଖିଛି କିମତେ ଭଲପାଉଥିବା ମଣିଷମାନେ ଦୁଇଘଣ୍ଟା ଭିତରେ ପୋଡ଼ି ଭସ୍ମୀଭୂତ ହୋଇଗଲେ । ଭାବିଥିଲି ମଣିଷ ଜୀବନର ମୂଲ୍ୟ କ'ଣ ?

ମୋ ଆଖିରୁ ଅନବରତ ଲୁହ ଗଡ଼ୁଥିଲା । ଜୀବନର ନଶ୍ୱର ଶରୀରର ମୂଲ୍ୟ ମୋ ବେଉ, ବାପା ହିଁ ଠିକ୍ ବୁଝିଥିଲେ କକ୍ଷାଘାତରେ ପେଷି ହେଲାବେଳେ । ସେ କେବେ ଭାଙ୍ଗି ପଡୁନଥିଲେ କୌଣସି ବିପଦ ଆସିଲେ କି ହାନି ଲାଭରେ । ସବୁ ଠାକୁରଙ୍କ ଇଚ୍ଛା କହି ଗ୍ରହଣ କରିଯାଉଥିଲେ ଅଚିରମନରେ ।

ବେଉର କ୍ରିୟାକର୍ମ ପରେ ଭାଉଜ ବେଉ ଅଳଙ୍କାରରୁ କିଛି ଅଂଶ ସହିତ ସୁନା ଶଙ୍ଖା ଆଦି ଫେରାଇ ଦେଇ କହିଥିଲା – ନାନୀ ବେଉ କହିଥିଲେ ଫେରାଇ ଦେବାକୁ । ତମେ ଏଥିରେ ଶଙ୍ଖା କରିଦିଅ । ପିନ୍ଧିବ ବେଉଙ୍କ ସ୍ମୃତିକୁ ଉଜ୍ଜୀବିତ କରି ।

ଭାଉଜଙ୍କୁ ଦ୍ଵିଧା ପ୍ରକାଶ କରି କହିଲି – ତମ ପାଖରେ ବେଉ ରହିଲା, ତା'ର ସେବା ଶୁଶ୍ରୂଷା କଲ । ତେଣୁ ଅଳଙ୍କାର ତମେ ରଖ । ବାହାଘର ବେଳେ ବେଉ ନିଜ ପାଇଁ ଗହଣା ନକରି ମୋ ପାଇଁ ଗଢ଼ିଥିଲା । ବଞ୍ଚଥିବା ବେଳେ ଝିଅମାନଙ୍କୁ ଦେବ କହି କହି ଗହଣା ଲୋଭ ରଖିନଥିଲା । ପୁଣି ମଲା ପରେ ଝିଅର ସୁନା ଶଙ୍ଖା କହି ଫେରାଇଦେବାକୁ ରଖିଛୁଥିଲା କାହିଁକି ? ଜୀବନସାରା ପୁଅ ଝିଅର ପାର୍ଥକ୍ୟ କରିନଥିଲା ବେଉ । ଏବେ କାହିଁକି ଫେରାଇ ଦେବାକୁ କହିଛି ?

– ନାନୀ, ତମ ସୁନା ତମେ ରଖ । ବେଉ ଆମକୁ କହିଥିଲେ, ଆମେ ଦେଇଦେବୁ । ଆମେ ପାଖରେ ରଖ କ'ଣ କରିବୁ ?

ଭାବିଲି, ସତରେ ଆମ ସମାଜ ପୁଅ ଓ ଝିଅକ ଭିତରେ ପାର୍ଥକ୍ୟ ରଖି ଆସିଛି ଯେ ଏତେ ସହଜରେ ଝିଅର ଦାନକୁ ଗ୍ରହଣ କରିବାକୁ ମନ ରହୁନି । ପୁଅ ଯାହା ଦେଲେ ଖୁସିରେ ନେଉଛି ମୁଁ । ଅଥଚ ଝିଅ କେବେ କିଛି ଦେଲେ ମୁଁ କହୁଛି – କାହିଁକି ମୋ ପାଇଁ କିଣିଲୁ ? ଟଙ୍କା ନେଇଯାଆ । ତୋ ବାପା କିଣିଦେବେନି କି ?

– ମା' ମୁଁ ଟଙ୍କା ରୋଜଗାର କରୁଛି । ମୋ ପାଇଁ ସମୟ ଦେଲୁ । ତଥାପି ମୋଠାରୁ ନେବାକୁ କୁଣ୍ଠାବୋଧ କାହିଁକି ? ସେ ସମୟ ତ ଆଉ ଫେରାଇ ପାରିବିନି । କେବଳ ଖୁସିରେ ଦେଉଛି ମୁଁ – ଝିଅ ଯୁକ୍ତି କରି କହେ ।

ତଥାପି ଝିଅ ପାଖରୁ କିଛି ନେବା ସପକ୍ଷରେ ମୁଁ ମଧ୍ୟ ନାହିଁ ଠିକ୍ ମୋ ବେଉ ପରି । ଏମିତି କାହିଁକି ବୋଲି ପଚାରିଲି ମନକୁ ମନ । ତେବେ ପୁଅ, ଝିଅ ଭିତରେ ମୁଁ

ମଧ୍ୟ ପାତର ଅନ୍ତର କରୁଛି କି ? ନା ସେମିତି କେବେ ଭାବନା ଆସିନି ତ ? ତେବେ ଝିଅ ବାହାଘର ପରେ ତାଠାରୁ ଆଶା କରିବା ଆମ ମନ ରହୁନି କାହିଁକି ? ନିଜ ଭିତରେ ଏ ପ୍ରଶ୍ନର ଗୁଡ଼େଇ ହୋଇଗଲା ବେଳେ ମୁଁ ରହିଁଲି ମୋ ହାତର ସୁନା ଶଙ୍ଖାକୁ । ବୋଉର ମାଳୀ ଓ ଅନ୍ୟ ଗହଣାରେ ବଡ଼ ଶଙ୍ଖାଟିଏ କରି ପିନ୍ଧିଛି ବୋଉକୁ ପ୍ରତିଦିନ ସ୍ମତିଝରଣ ପାଇଁ ସତେ ଯେମିତି ! ବାରମ୍ବାର ପରରୁଛି ବୋଉ ତୁ ଗଲୁ କେଉଁଠି କି ?

ଶୁଣାଯାଉଛି ବୋଉର ମଧୁର ମୂର୍ଚ୍ଛନା ଭିତରେ – ଆମେ ବଞ୍ଚୁଛୁ ବୋଲି ତମମାନଙ୍କ ସୁଖ ଦେଖିବାକୁ ରହୁଛି । ମଝିରେ ମଝିରେ ଆମକୁ ଆସି ଦେଖିଗଲେ ଆମ ମନ ଖୁସି ହେବ । ମରିଗଲା ପରେ ଖୋଜିଲେ ଲୋଡ଼ିଲେ କିଏ ଆଉ ମିଳିବେନିଲୋ ଝିଅ !

ଆଜି ସେହି ଚେତନାର ଦୃଶ୍ୟପଟ ଭିତରକୁ ପ୍ରବେଶ କଲେ ଉଦାସ ହୋଇ ଉଠୁଛି ମନ । ଏକେଲାପଣରେ ଦୀର୍ଘଶ୍ୱାସ ସହ ଧାର ଧାର ଅଶ୍ରୁ ବୋହିଗଲା ବେଳେ ଲାଗୁଛି ମୋ ବୋଉ ବାପା ମୋଠାରୁ ଦୂରେଇଗଲେ କେତେବେଳେ କି ? ମୋ ରକ୍ତ ମାଂସରେ ପରା ସେମାନଙ୍କର ସଂପର୍କର ଖିଅ ଯୋଡ଼ି ହୋଇ ମୋ ପାଖରେ ଅମର ହୋଇ ରହିଛି । ମୋଠାରୁ ଦୂରେଇ ନ ଯାଇ ଖୁବ୍ ପାଖରେ ଅଛନ୍ତି । ସେଥିପାଇଁ ତ ସେମାନଙ୍କ ବାସ୍ନାରେ ମୋ ସ୍ମତି ତାଜା ହୋଇ ମୋ ବଞ୍ଚିବାର ରାସ୍ତାକୁ ସୁଗମ କରିଛି । ଜୀବନର ମୋ ବୋଉ ବାପାଙ୍କ ପରି ଆଉ ମୋର କିଏ ସବୁଠୁ ନିଜର ହୋଇପାରିବ ?

□

ସ୍ୱୀକାରୋକ୍ତି

ଝରକା ପାଖରେ ଧୂଆଁ ଟିକିଏ ଉପରକୁ ଉଠି ପୁଣି ଝରକା ବାହାରର କୋହଲା ପାଗର ପବନ ସହିତ ମିଶି ଯାଉଥିଲା । ପାଟିର ଗରମ ସିଗାରେଟ ଧୂଆଁ ଅନ୍ଧାର ରାତିରେ ପ୍ରେହେଲିକାମୟ ଲାଗୁଥିଲା ଚିନ୍ମୟଙ୍କୁ ।

କାହିଁ ଦେହର ଉତ୍ତାପ ତ ବଢ଼ିଯାଉନି ? ତେବେ ସିଗାରେଟ୍ ଖଣ୍ଡିଏ ଟାଣିବା ଉଦ୍ଦେଶ୍ୟ କ'ଣ ? ନବ ବିବାହିତା ପତ୍ନୀର ସାନିଧ୍ୟ ପାଇଁ ସିଗାରେଟ୍ ଟାଣିବା ଜରୁରୀ କି ?

ମନେପଡ଼ିଗଲା ଚିନ୍ମୟଙ୍କର ବାପାଙ୍କ ସହ ସିଗାରେଟ୍ ଟାଣିଥିଲେ କୌଣସି ଏକ ଶୀତୁଆ ରାତିରେ । ଅଗଣା ବାରଣ୍ଡାରେ ଘୋଡ଼ା ଘୋଡ଼ି ହୋଇ ବସିଥିବା ବେଳେ ବାପା ଖଣ୍ଡିଏ ସିଗାରେଟ୍ ନିଜ ମୁହଁକୁ ଲଗାଇ ଧୂଆଁ ଛାଡ଼ି କହିଥିଲେ – ରଖେ ଟିକିଏ । ଏଇଟା ଦେହ ପାଇଁ ଅହିତକର । ଫୁସ୍‌ଫୁସ୍‌ ଜନିତ ରୋଗ ହେବ । ତଥାପି ଲୋକମାନେ ସିଗାରେଟ୍ କି ବିଡ଼ି ଟାଣି କି ମଜା ନିଅନ୍ତି ତାହାର ଅନୁଭବ କରିବାକୁ ଆଜି ମୁଁ ଟିକିଏ ଟାଣି ତତେ ଚଖଉଛି । ଜାଣିବା କଥା ଯେ ଏହାର ଟାଣିବା ନିଶା ଶୁଣ ବୋଲି ।

ଅବିବାହିତ ଥିବା ଚିନ୍ମୟଙ୍କ ଭାରି ଇଚ୍ଛା ହୁଏ ସିଗାରେଟ୍ ଟାଣିବାକୁ ସାଙ୍ଗମାନଙ୍କ ସହ । ଟଙ୍କା ହିଁ ବାଧକ ସାଜେ । ଏହା ସଙ୍ଗେ ସଙ୍ଗେ ନିଜର ଶରୀରର କି କ୍ଷତି ହୋଇଯିବ ଆଶଙ୍କାରେ ଭୟ ମଧ୍ୟ ମନରେ ଆସେ । ଫେଣ୍ଟାଫେଣ୍ଟି ଇଚ୍ଛା ଅନିଚ୍ଛା ଭିତରେ ସେଦିନ ବାପାଙ୍କର ଅଧାପୋଡ଼ା ସିଗାରେଟ୍ ଟାଣିଲା ବେଳେ ମନରେ ଆସୁଥିଲା ନିଶା ହୋଇଯିବନି ତ ଆଉ ? କେଉଁ ବାପା ପୁଅକୁ ସିଗାରେଟ୍ ଖୁଆଇବା ବୋଧେ ପ୍ରଥମ ହୋଇପାରେ । ଚିନ୍ମୟ ହିଁ ବାପାଙ୍କ ସହ ଖୁବ୍ ଆରାମରେ ସାଙ୍ଗପରି କଥାବାର୍ତ୍ତା କରିପାରନ୍ତି ଚକିରି କରିବା ପରେ । ବାପା ମଧ୍ୟ ଚକିରିର ନିୟମ କାନୁନ ଶିଖାଇ ଦେଇଥାଆନ୍ତି । ସଚ୍ଚୋଟ ହେଲେ ପୂଜା ପାଇବ । ଠିକ୍‌ରେ ରିଟାୟାର୍ଡ କରି ପେନସନ୍ ଗଣ୍ଡାକରେ ଶେଷ ଜୀବନ ଅତିବାହିତ କରିପାରିବ ।

ତେଣୁ ରୁଜିରି ପ୍ରତି ନିଷ୍ଠାବାନ୍ ହେବା ନିହାତି ଜରୁରୀ । ରୁଜିରି କ୍ଷେତ୍ରରେ କେତେକ ସ୍ଥାନରେ ଶତ୍ରୁ ଉତ୍ପନ୍ନ ହେବେ । ସେମାନଙ୍କଠାରୁ ମୁକୁଳିଯିବ ଈଶ୍ୱରଙ୍କ ବିଶ୍ୱାସରେ । ଘର, ପରିବାର ଓ ରୁଜିରି କ୍ଷେତ୍ରରେ କେତେବେଳେ ସମୟ ସରିଯିବ ଭାବିଲା ବେଳକୁ କର୍ମମୟ ଜୀବନରେ ଅବସର ଆସି ପହଁଶ ଯାଇଥିବ । ସବୁଠି ପ୍ରିୟଭାଜନ ହେବାକୁ ଚେଷ୍ଟା କରିବ । ନିଜ ବୃତ୍ତିରେ ଅବହେଳା କରିବନାହିଁ । ଏତଦ୍ ସଙ୍ଗେସଙ୍ଗେ ନିଜ ଶରୀର ସହ ନିଜ ସନ୍ତାନଙ୍କ ସ୍ୱାସ୍ଥ୍ୟ ପ୍ରତି ସଚେତନ ହେବା ଜରୁରୀ ।

ପଣିକିଆ ଘୋଷେଇଲାପରି ବାପାଙ୍କ ଉପଦେଶ ପ୍ରତିଥର ଭେଟ ସମୟରେ ଶୁଣିବାକୁ ମିଳେ । କାରଣ ବାପା ଥିଲେ ଜଣେ ଆଦର୍ଶ ହାଇସ୍କୁଲ ଶିକ୍ଷକ । ତେଣୁ ଅଧ୍ୟାପକ ପୁଅକୁ ଆହୁରି କର୍ତ୍ତବ୍ୟ ଜ୍ଞାନ ବିଷୟରେ ସଚେତନ କରି କରି କହୁଥିଲେ- ଶେଷରେ ତୁ ପ୍ରଫେସର ହୋଇ ଅବସର ନେବାକୁ ମୋର ଇଚ୍ଛା ।

ଆଜି ବାପା ହଜିଯାଇଛନ୍ତି ଚିନ୍ମୟଙ୍କଠାରୁ ନୁହେଁ ଅନ୍ୟମାନଙ୍କ ଗହଣରୁ ମଧ୍ୟ । ବାପାଙ୍କୁ ମନ ଭିତରେ ରଖି ଚିନ୍ମୟ ଜୀବନର ଗତିକୁ ବୁହାଇ ରଖିଛନ୍ତି ଯେମିତି । ବାପାଙ୍କ ଉପଦେଶକୁ ପ୍ରତିବାଦ କରିବାର ୟୁ ସେତେବେଳେ ନଥିଲା । ବାପାଙ୍କ ଆଦର୍ଶକୁ ପାଥେୟ କରି ରଖିଲୁ ରଖିଲୁ ସେ ଯେତେବେଳେ ପ୍ରଫେସର ପୋଷ୍ଟରେ ଜଏନ୍ କଲେ ସେତେବେଳେ ଅବଶୋଷ ମନରେ ଉଙ୍କିମାରୁଥିଲା - ବାପା ଥାଆନ୍ତେ କି ହେଲେ ! ମୋଠାରୁ ବାପା ଆହୁରି ଖୁସି ହୋଇଯାଇଥାଆନ୍ତେ ।

ଚିନ୍ମୟ ବାପାଙ୍କ ସ୍ମୃତି ସାଉଁଟିଲା ବେଳେ କାହିଁକି ଦୁଇବୁନ୍ଦା ଲୁହ ଆପେ ଆପେ ଆଖିରୁ ଟପ୍ ଟପ୍ ହୋଇ ଗଳିଗଲା । ଆତୁର ହୃଦୟର 'ବାପା ବାପା' କହି ଛୋଟ ପିଲାଟିର ଦୃଶ୍ୟ ଦେଖାଗଲା ।

ଅତୀତର ସ୍ମୃତିରେ ଚିନ୍ମୟଙ୍କ ମୁହଁରୁ ପୁଣି ଧୂଆଁ ଉଠୁ ଉଠୁ ବୋଧେ କୋଠରୀରେ ସିଗାରେଟ୍ ଗନ୍ଧର ବାୟୁ ଟିକକ ଘୁରିଗଲା କି କ'ଣ ? ଆଖି ମଳିମଳି ବେଡ଼ରୁମ୍କୁ ମାନସୀ ରୁହଁ କହିଲା – କି ଉତ୍କଟ ଗନ୍ଧ ! ତମେ କ'ଣ ସିଗାରେଟ୍ ଟାଣୁଛ ?

ହଠାତ୍ ଚିନ୍ମୟ ଛେରକା ଦେଇ ଅଧା ସିଗାରେଟ୍ ପୋଡ଼ାକୁ ଫୋପାଡ଼ି ଦେଇ କହିଲେ – ରଖୁଥିଲି ଟିକିଏ । ତମକୁ ଗନ୍ଧ ହୁଏ ବୋଲି ଜାଣିଥିଲେ ଟାଣିନଥାନ୍ତି ।

ତେବେ ଅନ୍ୟବେଳେ ମୋ ଆଢ଼ୁଆଲରେ ତୁମେ ସିଗାରେଟ୍‌ ଟାଣୁଥିଲ କି ? ଆଉ ମୋ ସାମନାରେ ମିଛ କହିବାକୁ ପଛାଅ ନାହିଁ ଯେ ମୁଁ ସିଗାରେଟ୍‌ ଟାଣୁନଥିଲି । ଭାବୁଛ କ'ଣ ? ଆମର ଛୁଆ ମୋ ପେଟରେ ଅଛି । ଏହା ତା ପ୍ରତି କ୍ଷତିକାରକ ।

ବାପାଙ୍କ ପରି ସ୍ତ୍ରୀଠାରୁ ଉପଦେଶ ଶୁଣିବାକୁ ପୁରୁଷ ପକ୍ଷେ ଅଶୋଭନୀୟ ଯେମିତି । ଧରାପଡ଼ିଯିବା ଗ୍ଲାନିର ଚିହ୍ନବର୍ଷ ନାହିଁ ଚିନ୍ମୟଙ୍କର ମୁହଁରେ । ଅବଶେଷ ସିଗାରେଟ୍‌କୁ ମାନସୀ ଦେଖିନି । ତେଣୁ ସ୍ୱାମୀଦେବ ଗୋଟିଏ କି ଦୁଇଟି ଟାଣିଛନ୍ତି କିଏ ଦେବ ସାକ୍ଷୀ ।

ମାନସୀ ରୁହିଁଲା ଝରକା ଆଡ଼କୁ । ଝରକାର ଉପର ଫାଳ ଦୁଇଟି ଖୋଲା । ଏହି ଶୀତରାତିରେ ମଧ ଚିନ୍ମୟଙ୍କର ଅକ୍ସିଜେନ ଦରକାର । ଘରର କବାଟ ଝରକା ବନ୍ଦ କରି ଶୋଇଲେ ତାଙ୍କୁ ଅଣନିଃଶ୍ୱାସୀ ଲାଗେ । ତେଣୁ ମଝିରେ ମଝିରେ ଅଛ ଝରକା ଖୋଲି ବାହାର ଶୀତଳବାୟୁକୁ ଚଳନ କରିବାକୁ ଇଚ୍ଛା କରନ୍ତି ଚିନ୍ମୟ ।

ନଭେମ୍ବର ମାସ ଫୁଲବାଣୀର । ଭଡ଼ାଘରଟି ମାଷ୍ଟର ପଡ଼ାର ବଙ୍ଗାଳୀ ଦିଦିଙ୍କର । ଝରି ବଖ୍ରୀ ଘର ଉପରେ କେବଳ ଟାଇଲି ଛପର ହୋଇଛି । ତା ତଳେ ତଳେଇ ହୋଇଛି । ଡ଼ଇଁ ରୁମ୍‌ଟି ଛାତ ଘର । ଉଳିଶ ବର୍ଷ ତଳେ ଫୁଲବାଣୀ ସହରରେ ଭଲ ଛାତଘର ଆଶା କରିବା ବୃଥା । କିନ୍ତୁ କଲେଜ ତ ସରକାରୀ । ସେଠି ପ୍ରଥମ ଜ୍ୱଏନ୍‌ କରିବାକୁ ପଡ଼ିବ ବାଧ ବାଧକତାରେ । ସେଠାକାର ପରିବେଶ ପ୍ରତି ଦ୍ୱିଧାପ୍ରକାଶ କରି ଆଉ ସରକାରୀ ଚକିରିକୁ ଛାଡ଼ିଦେଇପାରେ କି ? କିଏ ଓ.ଏ.ଏସ୍‌. ଚକିରି ଛାଡ଼ି ଖଡ଼ାଖିଆ ଅଧାପକ ବୃଇକୁ ଆପଣେଇଛି ମୁଁ ଶୁଣିନି ତ ?

ସେତେବେଳେ ସେ ବ୍ୟକ୍ତିଗ ପ୍ରଶ୍ନର ଉତ୍ତର ଦେଇ ଚିନ୍ମୟଙ୍କ ବାପା ଯୁକ୍ତି କରିଥିଲେ – ତାକୁ ସେ ଚକିରିରେ ଅବସ୍ଥାପିତ ହେବା ଇଚ୍ଛା ନାହିଁ । ମୋ ପୁଅ ସରଳ, ଶାନ୍ତ ସ୍ୱଭାବର । ସେ କୌଣସି ଚକରେ କାମ କରିବାକୁ ଅନିଚ୍ଛୁକ । ସେ କବି, ଲେଖକ ଓ ପଢ଼ା ପ୍ରତି ରୁଚିଶୀଳ । ତେଣୁ ନିଜ ମନମୁତାବକ ଚକିରିରେ ଅବସ୍ଥାପିତ ହେଲେ ଜୀବନ ସୁଖ ଶାନ୍ତିମୟ ହେବ । ମୁଁ ତାକୁ କହି ଦେଇଛି ଜୀବନ ପାଇଁ ଖାଦ୍ୟର ଆବଶ୍ୟକତା ରହିଛି । ତୁ ରୂପା ଥାଳୀରେ ଖାଆ କି ସୁନା ଥାଳୀରେ ଖାଆ ତା'ର କିଛି ଫରକ୍‌ ନାହିଁ । ଖାଦ୍ୟ ଖାଇ ସୁସ୍ଥ ରହିବା ନିହାତି ଜରୁରୀ ।

ବାପାଙ୍କ କଥା ଶୁଣି ସେଦିନ ଭଦ୍ରବ୍ୟକ୍ତି ଜନକ କହିଥିଲେ – ଆପଣଙ୍କ ପରି ବାପା ପୁଅକୁ ଭଲ ଚକିରି ଛାଡ଼ି ଆସିବାକୁ ଉପଦେଶ ଦେଇପାରନ୍ତି । ନଚେତ୍‌ ଟଙ୍କା ପଛରେ ସମସ୍ତେ ତ ବାୟା ।

ବାପା ହସିହସି କହିଥିଲେ – ମୋ ପୁଅଠାରୁ ଟଙ୍କା ବଡ଼ ନୁହେଁ । ସେ ଏହି ଅଧ୍ୟାପକ ଚାକିରି କରି ପ୍ରଫେସର ହେବ । ତା ଖୁସି ମୋର ଖୁସି ।

– କ'ଣ ସେଠି ଠିଆହୋଇଛ କି ମୁଁ ଶୋଇପଡ଼ିଲେ ପୁଣି ସିଗାରେଟ୍ ଟାଣିବ ? ଘର ଭିତରେ ସିଗାରେଟ୍ କେଉଁଠି ଲୁଚାଇ ରଖିଛ କାହିଁ ମୋ ଆଖିରେ ପଡ଼ିନି । ତେବେ ମୋତେ ଲୁଚାଇ ଲୁଚାଇ ଆଉ କି କାମ କରୁଛ କି ? ରାତି ବାରଟା ହେଲାଣି । ଏଯାଏଁ ନ ଶୋଇ ମୋ ଗଭୀର ନିଦକୁ ଅପେକ୍ଷା କରିଥିଲ ବୋଧେ । ଏଥର ତମର ଚାଲ୍ ବୁଝିଗଲି । ଗାଁକୁ ଗଲେ ବାପାଙ୍କୁ କହିବି ତୁମ କଥା ।

ଝରକା ପାଖରୁ ଚାଲିଆସିଲେ ଚିନ୍ମୟ ବିଛଣା ଉପରକୁ । ରେଜେଇ ଭିତରେ ପଶିଯାଇ କହିଲେ – କି ଉଷ୍ମ ଲାଗୁଛି ।

– ତୁମେ ମୁହଁ ବୁଲାଇ ଶୋଇପଡ଼ । ମୋତେ ତୁମ ପାଟିରୁ ବାହାରୁଥିବା ସିଗାରେଟ୍ ବାସ୍ନାର କଥା ବାନ୍ତି ଲାଗୁଛି । ସହଜରେ ମୁଁ ପାନ କି ଚ' କିଛି ଖାଇପାରେନି । ତୁମେ ଭାବିଥିବ ଏ ଫୁଲବାଣୀର ଶୀତରେ ମୋତେ ଚ' କଫି ପିଆଇ ଦେଇ ଅଭ୍ୟାସ କରିଦେବ ବୋଲି । କିନ୍ତୁ ଏହା କେବେ ସମ୍ଭବ ହେବନି । ପାନ ଛେପ ମୁଁ ତଣ୍ଡି ସେପଟକୁ ନେଇପାରିନି କେବେ । ହଁ ଥଣ୍ଡା ହେଲେ ଅଦା ମିଶା ଚହା ପିଇଥାଉ ଢକ୍ ଢକ୍ କରି । କେବଳ ଔଷଧ ପରି ।

– ମୁଁ ଭାବୁଥିଲି ସିଗାରେଟ୍ ଟାଣିଲେ ଦେହର ଥଣ୍ଡା କମିଯିବ ବୋଲି ।

– ଭୁଲ୍ କହିଲ ତମେ । ମୋତେ ଭୁଲଉଛ ବୋଧେ । ରେଜେଇ ଭିତରେ ସ୍ୱେଟର ମଫ୍‌ଲର ପିନ୍ଧି ଶୋଇଛ । ପୁଣି ଆର ରୁମ୍‌ରେ ଉହ୍ଲାଇରେ ରଡ଼ନିଆ ଜଳୁଛି ଯେ ଘର ଟିକିଏ ଉଷ୍ମ ଲାଗୁଛି । ମୋ ଆଗରେ ସିଗାରେଟ୍ ନ ଟାଣି ମୋ ଶୋଇବାକୁ ଅପେକ୍ଷା କରିଥିଲ କାହିଁକି ?

ଚୁପ୍ ପଡ଼ିଗଲେ ଚିନ୍ମୟ । ମାନସୀ ରାଗିଲେ ଚୁପ୍ କରି ଅଲଗା ଶୋଇ ପଡ଼ିବ । ଆଉ ମୁହଁକୁ ଚାହିଁବ ନାହିଁ । ଏପରି ଶୀତ ରାତିରେ ନବବିବାହିତା ପତ୍ନୀକୁ ସେ କ'ଣ ନିରୀହ ପରି ଚାହିଁ ରାତି ବିତାଇ ଦେବେକି ? ପାଖ ହୁଡ଼ାଆଡ଼ୁ ଶୁଭୁଥିଲା ବିଲୁଆର ଡାକ । ଟିକିଏ ଦୂରରୁ ଭାସି ଆସୁଥିଲା ବାଜା ଢେଙ୍ଗେଡ଼ୀମାନଙ୍କ ନୃତ୍ୟର ତାଲେ ତାଲେ ଯେମିତି । ତେବେ ଏହି ଶୀତ ବରଫ ଟୋପା ରାତିରେ ନିଆଁଜଳି ମହୁଲି ପିଇ ଢେଙ୍ଗେଡ଼ୀମାନେ କେତେ ମଜା ନିଅନ୍ତି ସେ କଥା ମାନସୀ ବୁଝି ପାରୁନି ବୋଧେ ।

କାରଣ ସେ ଆଦିବାସୀ ଜୀବନଶୈଳୀ ବିଷୟରେ କିଛି ଜାଣିନି । ସେଥ୍ୟପାଇଁ ବସ୍ ଖଜୁରୀପଦ୍ରା ପହଁଞ୍ଚିଲାବେଳକୁ ଆଶ୍ଚର୍ଯ୍ୟ ସ୍ଵରରେ ପଚାରିଲା – ଏଠୁ ଏତେ କନ୍ଧ ଆଦିବାସୀ ଲୋକ ଚଢ଼ିଲେଣି । ତେବେ ଫୁଲବାଣୀରେ ଆମପରି ଲୋକ ଅଛନ୍ତି ନା ନାହିଁ ?

– ସେଠି ସବୁପ୍ରକାରର ଲୋକ ମିଶି ରହିଛନ୍ତି । ସେଠି ପହଁଞ୍ଚିଲା ପରେ ଦେଖ୍ଵବ‍ନି କି ?

ମାନସୀ ପରି ସରଳ ଝିଅଟିକୁ ସେଦିନ ଚିନ୍ମୟ ବୁଝାଇଦେଇ ମନେମନେ ଆଶ୍ବସ୍ତ ହୋଇଥ୍ଲେ । ତଥାପି ମନ ମଧ୍ୟରେ ସିଗାରେଟ୍ ଟାଣିବା ନିଶା ରହିଥିଲା । ତେଣୁ ଥଣ୍ଡା ରାତିରେ ଖଣ୍ଡିଏ ଟାଣିନେଲେ ଅସୁବିଧା କେଉଁଠି ! ବରଂ ରୁମ୍ ଭିତରେ ନ ଟାଣି ପଛପଟ ଘରକୁ ଯାଇ ଟାଣିନେଲେ ମାନସୀ ଜାଣିବ କେମିତି ? କହିଦେବେ – ଏକ, କି ଦୁଇ ଯାଇଥିଲି ।

ସତରେ ପୁରୁଷ ସ୍ତ୍ରୀକୁ ଡରୁଛି କାହିଁକି ? କ'ଣ କରି ପକେଇବ ସ୍ତ୍ରୀଟି ? ଏପରି ପ୍ରଶ୍ନ ଭିତରେ କେତେବେଳେ ଆଖିକୁ ନିଦ ଆସିଯାଇଛି ଆଉ ସ୍ଵପ୍ନରେ ଦେଖୁଛନ୍ତି – ଏକ ଗୁଲୁଗୁଲିଆ ପରୀଟିଏ ଦୌଡ଼ିଆସି କହୁଛି ବାପା ବାପା, ତମେ ମୋ ଚିନ୍ତା କରୁଛ କାହିଁକି ? ମୁଁ ଯେଉଁଦିନ ଡାକ୍ତରାଣୀ ହେବି ସେଦିନ ଦେଖ୍ଵବ ମୁଁ ତମ ରୋଗ ଦୂର କରିଦେବି ।

ଆଖି ଖୋଲିଗଲା ଚିନ୍ମୟଙ୍କର । ନିଘୋଡ଼ ନିଦରେ ଶୋଇଛି ମାନସୀ । ତା ଉପରେ ହାତ ପକେଇ ଦେଲେ ଆସ୍ତେ ଆସ୍ତେ । ସେ ପୁଣି ଚେଇଁ ଉଠିଲେ ତାକୁ ନିଦ ହେବ ଡେରିରେ । ବିଛଣାରୁ ଉଠି ପଡ଼ି ତା ଗୋରା ସୁନ୍ଦର ମୁହଁକୁ କିଛି ସମୟ ଡିମ୍‍ଲାଇଟ୍‍ରେ ଚହଁ ବସିଲେ । ବୋଧେ ଝିଅଟିଏ ଆସିବ ମାନସୀ ପରି । ତା ମା' ପରି ବୁଦ୍ଧିଆ ହେବ । ଆଉ ସେ ସୁନାପିଲାଟିଏ ପରି ଝିଅର କଥା ଶୁଣି ହଁ ହଁ କରିବେ ।

ଚିନ୍ମୟଙ୍କର ଇଚ୍ଛା ହେଉଥିଲା ମାନସାର ପେଟକୁ ଟିକିଏ ହାତମାରି ଆଉସି ଦେବାକୁ କି ତା ଗାଲରେ ବୋକ୍ ଦେବାକୁ । ପୁଣି ମନରେ ଭୟ ସଞ୍ଚାର । ମାନସାର ବାନ୍ତି ଯୋଗୁ ଠିକ୍‍ରେ ଖ୍ଵାପିଆ କରିପାରୁନି । ପୁଣି ଠିକ୍‍ରେ ନ ଶୋଇଲେ ଶରୀର ଖରାପ ହେବ । ଆଉ ସେ ସିଗାରେଟ୍ ଟାଣିବେ ନାହିଁ । ବାପା ରଖ୍ଵବାକୁ କହିଥିଲେ, ନୁହେଁ ଟାଣିବାକୁ । ବାପା ଶୁଣିଲେ ରାଗରେ ବର୍ଷିଯିବେ ପୁଅ ଉପରେ ।

ଅକସ୍ମାତ ଆଖି ଖୋଲିନେଲା ମାନସୀ। ଦେଖିଲା ଚିନ୍ମୟ ତାକୁ ରହିଁ ବସିଛନ୍ତି। ନିଜେ ସଙ୍କୁଚିତ ହୋଇ ମାନସୀ କହିଲା – ଏ ଥଣ୍ଡାରେ ନ ଶୋଇ ବସି କାହାକୁ ଦେଖୁଛ ?

– ତମକୁ ଦେଖି ଆମ୍ୟତୃପ୍ତି ପାଉଛି ପରା। ତୁମେ ରାଗିକରି ଶୋଇପଡ଼ିଥିଲ। ଏବେ ଏହି ଶୋଇବା ମୁହଁରେ ରାଗର ଚିହ୍ନ ବର୍ଷ ନାହିଁ। ସତେ ଯେମିତି ପୂର୍ଣ୍ଣିମା ଜହ୍ନଟିଏ ମୋ ପାଖରେ ଆସି ଶୋଇଛି।

– ସତରେ ତମେ କେମିତିଆ ଲୋକଟେ କେଜାଣି ? ଶୋଇ ପଡ଼। ସତରେ ମୁଁ କ'ଣ ରାଗିଥିଲି ?

ଚିନ୍ମୟ କାଳବିଲମ୍ୱ ନ କରି ପଶିଗଲେ ରେଜେଇ ଭିତରେ। କହିଲେ ୩୪ କି ଥଣ୍ଡା ଲାଗୁଛି। ନବବିବାହିତ ସ୍ତ୍ରୀ ପୁରୁଷ ଏଠିକୁ ଆସି ହନିମୁନ୍ କରିବା କଥା। ପାହାଡ଼ ଘେରା ଦିଗ୍ବଳୟରେ ସକାଳର କାକର ବିନ୍ଦୁ ସ୍ୱତିକ ଗଛପତ୍ର ଘରଦ୍ୱାର ସବୁଆଡ଼େ ବିଛାଡ଼ି ହୋଇପଡ଼ୁଛି। ସକାଳୁ ସକାଳୁ ଗ୍ଲୋଭସ୍ ହାତରେ ଓ ଗୋଡ଼ରେ ମୋଜାଯୋତା ନ ପିନ୍ଧି ବାହାରିଲେ ସ୍କୁଟର ଚଲେଇ ହେବନି। ଥଣ୍ଡା ଯୋଗୁଁ ସ୍କୁଟରରେ ଦଶଥର କିକ୍ ମାରିଲେ ଷ୍ଟାଟ୍ ହେଉଛି। ତମେ ପାଖରେ ଅଛ ବୋଲି ଏ ଶୀତଦିନ ଆହୁରି ସୁଖକର ଲାଗୁଛି।

ମାନସୀ ସ୍ମିତହସ ଦେଇ କହିଲା – ଆଉ ଏଠି ମଧୁର କଥାରେ ମୋ ମନ ମୋହି ଦିଅନି। ଶୋଇପଡ଼। ସକାଳୁ ଉଠିଲେ କ୍ଲାସ ଅଛି।

– ଏହି ଫୁଲବାଣୀ ରହଣୀ ଆମ ଆଦ୍ୟ ଜୀବନର ସ୍ମୃତି ହୋଇ ଯୋଡ଼ି ହୋଇଯିବ।

– ହଁ ନିଶ୍ଚୟ। ଏଠାର ସାଲୁଙ୍କି ନଦୀ, ନାରାୟଣୀ ମନ୍ଦିର ଆଉ ଆଦିବାସୀ ହାଟ ଓ ଆଦିବାସୀଙ୍କ ମେଳା ମଉଛବ ସବୁ ଆମ ମନକୁ ଆଚ୍ଛନ୍ନ କରି ରଖିଥିବ। ପରେ ଏ ସୁଯୋଗ ଆଉ ଆସିବ ନାହିଁ। କିନ୍ତୁ ତୁମର ସିଗାରେଟ୍ ଖାଇବା ସ୍ମୃତି ଏକ ଅଭୁଲା କ୍ଷତ ହୋଇ ମୋ ମନରେ ସବୁବେଲେ ନିଶ୍ଚୟ ରହିଥିବ।

– ସତରେ ମାନସୀ, ତୁମର ଏ ଅଯାଚିତ ପ୍ରଶ୍ନର ଉତ୍ତର ମୁଁ ସିନା ଦେଇ ଦେଲି ନଟେଟ୍ ଯିଏ ଦିନକୁ ଦଶଖଣ୍ଡ ସିଗାରେଟ୍ ଖାଏ ସେ ହସିହସି ତା ସିଗାରେଟ୍ ଧୂଆଁରେ ଉଡ଼ାଇଦେଇ କହିବ – ସିଗାରେଟ୍ ବିନା ମୁଁ ରହିପାରିବି ନାହିଁ। ଜାଣିଛ ନା

ମୋ। ସାଙ୍ଗ ରବି ଶୋଇବାପାଇଁ ବିଛଣାକୁ ଯିବାବେଳେ ସିଗାରେଟ୍ ଖଣ୍ଡିଏ ଟାଣି ଯାଏ। ତା ସ୍ତ୍ରୀ ତାକୁ ସହ୍ୟ କରେ କେମିତି ?

– ଓଃ ସେ ରବିବାବୁଙ୍କ କଥା କହୁଛ ତ ଯାହାକୁ ଆମ ଘରେ ତମେ ଛଅମାସ ପାଇଁ ରଖି ନିଜେ ମେସ୍‌ରେ ରହିଥିଲ। ଆଜି ମନେପଡ଼େ ଫୁଲବାଣୀ କଥା। ଗାଁରୁ ଚିଠି ଆସିଲେ ଖୁସି ଲାଗେ। ବାପା ମା', ବୋଉ ବାପାଙ୍କ ଚିଠି ସହ ଭାଇଭାଉଣୀଙ୍କ ଚିଠିର ସ୍ନେହର ଅକ୍ଷରରେ ମନର ଏକେଲା ଦୁଃଖ ଦୂର ହୋଇଯାଏ ଯେମିତି। ଚିଠିକୁ କେତେ ଆଗ୍ରହରେ ଝଟକପରି ରହିଁ ବସୁଥିଲେ ଆମେ। ମା'ଙ୍କ ଦେହ ଖରାପ ଶୁଣି ଗାଁକୁ ଝଲି ଆସିବା ପରେ ମୁଁ ଆଉ ଫୁଲବାଣୀ ଯାଇନି। ଯେହେତୁ ଝିଅ ଜନ୍ମ ହେବାକୁ ଆଉ ଝରିମାସ ଥିଲା।

ବାପା ମା' କହିଲେ – ଏଠି ବୋହୂ ଥାଉ। ଆମେ ତା କଥା ବୁଝିବୁ। ତୁ ମଝିରେ ମଝିରେ ଆସିବୁ। ତେଣୁ ଆମ ଭଡ଼ା ଘର ଓ ଜିନିଷପତ୍ର ସବୁ ରବିକୁ ଦେଇ ମୁଁ ମେସ୍ ପଳେଇଗଲି। ସେ ଓ ତା ସ୍ତ୍ରୀ ସେଠି କେଇମାସ ରହିଥିଲେ। ଘର ଛାଡ଼ିଗଲାବେଳକୁ ମୋର ଝବି ହଜେଇ ଦେଇଥିଲା। ତା ସହ ଆଉ କେବେ କେଉଁଠି ଏକାଠି ହୋଇନୁ କି ଦେଖା ହୋଇନାହୁଁ। ଯିଏ ଯାହାର ବଦଳି ହୋଇ ବିଭିନ୍ନ କଲେଜରେ ଅବସ୍ଥାପିତ ହେଲେ। ଏବେ ରିଟାୟାର୍ଡ କରି ଯିଏ ଯାହା ବାଟରେ ରହିଛନ୍ତି। ପ୍ରକୃତରେ କଲେଜ ଜୀବନ ଓ ଝକିରି ଜୀବନ ଭାରି ଭଲ ଲାଗୁଥିଲା। ପ୍ରଥମ ଝକିରିବେଳେ ଲାଗୁଥିଲା ତିରିଶ ବର୍ଷ ଉପରେ ଝକିରି ଅଛି। ଚିନ୍ତା କ'ଣ ? ଏବେ ଲାଗୁଛି କେତେଶୀଘ୍ର ପଞ୍ଚତିରିଶ ବର୍ଷର ଝକିରି ଜୀବନ ସରିଗଲା। ଏବେ ସାଙ୍ଗମାନେ ଯିଏ ଯାହାର ପିଲାମାନଙ୍କ ପାଖରେ ଅଛନ୍ତି କି ନିଜେ ଏହି କ୍ୟାପିଟାଲ୍‌ରେ ରହିଛନ୍ତି। ବୟସ ହେଲେ ସ୍ଥିର ମହକ ବେଶୀ ମନକୁ ଆନମନା କରେ।

କଲିଙ୍ଗ୍ ବେଲ୍‌ର ଶବ୍ଦ ଶୁଣାଗଲାଣି। ଚିନ୍ମୟ କହିଲେ – ମାନସୀ ଯାଆ। କିଏ ଆସିଛନ୍ତି।

ମାନସୀ ଝରକା ଦେଇ ଦେଖିଲା ଝିଅର କାର୍ ଗେଟ୍ ବାହାରେ ଠିଆ ହୋଇଛି। ଟିକିଏ ପାଟିକରି କହିଲା – ଝିଅ ଆସିଛି।

ମାନସୀ ସ୍ଟେୟାର୍ କେସ୍‌ରେ ଓହ୍ଲାଇ ତଳକୁ ଯାଇ କବାଟ ଖୋଲିଲା। ଝିଅ ଘର ଭିତରକୁ ପଶିଆସି କହିଲା – ମା' ମୁଁ ଆଜି ଏ ନୂଆ ଶାଢ଼ାଟି ପିନ୍ଧିଛି। କେମିତି ଦିଶୁଛି କହିଲୁ ?

ଚିନ୍ମୟ ପାଟିରୁ ବାହାରି ଗଲା - ପରୀଟିଏ ପରି ।

ମାନସୀ ଆଶ୍ଚର୍ଯ୍ୟ ହୋଇ ରହିଲା ଚିନ୍ମୟଙ୍କ ମୁହଁକୁ, ସେ କେବେ ଝିଅକୁ ଏପରି କହିବା ଶୁଣିନି । ଅଥଚ ଆଜି କେମିତି ଏ କଥା ପାଟିରୁ ଖସିଗଲା ।

ଝିଅ ହସି ହସି କହିଲା - ବାପା ସ୍ୱପ୍ନ ଦେଖୁ କହୁଛ କି ?

ଚିନ୍ମୟ ସତକଥା ମାନିଗଲେ ଛୋଟ ପିଲାଟିଏ ପରି ।

କହିଲେ - ତୋ ଜନ୍ମ ପୂର୍ବରୁ ପରୀଟିଏ ପରି ତତେ ଦେଖିଥିଲି ।

ଝିଅ ହସି ହସି କହିଲା - ମମି, ତତେ ବାପା ଏକଥା କହିଛନ୍ତି ନା ନାହିଁ ?

- କେବେ ତ ଶୁଣିନି ତାଙ୍କ ମୁହଁରୁ । ତେବେ କେଉଁଦିନ ସ୍ୱପ୍ନ ଦେଖିଲ କହିଲ ?

- ଯେଉଁଦିନ ମୋର ସିଗାରେଟ୍ ଧୂଆଁରେ ତୁମର ନିଦ ଭାଙ୍ଗିଗଲା । ଆଉ ତୁମେ ରାଗି କରି ମୁହଁ ବୁଲାଇ ଥିଲ ।

ଝିଅ ଚମକିଗଲା ପରି କହିଲା - ବାପା, ତୁମେ କ'ଣ ସତରେ ସିଗାରେଟ୍ ଟାଣିଥିଲ ?

- ହଁ ଣଖିଛି ।

- ମୁଁ ଆଜି ଜାଣିଛି । କେମିତି ଲାଗୁଥିଲା ?

- ତୁ ଡାକ୍ତରାଣୀ । ତତେ କ'ଣ ବୁଝାଇବି ? ମଦ, ସିଗାରେଟ୍ କିଛି ନୁହେଁ ଭଲ ଦେହପାଇଁ ।

- ହଁ, ମୁଁ ଜାଣିଛି ଯେ । କିନ୍ତୁ ତମକଥାକୁ ବିଶ୍ୱାସ କରିପାରୁନି !

- ମୁଁ ପରା ମୋ ସ୍ୱୀକୋରୋକ୍ତି ଦେଲି ।

- ତେବେ ମମି ତମ ସିଗାରେଟ୍ ବନ୍ଦ କରିଦେଲା ନା ଆଉ କିଏ ?

- ଆଉ କିଏ ହୋଇପାରେ କହିଲୁ ଟିକିଏ ଭାବିଚିନ୍ତି ?

- ଓଃ ତେବେ ଜେଜେବାପା ହୋଇଥିବେ ।

- ନା ।

- ତେବେ କିଏ କୁହ ? ମମିକୁ ଡରିବା କଥା ନୁହେଁ । ମୋ ବାପାଙ୍କ ପରି କାହା ବାପା ନାହାଁନ୍ତି ।

ଚିନ୍ମୟ କହିଲେ – ମୋ ପରୀ ପାଇଁ ମୁଁ ସିଗାରେଟ୍ ଟାଣିବା ଛାଡ଼ିଦେଲି ।

ମାନସୀ କହିଲା – ତମ ମନରେ ଏତେ କଥା ଲୁଚାଇ ରଖିଥିଲ କ'ଣ ଝିଅ ପାଖରେ ଉତାରି ଦେବାକୁ କି ?

ଚିନ୍ମୟ ଝିଅକୁ କୋଳେଇ ପକେଇ କହିଲେ– ମୋ ଝିଅ ପରି କାହାର ବୁଝିବା ଝିଅଟିଏ ଅଛି ଦେଖିଛ କି ? ସେ ହିଁ ମୋ ଆଖିର ପରୀଟିଏ ।

ତେବେ ଫୁଲବାଣୀ ଘରୁ ଆଉ ଦୁଇଖଣ୍ଡ ସିଗାରେଟ୍ ବହି ଥାକରୁ କାଢ଼ି ଫୋପାଡ଼ିଥିଲି ସେଇଟା କିଏ ଦେଇଥିଲା ?

ରବି ହିଁ ମୋତେ ସିଗାରେଟ୍ ଦେଇ କହିଥିଲା ଟାଣିଲେ ମନଟି ଫୁର୍ତ୍ତି ଲାଗିବ । ତେଣୁ କେଉଁଦିନ ସେଠି ଦୁଇଖଣ୍ଡ ରହିଥାଇ ପାରେ । ମୁଁ ମୋ ପରୀକୁ କଥା ଦେଲାପରେ ଆଉ ଖାଇନିକି ତମ ରାଗୁଆ ମୁହଁ ଦେଖିବାକୁ ଇଚ୍ଛା କରିନଥିଲି ।

ଝିଅ ହସି ହସି କହିଲା– ବାପା, ଦେଖିଲ ଏ ଶାଢ଼ିଟି ତମ ମନକୁ ପାଉଛି ।

ମାନସୀ ଠଟ୍ଟା କରି କହିଲା – ବାପା ହିଁ ଠିକ୍ ଉତ୍ତର ଦେବେ । ଲୁଚି ଲୁଚି ଝିଅପିଲାଙ୍କୁ ପରା କଲେଜ ସମୟରେ ରଖୁଁଥିଲେ ।

– ମମି ମିଛ କହୁଛୁ ତୁ । ମୋ ବାପା ଖୁବ୍ ଭଲ । ତତେ କ'ଣ ରଖିଁ ଦେଖୁଥିଲେ କି ?

– କି କଥା କହୁଛୁ ତୁ ? ତାଙ୍କ ଘର କୁଆଡ଼େ ଆମ ଘର କୁଆଡ଼େ । ମୁଁ ତାଙ୍କୁ ଦେଖିନଥିଲି ପୂର୍ବରୁ କେବେହେଲେ । ଆମର ପରା ଘର ତରଫରୁ ବିବାହ ହୋଇଗଲା । ଆଉ ଦେଖିଲି କେତେବେଲେ ? କନ୍ୟାଦେଖା ଯିବାବେଳେ ଯାହା ଦେଖିଥିଲି ।

ଝିଅ ଢଳିଗଲାଣି । ଚିନ୍ମୟ କହିଉଠିଲେ – ତମ ପରି ପରୀଟିଏ ଆସି ମୋତେ ସ୍ୱପ୍ନ ଦେଖାଇ ମୋ ଜୀବନରେ ରଙ୍ଗ ଭରି ଦେଇଥିଲା । ମୁଁ ତମପାଇଁ କବିତା ଲେଖିଥିଲି ପରା ।

– ନା, କେବେ ନୁହେଁ । କୌଣସି ପ୍ରେମିକା ପାଇଁ ଲେଖିଥିବ । ଏବେ ମଧ ମନରେ ଭୟ ଅଛି ବୋଲି ତମ ପାଇଁ କହି ମୋତେ ଭୁଲାଇ ଦେବାକୁ ଚେଷ୍ଟା କରୁଛ । ଆଉ ଏ ବୟସରେ ମିଛ କହି ମୋ ମନକୁ ଭୁଲାଇବାକୁ ଚେଷ୍ଟା କରନି । ସତ କହିଦିଅ ।

ହଠାତ୍ ଜଣେ ଝିଅଙ୍କ ଫୋନ୍ ଆସିଗଲାଣି । ସେ ଚିନ୍ମୟଙ୍କୁ ଖୁବ୍ ପ୍ରଶଂସା କରି କହିଲା - ଆପଣଙ୍କ କବିତାଟି ଖୁବ୍ ମନଛୁଆଁ ହୋଇଛି । ତେଣୁ ଫୋନ୍ ନ କରି ରହିପାରିଲି ନାହିଁ । ସାର୍ ଆପଣ କାହା ପାଇଁ କବିତା ଲେଖୁଥିଲେ ?

ଚୁପ୍ ପଡ଼ିଗଲେ ଚିନ୍ମୟ । ଅଯାଚିତ୍ ପ୍ରଶ୍ନର ଉତ୍ତର ଦେବାକୁ ଯଦିଓ ଶ୍ରେୟ ମନେ କରୁନଥିଲେ ତଥାପି ପ୍ରଶ୍ନର ଉତ୍ତର ଦେବାକୁ ହିଁ ପଡ଼ିବ ।

- ପୁଣି ଝିଅଟିର ସ୍ୱର ଶୁଣାଗଲା ସାର୍ ନିଜ ପାଇଁ ଲେଖୁଥିଲେ ନା ?

- ହଁ । କ୍ଷୀଣ ସ୍ୱରରେ ଉତ୍ତରଟି ଦେଇ ଫୋନ୍ ରଖିଲେ । ପାଖରେ ଠିଆହୋଇଥିବା ମାନସୀ କହିଲା - କହିଦେଲନି ପ୍ରେମିକା ପାଇଁ ଲେଖୁଥିଲି ?

- ମୋ ପ୍ରେମିକା ? ଆଖି ତରାଟି ଦେଇ କହିଲେ ଚିନ୍ମୟ ।

- ମୋତେ ସବୁ ଜଣା । ତମ ପ୍ରେମିକା ହିଁ ମୋତେ ସବୁ କହି ସାରିଥିଲା । ସେ ସବୁ କଥା ମୋର ହଜମ ହୋଇଗଲାଣି ବହୁତ ବର୍ଷ ପୂର୍ବରୁ । ଏବେ ସେଥ୍ୟପ୍ରତି ଆଗ୍ରହ ନାହିଁ କି ଉଦ୍‌ବେଗ ନାହିଁ । କାହିଁକି ତୁମେ ଡରିଯାଉଛ ? ସତ କହିପାର ।

- ମୋତେ ପ୍ରେମ କରିବାକୁ ଡର ମାଡ଼େ ।

- ତେବେ ଝିଅଙ୍କ ସହ ଘଣ୍ଟା ଘଣ୍ଟା ଧରି ଗପ କରି କରି ସେମାନଙ୍କ ସାଙ୍ଗରେ ବୁଲିବାକୁ ଖୁସି ଲାଗେ ନା ?

ହଠାତ୍ ପୁଅ ଘର ଭିତରକୁ ପଶି ଆସି କହିଲା - ବାପା ଆମ କଲେଜ ପିକ୍‌ନିକ୍‌ରେ ମୁଁ ଯିବି ।

- ଠିକ୍ ଅଛି । ଯାଆ । ବୁଲା ବୁଲି କରି ମଜା କରିବ ।

ମାନସୀ ତାଗିଦ୍ ସ୍ୱରରେ ପୁଅକୁ କହିଲା - ବେଶୀ ଉଲ୍ଲୁକୁମାତ ହେବୁନି । ଠିକ୍‌ରେ ଯାଇ ଠିକ୍‌ରେ ଘରକୁ ଫେରିବୁ ।

- ତୋର ସବୁବେଲେ ଖାଲିଟାରେ ତାଗିଦ୍ ଦେବା ଭୁଲିବୁ ନାହିଁ ।

- ଠିକ୍ କହିଲୁ । ସଂସାରରେ ଗୋଟିଏ ଭଲ ମଣିଷ ହେବା ପାଇଁ ଭଲ ଗୁଣ ରହିବା ନିହାତି ଦରକାର । ଏ କଥା କେବେ ଯେମିତି ଭୁଲିବୁ ନାହିଁ ।

ଯିଏ ଯାହା ବାଟରେ ବାହାରି ଗଲେଣି । ଚିନ୍ମୟଙ୍କ କାମ ଆଉ କ'ଣ ? ଟି. ଭି. ଦେଖ ନ ହେଲେ ମୋବାଇଲରେ ଛବି ଦେଖ କି ଆଉ କ'ଣ ଦେଖ । ମୋବାଇଲରେ

ପାଖ ଛାଡ଼ିବାକୁ ନାରାଜ ରାତି ନଅଟା ପର୍ଯ୍ୟନ୍ତ । ମାନସୀ ଉପର ଘର ପଢ଼ା ଟେବୁଲ୍‌ ପାଖକୁ ଗଲାଣି । ଏବେ ଚିନ୍ମୟଙ୍କ ନିରୋଳା ସମୟ । ସେ ସେଠି କ'ଣ ଲେଖା ଲେଖୁ କି ପଢ଼ାପଢ଼ି କରୁଥିବ । ଆଉ ଘଣ୍ଟାଏ ପର୍ଯ୍ୟନ୍ତ ତଳକୁ ଓହ୍ଲାଇବ ନାହିଁ । ସେ ଆସିଲେ ଅନ୍ୟକୁ ଫୋନ୍‌ ଲଗେଇ ଦେଲେ ସେ କ'ଣ ଖୋଜିବ ମୁଁ କ'ଣ କରୁଥିଲି ମୋବାଇଲ୍‌ ଖଣ୍ଡକରେ ? ଯେତିକି ଶାନ୍ତ ସେତିକି ରାଗୀ । ବେଳେବେଳେ କହିବ ତାଗିଦ ସ୍ୱରରେ – ମୋବାଇଲ୍‌ ଖଣ୍ଡକ ଲୁଚାଇ ଦେବି କେଉଁଦିନ ପାଇଁ ଯେ ତୁମ ଦେଖା ଛାଡ଼ିଯିବ । ଏଇଠି ଦିନ ରାତି ମୋବାଇଲ୍‌ ଖଣ୍ଡକ ଧରି ବସି ନେଟ୍‌ ଦେଖୁଛ କି କ'ଣ ଗାରଉଛ ମୁଁ ଆସିଲେ ଦେଖିବି । ତମେ ଯଦି ଆଜି ଗୋଟିଏ ବିଜ୍ଞାନ ଲେଖା ଲେଖୁ ନଥିବ ତେବେ ମୋବାଇଲ୍‌ ଧରିପାରିବନି ।

ଚିନ୍ମୟ ଜାଣନ୍ତି ମାନସୀ ଭାରି ରେଗେଡ଼ି ହୋଇ କାମ କରେ । ନିଜ ଲେଖାରେ ବହୁତ ଅବହେଳା ହେବାରୁ ଅଶାନ୍ତି ହୁଏ । ଝିଅ ଓ ପୁଅଙ୍କ ପିଲାଙ୍କ ମେଳରେ ଦିନସାରା କଟିଗଲାବେଲେ ଚିଡ଼ି ଉଠି କହେ – ଏବେ ଋରିଟା ପିଲାଙ୍କୁ ମୁଁ ଜଗି ବସିବି କି ? ମୋ ଜ୍ଞାନ ତମ ଘରକୁ ଆସିବା ପରେ ହଜିଗଲା ଯେମିତି ! ତମେ ମୋତେ ସମସ୍ତେ କି ସାହାଯ୍ୟ କରିଛ, ଆଖିରେ ଦେଖି ସାରିଛି । ମୁଁ ସେ ସମୟର ପ୍ରତ୍ୟକ୍ଷଦର୍ଶୀ । ପିଲାଙ୍କ ପାଇଁ, ତମ ପାଇଁ ସମୟକୁ ଫାଁ ଫାଁ ଉଡ଼ାଇ ଦେଲି । ଏବେ ଦଶବର୍ଷ ହେବ ନାତି ନାତୁଣୀଙ୍କ ପାଇଁ ଛୋଟ ପିଲାଙ୍କ ପରି ତଳଉପର ହୋଇ ଗୋଡ଼ ଫୁଲିଗଲାଣି । ମୋର ଋଳିଶ ବର୍ଷ କୁଆଡ଼େ ଗଲା ଭାବିଲା ବେଳକୁ ଏକ ମାୟାର ପ୍ରଲେପ ମୋ ମନରେ ଜାତ ହୋଇସାରୁଛି । ମୁଁ ଭାବୁଛି ମୁଁ ଦୁଇଟା ଜୀବନଧାରୀ ମଣିଷ । ଗୋଟିଏ ମାୟା ଭିତରେ ପଶିଛି ତ ଆଉ ଗୋଟିଏ ମାୟାରୁ ଦୂରେଇ ଯାଇ ଟିକିଏ ଏକେଲା ମୁହୂର୍ତ୍ତ ଖୋଜୁଛି । ବେଳେବେଳେ ଏହି ଭାବନାରେ ମନ ଆକ୍ରାନ୍ତାକ୍ରା ହେଉଛି । ତମେ ଋଳିଶ ବର୍ଷ ତଳେ ଯାହା ଥିଲ କି ମୁଁ ଥିଲି ଏବେ ସବୁର ରୂପ ହଜିଗଲାଣି । ତେବେ ଋଳିଶ ବର୍ଷ ମାୟା ସଂସାର ଭିତରେ ଆମେ ପଶିଯାଇଛେ ନିଶ୍ଚୟ ।

– ବେକାରିଆ ଭାବନା ତମ ମନରେ ଉଦ୍ରେକ ହେଉଛି । ତମେ ହିଁ ମୋ ଲେଖାର ପ୍ରେରଣା । ତମେ ହିଁ ମୋ ଉସ୍ସାହର ଉସ୍ସ । ତମ ଯୋଗୁ ମୋର ସବୁ ଉନ୍ନତି ହୋଇଛି ।

ହବନି କେମିତି ? ମୋର ଉତ୍ସାହର ଭଲପାଇବା ଭିତରେ ମୋ ରାଗଟି ଜଡ଼ିତ । ମୁଁ ଜାଣେ ତମକୁ ଜୋର୍ ଦେଇ କହିଲେ ବାଧ୍ୟହୋଇ ଲେଖାପଢ଼ା କରିବ । ତମର ଥେସିସ୍ ଲେଖିବା ବେଳେ କେମିତି ଲେଖିବି ଲେଖିବି ବୋଲି ଭାବୁଥିଲ । ଦିନେ ତମକୁ କହି ତାଗିଦ୍ ସ୍ୱରରେ ପେନ୍ ଓ ପେପର ଦେଇ କହିଲି – 'କିଛି ଲେଖା ନ ସରିଲେ ଉଠିବ ନାହିଁ । ଜଣେ ଅଧ୍ୟାପକଙ୍କୁ ନିଜ ଜ୍ଞାନ ବିଷୟରେ ଲେଖିବାରେ ଅସୁବିଧା କେଉଁଠି ?'

ହସିଲେ ଚିନ୍ମୟ । ତମେ ପିଲାଙ୍କ ପଢ଼ା ଓ ମୋ ପଢ଼ା ପ୍ରତି ଏତେ ସଜାଗ ଥିଲ ଯେ ଭାବୁଛି ତମ ପଢ଼ାପ୍ରତି କେତେ ଉତ୍ସାହିତ ଥିବ ।

– ମୋ ପଢ଼ା ମୂଲ୍ୟ ଚୁଲିମୁଣ୍ଡକୁ ଉଡ଼ିଗଲା ତମର ସିଗାରେଟ୍ ଧୂଆଁର କୁଣ୍ଡଳୀକୁ ଦେଖି । ମୋ ପଢ଼ା ଧୂମାୟିତ ହୋଇଗଲା । ମୋର ଭାବି ନ ଥିବା କଥା ଭିତରେ ତମର ଝେରାରେ ସିଗାରେଟ୍ ଟାଣିବା କଥା ଦେଖିଲା ପରେ ମୋର ତୁନି ମୁନି ଗୁଣ ହଜିଗଲା ଯେମିତି ! ଭଲ ବାଟକୁ ଆଣିବାକୁ ହେଲେ ମିଞ୍ଚ ମିଞ୍ଚ ହୋଇ ଗୃହିଣୀ ହୋଇ ପାରିବି ନାହିଁ । ଘରର ଉନ୍ନତି ପାଇଁ ପ୍ରଥମେ ହିଁ ଧର୍ମପତ୍ନୀ ଅଣ୍ଟା ଭିଡ଼ିବ । ସନ୍ତାନମାନଙ୍କୁ ଯୋଗ୍ୟ କରିବା ଦାୟିତ୍ୱ ମାଆର । ଜନ୍ମିତ ଶିଶୁ ଅବୋଧ ଶିଶୁ । ତାକୁ ଯେମିତି ଗଢ଼ିବା ସେ ସେମିତି ମଣିଷ ହେବ । ମୁଁ ଯଦି ମୋ ଲେଖା କି ଝିଙ୍କିରିକୁ ଜଳି ବସିଥାଆନ୍ତି ତେବେ ଘରେ ତାଗିଦ କରିବାକୁ ଲୋକ ନଥାନ୍ତେ । ତମେ ତ ସାଙ୍ଗ ସୁଖରେ ସମୟ ଅତିବାହିତ କରିବାକୁ ଉଠିଥାଅ । କ୍ଲାସ ସରିଲାପରେ ଦୁଇଘଣ୍ଟା ଗପସପ ନ କଲେ ତମ ଖାଦ୍ୟ ହଜମ ନ ହେଲେ ଘରକୁ ଫେରନି । ତମର ପିଲାଙ୍କୁ ମଣିଷ କରିବାର ସ୍ପୃହା ଥିଲା କି ? ଏବେ କହୁଛି ଅବସର ନେଇ ଘରେ ବସି ସମୟକୁ ସାରିବା ବଦଳରେ ଯାଆ ସାଥୀ ମେଳରେ ବୁଲାବୁଲି କରି ଖୁସିହୁଅ । କିନ୍ତୁ ତମେ କହୁଛ– ଏବେ ମୋର ଇଚ୍ଛା ନାହିଁ ବୁଲାବୁଲି କରିବାକୁ ।

ବୟସ ଗଲା ବୋଲି ମନ ମଧ୍ୟ ବୁଢ଼ା ହୋଇଗଲା ନା କ'ଣ ? ମନ କ'ଣ ବୁଢ଼ା ହୁଏ କି ?

– ରୋଗ ବଇରାଗ ପରା ମନକୁ ମାରିଦେଲା । ଆଉ ଇଚ୍ଛା କ'ଣ ଅଛି କି ?

– ଯେତେବେଳେ ଘର ଭିତରେ ତମର ଉପସ୍ଥିତି ଦରକାର ଥିଲା ପିଲାଙ୍କ ତଦାରଖ ଟିକିଏ କରିବାକୁ ସେତେବେଳେ ସେଥିରେ ଅବହେଳା କରି ଦେଲ ।

ବର୍ତ୍ତମାନ ପିଲାମାନେ ନିଜ ବାଟରେ ନିଜକଥା ବୁଝିପାରୁଛନ୍ତି । ତାଙ୍କ ପାଇଁ ଆମର ପ୍ରୟୋଜନ ବେଶୀ ନୁହେଁ । ତଥାପି ଘରଭିତରେ ରହିବାକୁ ଭଲପାଉଛ ?

– ବୁଝିଲ କି ସମୟ ସହିତ ଇଚ୍ଛା ମଧ୍ୟ ମରିଯାଏ । ଏବେ ଔଷଧପତ୍ର ଖାଇ ଦେହର ତାକତ୍ କ'ଣ ବଢ଼ିବ ଓଲଟି ବୟସ ଯୋଗୁଁ ବଳ କମିଯାଉଛି । ଆଷ୍ଟୁ ଦରଜ । କାର୍ ଚଲେଇବାକୁ ଇଚ୍ଛା ନାହିଁ । ଜୀବନକୁ ରକ୍ଷାକରିବା ପାଇଁ ଔଷଧ ନ ଖାଇଲେ ଚଳିବନି । ଆଉ ଯିବି କୁଆଡ଼େ ବୁଲାଚଲା କରିବାକୁ ? ପୁରୁଣା ସମୟ ଫେରିବନି ଆଉ କେବଳ ତା'ର ସ୍ମୃତି ମନକୁ ତାଜା କରିଥାଉ ।

– ତେବେ ସିଗାରେଟ୍ ଟାଣିବ କି ?

– ସିଗାରେଟ୍ ଖାଇଲେ କଲିଜା କଣା ହୋଇଯିବ ।

– ଏତେ କଥା ଜାଣିଥିବା ଅଧ୍ୟାପକ ଜଣକ ସିଗାରେଟ୍ କେଉଁ ବିଶ୍ୱାସରେ ଟାଣୁଥିଲେ ?

– ସେତେବେଳର ଯୁବକର ଉଦ୍ଦାମତା ଆଉ ନାହିଁ ।

– ଠିକ୍ ଅଛି ଋଲ ବଡ଼ ହୋଟେଲ୍ର ଡିନର କରିବା ।

– ନା ବାବା, କ'ଣ ବ୍ଲଡ୍‌ପ୍ରେସର ବଢ଼େଇବି କି ?

– ତେବେ ଋଲ ଭଜନ କରିବା ।

ଠାକୁର ଘର ଧୂପକାଠି ସୁଗନ୍ଧରେ ରଜନୀଗନ୍ଧାର ବାସ୍ନା ଘରସାରା ଘୁରି ବୁଲୁଥିଲା । ନାତି ନାତୁଣୀ ଦୁଇଜଣ ଆସି ହାତଯୋଡ଼ି ଠିଆ ହୋଇଗଲେ । ଋରିବର୍ଷର ନାତିଟି କହୁଛି – କି ସୁନ୍ଦର ବାସ୍ନା । ଠାକୁର ମୋ ଜେଜେଙ୍କ ଆଷ୍ଟୁ ଠିକ୍ କରି ଦିଅ ।

ଚିନ୍ମୟ ନାତିକୁ କୋଳକୁ ଆଣି ବସାଇଦେଲେ । କହିଲେ – ଠାକୁର ମୋ ଘର ପରିବାର ମଙ୍ଗଳ କର ।

ନାତି କହିଲା ଖନେଇ ଖନେଇ – ଜେଜେ ତମ କଥା କୁହ ।

ମାନସୀ କହିଲା ହସି ହସି – ତୁ ଆମ ପାଇଁ କହି ଦେଲୁ । ଆମେ ତୋ ପାଇଁ କହି ଦେଲୁ ।

– ହଁ ହଁ । ଆମେ ସାଙ୍ଗ ପରା ।

ଜେଜେ ନାତିଙ୍କ ହସର ଉଚ୍ଛ୍ୱାସରେ ଘରର ମଧୁର ବାସ୍ନା ସତେ ଯେମିତି ବିଛାଡ଼ି ହୋଇ ପଡ଼ୁଥିଲା ଘରସାରା । ତେବେ ମାନସୀକୁ ଲାଗୁଥିଲା ସେ କେତେ ସୁନ୍ଦର ମାୟାରେ ପଶିଯାଇଛି ଯେ ନିଜକୁ ଚିହ୍ନିବାକୁ ସମୟ ଖୋଜିନି । ତେବେ ମାୟା କ'ଣ ? ବିଶ୍ୱାସରେ ସୂର୍ଯ୍ୟ ପ୍ରତିଦିନ ଧରାପୃଷ୍ଠରେ ଅବତରଣ କରୁଛନ୍ତି । ସେଠି ମାୟାର ଭ୍ରମ ଅପେକ୍ଷା ବିଶ୍ୱାସର ଆସ୍ଥା ଦୃଢ଼ ଅଛି । ତେବେ ପରିବାର ଭିତର ବିଶ୍ୱାସ ମଝିଭୂତ ରହିଲେ ମାୟାର ପ୍ରଲେପ ଆପେ ଆପେ ଦୂର ହୋଇଯିବ । ଏ ତ ସଂସାର । ଏଠି ଘର ସ୍ୱର୍ଗ ଓ ନର୍କରେ ପରିଣତ କରିବାକୁ ଯିଏ ରୁହେଁ ସେ ହିଁ ତା ପରାଭବ ଭୋଗିଥାଏ । ପ୍ରତି ପ୍ରଶ୍ନର ଉତ୍ତର ନିଜ ପାଖରେ ହିଁ ଥାଏ । ତେବେ ଚିନ୍ତା କାହିଁକି ?

❑

ବଦଳି ଯାଉଥିବା ବର୍ଷ

ତିରିଶି ବର୍ଷର ବ୍ୟବଧାନ । ହଜେଇ ଦେଲିଣି କେତେକେତେ ସ୍ମୃତି ସେଦିନର । ସେଦିନ ମନରେ ଭବିଷ୍ୟତର ଚିତ୍ର ଆଙ୍କି ବିହ୍ୱଳିତ ହୋଇ ଉଠୁଥିଲି । ଭାବୁଥିଲି ବଦଳିଯିବ ଏ ଦିନର ଦୃଶ୍ୟପଟ । ଖୁବ୍ ଉତ୍ସାହିତ ହୋଇ କୁହେ – ଅପେକ୍ଷା କର । ସବୁଦିନ ଆଉ ଅଭାବ ଆମକୁ ଲାଗି ରହିବ ନାହିଁ । ଆମ ପୁଅଟି ପାଠ ପଢ଼ି ମଣିଷ ହୋଇଯାଉ । ସେ ଆମର ଆଶା ଭରସା ଓ ଆମ ଭବିଷ୍ୟତର ଉଜ୍ଜ୍ୱଳ ତାରକା ।

ବିଗତ ଦିନର ଉଲ୍ଲାସର ଚିହ୍ନବର୍ଷ ଆଜି ନାହିଁ । ଆମ ସ୍ୱପ୍ନର ପ୍ରତିଛବି ବିବର୍ଣ୍ଣ ହୋଇ ଦେଖାଯାଉଛି ଆଖି ଆଗରେ । ଆଜିର ଚିନ୍ତାରେ ମନ ବେଳେବେଳେ ଖୁବ୍ ଭାଙ୍ଗି ପଡୁଛି । ଅନେକ ପ୍ରଶ୍ନ ମନରେ ଉଠୁଛି – ବୟସର ଶେଷ ସମୟରେ ପୁଅ ଯଦି ଏମିତି ଆମକୁ ନ ପଚରେ କରିବୁ କ’ଣ ? ଏକୋଇର ବାଲା ବିଶିକେଶନ ଥିଲା ଆମ ଆଖିରେ । ତା ପାଇଁ ତା ମା’ ଦିନସାରା କାମରେ ଲାଗୁଥିଲା । ତାକୁ ଖୁଆଇବାଠାରୁ, ତା ପ୍ୟାଣ୍ଟ ସାର୍ଟ ସଫାକରି ଆଇରନ୍ କରି ରଖିବା ପାଇଁ ସେ ଖୁବ୍ ଯତ୍ନଶୀଳା ଥିଲା । ପୁଅ ପାଠ ପଢୁଛି ଭଲ । ବଡ଼ ଭକିରିଟିଏ କରିବ । ମୋ ପାଇଁ କାର୍‌ଟିଏ କିଣିଦେବ । ଯାହା ତାକୁ ଭଲ ଜିନିଷ ଖୁଆଇଛି ତାଆରୁ ଅଧିକ ଭଲ ଜିନିଷ ବୁଢ଼ାବେଳେ ମୋତେ ଖୁଆଇ ଅବଶୋଷ ପୂରଣ କରିଦେବ ।

ହାୟରେ ମଣିଷ ! ଭାବୁଥାଆ ତୁ । ଝୁରୁଥାଆ ତୁ । ଅବଶେଷରେ ସଢ଼ୁଥାଆ ତୁ ! ଭବିଷ୍ୟତର ସ୍ୱପ୍ନରେ ଖୁସି ହୋଇ ବସିଥାଆ । ଆସିଯାଉ ଜୀବନର ସଂନ୍ଧ୍ୟା ସମୟ । ଦେଖିବୁ କେତେ ସେବା କରିବ ପୁଅଟି ?

ପ୍ରଭାତ ଆଜି ଦେଖୁଛନ୍ତି ସବୁ ବଦଳି ଯାଇଛି । ଭକିରିରୁ ରିଟାୟାର୍ଡ଼ ନେଇ ଘରେ ବସିଲେଣି । ପୁଅଟି କ୍ଲାସଥ୍ରୀ ଭକିରି କରି ନିଜ ମନମୁତାବକ ଝିଅଟିଏକୁ ବାହା ହୋଇଯାଇଛି । ଧୁମ୍‌ଧାମ୍‌ରେ ପ୍ରଭାତ ବିବାହ କଲେ ମଧ୍ୟ । ପୁଅର ମନ ରଖିବାକୁ ପଡ଼ିବ ତ ପୁଣି । ବୟସରେ ଶରୀରର ବୋଝର ଭାର ସାଙ୍ଗକୁ ରୋଗର

ଦାଉ କେଉ ଛାଡୁଛି କି ? ପୁଅ କ'ଣ କଲା କି ନ କଲା ଧରିବସିଲେ ତ ପିଢ଼ି ବଦଳିଯିବନି । ପରିବର୍ତ୍ତିତ ପରିସ୍ଥିତି ସହିତ ପାଦ ମିଳାଇ ଚଲିବାକୁ ତ ପଡ଼ିବ । ନିଜର ଜୀବନର ଠିକଣାଟି ପୁଅ ଠିକଣା ହୋଇଯିବ । ଟିକିଏ ଆଶ୍ୱାସନା କେବଳ ଦରକାର । ଏଇ ତ ମନର ବିଶ୍ୱାସ ।

କିଏ ଜାଣିଥିଲା ବିଶ୍ୱାସ ଦିନେ ଦୋଛକି ରାସ୍ତାରେ ଠିଆ ହୋଇ ନିଜକୁ ପ୍ରଶ୍ନ କରିବ "କେଉଁ ପଟକୁ ଯିବା ?" ମନର ଆବେଗ ଆଉ ଚୁପ୍ ହୋଇ ଠିଆ ହୋଇପାରିବନି । ତା ଆଖିକୁ ଲୁହରେ ଭର୍ତ୍ତି କରି କହିବ - ବୁହାଇ ଚଲେ ଲୁହ ତୋ ଇଚ୍ଛାରେ ।

ଆଜି ଖୁବ୍ ମନେପଡୁଛି ପୁଅର ମୁହଁଟି । କେଡ଼େ ଗୁଲୁଗୁଲିଆ ଥିଲା । କେତେ ଆଦରଗେଲ କରୁଥିଲେ ମା', ବାପା ଉଭୟେ । ତା ଦାବୀ ପୂରଣ ପାଇଁ ନିଜ ଖୁସିକୁ ଅଣଦେଖା କରି ଦେଉଥିଲେ । ସ୍ୱପ୍ନପରି ଦିନଗୁଡ଼ିକ ସରିଯାଇଛି । ଆଜି ମା' ଝୁରୁଛି - ପୁଅଟି ଆମ ପାଖକୁ ଦୌଡ଼ି ଆସି କହନ୍ତା କି - "ମାମା, ମୁଁ ତୁମ ସହିତ ସବୁଦିନ ଅଛି । ଚଲ ତୁମକୁ ନେଇ ସହରର ବଡ଼ ଡାକ୍ତରଖାନାରେ ଟ୍ରିଟ୍‍ମେଣ୍ଟ କରିବି । ତମ ରୋଗ ଚିନ୍ତା ଦୂର କରିବି । ତୁମମାନଙ୍କର ରଣ ଆଉ ଯଦି ନ ଶୁଝିବି ତେବେ ମୁଁ କି ପୁଅ ? ତମପାଇଁ ମଣିଷ ହୋଇଛି । ଏହି ଶରୀରରେ ତମର ରକ୍ତକଣିକା ବୋହୁଛି । ମୋ ପାଖରେ ତମପାଇଁ ସମୟ ଅଛି । ମୁଁ ତୁମକଥା ଠିକ୍‍ରେ ବୁଝିବି ।"

ଏପରି ଅତୀତର ସ୍ମୃତିରେ ମନଟି ଉହ୍ଲ ବିକଳ ହେଲାବେଲେ ପୁଅ ଶୁଣେଇ ଦେଲା - ମୋ ପାଖରେ ଏବେ ସମୟ ନାହିଁ । ମୋ ଅଫିସ କାମରେ ଏତେ ଚପ ପଡୁଛି ଯେ ମୁଁ ଘରକୁ ଆସୁଛି ରାତିରେ । ତମେମାନେ ମୋ ପାଖକୁ ଚଲିଆସ । ମୁଁ ଗାଁକୁ ଯାଇ ତୁମକୁ ଆଣି ପାରିବି ନାହିଁ । ଏଠାକୁ ଆସିଲା ପରେ ଡାକ୍ତର ଦେଖାଇବି ।

ପ୍ରଭାତ ଚହିଁଲେ ସବିତା ମୁହଁକୁ ଟିକିଏ ଥକିଲା ଆଖିରେ ଏସବୁ ଶୁଣିଲା ପରେ । ସବିତାକୁ କହିବା ଉଚିତ୍ ହେବକି ନାହିଁ ଭାବୁଭାବୁ ସବିତା ପଚାରିଲେ - କେଉଁଦିନ ଆମେ ସମ୍ବଲପୁର ଯିବା । ପୁଅ ପାଖକୁ ଚଲିଗଲେ ଚିନ୍ତା ନାହିଁ । ତା ପାଖରେ ରହିଲେ ପୁଅ ବୋହୂ ଆମ କଥା ନିଶ୍ଚୟ ବୁଝିବେ । ଆମେ ଏଠି ମନ ଉଣା କରି ପଡ଼ିବା କାହିଁକି ?

ପ୍ରଭାତ ଟିକିଏ ମନକୁ ହାଲ୍‍କା କରିବାକୁ କହିଲେ - ଚଲ ଆମେ ବଣକୁ ଚଲିଯିବା ।

– କାହିଁକି ଏପରି ବିଥେଇ ହେଉଛ ମ ?

– ନଚେତ୍ ଜରାଶ୍ରମକୁ ଚାଲିଯିବା ?

– ତମ ମୁଣ୍ଡଫୁଣ୍ଡ ଖରାପ ହୋଇଗଲାଣି ବୋଧେ । ପୁଅ ଥାଉ ଥାଉ ଆମେ ଏମିତି ଭାବିବା ଭୁଲ ।

– ହଉ ମୁଁ ପୁଅକୁ ଡାକୁଛି । ସେ ଗାଁକୁ ଆସିଲେ ଆମକୁ ନେଇ ଯିବ । ଆପୋଲରେ ଦେଖାଇବ । ମୋର ଛାତି ଧଡ଼୍ ଧଡ଼୍ ହେଉଛି । ହାର୍ଟବିଟ୍ ବଢ଼ିଯାଉଛି । ତମର ଦେହ ମଧ ଦେଖାଇଦେବା ସେଠି । ସେଠୁ ଚାଲିଯିବା ପୁଅସାଙ୍ଗରେ ସମ୍ବଲପୁର । ଆରାମରେ ରହିବା ।

ପ୍ରଭାତ ଫୋନ୍ ଲଗାଇଲେ ପୁଅ ପ୍ରକାଶକୁ । କିଛି ସମୟ ରିଙ୍ଗ ହେବାପରେ ବୋହୂ ପ୍ରତୀକ୍ଷା ଫୋନ୍ ଉଠାଇ ନମସ୍କାର କଲା ।

– ଭଲ ଅଛ ତମେମାନେ ? କହିଲେ ପ୍ରଭାତ ।

– ହଁ ଶୁଣାଗଲା । ପୁଅ ଫୋନ୍‌ଟି ଧରି ନମସ୍କାର କଲା ।

ପ୍ରଭାତ ପ୍ରତିନମସ୍କାର ଜଣାଇ କହିଲେ – ସେଠାର ଖବର ସବୁ ଭଲ ତ ?

– ହଁ ବାପା ।

– ଭାବୁଛୁ ଏଥର ଆମେ ଗାଁ ଛାଡ଼ି ତୋ ପାଖରେ ଯାଇ ରହିଯିବୁ । ଆମର ଦେହ ପା' ଏ ବୟସରେ ଭଲ ରହୁନି । ତୁ ଆସିଲେ ଡାକ୍ତରଙ୍କୁ ଦେଖାଇ ଦିଅନ୍ତୁ । ତୋ ସାଙ୍ଗରେ ଆମେ ଚାଲିଯାଆନ୍ତୁ ସେଠାକୁ ।

ରୁକ୍ଷସ୍ବରରେ ପ୍ରକାଶ କହିଲେ – ମୋ ଚାକିରି କଥା ତ ଜାଣ । ମୋ କାମରେ ମୁଁ ଭାରି ହନ୍ତସନ୍ତ ହେଲିଣି । ଠିକ୍‌ରେ ଖିଆପିଆ କରିପାରୁନି । ସେଥିପାଇଁ ହୋଟେଲରେ ଅଧିକାଂଶ ସମୟ ଖାଉଛି । ତମକୁ ଆଣି ଡାକ୍ତରଙ୍କୁ ଦେଖାଇବା ମୋ ପକ୍ଷେ ସମ୍ଭବ ହେବ ବୋଲି ଭାବୁଛ କେମିତି ? ନିଜେ ତ କାର୍ ଭଡ଼ା କରି ଗାଁରୁ ଭୁବନେଶ୍ୱର ଆସି ଡାକ୍ତରଙ୍କୁ ଦେଖାଇ ପାରନ୍ତ । ମୋ ଉପରେ ଏତେ ନିର୍ଭର କାହିଁକି ? ପ୍ରତୀକ୍ଷା ତ ସହଜରେ ରୋଷେଇ ଜାଣିନି । ସେ କ୍ୟାଣ୍ଟିନ୍‌ରୁ ମଗାଇ ଖାଇ ଦେଉଛି । ତମମାନେ ଏଠାରେ ରହିଲେ ତମର ଖାଇବା ପିଇବା କଥା କିଏ ବୁଝିବ ? ତମେ ତେଲ ମସଲାଯୁକ୍ତ ଖାଇପାରିବନି ତ ଆଉ । ଯଦି ଆଗରୁ ଭାବିଚିନ୍ତି ଭୁବନେଶ୍ୱରରେ ଘରଖଣ୍ଡିଏ କରିଦେଇଥାଆନ୍ତ ତେବେ ଏତେ ଗାଁରୁ ଯିବା ଆସିବା

କଷ୍ଟ ଲାଗନ୍ତା ନାହିଁ । ଆମେ ମଧ୍ୟ ସୁବିଧାରେ ଘରକୁ ଯାଇପାରନ୍ତୁ । ମୋ ଉପରେ ଏତେ ନିର୍ଭର ନକରି ଡାକ୍ତରଙ୍କୁ ଦେଖାଇ ଔଷଧ ଖାଇ କିଛି ଚିନ୍ତା ନ କରି ଗାଁରେ ସୁସ୍ଥରେ ଥାଅ । ମୁଁ ସୁବିଧା ଦେଖ୍ ଗଲେ ମୋ ସହ ଆସିବ ।

ଫୋନ୍ କଟିଗଲା । ପ୍ରଭାତ ପୁଅର ଆକ୍ଷେପଗୁଡ଼ିକ ଶୁଣି ଗମ୍ଭୀର ହୋଇ ଭାବୁଥିଲେ – ଆମ ଜୀବନର ଦୁର୍ଦ୍ଦିନ ମାଡ଼ି ଆସୁଛି । ଭାରି ଦୁଃଖମୟ ହୋଇଉଠୁଛି ଆଗାମୀ ରାସ୍ତା । ପୁଅକୁ ସମୟ ଏବେ ନାହିଁ । ବୋହୂ ସହିତ ବିଭିନ୍ନ ଦର୍ଶନୀୟ ସ୍ଥାନ ବୁଲିଯିବାକୁ ସମୟ ଅଛି । ଶାଶୂ ଶ୍ୱଶୁରଙ୍କ କି ବଡ଼ ଅଫିସରଙ୍କ ଦେହ ଖରାପ ହେଲେ ଭୁବନେଶ୍ୱରରେ ଅଧ୍ୟାଆପଡ଼ି ରହିବାକୁ ସମୟ ଅଛି । ଶାଶୂର ଦେହ ଖରାପ ବୋଲି ବୋହୂ ନିଜ ମା'ର ଦେଖାଶୁଣା କରିବାକୁ ମାସ ମାସ ଧରି ବାପଘରେ ରହି ସେବା କରୁଛି । ଅଥଚ ନିଜ ଶାଶୂ ଓ ଶ୍ୱଶୁରଙ୍କ ପାଇଁ ନିଜ ଦେହକୁ ଲଗାଇ ଟିକିଏ କାମ କରିଦେବାକୁ ମନୋଭାବ ନାହିଁ । ଏମିତିଆ ବୋହୂ ଯାହା ଭାଗ୍ୟରେ ଜୁଟିଲା ସେ ହିଁ ଦହଗଞ୍ଜ ହେବ ଶେଷ ଜୀବନରେ ।

– ପୁଅ କ'ଣ କହିଲା ? ପ୍ରଶ୍ନ କଲେ ସବିତା ।

– ପୁଅ ସହିତ କଥା ହୋଇଯାଅ ତମେ । ତମ ମନ ବୁଝିଯିବ । ମୁଁ କହିଲେ ତୁମର ବିଶ୍ୱାସ ହେବନି ।

ସବୁବେଳେ ପୁଅଟିର ଭୁଲକୁ ଧରିବସିଥିବ ତମେ । ମୋ ପୁଅ କୋଟିକରେ ଗୋଟିଏ । ସେ କେତେ ଭଲ ପାଏ ଆମକୁ ତୁମେ କେବେ ଅନୁଭବ କରିନ !

– ହଉ ଠିକ୍ ଅଛି । ତୁମେ ପୁଅକୁ ଠିକ୍ ବୁଝିଛ । ନହେଲେ ସେମାନଙ୍କ ଘରକୁ ଗଲେ କାହିଁକି ସେମାନଙ୍କ ଲୁଗାପଟା ଧୋଇବାଠାରୁ ରୋଷେଇବାସ କରିଦିଅ ମୁଁ ଜାଣେ ।

– କ'ଣ ଜାଣିଛ ?

– ପୁଅବୋହୂର ମନ ଜିଣିବାକୁ ତୁମେ ପ୍ରୟାସ ଜାରି ରଖିଛ । ସେମାନଙ୍କର ଭଲ ପାଇବା ଚୁଲୀକୁ ଯାଉ ।

– ସେଇଟା ମୋ ଘର ଏଇଟା ମୋ ଘର । ଯେଉଁଠି ରହିଲେ କାମ ନ କରି କ'ଣ ବସିବି କି ? ତମ ମନରେ ଏପରି ଭେଦଭାବ ଅଛି ବୋଲି ମୁଁ ଜାଣିଛି ପରା ।

– ଭେଦଭାବ କି ବାଦ ପୁଅ ସହିତ କରୁଥିଲେ ମୁଁ ତାକୁ ପାଠ ପଢ଼େଇ ନଥାନ୍ତି ଭଲ ସ୍କୁଲରେ । ନିଜ ପିଲାଟିଏ ପାଇଁ କେତେ ସ୍ୱପ୍ନ ଦେଖିଥିଲି ମୁଁ । ବାପାଟିଏ ମୁଁ । ଭୁଲ ଦେଖ୍ ଚୁପ୍ ହୋଇ ପରଲୋକ ପରି ଏବେ ରହୁଛି । ପିଲାବେଳେ ଭୁଲକୁ ସଂଶୋଧିତ କରୁଥିଲି । ଏହି ବୟସରେ ତା ଭୁଲ ଖୋଜିବାକୁ ଡର ମାଡ଼ୁଛି ଏ ମନକୁ । ଥକିଗଲିଣି ମୁଁ । ତମ ଦେହ ଠିକ୍ ନାହିଁ । ଏଠି ତମ ସାଙ୍ଗରେ ମିଶି କେତେ କାମ କରୁଛି ତମେ କ'ଣ ଜାଣୁନ ? ଆମର ପୁଅ । ତମର ଓ ମୋର ରକ୍ତ ବହନ କରିଚି । ଆମେ ଝୁରୁଛେ ତାକୁ କିନ୍ତୁ ସେ ଆମକୁ ଦୂରେଇ ଦେଉଛି ତାଠାରୁ ।

– କାହିଁକି ?

– ହୋଇପାରେ ତା ସ୍ତ୍ରୀ ତାକୁ ବେଶି ଭଲ ପାଉଛି ଆମଠାରୁ ।

– ସବୁ ମିଛ । ମା'ର ମମତାକୁ ସ୍ତ୍ରୀ କେବେ ପୂରଣ କରି ବୁଝିପାରିବିନି । ମା'ର ତ୍ୟାଗକୁ ସ୍ତ୍ରୀ ସହଜରେ ସହ୍ୟ କରିପାରିବାର କ୍ଷମତା ନାହିଁ । ଏବେ ଯୌବନର ସୁଗନ୍ଧରେ ଭଲପାଉଥିବା ସ୍ୱାତି ମା'ର ମମତାକୁ ବୁଝିବ ମା' ହେଲାପରେ । ମା' ହେଲାପରେ କିପରି ଅପତ୍ୟ ମୋହ ସ୍ନାୟୁ ଓ ରକ୍ତରେ ଭରପୁର ହୋଇଯାଏ ଅନୁଭବ କରିବ ।

– କେବେ ଆଉ ଛୁଆଟିଏ ହେବ ତାଙ୍କର ?

– ଏହି ଭୋଗବାଦର ନିଶାରେ ସେମାନେ ଛୁଆପିଲା କଥା ମଧ ଭୁଲିଗଲେଣି । ହଉ ଯାଉଛି ମୁଁ ପୁଅ ପ୍ରକାଶ ସହିତ କଥା ହେବି ।

– ହୁଅ । ସବୁ କଥା ବୁଝେଇ କହିଦେବ । ମା' କଥା ପୁଅଟି ଭଲରେ ଶୁଣିପାରିବ ।

– କାହିଁକି ଏମିତି ବ୍ୟଙ୍ଗକଥା କୁହ କେଜାଣି ? ସବିତା କ୍ଷୋଭରେ ବିରକ୍ତି ପ୍ରକାଶ କରି କହିଲା ।

ପ୍ରଭାତ ମାଛ ଆଣିବାକୁ ବଜାର ଆଡ଼େ ଋଲିଗଲେଣି । ପେନସନ୍ ତ ପାଉଛନ୍ତି । ପୁଅ ଟଙ୍କାକୁ କିଏ ପଚରେ ? ସବିତା ଫୋନ୍ ଲଗାଇଲେ ପୁଅ ପ୍ରକାଶ ପାଖକୁ ନିଜ ମୋବାଇଲରେ । ସବିତାକୁ ଗହଳି ଶୁଭୁଥିଲା ପୁଅ ମୋବାଇଲ ଉଠାଇଲା ବେଳେ । କହିଲେ – ବାହାରେ ଅଛୁ କି ?

– ନମସ୍କାର । ହଁ । କ’ଣ କହିବାର ଅଛି ଶୀଘ୍ର କହ ।

– ଆଜି ଛୁଟିଦିନରେ କେଉଁଠି ଅଛୁ ?

– ଆମେ ଯେଉଁଠି ଥିଲେ ତୁମର କ’ଣ ଯାଇଛି ? ବାପା ତ ସକାଳେ ମୋ ସହ କଥା ହୋଇଛନ୍ତି । ତୋର ଆଉ କି ଅଭିଯୋଗ ଅଛି ଯେ ବଖାଣିବୁ ?

ସବିତାଙ୍କ ପାଟି ଅଠା ଲାଗିଲା ଯେମିତି । କହିଲେ ବାପରେ ତୁମେମାନେ ଭଲରେ ରୁହ । ଏତିକି ହଁ ବାପା ମା’ ରୁହଁନ୍ତି । ତମେ ଆମକୁ ଦେବ କ’ଣ ? କି ଅଭିଯୋଗ ଶୁଣିବ ? ତୁମମାନଙ୍କର ଧୌର୍ଯ୍ୟ କାହିଁ ? ମା’ ବାପା ହିଁ ଧୌର୍ଯ୍ୟର ସହ ତମ କାମକୁ ଚୁପ୍‌ଚାପ୍‌ କରିଦେବେ । ତୁମମାନଙ୍କୁ ବଡ଼ କରି ରୋଜଗାରକ୍ଷମ କରିଲା ପରେ ମୁଣ୍ଡକୁ ହାତ ପାଇଗଲା । ଭୁଲିଯାଅ ବାପା ମା’ଙ୍କୁ । ଓ୫ ସେ ଦିନକୁ କାହିଁକି ବା ଝୁରିହେବ ? ଏବେ ଅୟସ ଆରାମରେ ବଞ୍ଚିଯାଅ ।

ପୁଅ ବିରକ୍ତ ହୋଇ କହିଲା – କ’ଣ ସବୁ କହିଯାଉଛ ତମେ ? ରଖ ତମ ଭାଷଣ । ଫୋନ କଟିଲା । ସୋଫାରେ ସବିତା ବସିଗଲେ ମୁଣ୍ଡରେ ହାତ ଦେଇ । ମନକୁ ମନ କହୁଥିଲେ – ପୁଅଠାରୁ ଷ୍ଟାମ୍ପ ପେପରରେ ଦସ୍ତଖତ କରି ରଖିଥାଆନ୍ତୁ କି ବୁଢ଼ା ବେଳେ ଆମର ସାହାରା ହେବୁ । ଜୀବନର ସଂକଳ୍ପ ସବୁ ତା ପାଇଁ କରିଥିଲୁ । ଅପେକ୍ଷା କରି ବସିଥିଲୁ ପୁଅର ସୁଖ ସମୃଦ୍ଧି ଦେଖି ପ୍ରାଣକୁ ପୁଲକରେ ଭରିଦେବାକୁ । ଶେଷରେ ଆମକୁ ଅସହାୟ କରି ଛାଡ଼ିଦେବାକୁ ବିବେକ ରହିଲା କେମିତି ?

ପ୍ରଭାତ ଫେରି ଆସିଥିଲେ ବଜାର ଆଡୁ । ପରୁରିଲେ – ଫୋନରେ କଥା ହେଲ କି ପ୍ରକାଶ ସହ ? ତେବେ ଯିବା କେଉଁଦିନ ?

– ସେଠି ଯାଇ କ’ଣ କରିବା ? ରୁଲ ଗୋଟିଏ ଟ୍ୟାକ୍‌ସି ଭଡ଼ା ନେଇ ଭୁବନେଶ୍ୱର ଯିବା । ସେଠି ଭଲ ଡାକ୍ତରଙ୍କୁ ଦେଖାଇ ପୁଣି ଘରକୁ ଫେରିଆସିବା ।

– ପୁଅ ଘରକୁ ଯିବନି କି ?

– ନାଇଁ ମ । ନିଜ ଘର ଛାଡ଼ି କିଏ କାହିଁକି ଯିବ ଭଡ଼ାଘରକୁ । ଗାଁରେ କେତେ ଚିହ୍ନାମୁହଁ ଦେଖାହେଉଛି । ସେଠି ଅଚିହ୍ନାଙ୍କ ମେଳରେ ରହିବାକୁ କ’ଣ ଭଲ ଲାଗିବ ?

– ପୁଅ କ’ଣ କହିଲା ନା ଡାକିଲାନି ?

– ପୁଅ ତ ଖୁସିରେ ଡାକୁଥିଲା । ମୋର ଆଉ ମନ ନାହିଁ ଗାଁ ଭୂମି ଛାଡ଼ି ସହର ପବନ ଖାଇବାକୁ ।

ପ୍ରଭାତ ବୁଝୁଥିଲେ ନିଜ ଜୀବନଠାରୁ ଅଧିକା ଭଲପାଉଥିବା ପୁଅଠାରୁ କିଛି ଶୁଣିଲା ପରେ ପ୍ରତିକ୍ରିୟାଶୀଳା ହୋଇ ପଡ଼ିଛନ୍ତି ସବିତା । ମନ ଥରେ ଭାଙ୍ଗିଗଲା ପରେ ଯୋଡ଼ିବା କଷ୍ଟ ତାଙ୍କ ପକ୍ଷେ ।

– ଶୁଣୁଛ, ଭାବିଛି ଏଥର ପୁତୁରାକୁ ଆଣି ପାଖରେ ରଖିବି । ତା ପରିବାର ମୋ ପାଖରେ ରହିଲେ ମୋ ଚିନ୍ତା ଗଲା । ତା ବୋହୂ ଗଣ୍ଡେ ରାନ୍ଧି ଖୁଆଇ ପାରିବ ଆମକୁ । ପୁତୁରାଟି ଆମ କଥା ବୁଝିନେବ । ପୁଅ ନ ଆସିଲେ ଚିନ୍ତା ନାହିଁ ।

– ସେମାନେ ଆମ ପାଖରେ ରହିବାକୁ ରାଜି ହେବେ କି ?

– ହେବେନି କାହିଁକି ? ଆମର କିଛି ସମ୍ପତ୍ତିବାଡ଼ି ଆମ ମୃତ୍ୟୁ ପରେ ସେ ପାଇବ ବୋଲି ଲେଖିଦେବା । ତା'ର ସେମିତି ବଡ଼ ଚଳିରି ନାହିଁ । ସେ ଆମର ଭଲ ସେବା କରିବ । ଆମ ସମ୍ପତ୍ତି ନେଇ ପୁଅ କରିବ କ'ଣ ? ଯାହାର ଦରକାର ତାକୁ ଦେଲେ ସେ ବେଶୀ ଖୁସି ହେବ । ସମ୍ପତ୍ତି ଲୋଭରେ ଆମକୁ ହେଳା କରିବ ନାହିଁ । ପ୍ରକାଶ ଭାବୁଛି କି ତା'ର ସବୁ ସମ୍ପତ୍ତି ବୋଲି ? କାଣିଟିଏ ଦେବିନି ମୁଁ । ଯିଏ ଆମ ପାଇଁ ଦରଦ ଦେଖାଇଲା ସେ ପାଉ । ସବୁ ତ ନିୟମରେ କରିଦେବ ଯେ ପାଟି ଫିଟେଇ ପାରିବନି କିଏ ।

– ତମେ ମନରେ ବିଦ୍ରୋହ ସୃଷ୍ଟି କରି ଏପରି କହୁଛ ବୋଧେ ।

– ପୁଅ ପାଇଁ ବହୁତ କଲେ । ଆମ ମମତା ତାକୁ ମୋଫତରେ ମିଳିଗଲା ବୋଲି ଭାବୁଛି କି ? ଆମ ପୁଅ ବୋଲି କ'ଣ ସବୁ ସମ୍ପତ୍ତିରେ ତା'ର ଅଧିକାର ନା କ'ଣ ? ଏବେ ନ୍ୟାୟ ଦେବାକୁ ନ୍ୟାୟାଳୟ ଅଛି । ତମର ମୋର ଇଚ୍ଛାରେ ଆମ ଅର୍ଜିତ ସମ୍ପତ୍ତି ଆମର । କାହାର ଆଉ ଏଥିରେ ଅଧିକାର ନାହିଁ । ଯାହାକୁ ମନ ଆମେ ତାକୁ ଦେଇ ପାରିବା ।

– ଆଉ ପୁଅ ସହିତ ପରାମର୍ଶ କରିବ ନାହିଁ କି ?

– କି ପରାମର୍ଶ ଆଉ କରିବି ? ଯିଏ ଆମକୁ ବୁଝିବାକୁ ଅକ୍ଷମ ତାଠାରୁ କି ଆଶା କରାଯାଇ ପାରେ ? ପଚିଶବର୍ଷ ଆମ ସ୍ନେହରେ ବଢ଼ିଲା । ଏବେ କେଇବର୍ଷ ସ୍ତ୍ରୀ

ପାଖରେ ରହିଛି ବୋଲି ସ୍ୱାର ଲୋଭରେ ବାପା ମା'ଙ୍କୁ ଭୁଲିଗଲାଣି । ଥାଆନ୍ତୁ ଖୁସିରେ । ଆଜିଠୁ ମୋତେ ଆଉ ପ୍ରକାଶର ଫୋନ୍ ଆସିଲେ ମଧ ଦେବନି ।

    — ବାପରେ ଏତେ ରାଗ ?

    — ହଁ ଦେଖ କ'ଣ କରୁଛି ମୁଁ କହି ପୁଅ ବୋହୂର ଫୋନ୍ ନମ୍ବରକୁ ଡିଲିଟ୍ କରିଦେଲେ ସବିତା ନିଜ ମୋବାଇଲରୁ । ବର୍ଷା ପରି ଆଖ୍ରୁ ଖସି ପଡୁଥିଲା ଲୁହ । ଭଲପାଇବା ଓ ଘୃଣା ଭିତରେ ସନ୍ତୁଳିତ ହେଲାବେଲେ ଭାବୁଥିଲେ, "ଆମ ଖୁସିକୁ ନେଇ ପୁଅ ବେପାର କରୁଛି । ତା ମା'କୁ ଚିହ୍ନୁ ଏଥର !"

▢

ଅନ୍ଧ ଅପତ୍ୟ

ବିବର୍ତ୍ତନ ଧାରାରେ ପୃଥିବୀରେ ସବୁ ପରିବର୍ତ୍ତନଶୀଳ । ସତ୍ୟ, ତ୍ରେତୟା, ଦ୍ୱାପର ପରେ କଳିର ପ୍ରବେଶ । ପ୍ରତିଶ୍ରୁତି ଏବେ ଯେ କୌଣସି ସମୟରେ ଆଖିର ଲୁହ ବାଷ୍ପ ପରି ଉଡ଼େଇ ଦେଇ ହେବ । ଅତୀତର ସ୍ମୃତି ଆଉ ମନରେ ଜଳିବା ପାଇଁ ନାହିଁ । ଘୋଡ଼ା ସବାରର ମନ ନେଇ ଜୀବନର ସବୁଜ ବଗିଚରେ ପଞ୍ଚାତଧାବନ କରିବା ହିଁ ବାହାଦୂରୀ । କିଏ ଦେଖୁଛି ପିତାମାତାଙ୍କ ହୃଦୟର ଲୁହକୁ ? ଏବେ ତ ବୟୋଜ୍ୟେଷ୍ଠଙ୍କ ପାଇଁ ଲୁହ ଶସ୍ତା ହୋଇଗଲେ ମଧ୍ୟ କିଏ ପଚରୁଛି ଦୁଃଖ କ'ଣ ? ଥାଆନ୍ତୁ ସେମାନଙ୍କ ବାଟରେ । ଏବେ ସେମାନଙ୍କ ସ୍ୱପ୍ନର କିଣାବିକା ଚଲିଛି ଦୁନିଆ ହାଟରେ । ଯାଃମ, କିଏ ପଚରୁଛି ସେମନକ ମୂଳ ସ୍ୱପ୍ନଟି କ'ଣ ଥିଲା ? ଅତୀତ ହୋଇଗଲାଣି ପଚଶ, ଷାଠିଏ ବର୍ଷ । ସେମାନେ ଅତୀତର ସ୍ନେହ ପ୍ରେମକୁ ନେଇ ଖାଲିଟାରେ ଘୋରି ହେବେ । କ'ଣ ବୁଝିପାରିନଥିଲେ ଏ ଯୁଗର ଜାଜ୍ୱଲ୍ୟମାନ ପିଢ଼ିଙ୍କ ମନକୁ ?

ଆଉ କି ଚର୍ଚ୍ଚା କରିବାକୁ ସେମାନଙ୍କ ଜରାଜୀର୍ଣ୍ଣ ଶରୀର ରହୁଛି କି ? ବୃକ୍ଷରୁ ପତ୍ରସବୁ ଝଡ଼ି ପଡ଼ିଲା ପରି ଏବେ ସେମାନେ ଥୁଣ୍ଟା ଗଛ । ସେମାନଙ୍କ ଅସହାୟତା ପାଇଁ ଆମ ପରି ପୁଅମାନେ କ'ଣ ଦାୟୀ ?

ଏପରି କଲୁଷିତ ଚିନ୍ତାରେ ଚାଣ୍ଡୁଆ ପୁଅଟିର ହାବଭାବ ଦେଖି ପିତା ମାତାଙ୍କ ମନ ବାଧିଗଲାଣି । ପୁତ୍ରକୁ ଜନ୍ମ କରିଥିବାର ଖୁସି ଏବେ ପୁତ୍ରର ସ୍ୱାର୍ଥମେଧ ଯଜ୍ଞରେ ଆହୁତି ହୋଇ ମନର ଥିବା ସ୍ୱପ୍ନ ଓ ଗର୍ବର ଅହମିକା ଚୂର୍ଣ୍ଣ ହୋଇ ପିତାଟିକୁ ପ୍ରଶ୍ନ କରୁଛି – ସାର୍ଥକ ହୋଇଗଲାନା ପିତାର ଜୀବନ ? ମୋ ପୁଅ ପୁଅ ହୋଇ ଯେଉଁ ଆମ୍ପ୍ରତ୍ୟୟର ଡିଣ୍ଡିମ ପିଟି କହୁଥିଲ ତା'ର ପ୍ରତିବଦଳରେ ଅପବାଦ ଶୁଣିବାକୁ ମନ ଚାଣ ରଖ !

ସେ କାଳ ଏ କାଳ ଭିତରେ ତଫାତକୁ ଆଖି ଏବେ ଦେଖୁଛି । ସେ ଦିନର କଥା ଶୁଣି ଶୁଣି ବିରକ୍ତ ହୋଇଗଲାଣି । ଓଲଟି ପୁଅଟି ଜବାବ୍ ଦେଉଛି ନିରୀହ

ପୁତ୍ରପରି- ତୁମେମାନେ ପିତାଙ୍କର ଆଜ୍ଞାଧୀନ ପୁତ୍ର ଥିଲ । ମନରେ ଭୟ ଥିଲା ପିତାଙ୍କ ପାଇଁ । ସେମାନଙ୍କ ସେବାଶୁଶ୍ରୂଷାକୁ ଧର୍ମ ବୋଲି ଭାବୁଥିଲ । ସେ ସବୁ ଥିଲା ଲୋକ ଲଜ୍ଯାରୁ ରକ୍ଷା ପାଇବାର ଉପାୟ । ନଚେତ୍ ରକିରି କରି ରୋଜଗାରିଆ ପୁଅ ହୋଇ ଆଜ୍ଞାଧୀନ ପୁତ୍ର କିଏ ହେବ ମ ? ତମ ଯୁଗ ସେୟା ଥିଲା । ପିତାଙ୍କ ଧନ ପ୍ରତି ଲୋଭ କି ମାୟା ନଥିଲା । ନିଜ ଗୋଡ଼ରେ ନିଜ ଟଙ୍କାରେ ଘର ଦ୍ୱାର କରି ନିଜର ପରାକାଷ୍ଠା ଦେଖାଇବାର ଇଚ୍ଛାରେ ନିଜ ନାମରେ ସମ୍ପତ୍ତି କରିଛ ।

ଚୁପ୍ ପଡ଼ି ଶୁଣୁଥିଲେ ରଞ୍ଜନ ଆଧୁନିକ ଶିକ୍ଷିତ ଲକ୍ଷ ଲକ୍ଷ ଟଙ୍କା ରୋଜଗାରିଆ ପୁତ୍ରର ବାକ୍ଯକୁ ।

ହଁ, ଆଜିକାଲି ପିଲାଙ୍କର ବେଶୀ ଭୋକ । ସେ ସମୟରେ ଆଠ ଭାଇଭଉଣୀ ଭିତରେ ସୁବିଧା ପାଇନଥିବା ରଞ୍ଜନଙ୍କ ମନରେ ଅବଶୋଷ ରହିଥିଲା ପୁତ୍ର ଜନ୍ମ ପର୍ଯ୍ୟନ୍ତ । ପୁଅର ଜନ୍ମରେ ଖୁସି ହୋଇ ଏକୋଇଶିଆ ଦିନ ଗୋଟିଏ ସୁସ୍ୱାଦୁ ଭୋଜି କରିଥିଲେ ନିଜ ଆର୍ଥିକ ସ୍ୱଚ୍ଛଳତାକୁ ବାସ୍ତବ ଚିତ୍ର ଦେଇ । ଆଉ ତା ମା' ଖୁସିରେ ସତ୍ଯନାରାୟଣ ପୂଜା କରିଥିଲା ।

ପିତା ମନର ଅପୂରଣ ଇଚ୍ଛାକୁ ପୁତ୍ର ପାଖରେ ପୂରଣ କରିବା ପାଇଁ ରଞ୍ଜନ ନିଜ ଚେଷ୍ଟାରେ କେବେ ଅବହେଳା କରିନଥିଲେ । ପୁଅ ମୋର ଅଫିସରର ପୁଅ । ମୋ ସମ୍ମାନ ସହିତ ତା ସମ୍ମାନ ମଧ୍ୟ ଜଡ଼ିତ । ନିଜକୁ ମଧ୍ୟ ପିନ୍ଧିବା କି ଖାଇବାରେ ହେଳା କରିପାର । କିନ୍ତୁ ପୁଅର ମନରେ କେବେ ଦୁଃଖ ଜାତ ନ ହେଉ । କ'ଣ ହେବ ମୋ ରୋଜଗାର ପଇସା ? ମୋ ସ୍ୱପ୍ନ ସାଙ୍ଗରେ ମୋ ମମତାର ପାରାବାର ନ ଯୋଡ଼ିଲେ ମୋ ସମ୍ମାନ କ'ଣ ରହିବ ଆଉ ?

ରଞ୍ଜନଙ୍କ ପିଲାଦିନରେ ଥିଲା କ'ଣ ? ନା ଥିଲା ପ୍ଲାଷ୍ଟିକ୍ ଉଡ଼ାଜାହାଜ, କି ଗାଡ଼ି ମଟର କି ରୋବଟର ଗଡ଼ିବା ଶକ୍ତି । ନଦୀପଠାରେ ପିଲାଖେଳ କି ପୋଖରୀ ପାଣିକୁ ଡେଇଁ ପହଁରିବା ଖେଳ ଖେଳୁଥାଅ । କୁଆଡ଼ୁ ଗୋଟିଏ ସାଇକେଲ୍ ଟାୟାର ମିଳିଗଲେ ଗାଁ ଦାଣ୍ଡରେ ଗଡ଼େଇ ଗଡ଼େଇ ଧୂଳିରୁ ଖୁସି ଉଡ଼ାଅ । ନଚେତ ଆୟତୋଟାରେ ଯାଇ ବାଟୁଲି ମାରି ଆମ୍ବ ତୋଳି ବାହାଦୂରୀ ମାରୁଥାଅ ।

ଆଉ କି ଖେଳଣା ଥିଲା ଯେ ଆଜିକାଲି ପିଲାମାନଙ୍କ ପରି ଅଭିଜାତ୍ୟର ଶିକୁଳି ଭିତରେ ବନ୍ଧାହୋଇ କେବଳ ଏହି ପ୍ଲାଷ୍ଟିକ ଖେଳର ସୁବିଧା ପାଅ । ଏ ଯୁଗ

ଭଲ ବୋଲି ପୁଅକୁ ଖେଳଣା ମେଣ୍ଟିଦେଲା ବେଳେ ଖୁସିରେ ବାହାଦୂରୀ ମାରି କହୁଥିଲେ– ଦରକାର ନାହିଁ ବାଜେ ପିଲାଙ୍କ ସହ ସାଙ୍ଗ ହେବା । ଆମ ଆଖିର ତାରା ତୁ । ତୁ ହିଁ ଆମ ମହଲରେ ବଡ଼ ବଡ଼ ଅଫିସର ହେବୁ । ଗାଁରୁ ବନ୍ଧୁବାନ୍ଧବଙ୍କ ଭିଡ଼ ମଧ୍ୟ ଏଠି ନାହିଁ । ତୁ ଯାହା ରୁହୁଛୁ ଖାଇବାକୁ ସାଙ୍ଗେ ସାଙ୍ଗେ ମମି ତିଆରି କରି ଦେଉଛି । ଗାଁର ଚୁଡ଼ା ଚକଟା କି ମୁଢ଼ି, ଉଖୁଡ଼ା ଜଳଖିଆ କ'ଣ ଅଫିସର ଘର ପିଲା ଖାଏ କି ? ଗାଁରି ଶାଗମୁଗ, କି ଭାତ ଡାଲମା ପରି ଗରୀବ ଖାଦ୍ୟ ଖାଇ ଖାଇ ଆମେ ବଡ଼ ହୋଇଥିଲୁ । ଏବେ ରୁକିରି କରି ଟଙ୍କା ରୋଜଗାରରେ ଖାଇଲା ବେଳକୁ ରୋଗ ବଢୁଛି । ପୁଅରେ ତୁ ପିଲାଦିନୁ ମାଛ ମାଂସ, ଅଣ୍ଡା, ଫଳ, କ୍ଷୀର, ପୁରିରେ ଭାସିଲୁଣି ଯାହା ଆମ ପାଇଁ ସ୍ୱପ୍ନ ଥିଲା । ବୟସ ବଢ଼ିଲେ ରୋଗ ହେଲାବେଳକୁ ତୋ ପାଟି ଆଉ ଅରୁଚି ନଥିବ । ମୋ ପୁଅର ମନପସନ୍ଦର ପିନ୍ଧିବା, ଖାଇବା ସବୁ ମୁଁ ପୂରଣ କରିବି । ଅର୍ଥ ଏବେ ମୋ ପକେଟ ଗରମ କରିସାରିଛି ।

ଦିନେ ରଞ୍ଜନଙ୍କ ଜଣେ ସାଙ୍ଗ ପ୍ରତାପ ତାଙ୍କ ଘରକୁ ବୁଲିଆସି ଆଶ୍ଚର୍ଯ୍ୟ ସ୍ୱରରେ କହିଲେ– ଏତେ କମ୍ ବର୍ଷର ରୁକିରିରେ ତୋର ଏପରି ଆଭିଜାତ୍ୟ ଚଲଣୀ କେମିତି ?

– ବୁଝିଲୁ ପ୍ରତାପ ଭାଇ, ସତ୍ୟରେ ଏ ଯୁଗରେ କେବଳ ରୁକିରି କରି ଗାଁ ଘରକୁ ଓ ନିଜ ଘରକୁ ଖୁଆଇ ପିଆଇ ପାରିବ । ଆଉ ମଉଜ କରିବ କୁଆଡୁ ? ତୁ କେଡ଼େ ବୋକା ମୁଁ ପିଲାଦିନରୁ ଜାଣିଛି । ପାଠ ପଢ଼ିବା ଓ ସତ୍ୟ କହିବା ଶିଖ ଶିଖ ରୁକିରି ସିନା କରି ଦରମା ପାଇଲୁ । କିନ୍ତୁ ମୋ ପରି ଚତୁର ହୋଇ ପାରୁନୁ କେମିତି ?

– ନାଇଁରେ ଭାଇ, ମୋତେ ଭୟ ଲାଗୁଛି କୌଣସି ଭୁଲ କାମ କରିବାକୁ । ପିଲାଦିନୁ ବାପାଙ୍କ ଧର୍ମ ଉପଦେଶ ଶୁଣି ଶୁଣି ମୁଁ ଈଶ୍ୱର ବିଶ୍ୱାସୀ । ମୁଁ ଅନ୍ୟାୟ କି ତୋଷାମଦ କାମ କରିବାକୁ କେବେ କାହାର ଅନୁଗ୍ରହ ଇଚ୍ଛା କରେନି ।

– ସେଥିପାଇଁ ତୁ ଏତେ ଲେଖାଲେଖି କରି କି ପୁରସ୍କାର ହାତେଇଛୁ କି ? ତତେ କହୁଥିଲି କିଛି ଟଙ୍କା ଖର୍ଚ୍ଚ କଲେ ପୁରସ୍କାର ଗୋଟାଇ ପାରନ୍ତୁ । ଆଜିକାଲି ଯୁଗରେ ପ୍ରଚାର ପ୍ରସାର ଯୋଗୁ କେତେ କବି ଲେଖକ ପୁରସ୍କାର ପାଇ ଉପାଧିମାନ ଗ୍ରହଣ କରୁଛନ୍ତି କ'ଣ ଜାଣୁଛୁ ?

– ଜାଣିଲେ ମଧ୍ୟ କୌଣସି ଯୁକ୍ତିତର୍କରେ କାହା ପ୍ରତି ଈର୍ଷାରେ ମୁଁ ନାହିଁ । ଯିଏ ଧର୍ମରେ ପାଉ କି ଅଧର୍ମରେ ପାଉ ମୋର କିଛି ଯାଏ ଆସେ ନାହିଁ । ଦେଖ, ମୁଁ ତୋ ପରି କରିତ୍କର୍ମା ନୁହେଁ ଯେ ଦୁର୍ନୀତି କରିବି । ମୋ ଆତ୍ମା ବାଧ୍ୟବ ମୋ ଭୁଲ୍ କାମରେ ।

– ତୋ ପରି ବୋକା ଲୋକ ମୁଁ ଦେଖିନି ।

– ଯଦି ଦେଖିନୁ ତେବେ ମୋ ବୋକାମିକୁ ପିଲାଦିନରୁ ପରଖିଛୁ ତ ?

– କ'ଣ ଜାଣିଥିଲି   ତୁ ମଧ୍ୟ ଟଙ୍କା ରୋଜଗାର କଲାବେଲେ ପରିବାରଙ୍କ ଇଚ୍ଛାକୁ ମଧ୍ୟ ଅପୂରଣ ରଖିବୁ ।

– ଆଉ ମୋ ପିଲା ମୋ ଟଙ୍କା ଓ ସଞ୍ଚୋଟରେ ଖୁସି ଅଛନ୍ତି । ତୋ ଭାଉଜର ସେମିତି ଆଜେବାଜେ ଖର୍ଚ୍ଚ ନାହିଁ । ଗାଁ ଘରକୁ ବାପାଭାଇଙ୍କ କଥା ବୁଝିବାକୁ ସେ ତ ଆଗ ତତ୍ପର । ଖାଇଲାବେଲେ ତା'ର କିଛି ଅଭିଯୋଗ ନାହିଁ । ମୋ ପାଇଁ ଉପଯୁକ୍ତା ଧର୍ମପତ୍ନୀ ହିଁ ତୋ ଭାବନା ଭାଉଜ ।

– ହଉ ତମ ଦୁଇଜଣଙ୍କ ଯୋଡ଼ିରେ ରାଜଯୋଟକ ପଡ଼ିଛି । ତୋ ପାଇଁ ସେ ଜନ୍ମ ହୋଇଥିଲେ । ଆଉ ତୋ ପିଲାମାନେ କ'ଣ ଏତେ ସହଜରେ ବୁଝି ପାରୁଛନ୍ତି ତୋ କଥା ?

– ତୋ ପରି ଅବୁଝା ପରିହାସକୁ ମୁଁ ହଜମ କରୁଛି । ଯେଉଁଠି ଆମ ଦୁହିଁଙ୍କ ମନ ମିଶିଲା ସେଠି ଆଉ ମୋ ପୁଅର ମନ ମିଶିବନି କେମିତି ? ଆମ ଜିନ୍‌ରେ ପରା ସେ ଗଠିତ । ଏଇଟା ଚଲେଇଦେଲେ ହେବ ବୋଲି ତା'ର ମଧ୍ୟ ସମ୍ମତି ଅଛି ।

– ସତରେ ସାଙ୍ଗ, ତୋ ପିଲାମାନଙ୍କ ସାଥିରେ ତୁ ଅଛୁ । ମୁଁ କିନ୍ତୁ ସେମାନଙ୍କ ଭିତରେ ନାହିଁ ଯେମିତି । କି ଝିଅକୁ ବାହା ହେଲି ଯେ ଟଙ୍କା ଖର୍ଚ୍ଚ କରି ଉଡ଼ାଇବାରେ ବ୍ୟସ୍ତ । ଜିନିଷ କିଣା ହୋଇ ଆସୁଛି ପୁଣି ତାକୁ ଦାତବ୍ୟ ଅନୁଷ୍ଠାନକୁ କେଇଦିନ ବ୍ୟବହାର ପରେ ଦିଆଯାଉଛି । ଯେମିତି ଟଙ୍କା ଆସୁଛି ସେମିତି ଟଙ୍କା ସରୁଛି । ନଚେତ୍ କିଏ ସହିବ ଧର୍ମପତ୍ନୀର ଜ୍ୱଳନର ନିଆଁ ଗୁଲକୁ ?

– ତୁ ତ ପୁରୁଣା ବସ୍ତ ଦାନ କରି ପୁଣ୍ୟ କରୁଛୁ ।

ହସିଲେ ରଞ୍ଜନ । ଦୀର୍ଘଶ୍ୱାସ ଛାଡ଼ି କହିଲେ – ପୁଣ୍ୟ କି ପାପ କରୁଛି ମୁଁ ବୁଝୁନି । ଅଦରକାରୀ ଜିନିଷକୁ ଘରେ ଗଦେଇ ରଖିବା ଅପେକ୍ଷା ତାକୁ ବାଣ୍ଟିଦେବାକୁ ଶ୍ରେୟ ମନେ କରୁଛି ।

- ଟଙ୍କା ଅଛି ତ ଯେତେ ପୁରୁଛି ସେତେ ସରୁଛି ।

- ହଁ । କେବଳ ପୁଅଟା ଯୋଗ୍ୟ ହୋଇଗଲେ ମୋର ଟଙ୍କା ଜମେଇ ରଖିବାର ଆବଶ୍ୟକତା ଆଉ ନାହିଁ ।

- ସତ କଥା, ଯୋଗ୍ୟ ପୁଅ ପାଇଁ ଧନର ସଞ୍ଚୟ ଦରକାର ପଡ଼େନି କି ଅଯୋଗ୍ୟ ପୁଅ ପାଇଁ ଟଙ୍କାର ମହଜୁଦ୍ ଦରକାର କ'ଣ ଆଉ ?

- ଠିକ୍ କହିଲୁ ସାଙ୍ଗ । ଭବିଷ୍ୟତ ଦ୍ରଷ୍ଟା ମୁଁ ନୁହେଁ ଯେ ନିର୍ଣ୍ଣୟ କରିବି କିଏ କ'ଣ ହେବ ? ଆମ ସ୍ୱପ୍ନ ସାକାର ହେବ କି ନାହିଁ ?

ସାଙ୍ଗ ପ୍ରତାପ କହିଲେ– ସମୟ ଦେଖିବାକୁ ଅଛି । ଆମେ ଯେମିତି ପ୍ରଥମରୁ ମାଟିକୁ ଚକଟି ହାଣ୍ଡି ଗଢ଼ିବା ସେପରି ସୁନ୍ଦର ହେବ । ଚିଆଣ ହାଣ୍ଡିକୁ ଗଢ଼ିବାକୁ ଚେଷ୍ଟା କଲାବେଲେ ଆଉ ସମ୍ଭବ ହେବନି କେବେ । ବଙ୍କାଟଙ୍କା ଚିଆଣ ହାଣ୍ଡିକୁ ପୁଣି ଗଢ଼ିବାକୁ ଚେଷ୍ଟା କଲେ ଭାଙ୍ଗିଯିବ ।

- ଭଲ କଥାଟେ ଶୁଣିଲି ତୋଠାରୁ ।

- ସବୁ ମୋ ବାପାଙ୍କ ଉପଦେଶରେ ସାଙ୍ଗ । ପୁରୁଣା ପିଢ଼ି କହି ହସରେ ଉଡ଼ାଇ ଦେଇ ପାରିବନି ମୋ ବାପାଙ୍କ ରାଗୁଆ ମୁହଁ । ରୁପ୍ ରୁପ୍ ଶୁଣିବାକୁ ପଡ଼ିବ । ତେଣୁ ଅଧିକ ଉପଦେଶକୁ ମାନିବାକୁ ପିଲାଦିନୁ ବାଧ୍ୟ ଥିଲି । ଆଉ ବଡ଼ହେଲା ପରେ କ'ଣ ଭୁଲିଯିବିକି ? ଆମେ କ'ଣ ସେମାନଙ୍କ ପରି ସଂସ୍କାରୀ ହୋଇପାରିବା । ଆମେ ନୂଆ ପିଢ଼ି ଥିଲେ । ଏବେ ପୁରୁଣା ହୋଇଗଲେଣି ଆମ ପିଲାଙ୍କ ଆଖିରେ । ତେବେ ସମୟର ବ୍ୟବଧାନ ହିଁ ନୂଆ ପୁରୁଣା ଭିତରେ ବ୍ୟବଧାନ ସୃଷ୍ଟି କରେ ।

- ତୋ କଥା ମନେ ରଖିଲି । କିନ୍ତୁ ମୋ ସ୍ତ୍ରୀ କି ମୋ ପୁଅ କ'ଣ ଏଥିପ୍ରତି ଧ୍ୟାନ ଦେବେକି ? ଓଲଟି ଚିଗୁଲି କରିବେ– ସତ୍ୟବାଦୀ ହରିଶ୍ଚନ୍ଦ୍ର ପାଲଟି ଯାଇନି । ସମୟକୁ ରୁହଁ ଆଗକୁ ମାଡ଼ିଗଲା ।

- ତୋ ସଂସାର ତୋର ଆଉ ମୋ ସଂସାର ମୋର । ଚଳଣୀ ନିଜ ଉପରେ ନିର୍ଭର କରେ । ମଣିଷର ପ୍ରକୃତି ବଦଳିବା ଭାରି କଷ୍ଟ ।

- ସେଥିପାଇଁ ତୁ ମିଛ କହିବାକୁ ରୁହଁ ତ ?

- ଛାଡ଼ ଏତେବର୍ଷ ଗଲାଣି ତ ମୋ ପ୍ରକୃତି ଅନୁସାରେ । ରୁଲେ ପାର୍କରେ ବସି ଗପ କରିବା ।

- ଏଇ ତ ରାସ୍ତାରେ ଝୁଲୁ ଝୁଲୁ ତୋ ସହ କଥାବାର୍ତ୍ତାରେ ସମୟ ଗଲାଣି । ନଅଟା ବେଳକୁ ଗୋଟିଏ ପାର୍ଟି ଆସିବାର ଥିଲା ମୋ ପାଖକୁ । ରଞ୍ଜନ ହସିହସି କହିଲେ ।

- ମାନେ କ'ଣ ଭୋଗ ଖାଇବୁ କି ?

- ଟଙ୍କା ଲୋଭର ମୋହକୁ କିଏ ଛାଡ଼ିପାରେ କି ? ଯାଏ ମୁଁ ଶୀଘ୍ର ।

ପ୍ରତାପବାବୁ ଘରକୁ ଫେରୁ ଫେରୁ ପତ୍ନୀ ଭାବନା ପଚାରିଲେ – କାହା ସହିତ କଥା ହୋଇ ଫେରିଛ କି ? ନଚେତ୍ ଏତେ ସମୟ ତମ ଡେରି ହେବା ଦେଖି ଚିନ୍ତିତ ଥିଲି । ଆଜିକାଲି ରାସ୍ତା ଘାଟରେ ଯିବାବେଳେ ବହୁତ ସତର୍କତା ରକ୍ଷ ଝୁଲିବାକୁ ପଡ଼ିବ । ନଚେତ୍ ଗାଈଗୋରୁ, କୁକୁର, ଝେର ତସ୍କରକୁ ଭେଟି ହିନସ୍ତା ହେଲେ କିଏ ପିଠିରେ ଆସି ପଡ଼ିବେନି ।

- ତମର ଏପରି ସତର୍କ କଥା ଶୁଣି ଶୁଣି ଭାବୁଛି ତମେ ମଧ ମୋ ବାପାଙ୍କଠାରୁ ଆହୁରି ବଳିପଡ଼ିଲଣି । ସାଙ୍ଗ ରଞ୍ଜନ ସହ ଦେଖାହୋଇଗଲା । ତା ସହ ଟିକିଏ କଥା ହେଉଥିଲି ପରା ।

- କ'ଣ ମିଳିବ ଏପରି ସାଙ୍ଗରୁ । ଯିଏ ବେନିୟମ କାମରେ ବ୍ୟସ୍ତ ସେ ତାଙ୍କ ପିଲାଙ୍କୁ କି ନିୟମ ଶିଖାଇବେ ? ଏବେ ବାପାର ଟଙ୍କାରେ ପୁଅ ଅୟସ କରୁଛି । ପାଠଘର ଉଜ୍ଜ୍ବଳ ନୁହଁ । ଖରାପ ପିଲାଙ୍କ ସାଙ୍ଗରେ ସାଙ୍ଗ ହୋଇ ସିଗାରେଟ୍ ଟାଣୁଛି ମଧ । ଭାବନା ଗମ୍ଭୀର ହୋଇ କହିଲେ ।

- ଏଇ ସପ୍ତମ କ୍ଲାସରୁ କି ? ତା ବାପାଙ୍କୁ କହିଦେବି କି ? ଆଶ୍ଚର୍ଯ୍ୟ ହୋଇ ପ୍ରତାପ କହିଲେ ।

- ସେ ରାଗ ଶୁଢ଼େଇବ ଆମର ରମେଶ ଉପରେ । ତା ବାପା ନିଜେ ଆସି କ୍ଲାସ ଶିକ୍ଷକଙ୍କୁ ପଚାରି ବୁଝି ଦେଉନାହାଁନ୍ତି ପୁଅ ବିଷୟରେ । ତାଙ୍କ ସ୍ତ୍ରୀଙ୍କର ଆକ୍ଷେପ ଶୁଣିଲେ ମୁଣ୍ଡରେ ହାତଦେବ । କେବଳ ହସିଦେଇ ଭଲମନ୍ଦ ପଚାରିଦେଲେ କଥା ଶେଷ । ପୁଅ ବିଷୟରେ ଶୁଣିଲେ ସେ ଆମ ଉପରେ ଚଢ଼ି କହିବେ 'ଆମ ସମ୍ପତ୍ତି ଓ ସମ୍ମାନ ଦେଖି ଈର୍ଷା କରୁଛନ୍ତି ।' ଘରେ ଯଦି ମା' ନିଜେ ପିଲାଙ୍କ ଅନ୍ଧକାରପଟକୁ ଆଖି ବୁଜି ବିଲୋଇଙ୍କ ପରି ଖର ପିଇଝଲିବ ତେବେ ପୁଅର ଆଲୋକର ଦିଗ ଉଦ୍ଭାସିତ ହେବ କେମିତି ? ଅପତ୍ୟ ସ୍ନେହରେ ବୁଡ଼ି ରହିଛନ୍ତି ତମ ସାଙ୍ଗ । ପୁଅ କହିଲେ ସ୍ବର୍ଗରୁ ଝନ୍ଦ ତୋଳି ଆଣିଦେବେ ।

– ସତ ନା ମିଛ ?

– ତୁମେ ଏକା ସତ୍ୟବାଦୀ ନୁହଁ । ମୁଁ ମଧ୍ୟ ତମଠାରୁ ଆହୁରି ସତ୍ୟବାଦିନୀ । ଯାଅ ଏଠୁ । କି ଉପଦେଶ ଦେବି ତମକୁ ଆଉ ?

ହଠାତ୍ ଦିନେ ପ୍ରତାପବାବୁଙ୍କର ଲକ୍ଷେଟଙ୍କା ଦରକାର ପଡ଼ିଲା ବାପାଙ୍କୁ ହସ୍ପିଟାଲ ନେବା ପାଇଁ । ସେ ସମୟରେ ଏଟିଏମ୍ ନଥିଲା ଯେ କାର୍ଡ ନେଇ ହଠାତ୍ ଟଙ୍କା ଉଠାଇ ଆଣ । ଶନିବାର ରାତି । ଚେକ୍‌ବୁକ୍‌ରୁ ଚେକ୍ ନେଇ ବ୍ୟାଙ୍କରେ ଦେଲେ ଟଙ୍କା ଆସିବ । ଏହି ସ୍ଥିତିରେ ସୋମବାରକୁ ଅପେକ୍ଷା କରିପାଇଁ ସମୟ କାହିଁ । ମାସ ଶେଷ ହେବାକୁ ଦୁଇଦିନ ଅଛି । ଘରେ ଦଶହଜାର ଟଙ୍କା ଥିବ ଅତିବେଶିରେ । କ'ଣ କରିବା ନକରିବା ସ୍ଥିତିରେ ପହଁଚିଗଲେ ସାଙ୍ଗ ରଞ୍ଜନ ଘର ପାଖରେ । ଟଙ୍କା ଦୁଇଦିନପରେ ଫେରସ୍ତ ଦେଇପାରିଥାଆନ୍ତେ । ନଚେତ୍ ଗୋଟିଏ କିସାନ ବିକାଶ ପତ୍ର କି ଏନ୍.ଏ.ସି. ଭାଙ୍ଗି ଋଣ ପରିଶୋଧ କରିବେ । ସେ ଚିନ୍ତା ପ୍ରତି ଗୁରୁତ୍ଵ ନାହିଁ । ଏବେ ନିହାତି ଟଙ୍କା ଦରକାର ଏହି ଅସମୟରେ । ଦେବ କିଏ ଏତେ ଟଙ୍କା ? କେବଳ ରଞ୍ଜନ ହିଁ ଦେଇପାରିବ ଭାବି ସଙ୍କୋଚ ସ୍ଵରରେ ତୁନି ତୁନି ତାକୁ କହିଲେ – ତୋ ପାଖରେ ଯଦି ଲକ୍ଷେ ଟଙ୍କା ଥିବ ଦେଇଥାଆ । ଦୁଇଦିନ ପରେ ଫେରସ୍ତ କରିଦେବି । ମୋ ଉପରେ ତୁ ଭରସା କରି ଦିଏ । ମୋ ବାପା ପରା ଏବେ ହସ୍ପିଟାଲରେ ।

ଏପରି ଲକ୍ଷେ ଟଙ୍କା ନାଁ ଶୁଣି ବିଚଳିତ ହୋଇ ରଞ୍ଜନ ଅଭିନୟ ଆରମ୍ଭ କରି କହିଲେ – ମୋ ପାଖରେ ଏତେଟଙ୍କା ଏହି ମୁହୂର୍ତ୍ତରେ କୁଆଡ଼େ ଆସିବ । ମୋଠାରୁ ତୁ କିପରି ଆଶା କରୁଛୁ ଏତେଟଙ୍କା ।

– ଭାବୁଥିଲି ତୋ ପାଖରେ ଥିବ ବୋଲି ।

– ନା ପୁଅ ଏବେ କଲେଜରେ ପଢୁଛି । ତା ପାଖକୁ ପଠାଇ ଦେଇଛି । ଜାଣିଛୁ ତ ତା'ର ଖର୍ଚ୍ଚ ବାର୍ଚ କଥା । ପିଲାଟି ଦିନରୁ ଏପରି ସ୍ଵଚ୍ଛଳ ଭିତରେ ବଢ଼ିଲା ଯେ ଏବେ ଖର୍ଚକାଟ କରିବ କେମିତି ? ସାଙ୍ଗ ସାଥିଙ୍କ ମେଳରେ ବୁଲାବୁଲି କି ଖାଆପିଆ କରେ । ତା'ର ଟଙ୍କା ପ୍ରତି ନିଘା ନାହିଁ ।

– ହଁ ଗୋଟିଏ ପୁଅ ବୋଲି ବେଶି ଗେଲରେ ବଢ଼ାଇଛ ପରା ।

– ଯାହା କହ ସାଙ୍ଗ ମୁଁ ଯାହା ପାଇନଥିଲି ତାକୁ ସବୁ ଦେଇଛି । ସେ ମୋତେ ଖୁବ୍ ଭଲ ପାଏ ପରା ।

୭୦ ••• କଥା ଦେଇଛି ମୃତ୍ୟୁକୁ

– ହଉ ମୁଁ ଯାଉଛି କହି ସେଦିନ ପ୍ରତାପ ଫେରିଗଲେ ଖାଲି ହାତରେ ରଞ୍ଜନ
ଦୁଆରୁ । ମିଛ କହିଲା ରଞ୍ଜନ । ଏବେ ମଧ୍ୟ ଲକ୍ଷ ଲକ୍ଷ କଳାଟଙ୍କା ଘରେ କେଉଁଠି
ହେଲେ ସାଇତି ରଖିଥିବ । ଛାଡ଼ କିଛି ଗୋଟାଏ ବନ୍ଦୋବସ୍ତ ହୋଇଯିବନି କି ?

ଏତିକି ବେଳକୁ ଭଉଣୀର ଫୋନ୍ ଆସିଲା ପ୍ରତାପଙ୍କ ପାଖକୁ – ନନା, ଚିନ୍ତା
କରନି । ଟଙ୍କା ଯୋଗାଡ଼ ହୋଇଗଲାଣି । ଆମେ ବାପାଙ୍କୁ କଟକ ନେଇ ଯାଉଛୁ ।
ତୁମେ ଆସି ପହଁଞ୍ଚିଯାଅ ।

ଦୁଇ ତିନିଦିନ ପରେ ବାପା ଠିକ୍ ହୋଇଗଲେ । କହିଲେ– ପୁଅ ନିଜ ପାଖରେ
ସଞ୍ଚୟ କରି ସୁବିଧା ଅସୁବିଧା ପାଇଁ କିଛି ରଖିବୁ । ଆ ତା ପାଖରେ ହାତ ପତେଇବା
ବେଶୀ ଲଜ୍ଜାକର କଥା । ସୁଖ ବେଳେ ସାଙ୍ଗକୁ ଚିହ୍ନିବାକୁ ସମୟ ମିଳିବନି । ଦୁଃଖ
ବେଳେ କିଏ ତୁମକୁ କେମିତି ବ୍ୟବହାର କରୁଛି ଜାଣିପାରିବ । ସବୁବେଳେ
ଧନବାନ୍‌କୁ ସମ୍ମାନ ମିଳିଥାଏ । ହେଲେ ସଙ୍କୋଚରେ ଧନ ଉପାର୍ଜନର ମୂଲ୍ୟ
ସବୁବେଳେ ଚକ୍ ଚକ୍ ଥିବ ହୀରା ପରି । କଳାଧନ କୋଇଲା ପରି ଜଳିଯିବ ।
ବ୍ୟସ୍ତ ହୁଅନା । ଗାଁର ବଡ଼ଧାନ କିଆରୀ ବିକ୍ରି କରି ଦେଲେ ଦୁଇଲକ୍ଷଟଙ୍କା ମିଳିଯିବ ।
ବନ୍ଧକ ପଡ଼ିଛି ଲକ୍ଷେ ଟଙ୍କାରେ । ମୁଁ ତମକୁ ଯାହା ଶିଖାଇଥିଲି ସେଥିରେ ତୁ ଚଲିଛୁ
ଜାଣି ବହୁତ ଶାନ୍ତି ପାଇଲି । ତେର ଘର ଅନ୍ଧାର ନୁହେଁରେ ବାପ ।

ଯାରି ଭିତରେ ପନ୍ଦର ଦିନ ଅତିକ୍ରାନ୍ତ ହୋଇଗଲାଣି । ଦିନେ ସଂଧ୍ୟାବେଳେ
ଖବର ଶୁଣିଲା ବେଳେ ରଞ୍ଜନଙ୍କ ବିଷୟରେ ଟି.ଭି.ରେ ଚଲିଥିଲା ଯୁକ୍ତିତର୍କ । କଥା
କ'ଣ ବୁଝୁବୁଝୁ ପ୍ରତାପ ଜାଣିଲେ, କୋଟି କୋଟି ଟଙ୍କା ଘରେ ସଞ୍ଚିତ ରଖିଥିବା
ଅଫିସର ଆଜି ଭିଜିଲାନ୍ସ ଜାଲରେ ପଡ଼ିଛନ୍ତି ।

ଟେଲିଭିଜନ ବନ୍ଦ କରିଦେଲେ ପ୍ରତାପ । ଭାବନା କହିଲେ – ଆଜି କିଛି
ଖବର ଦେଖିବ ନାହିଁ କି ?

– ମୁଣ୍ଡ ବିନ୍ଧୁଛି ପରା । ଭାବନା ବୁଝିଗଲେଣି ସାଙ୍ଗର ଅପକର୍ମ ଶୁଣି ଖୁସି ହେବା
ପ୍ରକୃତିର ଲୋକ ରଞ୍ଜନ ନୁହଁନ୍ତି । ସେ ଏକଥା ଜାଣିଥିଲେ ପୂର୍ବ ଖବର ପ୍ରଚ୍ଚର
ବେଳେ । କିନ୍ତୁ ସ୍ୱାମୀଙ୍କୁ କହିବାକୁ ଚହିଁନଥିଲେ ।

– ହଉ ଠିକ୍ ଅଛି ଆସ ଜଳଖିଆ ଖାଇନେବ ।

– ଭାବନା ତମେ ଗୋଟିଏ ଖବର ଶୁଣିଛ ନା ନାହିଁ ?

– ସବୁ ଜାଣିଛି । କିନ୍ତୁ ଏଇଟା କେଉଁ ଭଲ କଥା ଯେ ଘାଣ୍ଟିବା ଆମେ । ତମ ସାଙ୍ଗ ରଞ୍ଜନ ଯେତିକି ଦାୟୀ ତାଠାରୁ ଅଧିକା ଦାୟୀ ତାଙ୍କ ଧର୍ମପତ୍ନୀ ।

– ହଁ ଜାଣେ, ସେ ନିଜର ଇଗୋ ହରେଇବାକୁ ରହୁଁଛନ୍ତି ନାହିଁ ।

– ଆମେ, କି ସାହାଯ୍ୟ କରିବା ସେମାନଙ୍କୁ ? ଯିଏ କିଛି ନ ବୁଝି ନ ଶୁଣି ଟଙ୍କା ଗୋଟାଇବାରେ ଲାଗିଲେ ସେ ତା' ପରିଣତିକୁ ଆଖି ବୁଜି ଦେଲେ କାହିଁକି ?

– ଛାଡ଼ । ଦେଖ ପୁଅଟି କ'ଣ କରୁଛି ?

ଦଶ ଦିନପରେ ରଞ୍ଜନଙ୍କ ଖବର ଜଣେ ବିଶ୍ୱସ୍ତ ଲୋକ ଆସି ଶୁଣାଇଲା ପ୍ରତାପଙ୍କୁ ଯେ ଏବେ ସରକାର ସବୁ ଟଙ୍କା ପଇସା ବ୍ୟାଜାପ୍ତି କଲାପରେ ତାଙ୍କ ବାଲୁଙ୍ଗା ପୁଅ ଟଙ୍କା ପାଇଁ ଅଡ଼ିବସିଥିଲା ତା ମା'ଙ୍କ ପାଖରେ । ବାପା ତ ଏବେ ଜେଲ୍‌ରେ । ମା' କରିବେ କ'ଣ ? ତେଣୁ ମା'ଙ୍କୁ ମାଡ଼ମାରି କହୁଛି – ମୋର ଏବେ ଦଶଲକ୍ଷ ଟଙ୍କା ବାକି ଅଛି । ଦିଅ । ନଚେତ୍ ମୋ ଜୀବନପ୍ରତି ଶଙ୍କା ରହିଛି ।

– ତା ମା' କହିଲେ ଟଙ୍କା କେଉଁଠୁ ଆଣିବି ?

ଯଦି ଏପରି ପରିସ୍ଥିତିରେ ଟଙ୍କା ଆଣିବା ସମ୍ଭବ ନୁହେଁ ତେବେ ମୋତେ ଭଲ ଶିକ୍ଷା ପ୍ରଥମରୁ ନ ଶିଖାଇ ଖରାପ ଦିଗକୁ ପ୍ରୋହ୍ସାହନ ଦେବା କ'ଣ ପିତାମାତାଙ୍କ କର୍ଭବ୍ୟ ପରିସର ଭୁକ୍ତ କି ? ମୁଁ ଆଜି ବୁଝିପାରିଛି ତୁମ ପରି ଯାହାର ବାପା ମା' ଥିବେ ସେ ପିଲା ସଂସାରରେ ମୁଣ୍ଡଟେକି ରହିପାରିବ କେମିତି ?

– ତୋ ଭଲ ପାଇଁ ସବୁ କରିଛୁ ଆମେ ।

– ନିଶ୍ଚୟ । ନିଜ ଜନ୍ମକଲା ପିତାମାତାଙ୍କ ପାଇଁ ଟଙ୍କା ନଥାଏ ତୁମ ପାଖରେ । ରୋଗ ଶଯ୍ୟାରେ ପଡ଼ିଥିବା ଜେଜେବାପାଙ୍କୁ ଦେଖିବାକୁ ସମୟ ନାହିଁ ଡାଡ଼ିଙ୍କ ପାଖରେ । ତମେ ମଣିଷ କରି ଗଢ଼ିଥିଲ ନା ମାଙ୍କଡ଼ କହି ନଚଉଥିଲ ମୁଁ ଆଜି ବୁଝିପାରିଲି । ଡେରିରେ ହେଉ ମଧ ମୋ ଆଖି ଖୋଲିଗଲା । ମୁଁ ମଦ ଖାଉଛି, ନିଶା ଟାଣୁଛି ତା ପାଇଁ କିଏ ଦୋଷୀ ? ମୁଁ ନା ତମ ଅନ୍ଧ ଅପତ୍ୟ । ନିଜ ଜନ୍ମକଲା ବାପାଙ୍କୁ ଉପଦେଶ ଦେବାକୁ ପାଟିରେ ବାଟୁଲି ବାଜୁନଥିଲା । ସେ ଆଉ ପୁଅକୁ ଉପଦେଶ ଦେବା ବଦଲରେ କି ଶିକ୍ଷା ଦେଉଥିଲେ ? ଏବେ ଦେଖିବ ପ୍ରତାପ ଅଙ୍କଲଙ୍କ ପୁଅକୁ । ସେ ପାଠରେ ଖାଟରେ ଓ ପେଶାରେ ସବୁରେ ନାଁ କରି ସାରିଛି । ମୋ ପରି ବାଲୁଙ୍ଗା କରି ତୋଲି ନାହାନ୍ତି ତାଙ୍କ ପିତାମାତା । ଆଉ ତମେ ମୋ ଭବିଷ୍ୟତ କଥା

ନ ଦେଖି ଠେଲି ଦେଇଛ ମୋ ଭବିଷ୍ୟତ ଅନ୍ଧାରକୁ । ପିତା ମାତା ପିଲାଙ୍କ ବଡ଼ ଶତ୍ରୁ ହୁଅନ୍ତି ଯଦି ପିଲାଟିକୁ ଯୋଗ୍ୟ କରି ଗଢ଼ିପାରିଲେ ନାହିଁ । ତମ କଳା ଟଙ୍କାର ସାମ୍ରାଜ୍ୟର ଅନ୍ତ ହେଲା । ତା ସଙ୍ଗେ ସଙ୍ଗେ ମୋ ଭବିଷ୍ୟତ ଅନ୍ଧାର ମଧ୍ୟ ।

– ଆରେ, ଆମେ ତୋ ଭଲ ପାଇଁ ସବୁ କରିଛୁ ।

– ମୁଁ ଆଉ ଖେଳଣା ଧରି ଖେଳିବା ପିଲା ନୁହେଁ ଯେ ଜଟେଇ ଦେବ । ମୁଁ ବୁଝି ସାରିଛି ତମ ଭଲପାଇବା ଭିତରେ ମୋ ପ୍ରତି ଆନ୍ତରିକତାର ସ୍ୱଚ୍ଛତା ନଥିଲା । ତମେ ମୋ ଭବିଷ୍ୟତ ପାଇଁ ଦାୟୀ !

– ପୁଅ ହୋଇ ଏପରି କହି ପାରିଛୁ ତୁ ? ଭାବିପାରୁନି ତୁ ଏପରି ଅଯୋଗ୍ୟ ହେଲୁ କେମିତି ?

– ଯୋଗ୍ୟ କରିପାରିନ ତମେମାନେ ? ଦାୟୀ ମୁଁ ନୁହେଁ କେବଳ ତମେମାନେ !

ଆଁ କରି ଆଖିରୁ ଲୁହ ଗଡ଼େଇ ମା’ କହିଲେ – ଆମର ସବୁ ଭୁଲ୍ ହୋଇଗଲା । ଅଯୋଗ୍ୟ ହେଲୁ କେମିତି ?

– ମୋତେ କେତେବେଳେ ତୁମେ ଯୋଗ୍ୟ କରିବାକୁ ରହିଛି କି ? ମୋ ପରିସ୍ଥିତି ପାଇଁ ତମେମାନେ ହିଁ ଦାୟୀ । ତମେମାନେ ମୋତେ ପ୍ରଥମରୁ ଅଯୋଗ୍ୟ କରିବାକୁ ସମସ୍ତ ଚେଷ୍ଟା କରିଛ । କେବେ କହିଛ – ଭଲ ପାଠ ପଢ଼େ । ସୁନାମ ଅର୍ଜିବୁ । କ୍ଲାସରେ ଶିକ୍ଷକଙ୍କ ପ୍ରିୟପାତ୍ର ହେବୁ । ସବୁବେଳେ ମୋ ସପକ୍ଷରେ ଥିଲ । ସାରଙ୍କଠାରେ ବେତମାଡ଼ ଖାଇଲେ ବାପା ସ୍କୁଲକୁ ଯାଇ ଆପଉି କରୁଥିଲେ ‘କେଉଁ ସାହସରେ ମୋ ପୁଅକୁ ପିଟିଲେ ? ଆଉ ଦିନେ ଏପରି ବ୍ୟବହାର କରିବେ ନାହିଁ ମୋ ପୁଅ ଉପରେ ।’

– ଆଜି ମୁଁ ବେକାର, ବେରୋଜଗାରକ୍ଷମ । ମୋର ପ୍ରତିମାସରେ ଟଙ୍କା ଦରକାର ହାତଖର୍ଚ୍ଚ ପାଇଁ । ଦିଅ ମୋତେ । ସୁନା ଗହଣା ବିକ୍ରିକରି ଦିଅ ମୋତେ । ନଚେତ ମୋ ଆକ୍ରୋଶର ଶିକାର ହେବ ।

ମା’ ଚୁପ୍ ପଡ଼ିଗଲେ ପୁଅର ବ୍ୟବହାରରେ । ନିଜକୁ ନିନ୍ଦିବା ଛଡ଼ା ଆଉ କିଏ ଦାୟୀ ନୁହଁତି ଏପରି କାର୍ଯ୍ୟ ପଛରେ । ନିଜର ଧନ, ସମ୍ପତ୍ତି ଓ ଆଭିଜାତ୍ୟର ସ୍ୱପ୍ନ ସବୁ ଆପଣାର ଝଲାକ୍ ବୁଦ୍ଧିରେ ବାଟହୁଡ଼ି ଗଲାଣି । ଏବେ ସ୍ୱାଭିମାନରେ ବଞ୍ଚିବା ମଧ୍ୟ

ଦୁରୂହ ବ୍ୟାପାର । ନିତି ଘରେ ପାଟିଗୋଳ ଶୁଭୁଛି ପୁଅର । ମା' ଏବେ ରୋଗ ଶଯ୍ୟାରେ । ହାତରେ ଧନ ଆଉ ନାହିଁ କେବଳ ଘରଟି ଛଡ଼ା । ପେନସନ୍ ବନ୍ଦ । କାହା ପାଖରେ ହାତ ପତେଇ ମାଗିବେ ? କାହା ପାଖରେ ପୁଅ ନାଁରେ ଅଭିଯୋଗ ଫର୍ଦ ଦେବେ । ପୁଅ ତ ଅକର୍ମା । ସେ ବାପାମା'ଙ୍କୁ ପୋଷିବ କେମିତି ?

କେତେଦିନ ପରେ ରଞ୍ଜନ ଜେଲରୁ ମୁକୁଳି ଆସିଲେ । କିନ୍ତୁ ହଠାତ୍ ଦିନେ ଏକ ନିର୍ଜନ ରାତିରେ ରଞ୍ଜନ ଅନ୍ତର୍ଧାନ ହୋଇଗଲେ କୁଆଡ଼େ ଯେ କିଏ କିଛି ଜାଣିପାରିଲେ ନାହିଁ । ସ୍ତ୍ରୀ ରୋଗ ଶଯ୍ୟାରେ ପଡ଼ି କଷ୍ଟପାଉଥିବା ଦୁଃଖ ଓ ପୁତ୍ରର ଆକ୍ରୋଶରୁ ରକ୍ଷା ପାଇବା ପାଇଁ ଏହା ଥିଲା ବୋଧେ ତାଙ୍କ ପାଇଁ ଏକମାତ୍ର ପନ୍ଥା ଯେମିତି ! ସାଧାରଣ ଲୋକଙ୍କ ତୁଣ୍ଡରେ ଶୁଣାଗଲା – ଯିଏ ଯେମିତି କର୍ମ କରିବ ସେ ସେମିତି ଫଳ ପାଇବ ।

❑

ବିପର୍ଯ୍ୟୟ ମୁହୂର୍ତ

ଚନ୍ଦ୍ରଭାଗା ବେଳାରେ ସୂର୍ଯ୍ୟାସ୍ତ ଦେଖିବାର ଶୋଭାକୁ ସିପ୍ରା ଏତେ ସହଜରେ ହାତଛଡ଼ା କରିବାକୁ ଚହୁଁନଥିଲା । ସେ ଜାଣେ କାହାଠାରୁ ଅଧିକା ପାଇବାର ଲାଳସା ତା'ର ନାହିଁ । ସେ ଧନ ହେଉ କି ସ୍ନେହ କି ଅନୁରାଗ ହେଉ । ଆଜିକାଲି ସବୁ ଦରବ ନିକିତିରେ ତଉଲିଲା ପରି କମ୍ ଓ ଅଧିକା ହୋଇ ସମାଧାନର ଆଶା ସଞ୍ଚାର କରୁନି । ସବୁବେଳେ ମନ ଯେ ବିଭୋରପଣରେ ଆଲୋଡିତ ହେବନି । ଅଙ୍ଗେ ଲିଭାଇଥିବା ବର୍ଷଗୁଡ଼ିକର ଦୃଶାନ୍ତରକୁ ସୁତୀକ୍ଷଣ ଭାବରେ ଅନୁଧ୍ୟାନ କଲେ ଭୋଗିଥିବା ଦୁଃଖ ଯାତନା କି ସୁଖ ଶାନ୍ତି ପାଇଁ ନିଜେ ଦାୟୀ ହିଁ ହେବ । ଅନ୍ୟକୁ ତୁମେ ଦାୟୀ କରିବାରେ ସିଦ୍ଧହସ୍ତ ହୋଇପାର କିନ୍ତୁ ବଞ୍ଚିବାର ପ୍ରତି ମୁହୂର୍ତରେ ତମେ କ'ଣ ଠିକ୍ ଥିଲ ?

ଦୁଇଟି ବିନ୍ଦୁକୁ ନେଇ ଜୀବନର ଧାରା ଲମ୍ବିଛି । ସେହି ଧାରା ଭିତରେ ଅନେକଙ୍କ ପ୍ରବେଶ ଓ ନିଃଶେଷ ମଧ୍ୟ ଦେଖିସାରିଛି ଜୀବନ । ତଥାପି ଜୀବନକୁ ନେଇ ଗର୍ବ, ଅହଂକାରରେ ଭାଙ୍ଗିପଡ଼ୁଥିବା ମଣିଷଟି ନିଜକୁ ହିଁ ଠିକ୍ ମନେ କରି ଡିଣ୍ଡିମ ପିଟୁଥାଏ ଓ ସେ ଅନ୍ୟକୁ ଦୋଷ ଦେବାରେ ସିଦ୍ଧହସ୍ତ । ସେମାନଙ୍କ ଭିତରୁ ସିପ୍ରାର ସ୍ୱାମୀ ଜଣେ ରାଗୁଆ ଚିଡ଼ିଚିଡ଼ିଆ, ଅହଂକାରୀ ମଣିଷ । କଥା କଥାକେ ବାହାସ୍ରୋଟ ମାରି କହିବେ – ମୁଁ ହିଁ ସବୁଠାରୁ ବେଶୀ ମେଟିକ୍ୟୁଲସ୍ ।

– ଠିକ୍ ଅଛି । ଭଲ କଥା । କିଏ ତମକୁ ନିନ୍ଦୁଛି କି ? କିନ୍ତୁ ତୁମେ ଅଯଥାରେ ଅନ୍ୟମାନଙ୍କୁ ନିନ୍ଦା କରି କି ସୁଖ ବା ଈର୍ଷାରେ ଜଳୁଛ ତୁମେ ହିଁ ଜାଣ ।

– ମୁଁ କୁଆଡ଼େ ଘରୁ ବାହାରିକି ଯିବିନି । ମୋର ବୁଲାବୁଲି କରିବାକୁ ଇଚ୍ଛା ନାହିଁ । ମୋ ଗୋଡ଼ରେ ବଳ ନାହିଁ ଯେ ମୁଁ କୋଣାର୍କ ବୁଲି ପାରିବି ।

– ତେବେ ଠିକ୍ କଥା । ତୁମେ ଘରେ ଥାଅ । ରୋଷେୟା ରୋଷେଇ କରି ଗଲେ ଖାଇନେବ । ଆମ ସାଙ୍ଗରେ ଯାଇ କାହିଁକି କଷ୍ଟ ସହିବ ?

ପୁଣି ମନ ବିଚଳିତ – ମୁଁ ଏଠି ଏକା ରହିବି କାହିଁକି ?

– ମାନେ ଦିନବେଳଟାରେ କି ଭୟ ? ପୁରୁଷ ଲୋକ, ପୁଣି ବୟସ ସତୁରୀ ଉପରେ । ପରିବାର ଲୋକ ପିକ୍‌ନିକ୍‌ରେ ଝୁଲିଗଲା ପରେ ଏକା ଥିଲେ ନିଜ ପଢ଼ା ଲେଖାରେ ଦିନଟି ବିତାଇଦେଇ ପାରିବ ।

– ତଥାପି ଏକା ରହିବାକୁ ଇଚ୍ଛା ନାହିଁ ।

– ଯଦି ଅନ୍ୟମାନଙ୍କ ସହିତ ଯିବ ତାଙ୍କ ସାଙ୍ଗରେ ଝୁଲିପାରୁଥିବ ଯେଉଁଠି ପାଇଲ ଖାଇପାରୁଥିବ ଓ ସଶଳ କି ଡେରିହେଲେ ବ୍ୟସ୍ତ ହେବନି ସେପରି ଚଳିଲେ ସିନା ଯାତ୍ରାର ମହତ୍ତ୍ୱ ଶୁଭଙ୍କର ହେବ । ଯଦି ତୁମେ ସେଠାରେ ପହଞ୍ଚିଲା ପରେ ନିଜ ମର୍ଜିରେ ଚଳିବ ଓ ନିଜ ଇଚ୍ଛାରେ ଯିବା ଆସିବାରେ ଗୁରୁତ୍ୱ ଦେବ ତେବେ ଆଉ ବାର, ଚଉଦ ଜଣ କ'ଣ ତୁମ ବୟସର ଯେ ତୁମ ସାଙ୍ଗରେ ମେଳି ହୋଇ ନିଜ ଯାତ୍ରାକୁ ଖରାପ କରିବେ । ଯିଏ ଅସମର୍ଥ ହେବ ସେ ନିଜ ଆଡ଼ୁ ସେଥରୁ ବାଦ୍‌ ପଡ଼ିଯିବା ଭଲ । ତମକୁ ତ ଆଉ ତମ ପିଲାମାନେ ବାଦ୍‌ ଦେବେନି । ଯୁଆଡ଼େ ବୁଲିଯିବେ ନିଶ୍ଚୟ ଡାକିବେ । ଆଉ ତମେ ସତୁରୀ ବର୍ଷରେ ପଦାର୍ପଣ କରିସାରିବା ପରେ ସେହି କୈଶୋର କି ପିଲାଦିନର ଖୁସି ଗୋଟାଇ ପାରିବନି । ମନ ଭିତରେ ଖାଲି ନିଜ ଦେହ ଓ ଖାଇବା ପିଇବା ଚିନ୍ତାରେ ସତୁଥିବ । ତେଣୁ ଖୁସି ଗୋଟାଇବା ବଦଳରେ ରାଗ ମାଡ଼ୁଥିବ ଟିକିଏ ସମୟ ଏପଟ ସେପଟ ହେଲେ ।

ଏହିପରି ଚରିତ୍ରଧାରୀ ବ୍ୟକ୍ତି ସଂସାରରେ ଅନେକ ଥାଇପାରନ୍ତି । ସମ୍ୱିତ ମଧ୍ୟ ଭାରି ମେଟିକ୍ୟୁଲସ୍ ନିଜ ଶରୀର ଓ ସମୟ ବିଷୟରେ ଯେ ଏପଟ ସେପଟ ହୋଇଗଲେ ମାଥା ବିଗିଡ଼ିଯିବ ତାଙ୍କର । ମୁହଁରେ ରାଗର ବନ୍ନି ଖାଲି ଜଳୁଥିବ ଯେ ପୁଅ ବୋହୂ, ଝିଅ ଜ୍ୱାଇଁ କାହା ବିରୁଦ୍ଧରେ କାହା ଆଗରେ କି କି କଥା କହୁଛନ୍ତି ଜାଣି ପାରୁନଥିବେ । ସେଠି ସେ ସ୍ଥାନ, କାଳ, ପାତ୍ରରେ ସ୍ଥିତିକୁ ଅନୁଧ୍ୟାନ କରିବେ ନାହିଁ । କେବଳ ନିଜେ ଠିକ୍ ଓ ଦୁନିଆଁଟା ଭୁଲ୍‌ ବୋଲି ଭାବି ଭାବି ନିଜ ମନକୁ ମାରିଦେବା ସହ ଅନ୍ୟମାନଙ୍କ ମନ ମଧ୍ୟ ମାରିଦେବେ । ସେଠି ସବୁ ଖୁସିର ମୁହୂର୍ତ୍ତ ବିଷଣ୍ଣ ପରି ମନେହେବ । ସିପ୍ରା ଭାବିଲା – ଏମିତିଆ ସ୍ୱାମୀଙ୍କ ସହ ସେ ଦୀର୍ଘ ଝୁଲିଶ ବର୍ଷ ଉପରେ କଟେଇ ଆସିଲାଣି । ପୁଅ ଓ ଝିଅ ଛୋଟ ଥିଲେ ବୋଲି ବାପାଙ୍କର ପ୍ରତି କଥାରେ ହଁ ଭରୁଥିଲେ । ଏବେ ସେମାନେ ବିବାହିତ ହୋଇ ପିଲାଛୁଆଙ୍କ ବାପା ଓ ମା' ହେଲେଣି । ସେମାନଙ୍କ ଜୀବନରେ ଅନ୍ୟ ଜଣଙ୍କର ପ୍ରବେଶର ଛାପ ମଧ୍ୟ ପଡ଼ିବ । ସେମାନେ ନିଜ ସ୍ତ୍ରୀ କି ସ୍ୱାମୀ ଅନୁସାରେ ଚଳିବାକୁ ବାଧ୍ୟ ହୁଅନ୍ତି

ବେଳେବେଳେ ଇଚ୍ଛା ଥାଉ କି ନଥାଉ । ଏଥିରେ ଖୁସି ହେବା କଥା ଯେ ଦାମ୍ପତ୍ୟ ଜୀବନକୁ ଭଲରେ କାଟିବାକୁ ପ୍ରୟାସ ଜାରି କରିଛନ୍ତି ପୁଅ ଓ ଝିଅ । ଯଦି ଜଣେ ସହଯୋଗ ନ କରି ହାତଛଡ଼ା କରିଦେବ ତେବେ ଘରଭାଙ୍ଗି ସଂସାର ଉଜୁଡ଼ି ପଡ଼ିବ । ସେମାନେ ଦାୟୀ ରହିବେ ହଁ ଜଣେ ଜଣେ । ଅନ୍ୟପ୍ରତି ଅଙ୍ଗୁଳି ଦେଖାଇ ବାହାନା କରିପାରନ୍ତି – ଯାଙ୍କ ଯୋଗୁ କି ତାଙ୍କ ଯୋଗୁ ଭାଙ୍ଗିଗଲା ଆମ ଦାମ୍ପତ୍ୟ ଜୀବନ । କିନ୍ତୁ ଅସଲରେ ନିଜ ଭୁଲ ନ ଦେଖି ଅନ୍ୟ ପ୍ରତି ଅଙ୍ଗୁଳି ନିର୍ଦ୍ଦେଶ କରି ଆହୁରି ଲୋକହସା ହୁଅନ୍ତି । ଏପରି କଥାର ତାତ୍ପର୍ଯ୍ୟ ବୁଝିପାରିନଥାନ୍ତି ସମ୍ମିତ ଏବେ କି କେବେହେଲେ ଯଦିଓ ସତୁରୀ ବର୍ଷରେ ସେ ପଦାର୍ପଣ କରି ସାରିଲେଣି । କଥାରେ ଅଛି ଅବୁଝା ଲୋକଙ୍କୁ ବୁଝାଇବା କି ଦରକାର ? ସେ ନିଜ ଜିଦ୍‌ରେ ଅଟଳ ମହାମେରୁ । ଦୁନିଆରେ ସେ ହିଁ ଠିକ୍ ଆଉ ସବୁ ଭୁଲ ପ୍ରତୀୟମାନ ହେବ ତାଙ୍କ ଆଗରେ ।

ସମ୍ମିତଙ୍କ ପ୍ରକୃତି ସହିତ ସିପ୍ରା ପରିଚିତ । ସେ ମଧ୍ୟ ଜ୍ୱାଇଁ, ଝିଅ ବୋହୂ ପୁଅଙ୍କ ଚରିତ୍ର ପ୍ରତି ସଜାଗ । ଜ୍ୱାଇଁ ଆମିଷପ୍ରିୟ ଥିଲେ । ପିକ୍‌ନିକ୍‌ରେ ନିଜ ପିଲାଙ୍କ ମନ ବୁଝି ମଟନ ଖୁଆଇବା ଖୁସିରେ ସେ ସରକାରୀ ପାନ୍ଥନିବାସର ଖାନାକୁ ପ୍ରତ୍ୟାଖ୍ୟାନ କରି ଗୋଟିଏ ଦାମୀ ହୋଟେଲ୍ ଠିକ୍ କଲେ । ଯେହେତୁ କୋଣାର୍କରୁ ଦର୍ଶନ ସାରି ଘୁଲି ଘୁଲି ବାହାରି ଯାଇ କାର୍ ପାଖରେ ପହଁଞ୍ଚାଇଥିଲେ ତେଣୁ ସମ୍ମିତଙ୍କ ରାଗ ଶତଗୁଣ ବଢ଼ିଗଲା । ରାଗିଗଲା ବେଳେ କାଳେ ସିପ୍ରା ତାଙ୍କୁ ଉପଦେଶ ଦେଇ ଥମି କରିଦେବ ଏହି ଧାରଣାରେ ସେ ସିପ୍ରାକୁ ନରଉହିଁ ଖାଲି ହୋ ହୋ ହେଉଥିଲେ । ରାଗ ତ ବ୍ରହ୍ମଚଣ୍ଡାଳ । ସେ ପରିସ୍ଥିତିକୁ ଶାନ୍ତ ଭାବରେ ପାର୍ କରିଦେଲେ କିଛି ଅସୁବିଧା ନାହିଁ । ତଥାପି ନିଜ ପ୍ରୌଢ଼ ବୟସରେ ଏପରି ହେବା ଉଚିତ୍ ନୁହେଁ । ଯେପର୍ଯ୍ୟନ୍ତ ସିପ୍ରାକୁ ଜ୍ୱାଇଁଙ୍କ ବିରୁଦ୍ଧରେ କହୁଥିଲେ ସେ ପର୍ଯ୍ୟନ୍ତ ସିପ୍ରା ବୁଝାଇ ବୁଝାଇ କହୁଥିଲା – ତୁମେ ଟିକିଏ ଦୟା କରି ଚୁପ୍ ପଡ଼ିଯାଅ । ସ୍ଥାନ, କାଳ, ପାତ୍ର ଦେଖି କଥାବାର୍ତା କରିବାକୁ ପଡ଼ିବ । କଥାଗୁଡ଼ାକ ବାଣ୍ଟି କରି କି ଲାଭ ତମକୁ ମିଳୁଛି ? ମୋ ଜ୍ୱାଇଁ ପରି ଆଉ କାହାର ଜ୍ୱାଇଁ ନାହାଁନ୍ତି । ତମକୁ ଗୋଟିଏ ଭଲ ହୋଟେଲରେ ଖୁଆଇବାପାଇଁ ସେ ଡାକୁଛନ୍ତି ସମସ୍ତଙ୍କୁ ।

ମଣିଷ ରାଗବେଳେ ମନରେ ଭାବେ କ'ଣ ? ନିଜର ଲୋକ ପ୍ରତି ମଧ୍ୟ ବିଷୋଦ୍‌ଗାର କରିବାକୁ ଛାଡ଼ିନଥାଏ । ତେଣୁ ରାଗୁଆ ମୁହଁରେ କର୍କଶସ୍ୱରରେ ସମ୍ମିତ୍ ସିପ୍ରାଙ୍କୁ କହିଲେ – ସେ ମଟନ ଖାଇବାକୁ ଏପରି କହୁଛନ୍ତି, ଆମେ ତ ସାଧା ଖାଇବା ତେବେ ସେଠିକୁ ଯିବା କାହିଁକି ?

– ଅନ୍ୟର ଖୁସିରେ ଖୁସି ହୁଅ । ଜ୍ୱାଇଁ ତ ଏବେ ଆଉ ବେଶୀ ତେଲମସଲା କି ମାଂସ ଖାଉ ନାହାଁନ୍ତି । ଡାକ୍ତରଲୋକ, ତେଣୁ ଦେହକୁ ଜଗି ରଖି ଖାଉଛନ୍ତି । ସେ ତମ ପୁଅ, ତା ମା', ଭଉଣୀ ଭିଣୋଇ ଓ ପିଲାମାନଙ୍କ ପାଇଁ ଏପରି ବୁକିଂ କଲେ । ଭଲ ହୋଟେଲ୍‌ର ରୋଷେଇ ମଧ୍ୟ ସୁଆଦ ଲାଗିବ । ବେକାରଟାରେ ଗୁରୁଗୁରୁ ହେଉଛ କାହିଁକି ?

ସିପ୍ରାଠାରୁ ଏପରି ନୀତିବାଣୀ ଶୁଣିବା ମୁଡ଼ରେ ସମ୍ମିତ ନଥିଲେ । ତେଣୁ ସେ ଉଠିଗଲେ ଜ୍ୱାଇଁଙ୍କ ଭିଣୋଇ ପାଖକୁ ଶୁଣାଇବା ପାଇଁ ଜ୍ୱାଇଁ ମେଟିକ୍ୟୁଲସ୍ ନୁହଁନ୍ତି । ସେଠି ସମୁଦୁଣୀ ଶୁଣିଲେ ମଧ୍ୟ ତାଙ୍କର କଥାରେ ବାଡ଼ବତା ନାହିଁ । ସମୁଦୁଣୀ ଭାବିବେ କ'ଣ ? ଏପରି ଚରିତ୍ରଧାରୀ ବ୍ୟକ୍ତି ଶାନ୍ତ ହେବେ ମନର ଉପ୍ନନ୍ ରାଗକୁ ଓଗାଳିଦେଲା ପରେ । ଶେଷରେ ପୁଣି ଜ୍ୱାଇଁଙ୍କ ସାମନାରେ କଅଁଳ ସ୍ୱରରେ କହିଲେ – ମୋ ଗୋଡ଼ କାଟୁଛି । ପୁଣି କୋଣାର୍କ ପାଖ ହୋଟେଲକୁ କିଏ ଉଠିଉଠି ଯିବ ? ଏଇଟା ଠିକ୍ କଲନି ।

ହୋଟେଲରେ ଏସି ରୁମ୍‌ରେ ବସିଗଲା ପରେ ରାଗ ଫୁସ୍ । ଥଣ୍ଡା ଲାଗୁଛି ରୁମ୍‌ଟି । ସିପ୍ରା କହିଲା ପାଖରେ ବସିଥିବା ସ୍ୱାମୀଙ୍କୁ – ମୋ ଜ୍ୱାଇଁଙ୍କ ପରି ତମେ ହେବନି କେବେ । ସେ ମୋ ଝିଅକୁ ସ୍ୱାଧୀନତା ଦେଇଛନ୍ତି ବୋଲି ମୋ ଝିଅ ଏବେ କନସଲଟାଣ୍ଟ ଅଛି ବଡ଼ ଡାକ୍ତରଖାନାରେ ଜ୍ୱାଇଁ ମଧ୍ୟ ସିନିଅର କନ୍‌ସଲଟାଣ୍ଟ । ସୁଧାର ଜ୍ୱାଇଁ ବୋଲି ରୂପ୍ ରହି କହିଲେ – ବାପା ଉଠନ୍ତୁ, ଭଲ ହୋଟେଲ ଅଛି ।

– ଆଉ କିଏ ରାଗୁଆ ଜ୍ୱାଇଁ ହୋଇଥିଲେ ତମକୁ ମଧ୍ୟ ବକିଯାଇଥାଆନ୍ତେ ।

ସମ୍ମିତଙ୍କ ରାଗ ଶାନ୍ତ ହୋଇଯାଇଥିବାରୁ ରୂପ୍ କରି କହିଲେ ସିପ୍ରାକୁ – ସେ ଚୁପ୍‌ରୁପ୍ ବୋଲି କହିଲି ନା ?

– ସତ କଥା । ମୋ ବାପା ଇଞ୍ଜିନିୟର ଥିଲେ କିନ୍ତୁ ଶାନ୍ତ ଶିଷ୍ଟ ଥିଲେ ବୋଲି ଶ୍ୱଶୁରଙ୍କୁ ମଧ୍ୟ କିଛିକଥା କହିଲାବେଳେ ସଙ୍କୋଚ କରୁନଥିଲ । ଅଥଚ ତୁମ ବାପା ଶିକ୍ଷକ ଥିଲେ ତଥାପି ତାଙ୍କୁ ଭାରି ତାକତରକରେ ଭୟ କରି କଥା କହୁଥିଲ । ବାପାଙ୍କୁ କେବଳ ଭୟ ଥିଲା କାଲେ ବକିଯିବେ ବୋଲି କି ?

– ମୋ ବାପା ରାଗୀ ତେଣୁ ଡରୁଥିଲୁ ପିଲାଦିନରୁ ।

– ସତ କଥା । ମୋ ବାପା କି ଜ୍ୱାଇଁ ଚୁପ୍ ହେଲେ ମଧ୍ୟ କ'ଣ କମ୍ ରାଗିକି ? କେବେ ସେମାନଙ୍କ ରାଗ ଦେଖନ । ତମଠାରୁ ଆହୁରି କେଇଗୁଣ ରାଗୀ । ତମେ

ଖାଇବା ପିଇବା ଏପରି ଛୋଟଛୋଟ କଥାରେ ଦିନସାରା ଶହେଥର ଗେରେଗେରେ ହୋଇପାରୁଛ । ସେମାନଙ୍କ ଥରେ ରାଗରେ ପିଲାମାନେ ସାବାଡ଼ ହୋଇଯିବେ । ଖାଲିଟାରେ ଭଡ଼ଭଡ଼ ହୋଇ ଝ୍ଆଡ଼ୁ ସିଆଡ଼ୁ କଥା କରିବା କି ଦରକାର ? ବୟସ୍କଙ୍କ ପରି ଶାନ୍ତଶିଷ୍ଟ ହୋଇ ରହୁନ କାହିଁକି ? ବ୍ଲଡ଼ପ୍ରେସର ଔଷଧ ଦିନକୁ ଦେଢ଼ଶହ ମିଲିଗ୍ରାମ ଖାଇଲଣି ତଥାପି ଚିନ୍ତା ନାହିଁ କି ନିଜ ଉପରେ ନିୟନ୍ତ୍ରଣ ନାହିଁ । ମୋ ବାପା ବୋଉଙ୍କ ଗୁଣରେ ମୁଁ ଅଛି । ସେଥିପାଇଁ ମୁଁ ନିଜକୁ ଧନ୍ୟ ମନେ କରୁଛି । ମୋ ଜ୍ୱାଇଁ ପୁରା ସୁଧାର ପିଲାଟିଏ ଏତେବଡ଼ ଡାକ୍ତର ହୋଇ ମଧ । ତା ମନରେ ଗର୍ବ ନାହିଁ । ତମେ ବେଶୀ ଗର୍ବ କର ତା ପାଇଁ ।

– ଓଃହ ତୁମ ବାପା ତ ମୋତେ କେବେ କିଛି ରାଗି କହିନାହାନ୍ତି ।

– ହଁ ଜ୍ୱାଇଁଟି ପିଲାଙ୍କ ପରି ହେଉଛନ୍ତି ବୋଲି ମନେମନେ ଭାବୁଥିବେ ।

– ସେତେବେଳେ ଯାହା ଥିଲ ଏବେ ମଧ ସେୟା । ଯାହାହେଉ ବୟସ ବଢ଼ୁଛି କିନ୍ତୁ ମନ ସେମିତି ଅଛ ପିଲାଙ୍କ ପରି । ବୁଢ଼ା ହେବାକୁ ଦେଉନ ।

ସିପ୍ରା ଜାଣେ ସମସ୍ତେ ତ ଶହେ ଭାଗ ଠିକ୍ ନୁହଁନ୍ତି । କାହାର କେଉଁ ଗୁଣ ଭଲ ତ କାହାର ଖରାପ ଥବ । ଦୁନିଆଁରେ ପରିବାର ଭିତରେ ସଦସ୍ୟକୁ ନେଇ ଚଲିବାକୁ ହେବ । ତା ବୋଲି ଘର ଭାଙ୍ଗି ବେଘର ହେବ କି ? ଗୋଟିଏ ପରିବାରରେ ସ୍ତ୍ରୀ ଓ ପୁରୁଷ ସମାନ ଭାବରେ ଅଙ୍ଗୀକାରବଦ୍ଧତା ରଖିବା କଥା । ଯଦି ସ୍ୱାମୀ କି ସ୍ତ୍ରୀ ନିଜ ଅହଂରେ ବୁଡ଼ି ରହିବେ ତେବେ ଦାମ୍ପତ୍ୟ ଜୀବନର ଶୁଦ୍ଧତା ରହିବ କେମିତି ? ସନାତନ ଧର୍ମରେ ନାରୀମାନଙ୍କୁ ଉଚ୍ଚାସନରେ ବସାଯାଉଥିଲା । ବିନା ଧର୍ମପତ୍ନୀରେ ଯଜ୍ଞ ସଂପାଦନ ହୁଏନି । ଧର୍ମପତ୍ନୀକୁ ବାମ ପାଖରେ ବସାଇ ମନ୍ତ୍ର ଉଚ୍ଚାରଣ କରି ଯଜ୍ଞକୁ ସଫଳ କରାଯାଏ । ଗୃହସ୍ତଙ୍କଦ୍ୱାରା କରାଯାଉଥିବା ଯଜ୍ଞ ଧର୍ମପତ୍ନୀଙ୍କ ବିନା ସମ୍ଭବ ନୁହେଁ । ଶ୍ରୀରାମ ସୁବର୍ଣ୍ଣ ସୀତା ନିର୍ମାଣ କରି ଯଜ୍ଞ ପାଖରେ ବସାଇ ଯଜ୍ଞ ସଂପାଦନ କରିଥିଲେ ସୀତାଙ୍କ ଅନୁପସ୍ଥିତି ସମୟରେ ।

ଏବେ ପୁରୁଷ ନାରୀକୁ ସମ୍ମାନ ଦେଲେ ଭଲ । କିନ୍ତୁ ଅନେକ ନାରୀ ସମାନ ଅଧିକାର କହି ନିଜକୁ ଗୃହାଦି କର୍ମରୁ ଦୂରେଇ ରଖି କେବଳ ସ୍ୱାମୀଙ୍କୁ ଉତ୍ପୀଡ଼ନ ଦେଉଛନ୍ତି ବୋଲି ଶୁଣୁଛୁ । ଏହି ବିପର୍ଯ୍ୟସ୍ତ ଦାମ୍ପତ୍ୟ ଜୀବନ ପାଇଁ କିଏ ଦାୟୀ ହେବେ ଚିନ୍ତା ନକରି ନିଜ ଘରେ ସନ୍ତାନମାନଙ୍କୁ ଭଲଭାବରେ ଗାଇଡ୍ କଲେ ଘର

ହିଁ ହସି ଉଠିବ । ନାରୀର ସବୁଠି ଅଧିକାର ଅଛି କହି ରାତିଅଧରେ ଏକା ବୁଲିଲେ ବିପଦ ଆସିପାରେ । ସହନଶୀଳତାକୁ ସୁରକ୍ଷିତ ରଖିବାପାଇଁ ଆଜି ମଧ୍ୟ ଘରେ ଘରେ ପ୍ରାଧାନ୍ୟ ଦିଆଯାଉଛି । ଅଧରାତ୍ରୀ ପାର୍ଟି କରିବ କି ରାସ୍ତାରେ ଏକା ଯିବାଆସିବା ମଧ୍ୟ ନାରୀ ପକ୍ଷେ ଗ୍ରହଣୀୟ ନୁହେଁ । ଯଦି ନାରୀ ନିଜର ଅଧିକାର କହି ନିଜ ମାତୃଶକ୍ତିର ଓ ଶାଳୀନତାର ରକ୍ଷା କି ସ୍ୱାସ୍ଥ୍ୟର ରକ୍ଷା ପାଇଁ ସଚେତନ ହେବନି ତେବେ ବଂଶ ପରମ୍ପରାରେ ସୁସନ୍ତାନ ଆସିବେ କେମିତି ? ସ୍ୱାମୀ ସ୍ତ୍ରୀ ଭିତରେ କଳିକଜିଆ କରି ଧରାକୁ ସରା ମନେ କରିବା କ'ଣ ନାରୀର ସମ୍ମାନ କି ? ନାରୀ ମଧ୍ୟ କେତେଘର ଭାଙ୍ଗି ଦେଉଛି ନିଜର ସ୍ୱାର୍ଥର ବଶବର୍ତ୍ତୀ ହୋଇ !

ଏବେ ଚିନ୍ତା କରନ୍ତୁ, ସନାତନୀ ଆର୍ଯ୍ୟମାନେ ମାତୃଶକ୍ତିକୁ ଯଥା ସାବିତ୍ରୀ, ସୀତା, ରୁକ୍ମିଣୀ ଆଦିଙ୍କ ଗୁଣ କୀର୍ତ୍ତନ କରୁଥିଲେ । ଝାନସୀରାଣୀ ଲକ୍ଷ୍ମୀବାଇ ମଧ୍ୟ ଯୁଦ୍ଧକ୍ଷେତ୍ରରେ ଅବତୀର୍ଣ୍ଣା ହୋଇଥିଲେ । ସେତେବେଳେ ବୀରାଙ୍ଗନା ରୂପେ ସମ୍ମାନ ଦେଉଥିଲା ରାଣୀ ଲକ୍ଷ୍ମୀବାଇଙ୍କୁ । ଆମର ପରମ୍ପରାକୁ ଭାଙ୍ଗିବାକୁ ଆଗେଇ ଆସିଥିଲେ ବିଦେଶୀମାନେ । କୁଳବଧୂ, କୁଳଦେବୀ କୁଳ ପରମ୍ପରାକୁ ଲୋପ କରିବା କୂଟନୈତିକ ଷଡ଼ଯନ୍ତ୍ର କିଏ କଲା ? ଉନ୍ମାଦୀ ମଣିଷର ମସ୍ତିଷ୍କକୁ ବିକୃତ କରିବାର ଧାରା ଏବେ ମଧ୍ୟ ଚାଲିଛି । ନାରୀର ସ୍ଥାନ ଉଚ୍ଚରେ ରହିବା ହିଁ ଦରକାର । କିନ୍ତୁ ଏବେ ନାରୀ ଓ ପୁରୁଷ ଉଭୟେ ନିଜ ଜିଦ୍‌ରେ ଅଟଳ । ପୁରୁଷ ମଧ୍ୟ ନାରୀର ଅନିଚ୍ଛା ସତ୍ତ୍ୱେ ତାକୁ ନିର୍ଯ୍ୟାତନା ଦେଇ ଘରୋଇ ହିଂସା ରଚୁଛି । ଏଥିରେ ଫାଇଦା କାହାର ନୁହେଁ । ପ୍ରତି କଥା ବୁଝି ବିଚାରି ଜଣେ ଅନ୍ୟଜଣକୁ ସମବେଦନା ଜଣାଇ ଏକ ମନ ହୋଇ ନିଷ୍ପତ୍ତି ନେଲେ ଗୃହର ଗାଡ଼ି ଠିକ୍‌ରେ ଗତି କରିବ । ଦୁଇଟି ଚକ ଯଦି ବିପରୀତ ଦିଗରେ ଗତି କରେ ତେବେ ଗୃହ ରୂପକ ରଥ ସେଠି ଭାଙ୍ଗିଯିବ ।

– ସିପ୍ରା ତୁମେ ସେତେବେଳୁ ଏଠି ଗାରଉଛ କ'ଣ ?

– ତୁମ ବିରୁଦ୍ଧରେ ହିଁ ଲେଖୁଛି ।

– ସ୍ୱାମୀ ବିରୁଦ୍ଧରେ ଲେଖି ଖୁସି ହେଉଥାଅ ।

– ନା, ସ୍ୱାମୀ ଓ ସ୍ୱାମାନକୁ ଚେତେଇ ଦେବାକୁ ହିଁ ଲେଖୁଛି । ପଢ଼ନ୍ତୁ ଉଭୟ । ସୁଧାରି ଯାଆନ୍ତୁ । ତମକୁ ତ ସୁଧାରି ପାରିଲିନି । ମୁଁ ସଂସ୍କାରକୁ ଜାବୁଡ଼ି ଧରିଛି ବୋଲି ତମ ସହିତ ଚାଲିଗଲିଣି ପଞ୍ଚଚୁଳିଶ ବର୍ଷ ହେଲା । ନହେଲେ ତମ ରାଗ ଶୁଣି ଏ ଯୁଗର ନାରୀ ଡେଇଁ ପଳାଇଥାଆନ୍ତା ତମ ଦୁଆର ବନ୍ଦକୁ ।

୮୦ ••• କଥା ଦେଇଛି ମୃତ୍ୟୁକୁ

ଡାଁ ଏମିତି ଭାବୁଛ କାହିଁକି – କ୍ଷୀଣସ୍ଵରରେ କହିଲେ ସମିତ ।

ରାଗିଲାବେଳେ ମୋ ମୁହଁ ନ ରହିଁ ଯାହା ଆସିବ କହି ଯାଉଛି ଆଉ ପେଟ ଥଣ୍ଡା ହେଲା ପରେ ଭଲ କଥା ପାଟିରୁ ହିଁ ନିଗିଡ଼ି ପଡୁଛି । ସତରେ ତମେ କେତେ ସ୍ଵାର୍ଥପର ମଣିଷଟିଏ ?

ହସିଲେ ସମିତ । ସତେ ଆଉ ମୁହଁରେ ରାଗ ନାହିଁ କେବଳ ଶାନ୍ତି ବିରାଜୁଛି । ସ୍ମିତ ହସିଦେଇ ସିପ୍ରା କହିଲା – ହସିଲେ ତ ଲକ୍ଷେ ହୀରା ଖସିପଡ଼ିବ ତମ ଝାଲ ବିନ୍ଦୁରୁ । ଆଜି କୋଣାର୍କରେ ଅସ୍ତ ସୂର୍ଯ୍ୟକୁ ଧରି ଫଟୋ ଉଠାଇଥିଲ । କାହିଁ ସେ ଫଟୋଟି ମୋତେ ଟିକିଏ ଦେଖାଇଲ ?

– କିଏ ସୂର୍ଯ୍ୟଙ୍କୁ ଧରିପାରେ କି ? ସ୍ନାପ୍‍ଟି ସେମିତି ନିଆଯାଇଥିଲା ନା !

– ତମେ ହିଁ ଭାରି ପାରିବାର ମଣିଷ ଆଉ ମୁଁ କିଛି ନୁହେଁ ଯେମିତି !

◻

ଗଣ୍ଡିଲି

ଆଜି ଆଇ ଆସିବ । ତିନୋଟି ଶବ୍ଦ । ଗୋଟିଏ ବାକ୍ୟରେ ମନରେ ଭରିଯାଏ ପୁଲକ । ଅନେକ ପ୍ରଶ୍ନ ମନରେ ଉଙ୍କିମାରେ କେତେବେଳେ ଆସିବ ଆଇ ? ଶଗଡ଼ ପହଁଞ୍ଚିବ କେତେ ସମୟରେ ? ସ୍କୁଲରୁ ମୁଁ ଫେରିଥିବି କି ନାହିଁ । ଆଇ ପହଁଞ୍ଚିଲାବେଳେ ମୁଁ ଘରେ ଥିଲେ ପ୍ରଥମେ ଆଇକୁ ପ୍ରଣାମ କରୁକରୁ ଗେଲ କରିଦେବ । ଆଇ ଶଗଡ଼ରୁ ଓହ୍ଲାଇଲାବେଲକୁ ଆଇ ହାତ ଧରିବି ମୁଁ । ଏମିତି ଅନେକ ପ୍ରଶ୍ନ ଭିତରେ ସ୍କୁଲକୁ ଯାଇ ମଧ ଭାବୁଥାଏ ଆଇ କଥା । ମୋ ଆଇ ସବୁଠୁ ଭଲ ଆଇ ନା ଅନ୍ୟମାନଙ୍କ ଆଇ ଭଲ । ନିଜ ଭିତରେ ଉତ୍ତର ଖୋଜି ପାଇଥାଏ ମୋ ଆଇ ସବୁଠୁ ଭଲ ।

ଆଜି ମୋ ଆଇ ନାହିଁ । ମୁଁ ନିଜେ ଆଇ ହୋଇଗଲିଣି । ମନର କଥାକୁ ନିଃଶେଷ କରିପାରେନି ସମୟର କୋଲାହଲରେ ମଧ । ଆଇର ସ୍ନେହ ମମତାର ସ୍ମୃତି ଏ ଜୀବନ ଥିବା ପର୍ଯ୍ୟନ୍ତ ଉଙ୍କିମାରୁଛି ବେଲେବେଲେ ।

ଆଜି ମଧ ମନେ ପଡୁଛି ଗାଁରେ ଡାକ ଜାନୁଘଣ୍ଟର । ଯୋଗୀର କେଦେରାର ଗୀତ । ଧାନଜମିରେ ଝୁଲୁଥିବା ଧାନକେଣ୍ଡାର ଦୃଶ୍ୟ । ନଇପଠାରେ ଉଠିଥିବା କାଶତଣ୍ଡୀର ଦୃଶ୍ୟ । ଗାଁର ବାରମାସରେ ଲାଗିଥିବା ତେରପର୍ବ । ମାଘ ମାସର ଡାଲା ଡାଲା ମୁଗ ନଡ଼ିଆ ଓ ରାଶି ପୁରଦିଆ ମଣ୍ଡା, ପୁଷମାସର ପୁଷ ପୋଡ଼ପିଠା । ସଂଧ୍ୟା ହେଲେ ପାହାଡ଼ ଜଙ୍ଗଲ ଆଡୁ ଫେରନ୍ତି ଗାଇଗୋଠ ପଲ । ଗାଁର ଦୁଆରେ ଦୁଆରେ ସଂଜବତୀ ଜଲୁଥାଏ ମିଞ୍ଜି ମିଞ୍ଜି ହୋଇ । ଆଲୁଅ ଦେଖି ନଥିବା ଗାଁରେ ସଂଧ୍ୟାପରେ ଦାଟି କବାଟ ବନ୍ଦ ହୋଇ ଘରେ ଘରେ ବୋଲାଯାଏ ଭାଗବତ । ପରିବାରର ପୁରୁଷମାନେ ଏକାଠି ବସି ଖାଇବା ଏକ ବିଧ ଥିଲା । ଗାଁ ଆୟତୋଟା, ବିଲର ପାଲଭୂତ ପିଲାଙ୍କ ମନରେ ଭରିଦିଏ ଉତ୍ସୁକତା । ଅଳ୍ପଟ ପିଲାକୁ ବୋଧ କରିବାକୁ ଝଲଘର ଆଟୁକୁ ଟିକିଏ ହାତଠାରି ଦେଖାଇଦେଲ ତା କାନ୍ଦ ଚୁପ୍ । ଏମିତି ଅନେକ ମନଛୁଆଁ ସ୍ମୃତି ଦିଗ୍‌ବଲୟର ଅତୀତ ମନରେ ରହିଯାଇଛି ଆଜିପର୍ଯ୍ୟନ୍ତ ।

ଆଜି ଅନେକ କହନ୍ତି ଗାଁରେ ଅଛି କ'ଣ ? ଗାଁ ଏବେ ଶୂନ୍ୟ ହୋଇଗଲାଣି ।

ମୁଁ କହିବି ଗାଁରେ ସବୁ ଅଛି । ଗାଁକୁ ଭଲ ପାଉଥିବା ମଣିଷଟି ତା ମାଟି ଧୂଳି ଭିତରେ ଟଙ୍କାର ହିସାବ ଖୋଜେନି । କିନ୍ତୁ ସହରରେ ବାଲି ଗୋଡ଼ିରେ ସବୁ ଟଙ୍କାର ହିସାବରେ ବନ୍ଧା । ମଣିଷର ଗାଁ ପ୍ରତି ଆଉ ଅହେତୁକ ଆକର୍ଷଣ କାହିଁ ? ସହରର ଯାକ ଜକମରେ ସେ ଜୀବନ ଜିଉଁଛି କିନ୍ତୁ ହୃଦୟରେ କେତେ ସ୍ପନ୍ଦନ ଭରିଛି ଗାଁ ସ୍ମୃତି ପରି ? ହୃଦୟ ଏଠି ଶୂନ୍ୟ ହୋଇଯାଏ ମଧ ।

କିଏ ବୁଝାଇବ ଗାଁ କଥା ବିଷୟରେ ଆଜିର ସନ୍ତାନମାନଙ୍କୁ ? ସେମାନେ ସହର ମେଟ୍ରୋ ଓ ବିଦେଶ ମୁହାଁ । କାହିଁ ସେମାନଙ୍କ ମନରେ ସ୍ମୃତିରେ ପ୍ରାଣ ସଞ୍ଚାର କରିବାକୁ ସମୟ ? ଦୌଡୁଛନ୍ତି ସମୟ ସାଙ୍ଗରେ । ଟଙ୍କା ରୋଜଗାର ନିଶାରେ ଆଉ ଆଖିକୁ କିଛି ଦିଶୁନି । କେବଳ ଟଙ୍କା ହିଁ ସର୍ବସ୍ୱ । ସ୍ୱାର୍ଥ ସହିତ ଜଡ଼ିତ ।

କି ସୁନ୍ଦର ଆହା ଏଇ ଦୁନିଆଟା ! ତା ଭିତରେ ନିଜର ଛୋଟ ପରିବାରର ମାଳା ଯୋଡ଼ିହୋଇ ଗାଁଟିର ଆଖ୍ୟା ନେଇ ହସୁଛି ପାହାଡ଼ ଝରଣାପୂର୍ଣ୍ଣ ପରିବେଶରେ । ସେହି ଛୋଟ ଗାଁରେ ଆଈ ଓ ଅଜାଙ୍କ ଘର । ଯେଉଁ ଦିନ ଆଈ ଆସିବ ସେଦିନର ସ୍ମୃତି ମନରୁ ମଧ ନିଃଶେଷ ହୋଇନି । ଅଜାଙ୍କ ମୃତ୍ୟୁପରେ ଆଈ ରଳିଆସେ ଝିଅଘରକୁ ନିଜ ମନକୁ ଟିକିଏ ଆନପାନ କରିବାକୁ । ଯେଉଁଘରେ ତା ଅତୀତ ଯୌବନର ସ୍ମୃତି ଓ ସ୍ୱପ୍ନ ସବୁ ଯୋଡ଼ିହୋଇ ରହିଥିଲା ସେ ଘରେ ଆଜି ସେ ଦେଖୁଛି ଅଜାଙ୍କ ମୁହାଁ । ସେଥିପାଇଁ ବୋଉକୁ କୁହେ – ଝିଅ, ତମ ଗାଁକୁ ଟିକିଏ ପଲେଇ ଆସିଲି ମନଟି ଆନପାନ କରିବାକୁ । ସେହି ଘରେ ତୋ ବାପାଙ୍କ ମୁହାଁ ଖାଲି ଦିଶୁଛି । ତୋ ପୁଅ ଝିଅଙ୍କ ସାଙ୍ଗରେ କେଇଦିନ ରହିଗଲେ ମୋ ମନର ଦୁଃଖ ହଟିଯିବ ।

ମୋ ଆଈର ମୁହାଁଟି ଥିଲା ଜହ୍ନ ପରି ତୋଫା । ତାକୁ ଦେଖିଲେ କହେ ମୁଁ – ଆଈ ଏତେ ଗୋରା ହେଲୁ କେମିତି ? ମୋ ଅଜା ତ ଗୋରା ନୁହଁନ୍ତି । ତୁ ତାଙ୍କୁ ଭଲ ପାଉଥିଲୁ ତ ?

– ଏପରି ବାଜେ କଥା ପଚରେନି ମୋତେ । ବାହାହେଲେ ବୁଝିଯିବୁ ଗୁମର କଥା । ସେତେବେଳେ ମୋତେ ମନେପକେଇବୁ । ଏବେ ଆଉ ଫାଜିଲାମି କଥା କହନା । ତୋ ବାହାଘର ପରେ ତୋ ଘରକୁ ଯାଇ ନାତୁଣୀ ଜ୍ୱାଇଁକୁ ପଚରିବି ତୋ

କଥା । ଏବେ ନିର୍ବନ୍ଧ ସରିଗଲାଣି ବୋଲି ଏ ପ୍ରଶ୍ନ କରୁଛୁ ? ତୁନି ମୁନି ପରା ଥିଲୁ ତୁ ?

— ହଉ, ମୋର ଭୁଲ ହୋଇଯାଇଛି । ଆଉ ତତେ କିଛି ପଚରିବି ନାହିଁ ।

ପିଲାଦିନର କିଛି ସ୍ମୃତି ଚିରସବୁଜ ପରି ବିପର୍ଯ୍ୟୟ ବେଳେ ମଧ୍ୟ ସାନ୍ତ୍ୱନା ଦେଇଥାଏ । ସମୟର ଲୁଚକାଲି ଖେଳ ଭିତରେ ଭାରି ମନେପଡ଼େ ଆଈର ଗଣ୍ଠିଲି । ଗୋଟିଏ ସଫା ଧଲା ପେଦାପୁରୀ ଶାଢ଼ୀରେ ଗଣ୍ଠି ପଡ଼ି ପଡ଼ି ବନ୍ଧାହୋଇ ଆସିଥାଏ ମାସକଯାକର ଜଲଖିଆ । ଯଦି ଗୋଟିଏ ଶାଢ଼ୀ ନିଅଣ୍ଟ ପଡ଼ିଲା ତେବେ ଆଉ ଗୋଟିଏ ଶାଢ଼ୀରେ ଗଣ୍ଠିଲି ହୋଇ ଆସିଥାଏ ଲିଆ ମୁଆଁ, ମୁଢ଼ି ମୁଆଁ, ଚୁଡ଼ାମୁଆଁ ଓ ରାଶି ଲଡ଼ୁ । ପିତଳ ତସଲାରେ ଗୁଆ ଘିଅରେ ଛଣାହୋଇଥିବା କାକରା ପିଠା ଉପରେ ପୁଣି ଚିନି ଛିଞ୍ଚାଯାଇ ଥାଏ । ମୁଁ ତା'ର ଗଣ୍ଠିଲି ପ୍ରତି କେବେ ଆଗ୍ରହରେ ଖୋଲିବାକୁ ମନ କରେନି । କାରଣ କିଏ ଖାଇବ ଏ ମୁଆଁ ସବୁ ? ଆମ ଘରେ ଆମେ ମଧ୍ୟ ଖାଇବାକୁ ରୁହିଁନଥାଉ କେବଳ ରାଶିଲଡ଼ୁ ବ୍ୟତୀତ । ଘରେ ବେଶୀ ଜିନିଷ ଜଜବଜ ହେଲେ ସବୁବେଳେ ଅଜିଗିଲିଆ ଲାଗେ ଖାଇବାକୁ । କେବଳ କାକରା ପିଠା ଖାଇଦେଇ କହିଥାଏ — ମୁଆଁ ଗଣ୍ଠିଲି ଧରି ଆସୁଛୁ କାହିଁକି ?

— ତୁ ନ ଖାଇଲେ ହଳିଆ ମୂଲିଆମାନେ ଖାଇବେ । ତୋ ବାପା ଟିକିଏ ଖାଇବେ ।

ମୋ ବାପାଙ୍କ ଜଲଖିଆରେ ଉପମା ପରଟା ସକାଳୁ ସକାଳୁ ପରଶା ଯାଏ । ଆମେ ମଧ୍ୟ ଜଲଖିଆରେ ମୁଢ଼ି, ଚୁଡ଼ା କି ମୁଆଁ ଖାଉନୁ ।

ମୁଁ ମସମସିଆ ମୁଆଁ ଆଣିଛି ମୋ ଜ୍ୟାଇଙ୍କ ପାଇଁ । ସେ ଘରିଟା ବେଲେ ଏସବୁରୁ କିଛି ରେଢ଼ାଇବେ ତ ? ତୁ ଏମିତି ନାକ ଟେକୁଛୁ ଯେ କେଉଁ ନାତୁଣୀ ଜ୍ୟାଇ ତତେ ଖାଲି ପ୍ରତିଦିନ ରସଗୋଲା ଖୁଆଇବ ?

ଆଈ ତା କରାଟରୁ ଟଙ୍କା କାଢ଼େ ଓ କହେ — ଯାଆ, ତମ ଆଗ ଦୋକାନରୁ ରସଗୋଲା ଆଣି ଖାଇବୁ । ତମ ଗାଁର ଦୁଆରେ ଦୋକାନ ଥିବାରୁ ସିନା କିଣୁଛ । ମୋ ଗାଁରେ ଦୋକାନ ନାହିଁ ଆଣିବି କୁଆଡୁ ? ଟଙ୍କା ଆଣିଛି କିଣି ଖାଅ । ତମମାନଙ୍କ ପାଇଁ ତ ଧାନ ବିକ୍ରି କରି ଟଙ୍କା ଧରି ଆସିଛି ।

ବୟସ ସହିତ ଏବେ ମନ ପରିବର୍ତ୍ତନ ହୋଇଗଲାଣି । ନାହିଁ ଆଉ ଗଣ୍ଠିଲି ଯୁଗ । ପଲିଥିନ ବ୍ୟାଗରେ କି ଜରିବ୍ୟାଗରେ ମିଠା କି ଫଲ ଟିକିଏ କୁଣିଆ ଘରକୁ

ନେଇଗଲେ ବହୁତ ହେଲା, କିଏ କରୁଛି ଆଉ ପରିଶ୍ରମ। ସମସ୍ତେ ଶ୍ରମକାତର ଯେମିତି। ଗଢ଼ି ଉଠିଛି ଶହ ଶହ ଖଜା ପିଠା ଦୋକାନ। ଟଙ୍କା ବଢ଼ାଇ ଦେଇ କିଣି ଆଣ ଖଜାପୁଡ଼ିଆ କି ପ୍ୟାକେଟ୍। ସେଇ ମିଠା ସେଇଦିନ ହିଁ ଶେଷ ହୋଇଯିବ କୁଣିଆ ଘରେ ଘଣ୍ଟାକ ଭିତରେ। ପରିଶ୍ରମ କରି ଆଉ ପିଠାପଣା କରିବାକୁ ମନ ହେଉନି କାହାକୁ। ଏବେ ମୋବାଇଲ୍ ଫୋନ ମଧ ଘରେ ବସିଥିବା ବେରୋଜଗାରିଆ ବୋହୂଙ୍କ ମନକୁ ଘର କାମ ପ୍ରତି ଥିବା ମୋହ କମାଇ ଦେଲାଣି।

ଏବେ ବ୍ଲଡ୍‌ସୁଗାର ରୋଗୀ ମୁଁ, ତଥାପି ମିଠା ପ୍ରତି ମୋର ରହିଛି ଆକର୍ଷଣ। ଏବେ ଆଇର ଗଣ୍ଠିଲି କଥା ମନେ ପଡ଼ିଲେ ହସ ଲାଗେ। ତା ମୁଆଁକୁ ଦେଖ୍ ମୁହଁ ଆଡ଼େଇ ଋଳିଯାଉଥିବା ଝିଅ ଏବେ ଅପରାହ୍ନ ବୟସରେ ମୁଆଁ ପ୍ରତି ଆକର୍ଷଣ ରଖୁଛି କେମିତି ? ଭାରି ମନେ ହେଉଛି ଆଇର ହାତ ତିଆରି ଗୁଆ ଘିଅରେ କାକରା ପିଠା ଓ ମୁଆଁ ଖାଇବାକୁ। ଏବେ ଘରେ ରସଗୋଲା ଯେତେ ରଖାଯାଇଥିଲେ ମଧ ଆଉ ଇଚ୍ଛା ହେଉନି ସେ ମିଠା ପ୍ରତି। ହଜିଯାଇଥିବା ସ୍ମ୍ତିର ମହକର ବାସନାରେ ଏବେ ବୋଧେ ସେହି ଅତୀତ ଜିନିଷ ଖାଇବାକୁ ଭାରି ଇଚ୍ଛା ହେଉଛି। ନୟାଗଡ଼ ଛେନାପୋଡ଼ର ଡେକ୍‌ଚିଟିଏ ଧରି ଭାଇ ଆସିଲେ କୁହେ ମୁଁ – କ'ଣ ପାଇଁ ଏ ମିଠା ଆଣିଲୁ, ଖାଇବ କିଏ ? ବରଂ କେବେ ଘର ହାତ ତିଆରି ଚୂଡ଼ା ମୁଆଁ ଆଣିଦେବୁ। ଏବେ ପରା ମିଠା ଖାଇଲେ ମୋଟା ହୋଇଯିବେ ବୋଲି କହି ଖାଉନାହାଁନ୍ତି।

– ନାନୀ, ତୁ ଏ କ'ଣ କହୁଛୁ ? ଆମେ କେତେ ଖଜା ପିଠା ପିଲାଦିନେ ଖାଉଥିଲେ।

– ଠିକ୍ କହୁଛି। ଅତି ପ୍ରାଚୁର୍ଯ୍ୟ ଭିତରେ ଥିଲାବେଲେ ଧନର ମହତ୍ତ୍ୱ ଜଣାପଡ଼େନି। ଆମ ଘରେ ହାଣ୍ଡି ହାଣ୍ଡି ଆଉର, ମୁଢ଼ି, ଚୂଡ଼ା, ଉଖୁଡ଼ା, ମୁଆଁର ପରିମାଣ ବେଶୀ ଥିବାରୁ ଏସବୁ ଖାଦ୍ୟ ପ୍ରତି ଆଗ୍ରହ ଜନ୍ମ ନଥିଲା।

– ହଁ, ପିଲାଦିନେ ଆମ୍ଭ ପଣସ ପ୍ରତି ମଧ ଆମର ଆଗ୍ରହ ନଥିଲା।

– ସେଥିପାଇଁ ତ ପାଚିଲା ପଣସ ଖୋଲିଲାବେଲେ ତା ବାସନା ଶୁଙ୍ଘିବି ନାହିଁ ବୋଲି ସେ ସ୍ଥାନ ଛାଡ଼ି ଋଳିଯାଇଥିବି। ଆମ୍ଭକୁ ଭାତ ଖାଇବା ବେଲେ ଥାଲୀରେ ରଖେନି। ମିଠା ଆମ୍ଭ ଥିଲେ ଖାଲିବେଲେ ଖାଇଥାଏ। ବାହାଘର ପରେ ମୋ ଶାଶୁ କହନ୍ତି "ଭାତରେ ଆମ୍ଭ ଖାଉନୁ କେମିତି ? ବାଇଗଣ ପୋଡ଼ା ଖାଉନୁ କେମିତି ?"

– ସତରେ ନାନୀ, ତୋ ସମୟରେ ଘରେ ଅଭାବ ନଥିଲା, କନ୍ଦି କନ୍ଦି ବାଦାମ୍, ଆମ୍ଭ ସବୁ ଆସୁଥିଲା ।

– ସେଥିପାଇଁ ତ ଆମର ରୁଚି ନଥିଲା ସେ ଜିନିଷ ପ୍ରତି । କଟକରୁ ଦାଦା ଆସିଲା ବେଳେ ଦଶ ପନ୍ଦର ପେଟି କମଳା, ସେଓ, ଅଙ୍ଗୁର ଆଣି ଗାଁ ଦୋକାନରେ ବିକ୍ରିକରିବା ପାଇଁ ଦେବେ । ସେତେବେଳେ ଢେର କମଳା, ସେଓ ଖାଇଛି । ଏପରିକି ଅଙ୍ଗୁର ପେଟିରୁ ଅଧାଶେଷ କରିଦେଇଥିବୁ । ଦାଦା ରାଗିବେ ନାହିଁ । କଲିକତାରୁ ଆସିବା ବେଳେ ଆମ ପାଇଁ କାଳାଙ୍କର ପେଡ଼ା ଆଣିଥିବେ । କି ସୁଆଦ ଲାଗେ ସେ କ୍ଷୀର ପେଡ଼ା । ଗଛରେ ପିଜୁଳି ବର୍ଷସାରା ଫଳୁଥିବାରୁ ସେଇଟା ଫଳ ବୋଲି ଭାବୁନଥିଲେ ନା ? ପ୍ରତିଦିନ ନଡ଼ିଆ ଓ କଦଳୀ ଭୋଗହୁଏ ମନ୍ଦିରରେ ତେଣୁ କଦଳୀ ପ୍ରତି ମଧ୍ୟ ସେମିତି ଆଗ୍ରହ ନଥିଲା । ଏବେ ସବୁ ସ୍ୱପ୍ନ ପରି ବଦଳି ଗଲାଣି । ଆଖିର ଦୂରକୁ ଝଲିଗଲେଣି ବାପା, ବୋଉ, ଅଜା, ଆଇ । ଆଉ ଖୋଜିଲେ କି ଲୋଡ଼ିଲେ ପାଇବା କୁଆଡ଼ୁ ? ଦୀର୍ଘଶ୍ୱାସ ଛାଡ଼ି ମୁଁ କହିଲି ।

– ନାନୀ, ଏ ପରିବା ବ୍ୟାଗ୍ ଓ ମିଠା ଫଳ ବ୍ୟାଗ୍ ସବୁ ଖୋଲି ରଖିଦିଏ । ଦିଏ ବଡ଼ ପରିବା ବୋଝେଟି ତା ଭିତରେ ସବୁ ପରିବା ଢାଲି ଦେବି ।

ଦୁଇଟା ବ୍ୟାଗ୍‌ରେ ପରିବା ଭରି କରି ଆଣିଛୁ କାହିଁକି ? କାହିଁକି ଟଙ୍କା ଦେଇ ଏତେ କିଣିଲୁ । ଏଠି ଆମେ କିଣି ଖାଇଦେଇଥୋଆନ୍ତୁ ତ ?

– ଆମ ନୟାଗଡ଼ରେ ପରିବା ଶସ୍ତା । ଶଙ୍ଖଶାରୁ, ଖମ୍ବ ଆଲୁ ଭଲ ମିଳେ । ଶାଗ ମଧ୍ୟ ମିଠା ଲାଗେ ।

– ତୁ ସବୁ ଆଣିଛୁ ତ ମନେ ପକେଇ । ଆମ ଆଡ଼େ ଝିଅ ଘରକୁ ମିଠା, ପିଠା, ପରିବା ସବୁ ବୋଝେଇ କରି ନିଅନ୍ତି । ନହେଲେ ଅନ୍ୟ ଜିଲ୍ଲାମାନଙ୍କରୁ ବୋହୂ ଆଣିଲେ ଏମିତି ଦେଇନଥାନ୍ତି । ବୋଉ ବାପା ଗଲେଣି । ଭାଇମାନେ ଆସିଲେ ମଧ୍ୟ ଏତେ ଜିନିଷ ଧରି ଆସୁଛୁ କାହିଁକି ?

– ଝିଅ ଘରକୁ ଆସିବୁ ପରା । ଏବେ ବୋଉ ବାପା ନାହାନ୍ତି ତଥାପି ପିଉସୀ- ନାନୀମାନଙ୍କ ଘରକୁ ପୁତୁରାମାନେ ଗଲେ ମଧ୍ୟ ପରିବା ମିଠା ଆଦି ପୁନେଇ ପର୍ବ, ବାହାଘର ଆଦିରେ ନେଉଛୁ । ପିଉସୀନାନୀ ଆମର ବଞ୍ଚିଛି ସେ ବାପାଘରକୁ ଝିଅ ରହିଥାଏ ।

– ନାତି ନାତୁଣୀ ବାହାଘର କରି ନାନୀ ଅଶୀବର୍ଷ ଟପିଲାଣି ତଥାପି ପୁତୁରାମାନଙ୍କୁ ପୂଜାପର୍ବରେ ଖୋଜୁଛି ନା କ'ଣ ?

– ତା ଘରକୁ ଗଲେ ଭାରି ଖୁସି ହେଉଛି । ପୁଅ ବୋହୂଙ୍କ ଗହଳି ଭିତରେ ଅଛି ତଥାପି ଆମକୁ ଦେଖିଲେ ତା'ର ଭାରି ଆନନ୍ଦ । ବଞ୍ଚିଥିଲା ପର୍ଯ୍ୟନ୍ତ ଆମେ ଯାଉଥିବୁ ।

– ମନେପଡୁଛି, ନାନୀମାନେ ଆମ ଘରକୁ ଆସି ମାସ ମାସ ଧରି ରୁହନ୍ତି । ପିଲାଜନ୍ମ କରିବେ ବାପା ଘରେ । ପିଲା ଟିକିଏ ଗୁରୁଣ୍ଠିଲା ପରେ ଯିବେ ଶାଶୁଘର । ଆମ ବୋଉ ଓ ଜେଜେମା' ସେମାନଙ୍କ ଗୋଡ଼ ହାତକୁ ରୁହିଁ ସେବା ଯୋଗାଉଥିବେ । ଯଦି ପିଆସା ଡାକି ଆସିଲେ ତେବେ କହିବେ ତମ ପିଲାଙ୍କ କଥା ଓ ଘର କଥା ବୁଝ । ମୁଁ ଟିକିଏ ହାଲିଆ ମରିଲେ ଯିବି । ମୁଁ ଘରେ ନ ରହିଲେ କ'ଣ ଘର ଚଳୁନି ?

– ଯାହେଉ ଆମ ପିଇସାମାନେ ଶିକ୍ଷକ ରଖିରି କରିଥିବାରୁ ବହୁତ ଭଲ ଥିଲେ ।

ଦୀର୍ଘଶ୍ୱାସ ଛାଡ଼ି ମୁଁ କହିଲି – ବୁଝିଲୁକି ସେମାନଙ୍କ ମନ ନିର୍ମଳ ବୋଲି ବଡ଼ ପିଆସା ଚଉରାନବେ ବର୍ଷ ବଞ୍ଚିଗଲେ । କାହାକୁ ବାଦବିବାଦ କରନ୍ତି ନାହିଁ । ହାଇସ୍କୁଲ ଶିକ୍ଷକ ହୋଇ ସରଳ ଜୀବନଯାପନ ହିଁ ତାଙ୍କୁ ସୁସ୍ଥ ଜୀବନ ଦେଇଥିଲା । ବଡ଼ ନାନୀ ତ ନବେ ପାଖାପାଖି ବଞ୍ଚିଗଲା । ପିଲାଦିନେ ଦେଖିଛି ହାଲିଆ ଗଣ୍ଠିଲିରେ ମୂଆଁ, ପିଠା, ମିଠା ବାନ୍ଧି ନେଲାବେଳେ ବାପା ରଖି ପାଞ୍ଚଖଣ୍ଡ ଶାଢ଼ୀ ପଠାଇଥାଆନ୍ତି । ନାନୀମାନଙ୍କ ଯେଉଁଟା ମନ ପାଇବ ସେଇଟା ରଖି ଅନ୍ୟଗୁଡ଼ିକ ଫେରାଇ ଦେଇ ଥାଆନ୍ତି ।

– ଏମିତି କଥା ।

– ହଁ । ତୁ ପିଲା ଥିଲୁ ଜାଣିନଥିବୁ । ସାନନାନୀ ତା ହାଲିଆ ହାତରେ ଭାର କରି ପରିବା ବସ୍ତା ବସ୍ତା, ମକା ବସ୍ତା ବସ୍ତା, ରାଶି ଆଦାୟ ବେଲେ ରାଶି ବସ୍ତା, ଆମ୍ବ ପଣସ ଦିନରେ, ଆମ୍ବ, ଆମ୍ବସରା ଆଦି ପଠାଏ । ପୁଣି ତା'ର ଜଙ୍ଗଲଗାଁ ଥିବାରୁ ଜଙ୍ଗଲୀ ମାଂସ ମାସକୁ ଅନେକ ଥର ପଠାଇଥାଏ । ଆମ ପିଲାଦିନର ସ୍ମୃତି ମଧୁର ଥିଲା । ବେଶୀ ପିଲାଙ୍କ ଗହଲିରେ ଆମ ବଡ଼ଘରେ କେତେବେଲେ ସମୟ କଟିଯାଏ ଜଣାପଡ଼େନି । ଏବେ ସବୁ ସ୍ୱପ୍ନ ପରି ଲାଗିଲାଣି । କୁଆଡ଼େ ଗଲାଣି ଗଣ୍ଠିଲି ଯୁଗ ? କେବଳ ବାପଘରୁ ଗଣ୍ଠିଲି ଆସେ । ନହେଲେ ଝିଅ ଶାଶୁଘର ଲୋକଙ୍କ ମନ ପାଇବ

ନାହିଁ । ମୁଁ ବାହାହୋଇ ଆସିଲାବେଳକୁ ଗଣ୍ଠିଲି ଯୁଗ ଉଠିଗଲାଣି । ତମ କ୍ୱାଇଁଙ୍କ ଘର ରୁକିରିଆ । କାଲେ କ'ଣ ଭାବିବେ ବୋଲି ବସ୍ତା ଓ ବ୍ୟାଗରେ ଜିନିଷ ପତ୍ର ନେଇ ବାପା ଆସୁଥିଲେ । ବାପା ମଧ ପରିବାପତ୍ର, ଆମ୍ବ, ପଣସ, ମିଠା, ଖଜା ଓ ଠାକୁରଙ୍କ ଭୋଗ ରାବିଡ଼ି, ମାଖନପୁରୀ, ଖୁରୁମା, ଗୋପାଳ ଆଦି ଧରି ଆସୁଥିଲେ । ଏତେ ଗୁଡ଼ିଏ ଜିନିଷକୁ ଦେଖି ମୋ ଶ୍ୱଶୁର କହନ୍ତି – ସମୁଦୀ, ଏତେଗୁଡ଼ିଏ ଜିନିଷ କାହିଁକି ଟଙ୍କା! ଖର୍ଚ୍ଚକରି କିଣି ଆଣୁଛନ୍ତି ?

— ତୋ ଶାଶୁଘର ଭଲ ଲୋକ ବୋଲି ଏପରି କହୁଥିଲେ ଝିଅଘରକୁ କିଏ କମ୍ ଜିନିଷ ନେଇ ନଥାନ୍ତି, ଆଖିଦୃଶିଆ କରି ନେବାକୁ ହେବ ।

— କ'ଣ ଝିଅ ଜୀବନସାରା ବାପାଙ୍କ ଘର ଉପରେ ବୋଝ ପରି ରହିଥିବ କି !

— ତୁ ଭଲ କଥା କହୁଛୁ ।

ମୁଁ ଚୁପ୍ ରହିଲି । ଜାଣେ ଯେତେ ମନା କଲେ ମଧ ମୋ ଭାଇମାନେ ବ୍ୟାଗ ପୂର୍ଣ୍ଣ କରି ଜିନିଷ ଆଣିଥିବେ । ନନାଙ୍କୁ ଲିଆବଡ଼ି ଭଲ ଲାଗେ ବୋଲି ହାତରେ ତିଆରି କରି ଭାଉଜମାନେ ପଠାଇଥିବେ । ରୁଡ଼ାମୁଆଁ କରି ପଠାଇଥିବେ । ପାଳୁଅ ମାଣ୍ଡା ଘରେ ତିଆରି କରି ବଡ଼ ଭାଉଜ ପଠେଇବ । ଫୁଲବଡ଼ି କି ଆମ୍ବୁଲଆର୍ର ମଧ ଦେବାକୁ ଭୁଲିବେନି । ସେମାନଙ୍କର ଭଲ ପାଇବା ଭୁଲିବାର ନୁହେଁ ଆଉ । ରୁକିରି କାଲରେ ବୋଉ ବାପା ସରୁ ବାସନା ପଦ୍ମକେଶରୀ, ଆକାଶମଲ୍ଲୀ ଅରୁଆ ରେଉଳ ବସ୍ତା ଓ ବର୍ଷସାରା ପାଇଁ ଉସୁନା ରେଉଳ ବସ୍ତା ବସ୍ତା ମୁଗ, ବିରି, ପାଣ୍ଡଡ଼, ଆରୁର, ହଳଦୀଗୁଣ୍ଡ, ମସଲାଗୁଣ୍ଡ, ଲଙ୍କାଗୁଣ୍ଡ, ରେଉଳଗୁଣ୍ଡ ସାଙ୍କୁ ବିଭିନ୍ନ ଘର ବ୍ୟବହାର୍ଯ୍ୟ ଜିନିଷ ଆଣିଥାଆନ୍ତି । ଏପରି ସହଯୋଗ ଫଳରେ ପ୍ରଥମ ରୁକିରୀର କମ୍ ଦରମାରେ ମଧ ଆମର ଚଲିବାକୁ ବେଶୀ ଅସୁବିଧା ହୋଇ ନଥାଏ । ଯଦିଓ ଏବେ ଗଣ୍ଠିଲି ବଦଲି ସବୁ ବସ୍ତା, ପେଟି ଓ ଡବାରେ ଏସବୁ ଜିନିଷ ଘରକୁ ଆସିଥାଏ । ଡବାରୁ ମୁଆଁଗୁଡ଼ିକ ସରିନଥିବ ପୁଣି ଭାଇ କି ବାପା ଆଣି ଦେଇଥିବେ । ଆମ ଘରେ ଟଙ୍କା ପଇସାର ହିସାବ ନାହିଁ । ଯାହା ଯେତେବେଳେ ଦରକାର ତାହା କିଣ । ମାସ ଶେଷ ଓ ଆରମ୍ଭର ମୂଲ୍ୟ କିଛି ନାହିଁ । କିଏ ଖାଇଲା, କେତେ ସରିଲା ତାହାର ହିସାବ ଖୋଜାଯାଏନି । ଧନୀ ସ୍ୱଭାବର ଚଳଣୀ ଯୋଗୁଁ ସେହି ମନରେ ଦେବା ନେବା ଘରେ ରୁଲିଥିଲା । ବାପା ଦାଦାମାନେ ଉଚ୍ଚ ଶିକ୍ଷିତ ତଥାପି ରୁକିରି ପ୍ରତି କାହାର ଆଗ୍ରହ ନଥିଲା । ଏହା ଫଳରେ ଜୀବନରେ କିଛି ଅସୁବିଧା ଭୋଗିବାକୁ ପଡ଼ିଲା । ଏବେ ପୁଣି ସମୟ ସାଙ୍ଗରେ ତା'ର ସମାଧାନ ହୋଇ ଭାଇମାନେ ଭଲରେ ଅଛନ୍ତି ।

ଦୁନିଆଁକୁ ଆସିବା ଯିବ ରୁଳିଥିବ । କେବଳ କଥା ରହିଥିବ । କେଉଁ ନିପଟ ମଫସଲ ଗାଁରେ ଅଜାଘର । ସେଥିରେ ପୁଣି କଟକରୁ କମଲା ମଗେଇ ଅଜା ମୋତେ ମୋ ପିଲାଦିନେ ଖୁଆଇବା କମ୍ କଥା ନଥିଲା । ଡେଟ୍‌ଲ, ସନ୍‌ଲାଇଟ୍‌ ସାବୁନ ଆଦିରେ ଛୋଟ ନାତୁଣୀର କନାପଟା ଧୋଇବା ମଧ ସେ ଯୁଗରେ ବଡ଼କଥା ଥିଲା । ଧନ ଓ ମନ ପାଖରେ ଥିଲେ ସବୁ କାର୍ଯ୍ୟ ସମ୍ଭବ ହେବ ବୋଲି ଭାବିବା ଭୁଲ । କେବଳ ଆତ୍ମୀୟତାର ଭଲପାଇବା ଭିତରେ ଅସମ୍ଭବ କାର୍ଯ୍ୟ ମଧ ସମ୍ଭବ ହୋଇଥାଏ ।

ଆଜି ଅଜା ନାହାଁନ୍ତି । ଅନେକଥର କହନ୍ତି – ଜଇରେ, ତୁ ଡାକ୍ତରାଣୀ ହେବୁ । ନାଲି କାର୍ କରିବୁ । ମୁଁ ଅନେକ ଥର କଟକ ଯାଇ ଡାକ୍ତର ରଘୁସାହୁ ଓ ଜ୍ୟୋସ୍ନା ଦେଇଙ୍କୁ ଭେଟିଛି । ସେମାନେ ହିଁ ଈଶ୍ୱର ରୋଗ ଦୂର କରିବାରେ । ଅଳ୍ପ ଟଙ୍କାର ଔଷଧରେ ମାସ ମାସ ଧରି ଭୋଗୁଥିବା ରୋଗ ଦୂର ହୋଇଯାଏ । ଭାରି ଭଲ ଲାଗେ ଡାକ୍ତରଙ୍କୁ ଓ ସେମାନଙ୍କ ବ୍ୟବହାରକୁ ।

ବିଧି ନିର୍ଘ୍ୟଣ ଯାହା ତାହା ହିଁ ଘଟିବ । ମୁଁ ଡାକ୍ତର ନହୋଇ ମୋ ପୁଅ ଝିଅ ଡାକ୍ତର ହେଲେ । ଭାବୁଛି ଅଜା ଏବେ ପରଲୋକରେ ଖୁସି ହେଉଥିବେ କି ?

ଆଜି ମନ ଖାଦ୍ୟର ଗଣ୍ଠିଲି ଖୋଜୁନି । ମିଠା, ପିଠା, ମୁଆଁ ଆଦି ଖାଇବାକୁ ମନା । ଡାଇବେଟିସ୍ ରୋଗୀ ମୁଁ । ମିଠା ବାରଣ ଅଛି । ତଥାପି ନୟାଗଡ଼ ଛେନାପୋଡ଼ କି ମିଠା, ପିଠା, ରସଗୋଲା ଆଦି ଖାଇଥାଏ ରୁଖ୍ଲା ପରି । ମନଭରି ମିଠା ଖାଇବାକୁ ଇଚ୍ଛା ଥିଲେ ମଧ ରୋଗ ବାଧକ ସାଜେ ।

ଏବେ ମନ ଅଗଣାରେ ସ୍ନେହର ଗଣ୍ଠିଲି ଖୋଜୁଛି । ସେହି ଗଣ୍ଠିଲି ଭିତରୁ ଭଲପାଇବାର ବାସ୍ନାକୁ ରୁହୁଁଛି । ଆଉ ମୋ ମନ ଅଣ୍ଟର ଧାର ଭିତରେ ପ୍ରିୟ ମଣିଷମାନଙ୍କ ଆକର୍ଷଣର ମିଠା ସ୍ୱାଦରେ ଅତୀତର ମଧୁର ସ୍ମୃତିରେ ଯୋଡ଼ି ହୋଇଯିବାର ଦର୍ପଣ ଦେଖୁଛି । ଦର୍ପଣ ଭିତରେ ନିଜ ଛବି ବ୍ୟତୀତ ଅନ୍ୟମାନଙ୍କ ଛବି ଦେଖ ନପାରି ଦୀର୍ଘଶ୍ୱାସରେ ଗୁଣୁଗୁଣୁ ହେଉଛି ମୁଁ ସେମାନଙ୍କ ଭିତରେ ଥିଲି । ଏବେ ସେମାନେ ମୋ ଭିତରେ ଅଛନ୍ତି । କେବେ ହଜି ଯିବେନି ମୋ ଜୀବନକାଳରେ । ସେମାନଙ୍କ ସ୍ନେହ ଶ୍ରଦ୍ଧାର ଗଣ୍ଠିଲିରୁ ଭଲପାଇବାର ବାସ୍ନା ଝରୁଥିବ ମୋ ନିରୋଳା ସମୟରେ ମୋ ପ୍ରାପ୍ୟ ହୋଇ ମୃତ୍ୟୁ ପର୍ଯ୍ୟନ୍ତ ।

▫

ମର୍ମଭେଦୀ ସ୍ଵର

ଦୁଇ ବିନ୍ଦୁ ଲୁହ । ଆଖି କଣରେ ଜକଜକ ହୋଇ ସୁରୁଇ ଦେଉଥିଲା ସେ କେତେ ଅସୁଖୀ ନିଜ ସଂସାର ଭିତରେ । ହଠାତ୍ ସେ ଆସି ସୁଲୋଚନା ଦେବୀଙ୍କ ପାଖରେ ବସିଯାଇଥିଲେ ଏହି ସାହିତ୍ୟ ସଭାରେ । ସୁଲୋଚନା ଦେବୀଙ୍କଠାରୁ ବୟସ୍କା ଥିଲେ ତେଣୁ ହାତଯୋଡ଼ି ନମସ୍କାର କରି ପରଚିଦେଲେ ସୁଲୋଚନା - ମ୍ୟାଡ଼ାମ୍ ଆପଣ ନାଁ ଟିକିଏ ଜାଣିବାକୁ ମୋର ଇଚ୍ଛା ।

— ମୋ ନାଁ ସୁଜାତା ପଟ୍ଟନାୟକ । ଆପଣଙ୍କ ନାଁ କ'ଣ ?

— ସୁଲୋଚନା ଦାସ୍ ।

ସାହିତ୍ୟ ସଭରେ ବସିଥିବା ଭଉଣୀମାନଙ୍କୁ ପରଚିବାକୁ ପଡ଼େନି । ସେମାନେ ନିଶ୍ଚୟ ଲେଖିକା ଶ୍ରେଣୀର ଯିଏ ଘଣ୍ଟା ଘଣ୍ଟା ଧରି ସାହିତ୍ୟ ସଭାରେ ଉପସ୍ଥିତ ରହି ମଧ ଉଠିନଥାନ୍ତି । ଜଣେ ସାରସ୍ଵତସାଧକ ବୁଝିପାରେ ସାହିତ୍ୟର ମୂଲ୍ୟ । ସେ ପୁରସ୍କାର ପାଇବା ଅପେକ୍ଷା ତା କଲମର ଲେଖନୀ ଉପରେ ବହୁତ ଗୁରୁତ୍ଵ ଦେଇଥାଏ । ଜଣେ ସଚ୍ଚା ସାହିତ୍ୟିକ ଆ, ତା ପଛରେ ତୋଷାମଦ କରି ଗୋଟିଏ ପରେ ଗୋଟିଏ ପୁରସ୍କାର ଗୋଟାଇ ନିଜ ଆମ୍ବାକୁ ଭାରି କରିବାକୁ ରୁହିଁନଥାଏ । ତା ଆମ୍ବା ସଙ୍କୋଟ ଥାଉ । ସେ ସମାଜର ଦିଗ୍‌ଦର୍ଶକ । ସେ ଯଦି କଲୁଷିତ ହୋଇ ପଡିବ ତେବେ ସମାଜରେ ଆମ୍ବଲିଖନର ବିଶ୍ଵାସକୁ କିଏ ଜାଗ୍ରତ କରାଇବ ? ଯିଏ ଯେମିତି ମନରେ ଆଶ୍ରିତ ସେ ସେମିତି ବିଶ୍ଵାସରେ ଜଡ଼ିତ । ତେଣୁ ଆଜି ମଣିଷ ହଜିଯାଇଛି ବଞ୍ଚ ଥାଉଥାଉ । ମାନବିକତା ହଜି ଯାଇଛି ଶିକ୍ଷିତ ଓ ଅଶିକ୍ଷିତଙ୍କ ବିବେକର ସ୍ଵାର୍ଥରେ । ଘରର ଶାନ୍ତି ହଜିଯାଇଛି ବିଷ ବଲୟରେ । ପିତା ମାତା ସନ୍ତାନମାନଙ୍କୁ ହଜାଇ ଦେଇଛନ୍ତି ସେମାନଙ୍କୁ ଯୋଗ୍ୟ ଶିକ୍ଷିତ କରି ଉଚ୍ଚ ରୋଜଗାରକ୍ଷମ କରିବା ପରେ । ମାଆ ମମତାର ପଣତରେ ଏବେ ପୋଛୁଛି ସନ୍ତାନର ଅବ୍ୟକ୍ତ ଉଦ୍ଧତର ବିଷମନ । ଉଙ୍କିମାରୁନି ତିରିଶିବର୍ଷ ତଳେ ପ୍ରସବ ଯନ୍ତ୍ରଣାରେ ଛଟପଟ ହୋଇ କେମିତି ଜନ୍ମ ଦେଇଥିଲା ଏକୋଇରବାଲା ବିଶିକେଶନକୁ । ମା'ର ସ୍ନେହର ପୁଲକର ମହମହ

ଶାନ୍ତିକୁ କି ବାସ୍ନାକୁ ସନ୍ତାନଟି ନ ଖୋଜି ସ୍ୱାର ଆଜ୍ଞାବାହ ସ୍ୱାମୀ ହେବାକୁ ତତ୍ପର ହେଉଛି । ସେ ଶିକ୍ଷିତ ଭିତରେ ଅଶିକ୍ଷିତର ଆଚରଣ କରୁଛି ନିଜ ଜନ୍ମଦାତା ଓ ଦାତ୍ରୀଙ୍କ ପାଇଁ । ମା' ଡାକୁଛି ପୁଅ ତୁ ଟିକିଏ ମୋ କୋଳକୁ ଆ ଆ । ଏତେ କାମ କରୁଛି ମୋ ପୁଅ ଦିନସାରା କେମିତି ? କେତେ ଲକ୍ଷ ଲକ୍ଷ ଟଙ୍କା ରୋଜଗାର କରୁଛି । କେତେ କଷ୍ଟ ପାଉଛି ଟଙ୍କା ରୋଜଗାରରେ । ତା ଝାଳ ବିନ୍ଦୁରେ ମୋ ଲୁହ ବିନ୍ଦୁ ଜଡ଼ିତ । ସମୟ କାହିଁକି ମିଳୁନି ଟିକିଏ ଆମକୁ ଦେଖିବାକୁ । ନାନାଦି ବିଳାପରେ ମା'ଟି ଜର୍ଜରିତା ହେଲାବେଳେ ପୁଅଟି ଖୁବ୍ ଦମ୍ଭିଲା ସ୍ୱରରେ ଶୁଣାଇ ଦେଉଛି – ମୋ ଉପରେ ଆଶା ରଖେନା । ମୋ ପାଖରେ ସମୟ ନାହିଁ ଯେ ତମମାନଙ୍କ ସେବା କରିବି ବେରୋଜଗାରକ୍ଷମ ହୋଇ । ସେ ଶ୍ରବଣ କୁମାରର ପିତାମାତା ସେବା ଯୁଗ ଗଲାଣି ଯିଏ ନିଜେ ଭାରରେ ବୋହି ବୋହି ଅନ୍ଧ ମାତାପିତାଙ୍କୁ ଭ୍ରମଣ କରାଇ ଶ୍ରେଷ୍ଠପୁତ୍ରର ଆଖ୍ୟା ପାଇଥିଲେ ।

ମା'ଟି ଆତୁର ହୋଇପଡ଼ୁଛି ଏପରି ଆଘାତରେ । ସେ ମର୍ମାହତ ହୋଇ ନିଜକୁ ପ୍ରଶ୍ନ କରୁଛି – ସତରେ ନିଜରାଷ୍ଟ୍ରରେ ସନ୍ତାନମାନେ ପହଁଚିଗଲାପରେ ନିଜକୁ ବଞ୍ଚେଇବାରେ ଲାଗିଥାଆନ୍ତି କାହିଁକି ? ଆଉ ପଛକଥା ବୋଝ୍‌ ହୋଇ ପିଠିରୁ ଓହ୍ଲାଇଦେବାକୁ ରୁହଁନ୍ତି । ତେବେ ଏଠି ମାଆ ବାପା ବୋଝ୍‌ କି ? ନିଃସହାୟ ହୋଇପଡ଼ନ୍ତି ମରୀଚିକା ପଛରେ ଦୌଡ଼ିଲା ପରେ । ସନ୍ତାନମାନେ ପ୍ରତିଦାନର ମୂଲ୍ୟ ଦେବାକୁ ସେମାନଙ୍କ ବିବେକ ଶୂନ୍ୟ କରନ୍ତି । ତେବେ ସେମାନେ ଶିକ୍ଷିତ, ନା ଲକ୍ଷ ଲକ୍ଷ ରୋଜଗାରକ୍ଷମ, ନା ଅସହାୟ ନା କୃପଣ ବୁଢ଼ିଲା ବେଳକୁ ଶୂନ୍ୟ ଆକାଶକୁ ମା' ରୁହିଁ କୁହେ – ମୁଁ କେବେ ମୋ ପିଲାଙ୍କଠାରୁ ଟଙ୍କା ପଇସା ରଖିନଥିଲି କେବଳ ସମବେଦନାର ସମର୍ପଣ ଟିକିଏ ରଖିଁଥିଲି ଅସ୍ତମିତ ବୟସରେ । ତେବେ ଯିଏ ପରମ୍ପରା ଓ ସଂସ୍କୃତିକୁ ଧିକ୍‌କାର କରି ପଙ୍ଗୁ କରିଦେବାକୁ ବସିଛି ସେ ମୋର ହେବ କେମିତି ? ମୁଁ ତ ପରମ୍ପରା, ସଂସ୍କୃତି, ମୋ ଭାଷା, ମୋ ସାହିତ୍ୟ ସହ ରଳିରଳି ଡାକୁ ଜାବୁଡ଼ି ଧରି ସମାଜକୁ ରୁଗ୍‌ଣ କରିବାକୁ ରୁହଁନି । ଏତେବାଟ ବଞ୍ଚିଗଲଣି କେବଳ ମୋ ଆଦର୍ଶ ସ୍ମୃତିର ବର୍ଣ୍ଣଳୀରେ । ସନ୍ତାନ ଯଦି ଉତ୍ତରାଧିକାରୀ ହେବାକୁ ରୁହଁନି ତେବେ କିଏ ଆଉ ଗ୍ରହଣ କରିବ ମୋ ଭିତରେ ପ୍ରତିଧ୍ୱନିତ ହେଉଥିବା ରୂପରେଖକୁ ।

ସଭା ଆରମ୍ଭ ହେଲା । ପ୍ରଜ୍ୱଳିତ ହେଲା ଦୀପ ପ୍ରଭୁ ଶ୍ରୀଶ୍ରୀ ଜଗନ୍ନାଥଙ୍କ ପାଖରେ ଯିଏ ଆମ ଓଡ଼ିଆଙ୍କର ଦେବତା ଓ ଜଗତର ଦେବତା । ସେ ଆମର ବଡ଼ଠାକୁର ଯିଏ ଖାଆନ୍ତି ଛପନ ପ୍ରକାର ଭୋଗ ଧର୍ମପତ୍ନୀ ମହାଲକ୍ଷ୍ମୀଙ୍କ ହାତରୁ । ଯିଏ ଶ୍ରୀମନ୍ଦିରରେ ଭାଇ ଭଉଣୀଙ୍କ ସହ ରନ୍ମଣ୍ଡପରେ ବିରାଜିତ ହୋଇଛନ୍ତି ନିଜ ବଡ଼ଭ୍ରାତା ଶ୍ରୀବଳଭଦ୍ର ଓ ଭଉଣୀ ସୁଭଦ୍ରାଙ୍କ ସହ । ସେ ଶିଖାଇଛନ୍ତି ଏଠି ପରିବାରର ଭାଷା କ'ଣ ? ପରମ୍ପରାର ଭାଷା କ'ଣ ? ଆମ ସଂସ୍କୃତିରେ ପରିବାର ହସୁଥାଏ କେମିତି ? ଗୋଟିଏ ସୂତ୍ରରେ ସଦସ୍ୟମାନେ ବାନ୍ଧିହୋଇ ସ୍ନେହଶ୍ରଦ୍ଧା ଓ ଭଲପାଇବାର ବାସ୍ନାରେ ଝଲସୁଥାଆନ୍ତି କେମିତି ?

ସମ୍ମାନନୀୟ ଅତିଥି ଓ ସଭା ସଂପାଦକ ଓ ସଭାର ମଞ୍ଚାସୀନ ସାହିତ୍ୟବୃନ୍ଦଙ୍କ ଗହଣରେ ଦୀପର ଶିଖା ପ୍ରଜ୍ୱଳିତ ହେଲା । ହାତ ଯୋଡ଼ି ପ୍ରଣାମ ଜଣାଇ ନିଜ ନିଜ ଆସନରେ ଉପବିଷ୍ଟ ହେଲେ ପ୍ରତ୍ୟେକ ସାହିତ୍ୟ ଅନୁରାଗୀଗଣ ।

ଆରମ୍ଭ ହେଲା ସଭା ବେଦ ଆବୃତ୍ତିରେ । ତା'ପରେ ତା'ପରେ ଆଗକୁ ଅଛି ପୁସ୍ତକ ଉନ୍ମୋଚନ, ପୁରସ୍କାର ପ୍ରଦାନ, ଅତିଥିଙ୍କ ସାରଗର୍ଭ ଭାଷଣ ଶ୍ରବଣ ଆଦି କାର୍ଯ୍ୟକ୍ରମ ।

ହଠାତ୍ ପାଖରେ ବସିଥିବା ସୁଜାତା ମ୍ୟାଡ଼ାମ୍ ରୁହିଁଲେ ସୁଲୋଚନା ଦେବୀଙ୍କୁ । ଗମ୍ଭୀର ସ୍ୱରରେ କହିଲେ – ଆଜିକାଲି ସନ୍ତାନଙ୍କ ପାଇଁ ଭଲ କଲେ ମଧ ସେମାନେ ତମକୁ ଏମିତି ନର୍କ ଯନ୍ତ୍ରଣା ଦେବେ ଯେ ମଣିଷ ଭାବିବ ମରିଯାଆନ୍ତି କି ହେଲେ ? ମୁଁ ଦୀର୍ଘ ଛଅ ସାତବର୍ଷ କାଳ କେମିତି ବଞ୍ଚିବି ବୋଲି ସନ୍ଦିହାନ ଥିଲି । ମରି ମରି ବଞ୍ଚିଛି । କାହାକୁ କହିବ ଏକଥା । କହିଲେ ବୋମା ଫୁଟିବ ।

ବୋମା ନାଁ ଶୁଣି ସୁଲୋଚନା ଆଶ୍ଚର୍ଯ୍ୟ ସ୍ୱରରେ କହିଲେ– କାହିଁକି ?

ହଠାତ୍ ସୁଜାତା ପଟନାୟକଙ୍କ ଆଖିରୁ ଲୁହ ବୋହିଗଲା । ସେ ରୁମାଲରେ ଲୁହ ପୋଛିଦେଇ କହିଲେ – ପିଲାଙ୍କୁ ବାହା କଲେ ଦୋଷ ନ କଲେ ଦୋଷ । ମୁଁ ବାହା କରିଦେଲି ବୋଲି କଷ୍ଟ ପାଇଲି ।

ଚକିତ ହୋଇପଡ଼ିଲେ ସୁଲୋଚନା ଏକଥା ଶୁଣି । ମନେଅଛି ଶାଶୁଙ୍କ ବାକ୍ୟ ଗୁଡ଼ିକ ଗୋଟି ଗୋଟି ହୋଇ – ବୋହୂ, ପିଲା ଜନ୍ମ କରି ମଣିଷ କରିବ । ତାଙ୍କୁ ବାହାଶାହା କରି ଯେଉଁ ଗୃହ ମନ୍ଦିର ଗଢ଼ିଥିଲ ତା'ର ପ୍ରତିଷ୍ଠା କରିବା ବାପା ମା'ଙ୍କ

କର୍ତ୍ତବ୍ୟ । ଯିଏ ପିଲାଙ୍କୁ ମଣିଷ କଲାନି କି ବାହା କରେଇପାରିଲା ନାହିଁ ସେ କେଡ଼େ ଅଯୋଗ୍ୟ ପିତା ମାତା ବୁଝ୍ ବିରୁଝିବ । କଅଁଳ ଛୁଆକୁ ଗଢ଼ିବ ଯେମିତି ସେମିତି ହେବ ସେ । ତାକୁ ସ୍ନେହ ମମତାରେ ସିକ୍ତ କରିଦେଲେ ମଧ ତା'ର ଭବିଷ୍ୟତ ପ୍ରତି ସଜାଗ ଥିବ । ବେରୋଜଗାର କରି ସଂସାରରେ ଠିଆ କରେଇଲେ ତମେ ହିଁ ଅପମାନ ପାଇବ ସବୁଠାରେ ।

– ହଁ, ମା' । ଆପଣ ପରା ସାତଟା ପିଲାଙ୍କୁ ଗଢ଼ି ଦେଇଛନ୍ତି । ଆଜି ପର୍ଯ୍ୟନ୍ତ ତମ ପୁଅ ପରା ବାପାଙ୍କର ଆଜ୍ଞାଧାରୀ ଅଟନ୍ତି ।

– ହଁ । ମୁଁ ମୋ ପୁଅମାନଙ୍କୁ ଶିଖାଇଛି ପରିବାରକୁ ଗୋଟିଏ ସୂତ୍ରରେ ବାନ୍ଧି ରଖିବାକୁ । ସେ ପରା ବଡ଼ ଓ ତୁ ପରା ବଡ଼ବୋହୂ । ମୋ ପୁଅ ତତେ ବହୁତ ଭଲ ପାଏ । ତୋ ପାଇଁ କବିତା ଲେଖେ ।

– ଖାଲିଟାରେ ଚିଡ଼ିଚିଡ଼ି ହେବା ଗୁଣ କ'ଣ ଛାଡୁଛନ୍ତି ?

– ଆଲୋ ତା'ର ସେହି ଗୁଣରେ ତୋ ମନରେ ରାଗ କି ଅଭିମାନ ଆସୁଛି ମୁଁ ଜାଣେନି । କିନ୍ତୁ ତା ମନରେ ତୋ ପ୍ରତି ଥିବା ଆପଣାପଣାର ବାସ୍ନାକୁ ଗ୍ରହଣ କରି ସ୍ୱପ୍ନ ଦେଖୁଛୁ ତୁ । ତୁ ଘରକୁ ସ୍ୱର୍ଗ କରିବୁ ଓ ସେ ସମୃଦ୍ଧରେ ଭରିବ । ରୁରି ଆଖିରେ ଗୋଟିଏ ସ୍ୱପ୍ନ ରଖ ଘର ମୁଣ୍ଡି ମାରିବ । ଗମ୍ଭୀର ମନରେ ଗ୍ରହଣ କରେ ମୋ କଥାର ମର୍ମ । ଆମେ ସମୁଦ୍ର ବେଲାରେ ଲହରୀର ଘୋ ଘୋ ଗର୍ଜନ ଭିତରେ କ'ଣ ଗମ୍ଭୀର ହୋଇଯାଉଛେ କି ?

ନାଇଁ । ସମୁଦ୍ର ଦେଖିବାକୁ ଖୁବ୍ ଭଲ ଲାଗେ । ମନଭରି ଉପଭୋଗ କରିବାକୁ ସମ୍ମୋହିତ ହୋଇଯାଏ ମନ ।

ତୁମେମାନେ ପାଠୁଆ । ତୁମକୁ କ'ଣ ଶିଖାଇବି ? ବଞ୍ଚିରହିବାର ମହାନୁଭବତା ଭିତରେ ଦୁଇଜଣଙ୍କ ଜୀବନ ସଙ୍ଗୀତ ମୁଁ ଶୁଣୁଥିବି ମୋ ସାମ୍ନାରେ । ଦୁହେଁ ଦୁହିଁଙ୍କ ଏକାନ୍ତ ନିଜର । ଆଜି ତୋ ଶ୍ୱଶୁର ନାହାନ୍ତି । ମୋ ନିରୋଲାପଣରେ ସେ ମୋ ଜୀବନରେ ଶୂନ୍ୟତା ଭରିଦେଲେ । ତୁମେମାନେ ହୃଦୟଙ୍ଗମ କରିପାରିବ ନାହିଁ ମୋ ମନର କଥା । ସ୍ୱାମୀ ହିଁ ସ୍ତ୍ରୀର ଗୋଟିଏ ଅଙ୍ଗ । ଆମେ ଷାଠିଏ ବର୍ଷ କାଳ ଉପରେ ଏକାଠି ରହି ଏତେବର୍ଷ ବୋଲି କେବେ ପଛକୁ ବୁଲି ରୁହିଁନୁ କି ବିବାହବାର୍ଷିକୀ ପାଳନ କରିନୁ । ତଥାପି ଆଶାର ଆଲୋକରେ ପରମ୍ପରା, ସଂସ୍କୃତି, ପରିବାର

ଭିତରେ ସ୍ନେହ ଶ୍ରଦ୍ଧାରେ ବଞ୍ଚି ରହୁଥିଲୁ । ମନେ ରଖ ଗୋଟିଏ କଥା – ଶେଷ ପର୍ଯ୍ୟନ୍ତ ମନକୁ ଟାଣ ରଖବୁ । ପାଖରେ ଧନ ସମ୍ପତ୍ତି ରଖ଼ିଥବୁ । ବିଶ୍ୱାସରେ ଯଦି ତା ମୁଣିରେ ଢାଲି ଦେଲେ ତା'ପରେ ସେମାନେ ହିଁ ହୋଇଯିବେ ଅବିବେକୀ, ଅବିଶ୍ୱାସୀ । ସ୍ୱାଭିମାନୀ ହେବୁ ତୁ ।

– ଶୁଣୁଛନ୍ତି ମୋ କଥା ତ ? ସୁଜାତା ମ୍ୟାଡ଼ାମ୍‌ଙ୍କ ସ୍ୱର ଶୁଣାଗଲା ।

– କୁହନ୍ତୁ ମ୍ୟାଡ଼ାମ୍ ।

– ମୁଁ ପୁଅ ଓ ଝିଅଙ୍କୁ ବାହା କରେଇଦେଲି ଠିକ୍ ବୟସରେ । ଏଇଟା କ'ଣ ମୋର ଦୋଷ ଥିଲା । ଏହି ଘଟଣା ପାଇଁ ବୁହେ ଗାଳିଗଞ୍ଜଣା ସହିଲି ପିଲାଙ୍କ ପାଖରୁ । ଏବେ ପୁଅ ଓ ଝିଅର ବାପା ହୋଇଗଲା ପରେ କେତେ ବୁଲାବୁଲି କରୁଛନ୍ତି ପରିବାର ସହ । ବୋହୂ ଓ ପୁଅ ମୋ ଝିଅ କହି କେତେ ଖୁସି ହେଉଛନ୍ତି । ଭୁଲିଗଲେଣି ମା'କୁ ଦାୟୀ କରିଥିବା କଥା । ଏବେ ସ୍ୱପ୍ନର ଆଲୋକରେ ଇନ୍ଦ୍ରପଦ ନେଇ ବସିଲେଣି । କଳକଳ ନାଦରେ ସେମାନଙ୍କ ପୃଥ୍ବୀରେ ଖୁସିର ଝରଣା ବୋହୁଛି । କିନ୍ତୁ ମା'ଟିକୁ ଅଣଆଡ଼ିଆ କରି ରଖ଼ଦେଇ ଫମ୍ପା ଆଭିଜାତ୍ୟର ମହକରେ ସାମ୍ପ୍ରତିକ ସମୟକୁ ଗତିଶୀଳ କଲାବେଳେ ସ୍ନେହ ସଂପର୍କର ସେତୁ ବନ୍ଧ ଭାଙ୍ଗି ଗଲାଣି ବୋଲି ଆଉ ହୃଦବୋଧ ହେଉନି ପିଲାଙ୍କର । ସେମାନଙ୍କ ବିରୁ ଓ କଥା ହୃଦୟରେ ଜ୍ୱାଳା ଭରି ଦେଲାଣି । ସେଥିପାଇଁ ଗଭୀର ଭାବରେ ମର୍ମାହତ ମୁଁ ।

– ସେମାନଙ୍କୁ ନିଜବାଟରେ ବଞ୍ଚିବାକୁ ଛାଡ଼ିଦେଇ ଆପଣ ନିଶ୍ଚିନ୍ତରେ ରୁହନ୍ତୁ ।

– ଘରଟି ନିଆଁରେ କୁହୁଳିଲା ବେଳେ ଚୁପ୍‌ହୋଇ ବସିବି କେମିତି ? ପ୍ରତି କଥାରେ ଆଘାତ ପାଉଛି । ଛୋଟଛୋଟ ପିଲାଙ୍କୁ ମୋବାଇଲ୍‌ଖେଣ୍ଡକ ଧରାଇଦେଇ ନିଜ ମୋବାଇଲ୍‌ରେ ଘଣ୍ଟା ଘଣ୍ଟା ବସି କ'ଣ କରୁଛନ୍ତି ମା' ଗଙ୍ଗା ଜାଣନ୍ତି । ପିଲାଙ୍କୁ ଖାଇଲାବେଳେ ମୋବାଇଲ୍, କାମ କଲାବେଳେ ମୋବାଇଲ୍ ଏମିତି ବିଭିନ୍ନ ସମୟରେ ମୋବାଇଲ ଦେଇ ମୋବାଇଲ ନିଶା କଲେଣି । ଦୁଃଖ ଲାଗୁଛି ଏମିତି ସବୁ ଦେଖ଼ଲା ବେଳକୁ । ଏଠି ମା'ର ଦେହ ସହୁଛି କେମିତି ପିଲାଟିକୁ ଅମଣିଷ କରି ଗଢ଼ିବାରେ ବୁଝ଼ିପାରୁନି ମୁଁ ?

ଚୁପ ରହିଲେ ସୁଲୋଚନା । ଆରମ୍ଭ କଲେଣି ମୁଖ୍ୟ ଅତିଥି ନିଜ ଭାଷଣ । ସେ ଆଜିର ମୂଲ୍ୟବୋଧ ଉପରେ ଆଲୋକପାତ କଲେଣି । କହୁଛନ୍ତି ନିଜ ବକ୍ତବ୍ୟରେ –

ଖଟ ଅଛି କିନ୍ତୁ ନିଦ ନାହିଁ । ପାଖରେ ରାଜକୀୟ ଭୋଜନ ଥୁଆ ହୋଇଛି କିନ୍ତୁ ପେଟ ଗ୍ରହଣ କରୁନି । ଏଠି ମଣିଷ ଅଛନ୍ତି କିନ୍ତୁ ମଣିଷପଣିଆ ମରିଗଲାଣି । ଆମେ ପିଲାଦିନେ ମା', ବୋଉଙ୍କ ଠାରୁ ଆଶୀର୍ବାଦ ପାଇଥିଲୁ ବଡ଼ ହୋଇ ନିଜଗୋଡ଼ରେ ଠିଆହେବାକୁ । ବର୍ତ୍ତମାନ ମମିମାନେ ସନ୍ତାନଙ୍କୁ ଆଶୀର୍ବାଦ ବଦଳରେ କାମନାର ମୋହରେ ବାନ୍ଧି ନେଇ କହୁଛନ୍ତି – ତୁ ବଡ଼ହେଲେ ବଡ଼ ରୁକିରି କରିବୁ, କାର କରିବୁ, ବେଶୀ ଟଙ୍କା ରୋଜଗାର କରି ଧନୀ ହେବୁ, ସମାଜରେ ପ୍ରତିଷ୍ଠିତ ହୋଇଯିବୁ । କିନ୍ତୁ ମା' ବାପାଙ୍କୁ ଭୁଲିଯିବୁନି ବୋଲି ଶିଖାଇ ନାହାନ୍ତି । ଯାହାଫଳରେ ସନ୍ତାନଟି ବଡ଼ହେଲେ ପ୍ରଶ୍ନ କରୁଛି – ତମ ଖୁସି ପାଇଁ ଆମେ ଖାଉଥିଲୁ ଓ ତମ ମର୍ଯ୍ୟଦା ରକ୍ଷିବାକୁ ପାଠପଢ଼ି ବଡ଼ ରୁକିରି କଲୁ । ଏବେ ଆମେ ନିଜ ରାସ୍ତାରେ ଛନ୍ଦି ହୋଇଗଲାବେଳେ ତମେ ଆମକୁ ପରମ୍ପରା ଓ ସଂସ୍କୃତି ଓ ଭାଷା ପ୍ରତି ସଚେତନ କରୁଛ କାହିଁକି ? ପିଲାଦିନରୁ ଏହି ବିଷୟର ପ୍ରାଧାନ୍ୟତାକୁ କ'ଣ ଉପଲବ୍ଧ କରିବାକୁ ଭାବିନଥିଲ କି ? ଏବେ ବ୍ୟର୍ଥତାରେ ଆମ ସମୟକୁ ସଙ୍କୁଚିତ କରିବା ମାନେ କ'ଣ ? ସମୟ ହେଲେ ତୁମର ସେବା କରନ୍ତୁ । ତେଣୁ ବୃଦ୍ଧାଶ୍ରମ ହଁ ଉପଯୁକ୍ତ ସ୍ଥାନ ଶେଷ ସମୟରେ । ସେଠି ଟଙ୍କା ଦେଲେ ସେବା ମିଳିଯିବ ଠିକ୍‌ରେ । ଆମଠାରୁ ସେମାନେ ବେଶୀ ଯନ୍ ନେବେ । କାରଣ ଟଙ୍କା ହିଁ ସବୁ ଖୁସିର ମୂଳ କାରଣ ।

ପଛରେ ବସିଥିବା ଜଣେ ସାହିତ୍ୟିକାଙ୍କ ସ୍ୱର ଶୁଭୁଥିଲା – ଆଜିକାଲି ସବୁ ଟଙ୍କା ବଳରେ ସମ୍ଭବ । ବଡ଼ବଡ଼ ପୁରସ୍କାରକୁ ବିକ୍ରି କରାଯାଉଛି । ଟଙ୍କା ଦେଲେ ପୁରସ୍କାର ମିଳିଯିବ । ମୋ ବହିଟି ଗୋଟିଏ ଜାତୀୟ ପୁରସ୍କାର ପାଇଁ ଚୟନ ହୋଇଥିଲା ବୋଲି ଶୁଣିଥିଲି । ଶେଷରେ ଆଉଜଣଙ୍କ ବହି ପୁରସ୍କାର ପାଇଁ ଚୟନ କଲେ ।

ସୁଲୋଚନାଙ୍କର ସାହିତ୍ୟ ଏକ ସାଧନା ବୋଲି ମନରେ ବସା ବାନ୍ଧିଛି । ତାଙ୍କୁ ମଧ୍ୟ ଅନେକ ଅନାସକ୍ତ ସାହିତ୍ୟ ସାଧକ ବୋଲି ଆଖ୍ୟା ଦିଅନ୍ତି । ସେ ଜାଣନ୍ତି ସାହିତ୍ୟ ଲେଖିବା ବେଳେ ସେ ସେହି ଚରିତ୍ର ଭିତରେ ହଜିଯାଆନ୍ତି । ଏହି ପ୍ରେରଣା ହିଁ ତାଙ୍କୁ ଦିଅନ୍ତି ଅଦୃଶ୍ୟ ଶକ୍ତି । ସେ ହିଁ ଏହି ସାଧନାର ଉତ୍ସାହଦାତା । ତାଙ୍କ ବିନା ତାଙ୍କ ଲେଖନୀ ଅଗ୍ରସର ହେବ କୁଆଡ଼ୁ ? ସେ ଗଭୀର ଈଶ୍ୱରବିଶ୍ୱାସୀ । କୌଣସି ଖରାପ ଗୁଣର ଅଧିକାରୀ ହେବାକୁ କେବେ ରୁହାଁନ୍ତିନି । ମିଥ୍ୟାକୁ ଘୃଣା କରନ୍ତି । ଛନ୍ଦ, କପଟ, ଲାଞ୍ଚ ଆଦିକୁ ମନଭିତରୁ କାଢ଼ି ଫୋପାଡ଼ି ଦେଇଛନ୍ତି । ଏହି ଭୁବନେଶ୍ୱରରେ ଅନେକ

ପୁରସ୍କାର ବିତରଣ ହୁଏ ଧରାଧରି କରି । କିଏ ଦୁଇ ରୁରିଟା ଗପ ଲେଖ୍ ବହି ପ୍ରକାଶ ନକରି ଗଳ୍ପ ପୁରସ୍କାର କି କବିତା ପୁରସ୍କାର ହାତେଇ ପାରୁଛନ୍ତି ଅକ୍ଲେଶରେ କୌଣସି ପ୍ରକାରେ ଯାହା ସେମାନେ ହିଁ ଜାଣନ୍ତି । ଏହି ସାହିତ୍ୟରେ ପୁରସ୍କାର ପାଇବାକୁ ନେଇ ଅନେକ ଯୁକ୍ତିତର୍କ ମଧ ହୋଇଥାଏ । କିନ୍ତୁ ସେ ଏହି ତର୍କର ଉର୍ଦ୍ଧ୍ୱରେ । ଜଣେ ସଚ୍ଚୋଟ ସାହିତ୍ୟିକ କେବେହେଲେ ଅନ୍ୟାୟ ଅନୀତିରେ ପଶି ନିଜକୁ ସର୍ବୋଚ୍ଚ ସ୍ଥାନରେ ଦୃଶ୍ୟ କରିବାକୁ ବିଶ୍ୱାସ ରଖେନି । ଯଦି ତା ଲେଖାର ମୂଲ୍ୟବୋଧ ପାଠକର ହୃଦୟରେ ଝଲସିବନି ତେବେ ସେ ପୁରସ୍କାର ଗଦାରେ ବସି ମତୁଆଲା ହେବ କେମିତି ? ତା ଲେଖନୀର ଠିକ୍ ମୂଲ୍ୟ ମିଳୁ ବୋଲି ସେ ରୁହେଁ । ଯଦି କିଏ ନିଜ ବାସ୍ନାରେ ଲାଳାୟିତ ହୋଇ ଆଗକୁ ବଢ଼ିଚାଲିଲା ତେବେ ତା'ର ଯାଏ ନା ଆସେ । କେବଳ ଗୋଟିଏ ପୁରସ୍କାର ହାତେଇବାକୁ ଆମ୍ଭ ପାଖରେ ଦୋଷୀ ହେବ କେମିତି ?

ଶୁଣାଗଲାଣି ଭାଷଣର ପଂକ୍ତି – ଆଜିକାଲି ପୁରସ୍କାର ପଛରେ ଦୌଡୁଛନ୍ତି ସାହିତ୍ୟିକମାନେ । ସବୁ ଭୁଲ କଥା । ଯଦି ସାହିତ୍ୟିକଙ୍କ ପଛରେ ପୁରସ୍କାର ଗୋଡ଼ାନ୍ତା ତେବେ ସାହିତ୍ୟ ସାଧନାର ଫଳ ଉଚିତ୍ ପଥରେ ମିଳିଛି ବୋଲି ହୃଦ୍‍ବୋଧ ହୁଅନ୍ତା ।

ପାଖରେ ବସିଥିବା ସୁଜାତା ଦେବୀ ଚୁପିଚୁପି କହିଲେ- ଠିକ୍ କଥା । ଆମ ଯୁଗ କଥା ଏବର ପିଢ଼ିକୁ ଭଲ ଲାଗିବ ନାହିଁ । ସେମାନେ ଅହଂର ଶିହରଣରେ କ୍ଷତ ବିକ୍ଷତ କରୁଛନ୍ତି ସାମାଜିକ ଶୃଙ୍ଖଳାକୁ ।

– ମୋର ବଡ଼ଭଉଣୀ ବିବାହ କରିଥିଲେ ଜଣେ ନାମୀ ଡାକ୍ତରଙ୍କୁ । ସେ ଯେତେବେଳେ ଗର୍ଭବତୀ ହେଲା ତା'ର ମନରେ ଖୁସି ନଥିଲା । ସେ ଆମକୁ ତା ସ୍ୱାମୀଙ୍କ ବିଷୟରେ କିଛି କହୁନଥିଲା । ଦିନେ ଦେଖ୍ଲାବେଳକୁ ସେ ମୃତ୍ୟୁବରଣ କରିଛି ବିଷ ପ୍ରକ୍ରିୟାରେ । ତା ସ୍ୱାମୀ ନିଜ ସ୍ୱାର୍ଥ ସମାଧାନ ପାଇଁ ମୋ ନାନୀକୁ ବଳି ପକାଇଦେଲା । ତା'ପରେ ଆଉ ଜଣେ ଡାକ୍ତରାଣୀଙ୍କୁ ବିବାହ କଲାପରା । ସେହିଦିନଠାରୁ ଆମ ବାପାଙ୍କର ଡାକ୍ତରଙ୍କ ପ୍ରତି କେମିତି ଖରାପ ଭାବନା ଆସିଗଲା ଯେ ଝିଅମାନଙ୍କୁ ଅନ୍ୟ ରୁକିରିଆଙ୍କ ସହ ବିବାହ କରାଇଲେ । ମୋ ବର ଜଣେ ଇଞ୍ଜିନିୟର । ପାଖରେ ବସିଥିବା ସାହିତ୍ୟିକା ଜଣକ କହିଲେ ।

– କେତେବର୍ଷ ତଳେ ଭଉଣୀଙ୍କ ବିବାହ ହୋଇଥିଲା ?

– ତିନିବର୍ଷ ହେଲା ।

ସୁଲୋଚନା ଚୁପ୍ ରହିଲେ । ତାଙ୍କର ପୁଅ ଝିଅ ସବୁ ଡାକ୍ତର । ସବୁ କ୍ଷେତ୍ରରେ ମଣିଷର ଚରିତ୍ରର ପ୍ରଭାବ ବେଶୀ ଥାଏ । ଡାକ୍ତର, ଇଞ୍ଜିନିୟର, ଅଧ୍ୟାପକ, କଲେକ୍ଟର ସବୁ ବଡ଼ ରୁକିରିରେ ଚରିତ୍ରବାନ୍ ମଣିଷ ନଥାନ୍ତି ।

ଶୁଣାଗଲାଣି ଅତିଥିଙ୍କ ସ୍ୱର – ଆଜିକାଲି ବୋଉ, ମା' ଡାକ ଉଠିଗଲାଣି । ଆମ ପରି ଆଠ ଦଶ ଭାଇଭଉଣୀ ଭିତରେ ଯେଉଁ ଆମ୍ଭୀୟତାର ପୁଲକ ଥିଲା ସେ ଏବେ ହଜିଗଲାଣି । ଆମେ ସବୁ ବଡ଼ହେଲୁ ନିଜ ଚେଷ୍ଟାବଳରେ । ଆମ ସମୟରେ ଯେଉଁ ଡାକ୍ତର, ଇଞ୍ଜିନିୟର, ଜଜ୍, କଲେକ୍ଟର, ଭାଇସରୁନ୍ସସେଲର ଆଦି ବଡ଼ ବଡ଼ ପୋଷ୍ଟର ଅଧିକାର ହୋଇଛନ୍ତି ସବୁ ନିଜ ନିଜ ଚେଷ୍ଟା ବଳରେ । ଆଜିକାଲି ପରି ଖଣ୍ଡେ ଅଧେ ପିଲାଙ୍କୁ ଧରି ମମି, ଡାଡ଼ିମାନେ ଯେଉଁ ବ୍ୟସ୍ତ ରହୁଛନ୍ତି ସବୁ ଦେଖିଲେ ଦୁଃଖ ଲାଗୁଛି । ମମି, ଡାଡ଼ି ମୋବାଇଲ୍ ପିଲାଙ୍କୁ ଧରେଇ ଦେଇ କହୁଛନ୍ତି – ମୋ ପିଲା ଦୁଇ ବର୍ଷରୁ ଏହି ମୋବାଇଲରେ ଧୁରନ୍ଧର । କେଡ଼େ ରୁଲାକ୍ !

ଜାଣନ୍ତୁ ଏହି ରୁଲାକ୍ ଚତୁରର ପାରଦର୍ଶିତା ପିଲାଟିର ମନ ମସ୍ତିଷ୍କରେ ଆଚ୍ଛାଦିତ ହୋଇ ତାକୁ ପଥଭ୍ରଷ୍ଟ କରିଦେବ । ତା'ର ମନରେ ଥିବା ସୃଜନଶୀଳତାକୁ ଶୂନ୍ୟ କରିଦେବ । ଦିପଦ ଇଂରାଜୀରେ କଥା କହିଦେଲେ ରିକ୍ସାରୁଲକ ପୁଅ, ସାଧାରଣ ଘରର ପୁଅ କି ଅଫିସରଙ୍କ ପୁଅ ହୁଅନ୍ତୁ ବାପା ମା'ଙ୍କ ଛାତି କୁଣ୍ଡେମୋଟ । ଆମ ମାତୃଭାଷାଠାରୁ ସତେ ଯେମିତି ଆମଦାନୀ ଭାଷାଟା କେଡ଼େ ସୁନ୍ଦର ! ତେଣୁ ନିଜଘରଠାରୁ ପରଘର ପ୍ରଶଂସା କରି ଗୋଡ଼ାଣିଆ ହେବା ଆଜିର ଯୁବ ପିଢ଼ିଙ୍କ ଠିକ୍ କଥା ଯେମିତି । ତେଣୁ ପିଲାଙ୍କ ପାଠପଢ଼ା କି ସେମାନଙ୍କୁ ଖୁଆଇବାରେ ମା' ବାପା ଏମିତି ବ୍ୟସ୍ତ ଯେ ପରିବାରର ଅନ୍ୟ ସଦସ୍ୟ ସବୁ ଯେମିତି ତୁଚ୍ଛ ଓ ସେମାନଙ୍କ ପାଇଁ କର୍ତ୍ତବ୍ୟ କରିବାର ସମୟ ନାହିଁ । ଏପରି ବାହାନା ଭିତରେ ମମି ଡାଡ଼ି କବଳିତ ହେଲାବେଳେ ପିଲାଟି ଜାଣୁଛି – ସେ ମମି ଡାଡ଼ି ପାଇଁ ପାଠ ପଢ଼ୁଛି । ସେ ମମି ଡାଡ଼ି ପାଇଁ ଖାଉଛି ।

ତା'ପରେ ତା'ର ଅବାନ୍ତର ଦାବୀ ପୂରଣ ପାଇଁ ମମି ଡାଡ଼ିଙ୍କ ପ୍ରତିଯୋଗିତା ଲାଗୁଛି । ଆଷ୍ଟ ଗଣ୍ଟି ଛିଣ୍ଡାଇ ଖରାତରାରେ ଦୌଡ଼ୁଛନ୍ତି ପିଲାଟିର ମନସ୍କାମନା ପୂରଣ କରିବାକୁ । ଭୁଲି ଯାଆାନ୍ତି ପାଇଥିବା ଦାନର ପ୍ରତିଦାନକୁ । ଆଗରେ ଏବେ ତାଙ୍କ ସଂସାର ।

କେବେ ନିରେଖ୍ ଦେଖ୍ ଭାବିପାରୁଛନ୍ତି କି ସେମାନେ ପିଲାମାନଙ୍କୁ ଗଢୁଛନ୍ତି ମଣିଷ କରିବାକୁ ନା ସେମାନଙ୍କ ମୂଲ୍ୟବାନ ସମୟକୁ ନିଜ ଖୁସିପାଇଁ ଚଳେଇନେବାକୁ ? ଆଜି ଏଠିକି କାଲି ସେଠିକି, ଆଜି ଏଇ ବନ୍ଧୁ ପାଇଁ ତ କାଲି ଆଉ କାପାଇଁ ସମୟକୁ ସାରିଦେଇ ପିଲାଙ୍କୁ ଅଣଦେଖା କରି ରଖିଛନ୍ତି ନିଜ ଖୁସି ସାକାର କରିବାକୁ । ମୋବାଇଲ୍ ଖଣ୍ଡିଏ ଧରାଇଦେଇ କହୁଛନ୍ତି – ଗେମ୍ ଦେଖୁଥାଆ । ଆମକୁ ଡିସ୍ଟର୍ବ କରନି ।

ବୁଝିପାରୁଥିବେ ସନ୍ତାନମାନଙ୍କ ମତିଗତି ତ ଆପଣ । ଆପଣମାନେ ସମସ୍ତେ ସାହିତ୍ୟିକ ଓ ସାହିତ୍ୟିକା । ତେଣୁ ଆପଣଙ୍କ ପିଢ଼ି ଓ ଏବର ପିଢ଼ି ଭିତରେ ଫରକ୍ ବୁଝିପାରୁଥିବେ କି ଅଣଦେଖା ହେଉଥିବେ ମୁଁ ଜାଣେ । ମୁଁ ମଧ ସତୁରୀ ବର୍ଷ ଉପରେ ।

ତାଲିର ଶବ୍ଦ ଶୁଭିଲା । ପୁଣି ଥମି ଗଲା ଶବ୍ଦ ଭାଷଣ ଆରମ୍ଭରୁ । ସମର୍ଥିତ ପ୍ରତିଭାମାନଙ୍କୁ ପୁରସ୍କାର ବିତରଣ ହେବ ପରେ ପରେ । ପୁରସ୍କାର ପାଇବାପାଇଁ ମୁଁ ମଧ ବ୍ୟଗ୍ର ନୁହେଁ । ଆଜିକାଲି କ'ଣ ରଖିଛି ସବୁ କ୍ଷେତ୍ରରେ ସମସ୍ତଙ୍କୁ ଜଣା । କିନ୍ତୁ ଅଜଣା ରଉଳ ଭାତ ଖାଇଥାଆନ୍ତି । କମ୍ପ୍ୟୁଟର ମାଉସ୍‌କୁ କେବଳ ଏପଟ ସେପଟ କରି ଲକ୍ଷଲକ୍ଷ ଟଙ୍କା କାରବାର କରି ରଖିରିକୁ ହାତେଇ ଦେଇପାରୁଛନ୍ତି ଅନେକ । ଆଶ୍ଚର୍ଯ୍ୟ ଲାଗିଲେ ମଧ ସ୍ୱୀକୋରୋକ୍ତିର ଦମ୍ଭକୁ ମାନିବାକୁ ପଡ଼ିବ । ପରୀକ୍ଷା ହଲରେ ଶେଷ ଆଡ଼କୁ ପ୍ରଶ୍ନ ଓ ଉତ୍ତର ଆପେ ଆପେ ଲେଖ୍‌ହୋଇଯିବ ଟଙ୍କାର ଓଜନରେ । ତେବେ ଆମର ପାଠୁଆପିଲାଙ୍କ ଭାଗ୍ୟରେ ଅପାଠୁଆଙ୍କ ରଳାକପଣ ଅଧିକା ଭାରି ହୋଇଯାଉଛି ଟଙ୍କାର ଓଜନ ବଳରେ । କମ୍ ମାର୍କରଖ୍ ପିଲା ଡାକ୍ତର ପେଶାରେ ପଶୁଛନ୍ତି କୋଟିକୋଟି ଟଙ୍କା ଦେଇ । ତେବେ ଟଙ୍କାଦେଇ ପାରୁନଥିବା ପିଲାଟି କାନମୁଣ୍ଡା ଆଉଁସି ନିଜ ଭାଗ୍ୟକୁ ନିନ୍ଦିବାଛଡ଼ା ଆଉ କାହାକୁ କହିବ ? ପାଠ ଓ ରଖିରି ଯଦି ଟଙ୍କାର ଭାରରେ ବନ୍ଦା ଯିବ ତେବେ ବୁଝିଆ ପିଲାଟି ହିଁ ହତାଶ ହେବ । କାରଣ ତା ପିତାର ଅଭାବ ଟଙ୍କା ଦେବାରେ । ଟଙ୍କାରେ ଭୋଟ କିଣାହୋଇଯିବ । ଆମ ଦେଶର ଗଣତନ୍ତ୍ରରେ ସ୍ୱଚ୍ଛତା ଆସିବା ଦରକାର ।

ପିଢ଼ି ବଦଳୁଛି ବୋଲି ଆମେ ଆମ ସଂସ୍କୃତିକୁ ଭୁଲି ଯିବାନି । ପିଲାଟି ପାଇଁ ତା ପିତା ମାତା ହିଁ ଦାୟୀ । ଦୋଷ ଘାକୁ ତାକୁ ଦେଇ ଖସିଯାଇ ପାରନ୍ତି । କିନ୍ତୁ ନିଜ ଦୋଷକୁ ସ୍ୱୀକାର କରିବାକୁ ପାଖରେ ଦାମ୍ଭୋକ୍ତି ନାହିଁ ଯେମିତି ।

ଆମେ ଆଧୁନିକ । ଆମେ ଭଲ ଖାଉଛୁ । ବଢ଼ିଆ ସ୍ୱାଦିଷ୍ଟ ଭୋଜନ କରୁଛୁ । କେବେ ଭାବିପାରୁଛ କି ବିରିୟାନୀ କି ପିଜା ଓ ବର୍ଗର ଆଦି ଖାଦ୍ୟ ଓଡ଼ିଶା ସଂସ୍କୃତିରେ ନଥିଲା । ଖୁବ୍ ଖୁସି ଲାଗୁଛି ମାଗିଆସି ତିଅଣ ଖାଇବାରେ । ଓଡ଼ିଆ କିଏ ପଢ଼ିବ ? ଆମେ ଇଂରାଜୀ ପଢ଼ିବୁ । ଇଂରାଜୀ ସ୍କୁଲରେ ପଢ଼ି ବିଦେଶୀଙ୍କ ଢଙ୍ଗ ଢାଙ୍ଗରେ ଚଳି ଆଧୁନିକ ସଭ୍ୟତାରେ ଆଗକୁ ବଢ଼ିବୁ । ବଡ଼ୁଥାଅରେ ପିଲାମାନେ । ଏବେ ବିଦେଶୀ ସ୍କୁଲ କଲେଜରେ କେତେ ଆଭିଜାତ୍ୟର ଛାପ ଲେସି ହୋଇଯାଇଛି ତାକୁ ଯଦି ଭୋଗିବ ତେବେ ବୁଝିପାରିବ ପିଢ଼ିର ଉନ୍ନତି ଶିଖରରେ କେତେ ଦୂର ପହଞ୍ଚିପାରିଛ ।

ସଭାସମିତିରେ ବେଶୀ ଭାଷଣର ନୀତିଶିକ୍ଷା କେବଳ ବୁଦ୍ଧିଜୀବୀମାନେ ସ୍ଥିର ଚିତ୍ତରେ ଶୁଣିପାରନ୍ତି । ଅନ୍ୟ ମିଟିଙ୍ଗରେ ଫମ୍ପା ଭାଷଣ ଶୁଣି ବେଶୀ ଉଲ୍ଲସିତ ହୁଅନ୍ତି ସାଧାରଣ ଲୋକ । ବିଭିନ୍ନ ପର୍ବ ସରିଲା ପରେ ସଭା ସାଙ୍ଗ ହେଲା । ଯିଏ ଯାହା ବାଟରେ ବାହାରି ଗଲେ । ସୁଲୋଚନା ଫେରି ଆସିଲେ କାର୍ ପାଖକୁ ସ୍ୱାମୀଙ୍କ ସହ । ଦୁଇଟାବେଳକୁ ବେଶୀ ଖରା ଲାଗିଲାଣି । ଭାଷଣ ଗରମ ଲାଗୁଛି କାର୍ ପାଖକୁ ଯିବାବେଳେ । ଡ୍ରାଇଭର କାର୍ ଷ୍ଟାର୍ଟ କଲା । ସୁଲୋଚନା ବସିଯାଇ ଭାବୁଥିଲେ ସେତେବେଳେ ଫକୀରମୋହନଙ୍କ 'ପେଟେଣ୍ଟ ମେଡ଼ିସିନ୍' ଗଳ୍ପଟି ସେ ଯୁଗରେ ଯେମିତି ଆଦର ଲାଭ କରି ଆଦୃତ ହୋଇଥିଲା ଆଜି ମଧ୍ୟ ଶହେ ପଚିଶବର୍ଷ ପରେ ତା'ର ପାଠକୀୟ ଆଦୃତି ରହିଛି । ସୁଲୋଚନା ଯଦି ନିଜ ସ୍ୱାମୀଙ୍କ ପାଇଁ ଛାଞ୍ଚୁଣୀ ଧରିଥିଲେ ସ୍ୱାମୀଙ୍କୁ ଠିକ୍ ବାଟରେ ବଦଳାଇ ଦେବାକୁ ତେବେ ଆଜି ସ୍ୱାଟି ସ୍ୱାମୀଙ୍କୁ ଠିକ୍ ବାଟରେ ଆଣିପାରୁନି କାହିଁକି ? କେବଳ ଛାଡ଼ପତ୍ରରେ ଜୀବନର ଗତିପଥ ବଦଳିଯାଉଛି । ଦାମ୍ପତ୍ୟ ଜୀବନର ସାର୍ଥକତାର ଆବଶ୍ୟକତା ଉପରେ ଦୃଷ୍ଟି ଦେଉନାହାନ୍ତି । ଏଠି ଦୋଷ ସ୍ୱାମୀର କି ସ୍ତ୍ରୀର ଥାଇପାରେ । କିନ୍ତୁ ଆମ ସମାଜରେ କି ପ୍ରଭାବ ପଡ଼ୁଛି ବୁଝି ପାରୁଥିବେ । ଭଲପାଇବାର ଆମ୍ମସମର୍ପଣରେ ଜୀବନରେ ଭରିଯାଏ ମଧୁରିମା । ସୁନ୍ଦର ଜୀବନ ଜିଇଁବା ପାଇଁ ମଣିଷ ଖୋଜେ । ତାକୁ ପାଇବା ପାଇଁ ନିଜକୁ ନେଇ କେଉଁଠି ଠିଆ କରେଇ ଦିଏ ତାକୁ ବୁଝିଲାବେଳକୁ କେତେବେଳେ ମନ ସଂକୋଚିତ ହୋଇଯାଏ ଜାଣି ପାରେନି । ସ୍ୱାମୀ ମଦନିଶାରେ ଟଲମଲ ପାଦ ନେଇ ନିଜର ମାନବିକତାକୁ ହଜାଇଦେଲେ ସୁଲୋଚନା ଦେବୀଙ୍କ ପରି ନାରୀ ହିଁ ଏପରି ପଦକ୍ଷେପ ନେଇପାରିବେ ।

ଅଥଚ ଆଜି ଜଣେ ମାତୃହୃଦୟର ମର୍ମରିତ ସ୍ୱରକୁ ସେ ଅନୁଭବ କରିଛନ୍ତି ମର୍ମେମର୍ମେ । ମା'ର ସ୍ମୃତିରେ କାହିଁକି ଅନ୍ଧକାରର ମଳୟ ସୃଷ୍ଟି ହେଉଛି ବୁଝିବାକୁ

ସନ୍ତାନମାନଙ୍କ ପାଖରେ ସମୟ କାହିଁ ? ବୟସର ଅପରାହ୍ନରେ ମନରେ ଆଉ କି ଶକ୍ତି ଥିବ ଯେ ସନ୍ତାନଙ୍କ ସ୍ୱାଧୀନ ଚିନ୍ତାଧାରା ଭିତରେ ତୁମେ ଆଉ ନିମଗ୍ନ ରହିବ । ସନ୍ତାନଙ୍କ ମଙ୍ଗଳ କାମନା ତ ଜନ୍ମରୁ କରି ଆସିଛ । ଏବେ କିପରି ବିମୁଖ ହୋଇପଡ଼ିବ ? କିନ୍ତୁ ଦୁଃଖ ଯନ୍ତ୍ରଣାର ବୋଝକୁ ଟିକିଏ ଉଭାରିଦେବା ପାଇଁ ଅନ୍ୟ ଆଗରେ ପ୍ରକାଶ କରିଦେଲେ ସୁଜାତା ମ୍ୟାଡ଼ାମ୍ । ବୟସ ପଞ୍ଚସ୍ତରୀ ହେଲାଣି । ତଥାପି ନିଜର ବସନଭୂଷଣ ପରିପାଟିରେ ପରିମାର୍ଜିତ । ଯାହା ସବୁ ମନ ଖୋଲି କହିଦେଲେ ସବୁ ଅଙ୍ଗେଲିଭା କଥା । ଏହି ସଭା ସମିତି କି ଗପସପରେ ସାମୟିକ ଆସ୍ୱସ୍ତି ଟିକକ ପାଇପାରି ଥାଆନ୍ତି । ସତରେ କ'ଣ ଏହାର କିଛି ପ୍ରତିକାର ନାହିଁ ? କେମିତି ଫେରିଆସନ୍ତା ଅତୀତର ଅସ୍ତିତ୍ୱର ମହକ ଟିକକ ଭାବୁଭାବୁ ଶୁଣାଗଲାଣି ଡ୍ରାଇଭରର ସ୍ୱର–ମା' ଫଳ କିଣିବେ କି ?

କିଛି ଯେମିତି ଶୁଭୁନଥିଲା ସୁଲୋଚନାକୁ । ସତଘଟଣାଟି ଶୁଣିଲାପରେ ଭାବୁଥିଲେ ତେବେ ପର ପିଢ଼ିଗୁଡ଼ିକ କେତେ ଯନ୍ତ୍ରଣାଦାୟକ ଜୀବନ ବିତାଇବେ କି ଆଉ ? ଶାନ୍ତି ପାଇଁ ତ ଅର୍ଥ ସର୍ବସ୍ୱ ନୁହଁ ।

– ଶୁଣିପାରୁଛ ନା ନାହିଁ । ଫଳ କିଣାଯିବ ତ ? ଶୁଣାଗଲା ସ୍ୱାମୀଙ୍କ ତଡ଼ିତ୍ ସ୍ୱର ।

– ତୁମ ଇଚ୍ଛା । ସଂକ୍ଷିପ୍ତ ଉତ୍ତର ଦେଇ ସାରିଲା ପରେ ପୁଣି ମନ ଭିତରକୁ ଧସେଇ ପଶିଆସୁଥିଲା ସମବେଦନା ଟିକକ ସୁଜାତା ମ୍ୟାଡ଼ାମ୍ଙ୍କ ପାଇଁ ।

◻

ଫେରିବାଲା

ଓଃ ଆଉ କେମିତି ଚଳିବି ମୁଁ ? ଏହି ଏପ୍ରିଲ୍ ମେ ମାସରେ କରୋନା ଏତେ ବଢ଼ିଗଲା ଯେ ମୋ ବେଉସା ବୁଡ଼ିଲା । ଚଳିବି କେମିତି ? ଘରଭଡ଼ା ଦେବୁ କେମିତି ! ମୋ ପରିବାର ଖାଇବେ କ'ଣ ? କାହିଁକି ଏହି କରୋନା ଆମକୁ କଳବଳ କରୁଛି କେଜାଣି ?

ହଠାତ୍ ତା ପୁଅ ଦୌଡ଼ି ଆସି କହିଲା – ବାପା, ବାପା ମୋ ପାଇଁ କାଗଜ ଓ ପେନସିଲ୍ କିଣିଦିଅ । ମୁଁ ପାଠ ପଢ଼ିବି । ଏବେ ମୋ ସାଙ୍ଗ ଅନ୍‌ଲାଇନ୍‌ରେ ପଢ଼ୁଛି ଫୋନ୍‌ରେ । ମୁଁ ପାଠ ପଢ଼ିବି ।

– ତୁ ଏତେ ଅବୁଝ। ହୁଅନା। ଆମେ ପାଠ ପଢ଼ି ପାରିବାନି । ଆମର କାମ ହେଲା ଆମେ ଏମିତି ରେଡ଼ିମେଡ଼ି ଜିନିଷ ଆଣି ବିକ୍ରି କରିବା । ମୋ ବାପା ଏ କାମ କରୁଥିଲେ । ମୁଁ କରୁଛି ଆଉ ତୁ ମଧ କରିବୁ ।

– ମୁଁ ବୁଲିବୁଲି ଏମିତି ଜିନିଷ ବିକ୍ରି କରିବି ନାହିଁ । ମୁଁ ପାଠ ପଢ଼ିବ । ବଡ଼ବାବୁ ହେବି ।

– ଆମର ପାଠପଢ଼ିବା ଭାଗ୍ୟରେ ନାହିଁ ପରା । ଆଜି ଆମେ ଏଠି କାଲି କେଉଁଠି ଥିବା ଠିକ୍ ନାହିଁ ।

ପୁଅଟି ଭେଁ ଭେଁ ହୋଇ କାନ୍ଦିଲା । ପାଖ ପଡ଼ୋଶୀ ଜଣକ କହିଲା – ତମେ ପୁଅକୁ ଆମର ଏଠା ସରକାରୀ ସ୍କୁଲ ପଢ଼େଇ ଦେଉନ ।

– ସେ କ'ଣ ଓଡ଼ିଆ ପଢ଼ିବ କି ?

– ଅସୁବିଧା କ'ଣ ? ଓଡ଼ିଶାରେ ତ ବ୍ୟବସାୟ କରୁଛ । ଓଡ଼ିଆ ପଢ଼ିଲେ କ୍ଷତି କ'ଣ ? ଯେଉଁ ସହରରେ ଯାଇ ବଣିଜ କରିବ ସେଠା ସ୍କୁଲରେ ନାଁ ଲେଖେଇଦେବ ସୁବିଧାରେ ।

– ଥାଉ ପାଠ ପଢ଼ା ।

- ଶିକ୍ଷିତ ହେଲେ ଅବସ୍ଥା ସୁଧୁରିଯିବ ।

- ଭାବିବି ମୁଁ ।

ଏତକ ଶୁଣି ଛୋଟ ପିଲାଟି କାନ୍ଦ ବନ୍ଦ କରି ଦେଲା । ଯା'ପରେ ଫେରିବାଲାଟି ସାଇକେଲରେ ଜିନିଷ ଧରି ବାହାରି ଗଲା । ପ୍ରାୟ ସଂଧ୍ୟାବେଳେ ଫେରିଥାଏ । ଘରୁ ଭାତ ଖାଇ ଋଲିଯାଏ ଯେ ଆଉ ଘରକୁ ଫେରିଲା ପର୍ଯ୍ୟନ୍ତ ଖାଇବ! ଜିନିଷ ପାଟିରେ ପଶେନି । ପାଖରେ ତ ସେମିତି ଟଙ୍କା ନାହିଁ ଯେ ବାରମ୍ବାର ଖାଦ୍ୟ ଖାଇବ । ଏବକୁ କରୋନା ପାଇଁ ତ ଲକ୍‌ଡ଼ାଉନ୍‌, ସଟ୍‌ଡ଼ାଉନ୍‌ ଭିତରେ ଗତି କଲାବେଲେ ଯାହା ପାଖରେ ସଂଚିତ ଟଙ୍କା ଥିଲା ସରିଗଲା । କେଉଁଦିନ ଦୁଇଶହ କି ଋରିଶହ ଲାଭ ହେବ । ଆଗରୁ ମାସକୁ ପ୍ରାୟ କୋଡ଼ିଏ ହଜାର ପାଖାପାଖ ଲାଭ ହୁଏ । ଫେରିବାଲା ପାଟି କରି କରି ଋଲିଲା – ଫେରିବାଲା, ଫେରିବାଲା ।

ଆସି ପହଞ୍ଚିଗଲା ଜେନାବାବୁଙ୍କ ଦୁଆରେ । ଜେନାବାବୁ ଡାକିଲେ – ଏତେ ଦିନ ହେଲା ତମର ଦେଖା ନଥିଲା ତ ?

- ଆମ ଦେଶକୁ ଋଲିଯାଇଥିଲୁ । ଲକ୍‌ଡ଼ାଉନ୍‌ ଖୋଲିଲା ପରେ ଆସିଛୁ । ପ୍ରାୟ ପନ୍ଦରଟି ପରିବାର ଆମେ । ଏଠି ଘରଭଡ଼ା ନେଇ ବର୍ଷସାରା ରହୁ । ଏ ଯେଉଁ କରୋନା କାଲରେ ଡରି ମରି ନିଜ ଘରକୁ ଫେରିଗଲୁ । ଦେହ ପାହା ହେଲେ ସେଠି ଚିନ୍ତା ନାହିଁ ପରା ।

- ଋରିଆଡ଼େ କରୋନା ତ ବ୍ୟାପିଛି । କେଉଁଠି କମ୍‌ ବେଶୀ ଦେଖାଯାଉଛି ।

- ଯେତେ ହେଲେ ନିଜ ମାଟି ଓ ନିଜଘର ଏହି ଦୁର୍ଦ୍ଦିନ ସମୟରେ ବେଶୀ ଡାକେ ପରା । ଆମେ ବର୍ଷାଦିନେ ଦୁଇ ତିନିମାସ ତ ନିଜ ଗାଁକୁ ଫେରିଯାଉ । ସେଠି ଋଷବାସରେ ନିୟୋଜିତ ହେଉ । ଆଉ ବାକି ସମୟ ଏଠି ହିଁ କଟେ । ପୁଅକୁ ପାଠ ପଢ଼େଇବି ବୋଲି ଭାବୁଛି । କେମିତି ହେବ ଟିକିଏ କହିଲେ ?

- ଏଠା ସ୍କୁଲରେ ନାଁ ଲେଖ୍‌ଦିଅ ।

- ଠିକ୍‌ରେ ସ୍କୁଲ ନଗଲେ କି ପାଠ ପଢ଼ିବ ପୁଅ ?

- ତେବେ ସେଠା ସ୍କୁଲରେ ନାଁ ଲେଖ୍‌ଦିଅ ।

- ସେଠି ତ କିଏ ନାହାନ୍ତି ଯେ କାହାପାଖରେ ଛାଡ଼ି ଏଠି ନିଶ୍ଚିନ୍ତରେ ରହିବୁ । ପାଠ ଆଉ ପଢ଼େଇ ପାରିବିନି । ବସିଗଲା ତାଙ୍କ ଘର ବାହାର ପିଣ୍ଡି ଉପରେ ।

ପାରିଦେଲା ଗୋଟିଏ ବେଡ଼ସିଟ୍ ସେହି ଦୁଇଫୁଟ୍ ପ୍ରସ୍ତ ଓ ଛଅଫୁଟ ଲମ୍ୱ ସିମେଣ୍ଟ ପିଣ୍ଢାରେ । ଆଖି ବୁଜି ଶୋଇଗଲା କିଛି ସମୟ ପାଇଁ ସେଠି ନିଜ ଜିନିଷକୁ ପାଖରେ ରଖି । ରାସ୍ତା ଶୁନ୍‌ଶାନ୍ । ଗୋଟିଏ ହେଲେ ଲୋକଙ୍କ ଯିବା ଆସିବା ନାହିଁ କରୋନା ନୀୟମ କାନୁନ୍ ଯୋଗୁଁ । ଜେନା ବାବୁଙ୍କ ସ୍ତ୍ରୀ ଆସି ପଚାରିଲେ – ଦେଖାଅ କ'ଣ ଆଜି ଆଣିଛ ? ମୋ ନାତୁଣୀ ପାଇଁ ଦୁଇଟା ଫ୍ରକ୍ କାଢ଼ିଦିଅ ।

          – ଏବେ ତ ଆଉ ଭଲ ଡ୍ରେସ୍ ନାହିଁ ତମ ନାତୁଣୀ ପାଇଁ । ଆର ସପ୍ତାହରେ ଆଣି ଦେବି ।

          ଜେନାବାବୁଙ୍କ ସ୍ତ୍ରୀ ଚାଲିଗଲେ ଘର ଭିତରକୁ । ମନକୁ କ'ଣ ପାଇଲା କେଜାଣି, ମେଞ୍ଜାଏ କାକରା ପିଠା ଆଣି ତାକୁ ଦେଇ କହିଲେ – ଖାଇ ଦିଅ । ରଜ ଚାଲିଛି ତ ?

          ପ୍ରଥମ ଥର ଫେରିବାଲା ଭାବିଲା – କାହିଁକି ମୁଁ ଯାଙ୍କଠାରୁ ପିଠା ଖାଇବି ?

          – ଚାହିଁଛ କ'ଣ ? ରଜପର୍ବ ଆମ ଓଡ଼ିଶାର ବଡ଼ ପର୍ବ । ଦିଆନିଆ ହୁଏ ବନ୍ଧୁ ପରିଜନ ଭିତରେ । ଏବେ ତ କରୋନା ପାଇଁ କିଏ କୁଆଡ଼େ ଯାଇ ପାରୁନୁ । ଆମେ ଦୁହେଁ ଘରୁ ବାହାରିପାରୁନୁ ପରା କରୋନାକୁ ଡରି । ଭଲ ପିଠା । ଖାଅ କି ଘରକୁ ନିଅ । ତମେ ତ ଆମକୁ ଜିନିଷପତ୍ର ବିକ୍ରି କରୁଛ । ତମ ସହ ଚିହ୍ନା ପରିଚିତ ଅଛି ବୋଲି ଦେଲି ।

          ପଲିଥିନ୍‌ଟିକୁ ଫେରିବାଲା ନେଉ ନେଉ ଗୋଟିଏ କାକରା ଖାଇ କହିଲା– ଭଲ ଲାଗୁଛି । ଘରକୁ ନେଇଯିବି ।

          – ଅପେକ୍ଷା କର । ଆଉ ଟିକିଏ ଜନ୍ତଣୀରେ ପିଠା ଛାଣି ଦେଉଛି । ଘରେ ତ ସମସ୍ତେ ମନଭାଙ୍ଗି ଖାଇବ ।

          ଜେନାବାବୁଙ୍କ ସ୍ତ୍ରୀ ଘରଭିତରକୁ ଚାଲିଗଲେ । ଏତିକିବେଳେ ଫେରିବାଲା ଚକାପକାଇ ବସିଯାଇ କାଗଜ କଲମରେ ବିକ୍ରିର ହିସାବ ନିକାଶ କରୁଥିଲା । ଜେନାବାବୁଙ୍କ ସ୍ତ୍ରୀ ତାକୁ ଆଉ ଗୋଟିଏ ପିଠା ପୁଡ଼ିଆ ଦେଇ କହିଲେ ନିଅ ।

          ଫେରିବାଲାଟି ସାଦରେ ଗ୍ରହଣ କରି ଚାଲିଯାଇଥିଲା । ନିଜଘରେ ପହଞ୍ଚି ସ୍ତ୍ରୀ ଓ ପିଲାମାନଙ୍କୁ ପିଠା ଖାଇବାକୁ ଦେଇ କହିଲା – ଆଜି ଜଣେ ମହିଲା ଯାଚିକରି ଏହି ପିଠା ଦେଲେ ।

ଫେରିବାଲାର ସ୍ତ୍ରୀ କହିଲା - ସେ ମା'ଙ୍କୁ ତମେ କିଛି ବିକ୍ରିକରିବା ଜିନିଷ ଦେଇଦେଲନି ।

- ସେ ତ ତାଙ୍କ ମନପସନ୍ଦର ଜିନିଷ ନ ଦେଖି ବରାଦ ଦେଇଛନ୍ତି ଆର ଥରକୁ ଆଣିବାକୁ ।

- ଯାହା କୁହ, ଆମେ ଅନ୍ୟ ଜାଗାରୁ ଆସି ରହିଲେ ବୋଲି ଏଠା ପର୍ବରେ ପରିଚିତ କରିଦେଲେ ସେହି ମା'ଟି ।

ଯ୍ୟା'ରି ଭିତରେ ଫେରିବାଲାର ମାଲ ଆସିପାରିନି ପୁଣି ଲକ୍‌ଡ଼ାଉନ୍ ଯୋଗୁଁ । ପ୍ରାୟ ଦୁଇମାସ ପରେ ଜେନାବାବୁଙ୍କ ଘରକୁ ଖୁସିରେ ଆସି ଡାକିଲା - ଆସନ୍ତୁ ନେବେ ଆପଣଙ୍କ ବରାଦ ଜିନିଷ ଆଣିଛି ।

କିଛି ଉତ୍ତର ମିଳିଲାନି ଘର ଭିତରୁ । ଦୁଆରକୁ ରୁହିଁଲାବେଳକୁ ତାଲା ପଡ଼ିଛି କବାଟରେ । ଫେରିଯାଇଥିଲା ମନଦୁଃଖରେ ଜେନାବାବୁଙ୍କ ସ୍ତ୍ରୀଙ୍କ ମନପସନ୍ଦ ଜିନିଷଟି ଧରି । ଯ୍ୟାପରେ ଅନେକ ଥର ଆସିଛି । କିନ୍ତୁ ନିରାଶ ହୋଇ ଫେରିଲା ପରେ ପଡ଼ୋଶୀଙ୍କୁ ସାହସ କରି ପଚାରିଥିଲା - ତାଲା ପଡ଼ିଛି କାହିଁକି ?

ଉତ୍ତର ମିଳିଛି - କରୋନା ପରା କାଳ ହେଲା ସେମାନଙ୍କୁ । ଅସ୍ଥିର ଜୁଆର ପରି ମାଡ଼ି ଆସିଲା କରୋନା ଚୀନ୍ ଦେଶରୁ । ଲେଖିଦେଇଗଲା ଅନେକ ବିଚ୍ଛେଦର ଦୁଃଖ । କିଏ କାହାର ହୋଇ ଆଉ ରହିଲେ ନାହିଁ । ନିଜ ଆୟୁଷ ଚିନ୍ତାର ଆମ୍ରୀୟତାର ମହକ ହଜିଗଲା ଏକ ଆଶଙ୍କା ଭିତରେ । ସ୍ୱାର୍ଥପର ଦୁନିଆ ମଣିଷକୁ ଆହୁରି ସ୍ୱାର୍ଥପର ହେବାକୁ ସୁଯୋଗ ଦେଇଦେଲା । କିଏ କାହା ଦୁଃଖସୁଖରେ ଠିଆ ହେଲେନି । ସାମର୍ଥ୍ୟକୁ ମଧ୍ୟ ଦୂରରେ ରଖିଲେ । କେତେଦିନ ଆଉ ଏ କଷ୍ଟ ଭୋଗିବ ମଣିଷ ? ଜେନାବାବୁଙ୍କୁ ଭଲପାଇବାର ସ୍ମୃତି ଭିତରେ ଫେରିବାଲାର ଆଖିରୁ ବୋହି ପଡ଼ୁଥିଲା କେଇବିନ୍ଦୁ ଲୁହ ଏ ସବୁ ଭାବିଲା ବେଳେ ।

ଯ୍ୟା'ପରେ ଆଉ ସେ ଫେରିବାଲାକୁ କିଏ ଦେଖିନାହାନ୍ତି ।

□

ଅସହାୟତାର ସ୍ୱର

ନିଃସଙ୍ଗ ସମୟ ତ ମଣିଷଟିକୁ ଛଟପଟ କରିଦିଏ । ମଣିଷ ତ ସାମାଜିକ ପ୍ରାଣୀଟିଏ । ତେଣୁ ସମାଜର ସାଙ୍ଗସୁଖ ବିନା, କିମ୍ୱା ସଂପର୍କୀୟମାନଙ୍କୁ ଛାଡ଼ି ବଞ୍ଚିବ କେମିତି ? ଏବର ମଣିଷ ସ୍ୱାର୍ଥପର ଆଡ଼କୁ ମୁହାଁଇଲାଣି । ତେଣୁ ଏକେଲା ମୁହୂର୍ତ୍ତରେ ମୋବାଇଲ୍ ହିଁ ସାଙ୍ଗ ହୋଇଯାଉଛି । କିନ୍ତୁ ଅଶୀ କିମ୍ୱା ଷାଠିଏ ସତୁରୀ ବର୍ଷ ଗାଁର ବୃଦ୍ଧ ବୃଦ୍ଧାଙ୍କର ପାଖରେ ତ ମୋବାଇଲ୍ ଚଲାଇବାର କ୍ଷମତା ନାହିଁ । ତେଣୁ ତାକୁ ମନୋରଞ୍ଜନ ମାଧ୍ୟମ ହିସାବରେ ଗ୍ରହଣ କରିବା ପରିବର୍ତ୍ତେ ବାରଣ୍ଡାରେ ବସି ତାସ୍ ପାଲିରେ ସମୟ କାଟିଦେଲେ ଭୁଲିହୋଇଯାଏ ନିଃସଙ୍ଗତାର ଜୀବନ ।

ଗାଁର ଛବି ତ ଅଲଗା । ସେଠି ପ୍ରାୟ ଘରର ବୟସ୍କ ବୟସ୍କା ଯଥା ଜେଜେ ଜେଜେମା', ଅଜା ଆଈମାନେ ଘର ଭିତରେ ଆବଦ୍ଧ ହୋଇ ବସିବାକୁ ଇଚ୍ଛା ପ୍ରକାଶ କରନ୍ତି ନାହିଁ । ତେଣୁ ପାଖପଡ଼ୋଶୀଙ୍କ ସହ କଥାବାର୍ତ୍ତା ତାସ୍, ଲୁଡୁ ଖେଳ ଆଦିରେ ସମୟ ଅତିବାହିତ କରନ୍ତି । ଯଦି ସେମିତି ବୟସ୍କ ମଣିଷଟି ଭୁବନେଶ୍ୱରକୁ ଆନୀତ ହୁଏ ତେବେ ସେ ପୁଅ କି ଝିଅଘର ଭିତରେ ନିଶ୍ଚଳ ହୋଇ ବସି ପାରିବେନି । ତାଙ୍କର ସାଙ୍ଗସୁଖ ରହି ଯାଇଆନ୍ତି ଗାଁରେ । ଏଠି ପୁଅ ବୋହୂ ନାତି ନାତୁଣୀ ଯିଏ ଯାହା କାମରେ ବ୍ୟସ୍ତ । ତେଣୁ ନିଜର ଏକେଲା ସମୟ ପାଇଁ ନିଜ ପୋର୍ଟିକୋରେ ଚେୟାରରେ ବସିଥିବା ବେଳେ ତାଙ୍କ ଆକର୍ଷଣର କେନ୍ଦ୍ରବିନ୍ଦୁରେ ତାଙ୍କ ବୟସର ମଣିଷ ହିଁ ବେଶୀ ଆକର୍ଷିତ ହୁଅନ୍ତି । କଥାବାର୍ତ୍ତା ଜମେ । ତା'ପରେ ଠିକ୍ ଘରିଟାବେଳେ ଆରମ୍ଭ ହୁଏ ତାସ୍ ପାଲି । ଘରିକଣ ତାସ୍ ଖେଳନ୍ତି ଆଉ ଘରିକଣ ତାଙ୍କ ଖେଳ ଦେଖି ହାହୋଲ୍ଲା ହୁଅନ୍ତି । ବେଳେବେଳେ ସେହି ଖେଳରେ ମଧ୍ୟ ପାଟି ତୁଣ୍ଡ ଶୁଭେ । ମୁହଁ ଫୁଲା ଫୁଲି ହୁଅନ୍ତି । ଦିନେ ଦୁଇଦିନ ତାସ୍ ପାଲି ବନ୍ଦ ହୁଏ । ପୁଣି ଆସ୍ତେ ଆସ୍ତେ ଭୁଲି ହୋଇଯାଏ ପୂର୍ବ ଘଟଣା ଓ ଫେରେ ଆରମ୍ଭ ହୁଏ ତାସ୍ ପାଲି ।

ଓଃ କି ଖୁସି ଦେଖାଯାଏ ଖେଳରେ ଜିତିଗଲେ ! ଏହି ଖୁସି ପାଇଁ ତ ମଣିଷ ସବୁବେଳେ ଚେଷ୍ଟିତ । ବାଃ ମଜା ନିଅନ୍ତି ଅନ୍ୟ ସାଥୀମାନେ ମଧ୍ୟ । ଏପରି ପାଟିତୁଣ୍ଡ

ଭିତରେ ପ୍ରାୟ ସେ କଲୋନୀର ଚାରିପାଞ୍ଚ ଘରକୁ ଶବ୍ଦ ଶୁଣାଯାଏ । ମନରେ କୌତୁହଳ ଆସେ, ବୟସ୍କ ହେଲେ ମଧ ତାସ ତ ଖେଳି ଖୁସି ହୋଇପାରିଛନ୍ତି । ଇଚ୍ଛାଶକ୍ତିକୁ ଚାପି ଦେଇ ବସିଯାଉନାହାନ୍ତି କାହିଁକି ଘର ଭିତରେ ? ମଣିଷ ହିଁ ମଣିଷକୁ ଖୋଜିଥାଏ ।

ଏଇଟା ଭୁବନେଶ୍ୱର । ଏଠି ପଡ଼ୋଶୀ ପଡ଼ୋଶୀକୁ ଚିହ୍ନେନି । ଘରବାଲା, ଘରଭଡ଼ା ଝିଅକୁ ସେଇ କଲୋନୀର ଅନେକ ଚିହ୍ନନଥାନ୍ତି । ଯାହାହେଉ ଏବେ କଲୋନୀରେ ତ୍ରୁଷ୍ଟ ତିଆରି ହେବାଯୋଗୁଁ ଘରବାଲାଙ୍କ ଭିତରେ ଚିହ୍ନା ପରିଚିତ ହୋଇଥାଏ । ଏଇ ଯେମିତି ପ୍ରଧାନବାବୁ । ତାଙ୍କ ଘର ସାମନାରେ ରୁହନ୍ତି ଦାସବାବୁ । ପ୍ରଧାନବାବୁ ଏଥର ଗାଁକୁ ଯିବାବେଳେ ନିଜର ବାପାମା'କୁ ଆଣିଛନ୍ତି ପ୍ରାୟ ଛଅମାସ ହେବ । ଆଜିକାଲିର ଯୁଗ ଅଲଗା । ଯେତେ ପୁଅ ସେତେ ପୁଅଙ୍କ ପାଖରେ ଭାଗବାଣ୍ଟି ରହିବେ ବାପା ମା'ମାନେ । ପ୍ରଧାନବାବୁ ଦୁଇଭାଇ । ବଡ଼ଭାଇ ଗାଁରେ ରହନ୍ତି ଓ ସେ ସାନ ଭାଇ ଚାକିରିରୁ ରିଟାୟାର୍ଡ ପରେ ଏହି କଲୋନୀର ବାସିନ୍ଦା । ମା' ବାପା ଏବେ ତାଙ୍କ ଭାଗରେ ରହିଛନ୍ତି । ଆଶ୍ଚର୍ଯ୍ୟ ଲାଗେ ବାପା ମା'କୁ ପୁଅମାନେ ଭାଗବଣ୍ଟା କରି ଦିନ ଓ ତାରିଖ ଗଣିବାରେ । କେତେଦିନ ସେମାନେ ବଞ୍ଚିବେ ଆଉ ? ଜୀବନର ଶେଷ ସମୟରେ ନିଜ ଇଚ୍ଛାଶକ୍ତିକୁ ଦମନ କରି ଏଠୁ ସେଠିକୁ ଯିବା ଆସିବା କରିବାପାଇଁ ସେମାନଙ୍କର ମନକୁ ଲୋଡ଼ା ଯାଏନି । ଛାଡ଼, ପୁଅମାନଙ୍କ ମନଭିତରେ ରହିଥିବା ଆଦର୍ଶବୋଧ ତ ଲିଭିଗଲାଣି । ଟଙ୍କା ପଇସାର ହିସାବ । କିଏ କେତେ ଖର୍ଚ କଲା ? କିଏ କେତେ ସମୟ ଦେଲା ବାପା ମା'ଙ୍କ ପାଇଁ । ତେଣୁ ପୁଅବୋହୂଙ୍କ ଇଚ୍ଛାକୁ ବାଧ୍ୟହୋଇ ଗ୍ରହଣ କରନ୍ତି ବାପାମା'ମାନେ । ଯଦିଓ ଗାଁରେ ରହିବାର ଇଚ୍ଛା ମନରେ ଛାପି ହୋଇଥାଏ ତଥାପି ଗାଁ ଛାଡ଼ିବାକୁ ପଡ଼େ । ତେଣୁ ପ୍ରଧାନବାବୁ ଏବେ ଭାଗରେ ବାପାମା'କୁ ଛଅମାସ ପାଖରେ ରଖିପାରିବେ । ଯେମିତି ହେଲେ ତ ପୁତ୍ରର କର୍ତ୍ତବ୍ୟ ପାଳନ କରିବାକୁ ହେବ । ବାପା ମା' ତ ? ସତେ ଯେମିତି ପୁଅମାନଙ୍କ ଦୟାର ପାତ୍ର ଓ ପାତ୍ରୀ । ତାହେଲେ ଚାଲନ୍ତୁ ସେହି ବୟସ୍କଙ୍କ ତାସ୍ ପାଲି ପାଖକୁ । ମୁଁ ଗୋଟିଏ ପଥିକ ସେଇ ରାସ୍ତାର । ଏଇ ରାସ୍ତାରେ ପ୍ରତିଦିନ ଯିବା ଆସିବା କରେ । ସେହି ମଉସାମାନଙ୍କ ମୁହଁକୁ ଚାହିଁ ନିଜର ଅନୁଭବ ଭିତରେ ବୁଡ଼ିଯାଏ । ଆଗକୁ ଆମର ସମୟ ତ ଅଛି । ଦେଖ ପ୍ରଧାନବାବୁଙ୍କ ବାପା, ଦାସବାବୁଙ୍କ ବାପା ସବୁଦିନ ଖେଳରେ ଉପସ୍ଥିତ ଥାଆନ୍ତି । ବାକି ଅନ୍ୟମାନେ

ଭଡ଼ାଘରେ ରହୁଥିବା ବ୍ୟକ୍ତିଙ୍କର ବାପା ହୋଇପାରନ୍ତି । ସେଠି ତ ଆଉ ଭଡ଼ାଲୋକ କି ମାଲିକ ଲୋକଙ୍କର ଭେଦଭାବ ନାହିଁ । ତେଣୁ ହସ ଖୁସିରେ କମ୍ପିଉଟିବା ବେଳେ ମୁଁ ସେଠି ଟିକିଏ ଅଟକି ଯାଏ ସେମାନଙ୍କ ମୁହଁର ଖୁସିର ଝଲକ ଦେଖିବାକୁ ।

ଅଥଚ କାଲିଠାରୁ ସେଠି ତାସ୍ ପାଲି ନ ଦେଖି ମୋ ମନରେ ଦୁଃଖର ଛାଇ ଘେରିଗଲା । ରୁହିଁଲି ସମସ୍ତଙ୍କ ଘର ଆଡ଼କୁ । କବାଟ ବନ୍ଦ ଅଛି । ଭାବିଲି ବୋଧେ ପ୍ରଧାନବାବୁଙ୍କ ବାପା ଯିଏ ତାସ୍ ପାଲିର ଲିଡ଼ରଥିଲେ ଗାଁକୁ ରୁଲିଯାଇଛନ୍ତି, ଏପଟ ସେପଟ ପଦଚାରଣ କରୁ କରୁ ଦାସବାବୁଙ୍କ ବାପା ଗ୍ରୀଲ୍ ଭିତରୁ ପଚରିଲେ କାହାକୁ ଖୋଜୁଛନ୍ତି ?

ହଠାତ୍ 'ମଉସା' ଶବ୍ଦ ପାଟିରୁ ବାହାରିଗଲା । ପଚରିଲି – ଆଜି ତାସ୍ ଖେଳ ହେବନି କି ? ମୁଁ ଏହି ଖେଳବେଳେ ଆପଣଙ୍କ ମୁହଁର ଖୁସିକୁ ଠଉରାଇ ପାରିଥାଏ ।

– ନା, ମୁଁ ଆଉ ତାଙ୍କ ସହିତ ଖେଳିବି ନାହିଁ । ସେ ଖେଳବେଳେ ସଚୋଟତା ଅବଲମ୍ବନ କରୁନାହାନ୍ତି । ଜିତିବା ପାଇଁ ସବୁବେଳେ ରୁହୁଁଛନ୍ତି । ତେଣୁ କାଲି ଆମର ସେଠି ଗଣ୍ଡଗୋଳ ହେଲା । ମୁଁ ଆଉ ଖେଳିବି ନାହିଁ ।

ପାଟିରୁ ଖସିଗଲା ଶବ୍ଦଟିଏ – ମଉସା, ଆପଣ ଏହି ଖେଳରେ ମନକୁ ତ ପ୍ରଫୁଲ କରିପାରୁଥିଲେ । ଏବେ ତ ମନ ଶୁଖେଇ ଠିଆ ହୋଇଛନ୍ତି । ଆପଣଙ୍କ ସମୟ ତ ସରିଯାଉଥିଲା । ମଧ ଏହି କଥା କଟାକଟି ଭିତରେ ।

– ଆଜି ମୋ ଦେହ ଭଲ ନାହିଁ । ବାଆଁରେଇଲେ ମଉସା ।

ମୁଁ ଆଉ ସେଠି ଅପେକ୍ଷା ନକରି ମୋ ବାଟରେ ରୁଲିଲି । ଦୁଇଦିନପରେ ପୁଣି ଖେଳ ଜମିଛି ସେଠି । ପ୍ରଧାନବାବୁଙ୍କ ବାପା ଦାସବାବୁଙ୍କ ବାପା ତ ଖୁସିରେ ଫାଟି ପଡ଼ୁଛନ୍ତି । ପୁଣି ବନ୍ଧୁତାର ଭାବ । ଲାଗିଲା ବୁଢ଼ାମାନେ ପିଲାଲୋକ । କଳିକରିବେ ପୁଣି ଭୁଲିବେ । ମୋତେ ଲାଗିଲା ମୋ ବାପା ଥାଆନ୍ତେ କି ? ଏମିତି ହସିହସି ଖେଳୁ ଥାଆନ୍ତେ କି ?

ପୁଣି ଆଶ୍ୱସନା ଦେଲି ମନକୁ ସେ ତ ତାସ୍ ଖେଳିନଥାନ୍ତେ । କେବଳ ବହି, ପେପର ପଢ଼ି ସମୟ ସାରନ୍ତି । ପାଠୁଆ ଲୋକ ତ ଏଇଟା ଠିକ୍ ନୁହେଁ ସେଇଟା ଠିକ୍ ନୁହେଁ ବୋଲି ପିଲାଦିନରୁ ଉପଦେଶ ଦେଇ ରୁଲିଥିଲେ । ତେଣୁ ନିଜ ଆଦର୍ଶରେ ସେ ବଞ୍ଚୁଥିଲେ । କ'ଣ ନିରୋଲାବେଳେ ଏମିତି ଖେଳ ଖେଳି ମନକୁ ହସେଇ

ପାରିଥିଲେ କି ? ନିଜକୁ ରୁମ୍ ଭିତରେ ଆବଦ୍ଧ କରି କେତେ କ'ଣ ଦାମୀ ଲେଖକଙ୍କ ବହିରୁ ଜ୍ଞାନ ଆହରଣ କରିପାରୁଥିଲେ କିନ୍ତୁ ହସୁ ତ ନଥିଲେ ମନଖୋଲି । ଅତର୍କିତ ଭାବରେ ମୋ ମନଟି ଦୋହଲି ଗଲା । ମୋ ବାପା ଥିଲେ କହୁଥାଆନ୍ତି – ବାପା ସେଠିକୁ ଯାଇ ଟିକିଏ ଖେଳି ଖୁସି ହୁଅ । ଜୋର୍ ଜୋର୍ରେ ହସ । ପିଲାଙ୍କ ପରି ପ୍ରତିକ୍ରିୟା ପ୍ରକାଶ କର ।

ଦୁଇଦିନପରେ ପୁଣି ଖେଳବନ୍ଦ । କାରଣଟି ବୁଝୁବୁଝୁ କରୋନାରୋଗ ଆମ ସହରକୁ ଆସିଗଲା ଏଇ ମାର୍ଚ୍ଚ ଷୋହଳ ତାରିଖରେ । ତା'ପରେ ଭାରତ ବନ୍ଦ ହେବ ବାଇଶି ତାରିଖରେ । ଏମିତି ଲକ୍‌ଡ଼ାଉନ୍, ସଟ୍‌ଡ଼ାଉନ୍ ଲଗାଯିବ ଯେ ଅଖଚକ ପୁରାପୁରି ବନ୍ଦ ହେବ । ତେଣୁ ପ୍ରଧାନବାବୁ ବାପା ମା'ଙ୍କୁ ନେଇ ଆଜି ଗାଁକୁ ଯାଇଛନ୍ତି । ସେଠି ରହିଲେ ରୋଗଭୟ ନାହିଁ ।

ଏମିତି ତ ସଫେଇ ପୁଅମାନେ ଦେଇପାରିବେ । ଦେଖାଯାଉ କରୋନା ରୋଗ କେତେ ମାସ ଗଲୁଛି । ଦେଖୁଦେଖୁ ଅଗଷ୍ଟ ମାସ ସରିବାକୁ ହେଲାଣି । ରୋଗର ମାତ୍ରା କମିଯିବ ବୋଲି ଶୁଣି ଶୁଣି ମଧ୍ୟ ରୋଗୀ ସଂଖ୍ୟା ବଢ଼ୁଛି । ମନଟି ଅଥୟ ହେଉଛି ଏହି ରୋଗରୁ ରକ୍ଷାପାଇବାକୁ । ତେଣୁ କରୋନାର ପ୍ରତିକାର ପାଇଁ ସମସ୍ତେ ଚେଷ୍ଟିତ । ବାଧ୍ୟହୋଇ ଘର ଭିତରେ ବନ୍ଦୀହୋଇ ବୁଢ଼ାବୁଢ଼ୀମାନେ ରହିଛନ୍ତି । କିନ୍ତୁ ଏଇସମୟରେ ପୁଣି ପ୍ରଧାନବାବୁଙ୍କ ମଉସା ମାଉସୀ ଭୁବନେଶ୍ୱର ଆସିଗଲେଣି । ଖେଳ ତ ସେହି ଦିନରୁ ବନ୍ଦ ଥିଲା । ଏବେ ମଧ୍ୟ କରୋନା ପାଇଁ ବନ୍ଦ ହେବ । ଦିନେ ଦାସବାବୁଙ୍କ ବାପା ଡାକି କହିଲେ – ଶୁଣୁଛ ନା ପ୍ରଧାନବାବୁଙ୍କ ବାପାଙ୍କ ଦେହ ଖରାପ ହୋଇ ହସ୍ପିଟାଲରେ ଥିଲେ । କାଲି ଗାଁକୁ ଯିବେ ପୁଣି ।

– କ'ଣ ହୋଇଛି ?

– ମୁଁ ତ ତାଙ୍କୁ ଦେଖିନି ଏଯାଏଁ । କରୋନା ରୋଗ ଯୋଗୁଁ ମୁଁ ତ ମାସ୍କ ପିନ୍ଧି ମଧ୍ୟ ବାହାରକୁ ଯାଇପାରୁନି । ପୁଅ ଆକଟ କରିଛି ବାହାରକୁ ନ ବାହାରିବା ପାଇଁ ।

ଭାବିଲି ଏଇଟା ଭୁବନେଶ୍ୱରର ପ୍ରତିଛବି । ସମସ୍ତଙ୍କର ମନରେ ଏବେ ଭୟର ବାତାବରଣ । କିଏ କାହା ଘରକୁ ଯିବେ ନାହିଁ ? ନିଜ ଘରେ ଥାଅ । ଭଲକଥା । ସମସ୍ତେ କରୋନା ପ୍ରତି ସଜାଗ ଅଛନ୍ତି । ହେଲେ ପ୍ରଧାନବାବୁଙ୍କ ବାପାଙ୍କର କି ରୋଗ ହୋଇଛି ?

ତାପରଦିନ ଆମ୍ବୁଲାନ୍‍ସଟିଏ ଆସି ପ୍ରଧାନବାବୁଙ୍କ ଦୁଆରେ ଲାଗିଲା । ସ୍ଵେଚରରେ ପ୍ରଧାନବାବୁଙ୍କ ବାପାଙ୍କୁ ନେଇ ଆମ୍ବୁଲାନ୍‍ସ ଭିତରେ ରଖିଲେ । ତାଙ୍କ ମା' ସ୍ତ୍ରୀ ଓ ସେ ତାରି ଭିତରେ ଗଲେ କୁଆଡ଼େ ? ସେତେବେଳେ ଦାସବାବୁଙ୍କର ଘରର କବାଟ ବନ୍ଦ ଥିଲା । ଗାଁପରି ସେଠି କିଏ ଗହଳି ଜମେଇ ନଥିଲେ । ଯିଏ ଯାହା ଘର ଭିତରେ ଥିଲେ । ଗାଁ ପରି କିଏ କାହା ଦୁଃଖରେ ଠିଆ ହୋଇନଥିଲେ । ଆମ୍ବୁଲାନ୍‍ସଟି ଋଲିଯାଉଥିବା ବେଳେ ଜଣେ ଲୋକଙ୍କୁ ପଋରିଲେ – ସେ ମଉସାଙ୍କର କ'ଣ ହେଲା କି ?

— ମୁଁ ଜାଣେନି । ପଋରନ୍ତୁ ତାଙ୍କ ପାଖ ପଡ଼ୋଶୀଙ୍କୁ ।

ଋହିଁଲି ପ୍ରତି ଘର ବନ୍ଦ ଥିଲା । ଦିନ ଏଗାରଟା ସମୟ । କରୋନା ପାଇଁ ରାସ୍ତାରେ ତ ଆଉ ଆତଯାତ ସେମିତି ନାହିଁ । ଗୋଟିଏ କୋକୁଆଭୟ କଲୋନୀରେ ମାଡ଼ିଯାଇଛି ଯେମିତି । ଭାବିନେଲି ପୁଣି ଗାଁରୁ ଫେରିଲାପରେ ଦେଖାହେବ ମଉସାଙ୍କ ସହ । ମୋ ମନକଥା ମନରେ ରଖି ସେଠୁ ଫେରିଯାଉଯାଉ ଶୁଣାଗଲା ଦାସବାବୁଙ୍କ ପିତାଙ୍କ ସ୍ଵର – ତାଙ୍କର ଶେଷ ସମୟ ତ । ତାଙ୍କୁ ଗାଁକୁ ନେଇଗଲେ । ଗାଁରେ ମଲେ କାନ୍ଧ ଦେବାକୁ କିଛି କୁଟୁମ୍ବ ତ ଆସିଯିବେ । ଏଠି କିଏ ଆମ ଭାଇବନ୍ଧୁ କୁଟୁମ୍ବ ଅଛନ୍ତି କି ? ମୋର ଇଚ୍ଛା ହେଉଛି ଗାଁକୁ ଫେରିଯିବାକୁ କିନ୍ତୁ ନାଋର ମୁଁ ।

— କାହିଁକି ?

— ମୋର ଗୋଟିଏ ପୁଅ । ତା ପାଖରେ ତ ରହିଛୁ । ଗାଁଘର ଭାଙ୍ଗିରୁଜି ଗଲାଣି । ସେଠି ଆମର ଘର ନାହିଁ । କେବଳ ଆମର ସ୍ମୃତି ଜୀବିତ ହୋଇ ରହିଛି ଆମ ମନରେ । ଆମେ ମଲାପରେ ସେ ଗାଁଘରର ଆଉ ଚିହ୍ନବର୍ଣ୍ଣ ରହିବନାହିଁ । ସେ ବିକ୍ରି ହୋଇଯିବ !

— ଏବେ ବିକ୍ରି କରିପାରିବେ ।

— ନା, ମୁଁ ବଞ୍ଚିଥିବା ଯାଏଁ ମୋ ଗାଁ ଘର ଯେମିତି ସେମିତି ଥାଉ । ତାକୁ ଦେଖିବାକୁ ମୁଁ ପୁଅସାଙ୍ଗରେ ମଝିରେ ମଝିରେ ଯାଏ । ବହୁତ ଭଲ ଲାଗେ ମୋ ପିଲାଦିନ ଘର । ମୁଁ ଥାଉ ଥାଉ ମୋ ପୁଅ ଏ ଖୁସି ମୋଠାରୁ ଛଡ଼େଇନେବନି ଆଉ । ମରଣବେଳେ ମୁଁ ମୋ ଗାଁକୁ ଋଲିଯିବି । ଏଠି ରହିବି ନାହିଁ । ଶେଷସମୟରେ ମୋ ଗାଁର ଘରେ ମୁଁ ହିଁ ମରିବାକୁ ଋହେଁ ।

ଭାବିଲି ବାଟ ଝୁଲୁଝୁଲୁ ମଣିଷ ଅଧିକ ସୁଖ ସୁବିଧାର ଆକାଂକ୍ଷାରେ ଛାଡ଼ି ଆସିଥିବା ଘର ବାଡ଼ି କିମ୍ବା ସମୟକୁ ଭୁଲିଯାଇଛନ୍ତି । ଏଠି ତ ଏହି ମଉସାଙ୍କ କଥା ଥିଲା । ହାତମୁଠାରୁ ଖସିଯାଇଥିବା ସମୟକୁ ପୁଣି ଗାଁର ମଶାଣୀରେ ଭେଟିବାକୁ ଝୁଲୁଛନ୍ତି । ଆଗକୁ ପାଦ ପକେଇଲି । ନିଜେ ତ ନିଜ ଗାଁର ଛବିକୁ ଭୁଲିଗଲଣି କି ? ନିଜଠୁ ତାକୁ ଅଲଗା କରି ଏକାନ୍ତରେ ଏଠି ବଞ୍ଚିବାକୁ ରୁହିଁଲା ବେଲେ କିଏ ଜଣେ ଚେତେଇ ଦେଲାଣି – ଏବେ ଖୁସିରେ ଉଛୁଳି ପଡ଼ୁଥିବା ସମୟ ଦିନେ ଉଦାସର ଭାବ ଭରିଦେବ ଏକଲା ଅଁଧାରିଆ କୋଠରୀରେ । ସେତେବେଳକୁ ତୁମେ ତ ଗାଁରୁ ଦୂରେଇଯାଇଥିବ ବହୁ ବର୍ଷ ଆଗରୁ । ଆଉ ତୁମକୁ ମଧ୍ୟ ଗାଁ ଭୁଲିଯାଇଥିବ ବଡ଼ହେଲାପରେ ପକ୍ଷୀଟି ଉଡ଼ିଗଲା ପରି ନିଜ ବୃକ୍ଷରୁ ।

❐

ଅସ୍ଥିର ସମୟ

ନଦୀ ସ୍ଥିର ନୁହେଁ । ଆଗକୁ ଆଗ ବହିଗଲେ । ସେ ଆଉ ପଛକୁ ଫେରି ରହେନି । ତା ବୁକୁରେ କାହାର କ୍ଷତି କରିଦେଲା ସେ ଆଡ଼କୁ ନିଘା ନାହିଁ । ସମୟ ପରିସ୍ଥିତି ସହିତ ସେ ତା ପାଣିକୁ ଆଗକୁ ବୁହାଇ ଦିଏ । ଏଇ ତ ଫୋନ୍‌ର କ୍ରିଁ କ୍ରିଁ ଶବ୍ଦ । ସମୟ ସଂଖ୍ୟା ସାତଟା ଚଳିଶ ମିନିଟ୍ । ଅଜଣା ନମ୍ବରରୁ ଫୋନ୍ । ତେବେ କିଏ ହୋଇପାରେ ? ଫୋନ୍ ଧରିଲା ନିର୍ମଳା । ହ୍ୟାଲୋ କରୁ କରୁ ସେପଟରୁ ଚିହ୍ନାସ୍ୱର ଭାସି ଆସିଲା ଲୀନା ମା'ର – ସ୍ନେହା ମା', ଭଲ ଅଛନ୍ତି ତ ?

– ହଁ । ଆପଣ ଭଲ ତ ?

ଆରମ୍ଭ ହୋଇଗଲା ବାର୍ତ୍ତାଳାପ ଓ ଅତୀତର ସ୍ମୃତିର ରୋମନ୍ଥନ । ସେହି ବାରିପଦାର ରହଣି ଜାଗା । ବସାଘର ସାମ୍‌ନା ସାମ୍‌ନି । ଟିକିଏ ସମୟ ମିଳିଲେ ଲୀନା ମା' ଚଳିଆସେ ସ୍ନେହା ଘରକୁ । ଦୀର୍ଘ ଆଠବର୍ଷର ବନ୍ଧୁତା ପରେ ପୁଣି ବଦଲି ରତୁରେ ବଦଲି ଯାଏ ଚିହ୍ନା ଜାଗାଟି । ଅଚିହ୍ନା ସ୍ଥାନରେ ପୁଣି ଜିନିଷପତ୍ର ଲୋଡ଼ୁକରି ଯାଇ ପହଞ୍ଚ ଆରମ୍ଭ ହୁଏ ସଂପର୍କର ନୂଆ ସାମିଆନା । କିନ୍ତୁ ସବୁ ସ୍ଥାନର ଅନୁଭୂତିକୁ ମନର ଆବେଗରେ ଧରିରଖ୍ ହୁଏନି । ସମୟର ଢେଉରେ ଚଳୁ ଚଳୁ କେତେ ତ ବିସ୍ମୃତ ହୋଇଯାଏ । କିନ୍ତୁ ସେହି ବାରିପଦାର ସ୍ମୃତି ତାଜା ଥାଏ ନିର୍ମଳା ମନରେ ।

– କେତେ ଭଲ ଲାଗୁଥିଲା ବାରିପଦା ରହଣି ! ସବୁ ଭୁଲିଗଲଣି ନା ମନେରଖିଛ ? ଶୁଣାଗଲା ଲୀନା ମା'ର ପ୍ରଶ୍ନ ।

– ମନେଅଛି କିଛି କିଛି । ଦୀର୍ଘ କୋଡ଼ିଏ ବର୍ଷ ଅତିକ୍ରାନ୍ତ ହୋଇଗଲାଣି । ଆମ ପିଲାମାନେ ଆଉ ସ୍କୁଲ କଲେଜର ବିଦ୍ୟାର୍ଥୀ ନୁହଁନ୍ତି । ଏବେ ରୋଜଗାରକ୍ଷମ ଓ ନିଜ ସଂସାରରେ ବ୍ୟସ୍ତ । ମୁଁ ଏବେ ଆଈ ଓ ଜେଜେମା' ମଧ ।

– କେତେ ଶୀଘ୍ର ସରିଗଲା ସମୟ ? ଆମେ ଏବେ ଷାଠିଏ ବର୍ଷରେ ପହଞ୍ଚିଗଲେଣି । ଅତୀତକୁ ଚଳିଁହେଉନି ଆଉ । ଅଟକି ଯାଆନ୍ତା କି ସମୟ ?

– ସମୟ ଅଟକି ଯାଏନି । ଦୌଡ଼ିବାର ପଦ ଶିଥିଳ ହୋଇଯାଏ । ଆଉ କାମ କରିବା ସ୍ପୃହା ନାହିଁ । ବଦଳିଯାଏ ସଂସ୍କୃତି ଓ ପରମ୍ପରାର ଚଳଣି । କିନ୍ତୁ ତା ସହିତ ଚଳିବାକୁ ପଡ଼େ ।

– ତମେ ଏତେଗୁଡ଼ିଏ ଗପ, କବିତା, ଉପନ୍ୟାସ ଲେଖ କେତେବେଲେ ? ଦୁଇଶହ, ତିନିଶହ ପୃଷ୍ଠା ଉପନ୍ୟାସ ଲେଖିବାକୁ ଧୈର୍ଯ୍ୟ ଦରକାର । ଲେଖୁଥିବ ତ ରାତିସାରା ।

ନିର୍ମ୍ମଳା ହସିଲା ଜୋରରେ । କହିଲା– ରାତିରେ ମୋର ପଢ଼ା କି ଲେଖାରେ ସ୍ପୃହା ନ ଥାଏ । ମୁଁ ଜାଗ୍ରତ ରହି ଲେଖିପାରେନି ଅଧରାତିଯାଏଁ । ସୂର୍ଯ୍ୟ ଆଲୋକରେ ପିଲାଟି ଦିନରୁ ପଢ଼ାପଢ଼ି କରି ସଂଧ୍ୟା ପରେପରେ ଅଳ୍ପ ପଢ଼ି ଶୋଇପଡ଼େ । ପୁଣି ଭୋରରୁ ଉଠି ପଡ଼େ । ଏବେ ମଧ ସେହି ଅଭ୍ୟାସ । ସଂଧ୍ୟାପରେ ଲେଖା ପଢ଼ା ପ୍ରାୟ କରେନି । ଏବେ ତ ଟି.ଭି. ଦେଖୁଛି । ଡାଇବେଟିସ୍ ଯୋଗୁଁ ଔଷଧ ମଧ ଖାଉଛି ।

– ତୁମକୁ ଡାଇବେଟିସ୍ ହେଲାଣି କି? ଲୀନା ମା'ର ଆଶ୍ଚର୍ଯ୍ୟର ସ୍ୱର ଶୁଣାଗଲା ।

– ହେବ କ'ଣ ? ଆଗରୁ ତ ଜିନ୍‌ରେ ଅଛି । ବାରିପଦାରେ ଥିବାବେଳେ ସୁଗାର ମାତ୍ରା ବଢ଼ିଥିଲା ବୋଲି ଚଳାବୁଲ କରି କଣ୍ଟ୍ରୋଲ କରି ରଖିଥିଲି । ଏବେ ତ ବୟସ ବଢ଼ିବା ସହ ଔଷଧର ମାତ୍ରା ବଢ଼ୁଛି । ଆଉ କ'ଣ କରାଯିବ ?

– କି ଔଷଧ ଖାଉଛ କି? ତମର ପୁଅ ଝିଅ ଡାକ୍ତର । ଆଉ ରୋଗକୁ ଡରନାହିଁ ।

– ବେଶୀ ହିଁ ଡର । ଡାକ୍ତରଙ୍କ ପରାମର୍ଶ ଯୋଗୁଁ ମଣିଷ ସଚେତନ ହୋଇ ଜଗିରଖି ଚଳିଲେ ରୋଗର ବୃଦ୍ଧି ହେବନି । ଆଉ କ'ଣ ରୋଗ ଛାଡ଼ିଯିବକି ?

ହସିଲା ଲୀନା ମା' । କହିଲା– ତୁମେ ତ ଏବେ କେତେ ପୁରସ୍କାର ପାଇଲଣି । ସବୁବେଲେ କବି ସମ୍ମିଳନୀକୁ ଯାଇଥାଅ କି ?

– ସମୟ ସିନା ପାଖରେ ବଳିଲେ ଯିବି । ଆମର ମିଷ୍ଟରଙ୍କ କଥା ତ ଜାଣ । ବହି ଉନ୍ମୋଚନ ଓ ପୁରସ୍କାର ମିଳିଲାବେଲେ ଯିବାକୁ ବାଧ୍ୟ କରିବେ । ଆଉ ଅନ୍ୟ ସାହିତ୍ୟ ସଭାକୁ ନା । ଓଲଟି କହିବେ "ସେଠିକୁ ଯାଇ ସମୟ କାହିଁକି ସାରିବ ।" ମୋର ତ ଏତେ ଲେଖା ଯେ ସରୁନି । କୁଆଡ଼େ ଗଲେ ସମୟ ନଷ୍ଟ ହେବ । ନାତିନାତୁଣୀଙ୍କ ଦାୟିତ୍ୱ ପୁଣି ରହୁଛି ।

– ଯାହାହେଉ ସାରଙ୍କର ପ୍ରାୟ ଚ଼ଳିଶ ଖଣ୍ଡେ ବହି ହେଲାଣି । ଫେସ୍‌ବୁକ୍‌ରେ ଦେଖୁଛି ପରା ତୁମ ଦୁଇଜଣଙ୍କ କୃତିତ୍ୱ । ଯାହାହେଉ ଏତେ ଲେଖୁଛ । କେଉଁଠୁ ଲେଖା ପାଉଛ ?

ଆଶ୍ଚର୍ଯ୍ୟ ହୋଇ କହିଲି– ମୁଁ ବେଶୀ ବୁଲେନି । ଯେତେବେଳେ ଯେଉଁ ଚରିତ୍ର ମୋ ମନରେ ଗଭୀର ରେଖାପାତ କଲା ତାକୁ ନେଇ ଗପ ଲେଖିପାରେ । ମନର ଭାବନାରେ ହିଁ ଲେଖାର ଉତ୍ସ ଉତ୍ପନ୍ନ ହୁଏ । ଏହି ସମାଜରୁ ହିଁ ସାହିତ୍ୟର ସୃଷ୍ଟି ।

ଚୁପ୍ ରହିଲେ ଲୀନାର ମା’ । ତା’ପରେ କହିଲେ – ମୋ ସାନ ଝିଅର ବାହାଘର ଠିକ୍ ହୋଇଗଲା । ଆଉ ମାସେ ପରେ ହେବ । ଆପଣ ଆସିବେ ଆମ ଅନୁଗୋଳକୁ ।

– ହଉ । କେଉଁଠି ବର ଘରଟି ?

– କଟକ । ଚିହ୍ନାଜଣାରେ ବାହାଘର ଠିକ୍ ହେଲା । ଭଲ କଥା । ନଚେତ୍ ଆଜିକାଲି ଝିଅକୁ ବାହାଦେଲାପରେ ମଧ ବାପା ମା’ଙ୍କ ମୁଣ୍ଡରୁ ଚିନ୍ତାଯାଉନି ।

– ଯାହାହେଉ ଭଲ ଘର, ଭଲ ବର ମିଳିଗଲା ।

– ହଁ, ଦୁହେଁ ତ ଚ଼କିରି କରିବେ । ଆଉ ଚିନ୍ତା କ’ଣ ?

– ଆଜିକାଲି ଆମ ସମୟ ନାହିଁ ଯେ ଝିଅମାନେ କି ବୋହୂମାନେ ଘରେ ବସିବେ ଶିକ୍ଷିତା ହୋଇ । ଏବେ ସମସ୍ତେ ରୋଜଗାର ପାଇଁ ବ୍ୟସ୍ତ ହେଲେଣି ।

– ହଁ, ମୋ ସାନପୁଅର ସ୍ତ୍ରୀ ଏବେ ଆସି ଭୁବନେଶ୍ୱରରେ ଚ଼କିରି କରିବ । କେଉଁଠି ଗୋଟିଏ ହସ୍ପିଟାଲ୍‌ରେ ଚ଼କିରି ପାଇଯିବ । ଡାକ୍ତରମାନଙ୍କର ତ ଅଭାବ ଲାଗିଛି । ତେଣୁ ଅସୁବିଧା ନାହିଁ ଡାକ୍ତରୀପାଠରେ । ଆଉ ସାନପୁଅ ପୁଣି ଯିବ ଲଣ୍ଡନ । ସେଠି କ’ଣ ପ୍ରୋଜେକ୍ଟରେ କାମ ମିଳିଛି । ଏଠି ତ କମ ପଇସା ମିଳିବ । ତେଣୁ ବିଦେଶ ଗଲେ ଟଙ୍କା ବେଶୀ ପାଇବ ।

– ସବୁ ପାଠରେ ବିଦେଶରେ ବେଶୀ ଟଙ୍କା ମିଳେ । ସେମାନଙ୍କ ପାଉଣ୍ଡ, ଡଲାର ସ୍ଥିତି ଆମ ଟଙ୍କା ଅନୁସାରେ ବହୁତ ଅଧିକ । କିନ୍ତୁ ସେଠାର ଚଳଣୀ ପାଇଁ ସେମିତି ଲକ୍ଷଲକ୍ଷ ଟଙ୍କା ଖର୍ଚ କରିବାକୁ ପଡ଼େ । ଘରଭଡ଼ା ତ ଲକ୍ଷେ ଉପରେ ହେବ । ଜିନିଷପତ୍ର ଦର ମଧ ଉଚ୍ଚ । ଯାହାକିଛି ଟଙ୍କା ବଳିବ ଆମକୁ ବେଶୀ ବଡ଼ ଲାଗିବ ।

ଭାନୁମତୀ ସାହୁ ••• ୧୧୩

– ସେଥିପାଇଁ ତ ବିଦେଶ ଯିବାକୁ ଇଚ୍ଛୁକ ମୋ ପୁଅ । ଏଠି କେତେ ପାଇବ କି ଆଉ ?

– ଆପଣ ପରା ଆମେରିକା ଯାଇଥିଲେ ବଡ଼ପୁଅର ଝିଅଜନ୍ମବେଳେ ?

– ହଁ । ସେଠିକୁ ଯାଇ ଅଢ଼େଇମାସ ରହିଲି । ସେଠୁ ଫେରିଲା ପରେ ମୋର ଶାଢ଼ିପିନ୍ଧା ପୁରା ଛାଡ଼ିଗଲା ।

– ମାନେ ?

– ଅଭ୍ୟାସ ଭାଙ୍ଗିଗଲା । ଡ୍ରେସ୍ ପିନ୍ଧିଲି ଯେ ଆଉ ଛାଡ଼ିପାରୁନି । ଏଠି ମଧ୍ୟ ଘରେ ଡ୍ରେସ୍ ପିନ୍ଧି ବୁଲୁଛି । କେବେ କେମିତି ଶାଢ଼ି ପିନ୍ଧୁଛି ।

– କ'ଣ ଅଢ଼େଇମାସରେ ପଞ୍ଚଚାଳିଶ ବର୍ଷର ଶାଢ଼ିପିନ୍ଧା ଅଭ୍ୟାସ ଛାଡ଼ିଦେଲେ ଆପଣ ?

– ହଁ ପରା ଡ୍ରେସ୍ ପିନ୍ଧିବା ଅଭ୍ୟାସରେ ପଡ଼ିଗଲି ।

– ତେବେ ଶାଢ଼ି ପିନ୍ଧିବା ଅଭ୍ୟାସ କେମିତି ଅଢ଼େଇମାସରେ ଛାଡ଼ିଦେଲେ ?

– ଆଉ ଭଲ ଲାଗୁନି ଶାଢ଼ି ପିନ୍ଧିବାକୁ ।

ହସିଲି ଟିକିଏ । କହିଲି– ସମୟ ବଦଲିଲା । ତେଣୁ ପରମ୍ପରା ଓ ସଂସ୍କୃତି ବଦଲିଯିବ ତ ନିଶ୍ଚୟ ।

– ଆଉ କିଏ ପୁରୁଣାକାଳିଆ କଥା ଧରିବସିଛି କି ? ଶାଶୁ ଶ୍ୱଶୁର ତ ମରିଗଲେଣି । ଘରେ ଡ୍ରେସ୍ ପିନ୍ଧି ଆରାମରେ ବୁଲ । ଫେସ୍‌ବୁକ୍‌ରେ ଦେଖୁଥିବେ ତ ମୋ ଡ୍ରେସ୍ ପିନ୍ଧା ।

– ହଁ । ଆଜିକାଲି ବୟସ୍କ ନାରୀମାନେ ଡ୍ରେସ୍ ପିନ୍ଧିବା ଆରମ୍ଭ କରି ଫଟୋ ପଠଉଛନ୍ତି । ଆଉ ଶାଢ଼ି ପିନ୍ଧୁଛି କିଏ କି ?

– ସତରେ ସ୍ନେହା ମା', ଆମେ ପିଲାଦିନରୁ ଶାଢ଼ି ପିନ୍ଧିପିନ୍ଧି ବୋର ହୋଇଯାଇଛେ ନା ? ଡ୍ରେସ୍ ପିନ୍ଧିଲେ ନିଜର ବୟସ କମିଗଲା ପରି ଲାଗିବ ।

ହସି ହସି କହିଲି – ଯାହାହେଉ ଏ ଯୁଗର ନାରୀମାନେ ବୟସ ପ୍ରତି ସଚେତନ । ଗାଁରେ ଥିଲେ ତ ବୟସ ବଢ଼ିଯିବ ଗାଁରେ ବସବାସ କରୁଥିବା ସମସାମୟିକଙ୍କ ଦର୍ଶନରେ । ଶରୀର ପ୍ରତି ଯେଉଁଟି ସୁଟ୍ କଲା ସେଇଟା ପିନ୍ଧିପାର ।

ୟା' ବୋଲି ଆମେ ଆମର ପରମ୍ପରା ଶାଢ଼ୀକୁ ଛାଡ଼ିପାରିବାନି । ନାରୀ ହିଁ ଶାଢ଼ୀ ପରିଧାନରେ ସୁନ୍ଦର ଦିଶେ ।

— କିଏ ପରୁଛି ମ ଶାଢ଼ୀକୁ ? ପୃଥିବୀ ଗୋଟିଏ ହେବାକୁ ବସିଲାଣି । ଆଉ ଆମେ ସେ ପୁରୁଣା ପ୍ରଥାରେ ଶାଢ଼ୀପିନ୍ଧି ବୁଲିବା କି ?

— ଆପଣ ପୁରା ଆଧୁନିକତା ଆଡ଼କୁ ଢଳୁଛନ୍ତି । ହଉ ମୁଁ ରହୁଛି କହିଲା ସ୍ନେହର ମା' ।

ଶୁଣାଗଲା ରମେଶଙ୍କ ସ୍ୱର— କାହା ସାଙ୍ଗରେ ଏଯାଏଁ ଫୋନ୍ କରୁଥିଲ ନିର୍ମଳା ?

— ସେହି ଲୀନାର ମା' ସହିତ । ଏବେ ସେ ପୁରାପୁରି ଆମେରିକାନ୍ ଷ୍ଟାଇଲ୍‌ରେ ଚଲୁଛନ୍ତି ।

— ବୁଝିଲି ଆମ ଲୋକମାନେ ଯାହା ଦେଖିଲେ ଶିଖିଯାଆନ୍ତି ସଙ୍ଗେ ସଙ୍ଗେ । ବିଶେର ବୁଦ୍ଧି ପ୍ରୟୋଗ କରିବାକୁ ଚେଷ୍ଟା କରନ୍ତି ନାହିଁ । ଭାରି ଅନୁକରଣ ପ୍ରିୟ । ସେଥିପାଇଁ ତ ଏବେ ଭୁବନେଶ୍ୱରରେ ଭଳିକିଭଳି ଦୋକାନ ବଜାର ଖୋଲିଲାଣି । ବମ୍ବେ ଷ୍ଟାଇଲ ଅନୁକରଣ କରୁଛନ୍ତି ଅନେକ ଝିଅମାନେ ମଲ୍‌ରେ ବୁଲିଲାବେଳେ । ଦେଖିଲେ ଲାଗିବ ଏଠା ଲଳନାମାନେ ଏମିତି ଡ୍ରେସ୍ ପିନ୍ଧିବାକୁ ରୁହିଁଲେ କେମିତି ?

— ସମୟ ବଦଳିଲା ତେଣୁ ପାରିପାର୍ଶ୍ୱିକ ଅବସ୍ଥା ବଦଳିଯିବ ତ ପୁଣି । ଛାଡ଼, କ'ଣ ଖାଇବ ରାତିରେ ? ଶୀତ ତ ବେଶୀ ପଡ଼ିଲାଣି । ବର୍ଷା ଦୁଇଦିନ ଲାଗିଯିବାରୁ ଶୀତର ପ୍ରକୋପ ବଢ଼ିଗଲା । ଇଚ୍ଛା ହେଉନି ରନ୍ଧାବଢ଼ା କରିବାକୁ ।

— ତେବେ ଖାଦ୍ୟ ମଗେଇ ଆଣିବା କି ?

— ଦେହରେ ସେ ହୋଟେଲ୍ ଖାଇବା ଯିବନି ତ ଆଉ । ଡାଇବେଟିସ୍, ବ୍ଲଡ଼ପ୍ରେସର ରୋଗୀଙ୍କ ପାଇଁ ହୋଟେଲ ଖାଦ୍ୟ ଖାଇବା ମନା । ଯାଉଛି ରୁଟି କେଇଟା କରିଦେବି ଯେ ଖାଇନେବ ।

— ଗରମ ଗରମ ରୁଟି ସହିତ ଭଜା କି ସନ୍ତୁଲା ଟିକିଏ ହେଲେ ଚଳେଇନେବା । ଡର ମାଡୁଛି ବାହାର ଖାଦ୍ୟ ଖାଇବାକୁ । ମୋ ସାଙ୍ଗ ଟ୍ରେନ୍‌ରେ ବୁଲିଯାଇଥିଲା ଯେ ଔରିନ୍ ଇନ୍‌ଫେକସନ୍‌ରେ ପଡ଼ିଗଲା । ପନ୍ଦରଦିନ ହେବ ଜ୍ୱରରେ ପଡ଼ିଲା । ଏବେ ବାହାରେ ଖାଇ ବ୍ଲଡ୍ ଡିସେଣ୍ଟ୍ରିରେ ପଡ଼ିଛି ଯେ ଉଠିପାରୁନି ।

– ଏ ବୟସରେ ଦେହକୁ ଜଗି ଚଳିବା କଥା । ହମହମ ହୋଇ ତମେ ତ ଖରିଆଡ଼େ ଖେଳିଯାଉଛ । ଏଇ ତ ତମେ ଜ୍ୱରରେ ପଡ଼ି ମୋତେ ଘାଣ୍ଟି ଦେଲଣି । ନିଜ ଦେହକୁ ଜଗି ଉଭୟେ ଚଳିବା ଦରକାର । କିଏ ଯେମିତି କାହା ଉପରେ ବୋଝ ହେବାନି । ମୋର ମଧ ଡାଇବେଟିସ୍ ଔଷଧ ଅଧିକା ଖାଇବା ହେଲାଣି । ଏଥିରେ ତମ ସାଙ୍ଗରେ ବକର ବକର ହେବାକୁ ପଡ଼ୁଛି । ତମେ ସବୁ କାମକୁ ପାରୁନ ଯେ ଅଳସୁଆପରି ଶୋଇରହୁଛ । ଏତେ ବଡ଼ ଘରଦ୍ୱାର ସଫାସୁତୁରା କଲାବେଲକୁ ମୁଁ ନାକେଦମ୍ । ଖରାରାଣୀ ନିଜ ସମୟ ଅନୁସାରେ କାମସାରି ଖେଳିଯିବ । ସେ କ'ଣ ପୁରା ଘରଟି ସଫା ପାଇଁ ଅଣ୍ଡାଭିଡ଼ିବ କି ? ଏଥିରେ କେଉଁଠି ଧୂଳି କି ଅଳନ୍ଦୁ ବଢ଼ିଲା ମୋର ନଜର ପଡ଼ିବ । ତମେ ତ ଆରାମ୍‌ରେ ଖାଇସାରିଲା ପରେ ରେଷ୍ଟ ନେଲେ ହେଲା । ଆଖିକୁ କିଛି ମଇଳା ଦିଶିବନି ଯେ ହାତ ଯିବନି ସଫା କରିବାକୁ । ମୁଁ ଏଠି ଖଟିଖଟି ହାଲିଆ ହେଲିଣି । ଶୀତଦିନ ଯୋଗୁଁ କାମର ସୁହା ମଧ ନାହିଁ ।

– ବୟସ ହେଲେ ସୁହା ତ ରହୁନି କାମରେ । କିଏ ଆଉ ଏ ବୟସରେ ଘରଦ୍ୱାର ସଫା ରଖିବ କହିଲ ? ମୋର ଲେଖାଲେଖିରେ ସମୟ ଯାଉଛି ଯେ ଆଉ କୁଆଡ଼କୁ ନଜର ନାହିଁ ।

– ଭଲ କଥା । ଏହି ବୟସରେ ତମ ସମୟ ବୃଥାରେ ଯାଉନି । ତୁମେ ତ ପୁରାପୁରି ଏନ୍‌ଗେଜ୍ ଅଛ ।

– ବୁଲିଯିବାକି ଜାନୁଆରୀରେ ?

– ନାଇଁ । କେଉଁଠିକି ଯିବା ଓ ଖାଇବା ପାଇଁ ମୋର ଇଚ୍ଛା ନାହିଁ । ଡାଇବେଟିସ୍ ରୋଗ ଯୋଗୁଁ ସବୁ ଇଚ୍ଛା ମରିଗଲାଣି । ଘରେ ବସି ଲେଖୁଛି । ଏବେ ମଧ ସେ ଇଚ୍ଛା କମିଗଲାଣି ଶୀତ ଯୋଗୁଁ । ବାପା, ବୋଉ ଥିଲେ ବୋଲି ସେମାନଙ୍କ ସହ ଟିକିଏ କଥାହେଲେ ଭଲ ଲାଗୁଥିଲା । ଏବେ ତ ସେମାନେ ସବୁ ଆମକୁ ଛାଡ଼ି ଖେଳିଗଲେଣି । ଆଉ ଖୋଜିଲେ ମଧ ମିଳିବେନି ।

– ଏ ତ ଦୁନିଆର ନିୟମ ଯେ କାମ ଶେଷ ହେଲାପରେ ଜୀବନ ଶେଷ ହେବ । ଯୁଗ ଯୁଗ ଧରି ଖେଳିଛି ଏହି ଜନ୍ମ ମୃତ୍ୟୁର ଚକ୍ର ।

– ଜାଣୁଛି । ହେଲେ ମାୟାଯୋଗୁଁ ତ ସେମାନଙ୍କୁ ଝୁରୁଛି ମନ । କାଲି ବାପାଙ୍କୁ ସ୍ୱପ୍ନରେ ଦେଖିଲି । ଏହି ବେଡ୍‌ରୁମ୍ ଭିତରକୁ ଆସି କହିଲେ– ଔ ମୁଁ ଖେଳିଯିବି

ଏବେ ତୋ ଘରୁ । ସେ ପଚରେ ସାନ ଝିଅଘରକୁ ନଗଲେ ସେ ମନଦୁଃଖ କରିବ । ସତରେ ମନ ମୋର ମାନସସ୍ତରରେ କଥାବାର୍ତ୍ତା ହୋଇଗଲା । ତେବେ ବାପାଙ୍କ ମୃତ୍ୟୁ ହେଲା କେତେବେଲେ ? ଜନ୍ମ ଓ ମୃତ୍ୟୁ ଜୀବର କାହିଁ ? ସେ ଯେଉଁଠୁ ଆସିଥିଲା ସେଠିକୁ ଫେରିଗଲା ମାଟିପିଣ୍ଡକୁ ଏଠି ଛାଡ଼ିଦେଇ ।

– ସତରେ ଜନ୍ମ ମୃତ୍ୟୁ ଏକ ସମୟର ପ୍ରହେଲିକା କି ନା ସତ୍ୟର ଆଭାସ ?

– ସତ୍ୟର ଆଭାସ ଭିତରେ ମଣିଷ ବଞ୍ଚୁଛି ଏହି ସଂସାରରେ । ମୋହମାୟାରେ ଘାଣ୍ଟିଚକଟି ହୋଇ ମୋର ମୋର ହୋଇ ପିଣ୍ଡ ଛାଡୁଛି । କିନ୍ତୁ ଆମ୍ଭା ତ ଅମର ।

ସେଲ ଫୋନ୍‌ର ରିଙ୍ଗ । ରମେଶ ସ୍ୱିଚ୍ ଟିପି କଥାହେଲେ । ଟିକିଏ ସାଉଣ୍ଡ ଅଧିକା ଦେଲେ । ଶୁଣାଗଲା ସେ ମାଉସୀ ପୁଅ ଭାଇର ସ୍ୱର– ମା’ ଫେରିଗଲେ । ଦଶ ଏଗାରକୁ ଆସିବ । ବୟସ ଅଶୀ ହୋଇଥିଲା । ବର୍ଷେ ହେବ ବେଶୀ ଚଲାବୁଲା କରିପାରୁନଥିଲା । ବାପାଙ୍କ ମୃତ୍ୟୁପରେ ସ୍ମରଣ ଶକ୍ତି ହରେଇଦେଲା ଯେ ଆମକୁ ମଧ ଚିହ୍ନିପାରିଲାନି । ସେହି ପିଲାଦିନର ଆଠ ଦଶବର୍ଷ କଥାକୁ ଖାଲି ଘୋରି ହେଉଥିଲା । ଏବେ ତ ଶଯ୍ୟାଶାୟୀ ଥିଲା । ତମେ ଆସିବ ନିଶ୍ଚୟ ।

ରମେଶ ହଁ ଭରିଲେ । ଫୋନ୍ ବନ୍ଦ ହେବାପରେ କହିଲେ– ମଣିଷ ନିଜକୁ ମଧ ଭୁଲିଯାଏ । ଏଇ ଯେମିତି ମାଉସୀ ଭୁଲିଯାଇଥିଲା ନିଜ ବାହାଘରକୁ, ମଉସାଙ୍କୁ, ନିଜ ପିଲାମାନଙ୍କୁ ଓ ଆମମାନଙ୍କୁ ମଧ । ତେବେ ମୃତ୍ୟୁର ଦୁଇବର୍ଷ ପୂର୍ବରୁ ଆସକ୍ତିଠାରୁ ଦୂରେଇଯାଇଥିଲା । ମାଟିପିଣ୍ଡଟି ଏବେ ଛାଡ଼ିଲା । ଖୁବ୍ ଆଶ୍ଚର୍ଯ୍ୟ ଲାଗୁଛି ଏହି ସଂସାର । ଏଠି କଳିଗୋଲ, ବାଦବିବାଦ, ଈର୍ଷା, ପରଶ୍ରୀକାତରତାରେ ଚକଟି ହୋଇ ମଧ ବୁଦ୍ଧି ଆସୁନି କେମିତି ? କେତେ ଦିନର ଜୀବନ କିଏ ଜାଣେ ?

– ଯାହା କୁହ, ମଣିଷର ମୃତ୍ୟୁ ଭଲରେ ହେବା ଦରକାର ।

– ମୃତ୍ୟୁ ପୁଣି ଭଲରେ ହେବ ?

– ନୁହେଁ ତ ଆଉ କ’ଣ ? ରୋଗ ବଇରାଗରେ ପଡ଼ିଲେ କିଏ କାହାକୁ ବର୍ଷବର୍ଷ ଧରି ଟେକାଟେକି କରିବ କହିଲ ? ଏଇ ତ ମୋ ବାପା ଓ ବୋଉ ଠକ୍ ଠାକ୍ ହୋଇ ଫେରିଗଲେ । ବାପା ଜାଣିନଥିଲେ ସେ ମରିଯିବେ ହଠାତ୍ ବୋଲି । ତେବେ ସେ ଆସକ୍ତିଠାରୁ ଦୂରେଇ ଯାଇଥିବେ କି ?

- କିଏ ଜାଣେ ? କାଲି ପାଇଁ କ'ଣ କରିବେ ଭାବି ଶୋଇବାକୁ ଯିବାବେଳେ ଚିରନିଦ୍ରାରେ ଯିବା କମ୍ ସୌଭାଗ୍ୟର କଥା ନୁହେଁ । ମୃତ୍ୟୁକୁ ମଧ ସାମ୍ନା କରିବାକୁ ସମୟ ମିଳିନି । ଗୋଟିଏ ମିନିଟ୍‌ରେ ପ୍ରାଣ ଝଳିଗଲା ।

- ଏହାକୁ କହନ୍ତି ମୁନିମରଣ । କେତେ ଭଲପାଉଥିଲେ ମୋତେ !

- ସେଥିପାଇଁ ତ ତମେ ସ୍ୱପ୍ନରେ ଦେଖୁଛ ତାଙ୍କୁ ।

- ଯେଉଁଠି ଥାଆନ୍ତୁ ଆମକୁ ଆଶୀର୍ବାଦ କରୁଥାଆନ୍ତୁ ।

- ଜୀବନ ସ୍ଥିର ନୁହେଁ । ସେ ଆଗକୁ ବହି ଶେଷ ହେଲାପରେ ମଧ ଆମ୍ଭାର ମୃତ୍ୟୁ ନାହିଁ । ପୁଣି ସେ ଆରମ୍ଭ କରେ ନୂଆ ଜୀବନଧାରା । ସବୁକୁ ପାଶୋରି ଦିଏ ନୂତନ ପ୍ରାଣରେ । ଗତଜନ୍ମର ଆସକ୍ତିକୁ ଭୁଲି ଯାଇଥାଏ ନୂତନ ପ୍ରାଣ ।

- ଏ ତ ବିସ୍ମୟ ମଣିଷର ଜ୍ଞାନ ଦୀପ୍ତିରେ ।

- କିଏ ଜଣେ ତ ଆମକୁ ଗାଇଡ୍‍ କରୁଛି !

- ସେ ହିଁ ସ୍ରଷ୍ଟା ଓ ସୃଷ୍ଟିକର୍ତ୍ତା । ଆମେ ସବୁ ତାଙ୍କର ଅଂଶ ବିଶେଷ ।

- ତେବେ ଜୀବର ମୃତ୍ୟୁ ନାହିଁ । ସେ ଅଂଶରେ ମୃତ୍ୟୁ ନାହିଁ ।

- କ'ଣ ଆମ୍ଭାର ?

- ହୋଇପାରେ ଆମ୍ଭା ପରମାମ୍ଭା ସହିତ ମିଶିଯିବ ।

- ବିଚିତ୍ର ଏହି ଧାରା । ବିଚିତ୍ର ଏହି ସୃଷ୍ଟିର ରହସ୍ୟ ।

- ତଥାପି ବିଜ୍ଞାନ ଦୌଡୁଛି ଆଗକୁ । ଏବେ ଭିକାରୀ ହାତରେ ମୋବାଇଲ୍‍ । ଭାବିଲ ଦେଖ ସାଙ୍ଗେ ସାଙ୍ଗେ ଏଠି ବସି ସାରା ପୃଥିବୀ ଲୋକଙ୍କ ସହିତ କଥା ହୋଇଯିବ । ଦେଖ ହୁଏନି ସେହି ତରଙ୍ଗକୁ । କିନ୍ତୁ ଆମ ପାର୍ଶ୍ୱରେ ଶହଶହ ତରଙ୍ଗ ବିଛାଡ଼ିହୋଇ ରହିଛି । ଅନ୍ୟ ଗ୍ରହ ଓ ନକ୍ଷତ୍ରରେ ଜୀବନସଭା ଥାଇପାରେ । ସେମାନେ ଆମଠାରୁ ଖୁବ୍‍ ଉଚ୍ଚତର ସୋପାନରେ ଥାଇପାରନ୍ତି । ଏବେ ମଧ ତମ ପାଖରେ ସେମାନେ ଥାଇପାରନ୍ତି ଅଦୃଶ୍ୟହୋଇ । ତଥାପି ଆମେ ଦେଖିପାରୁନେ ।

- ହୋଇପାରେ ସେମାନଙ୍କ ଜ୍ଞାନ ଢେରଗୁଣରେ ଶକ୍ତିମୟ । ଆମେ ତ ଈଶ୍ୱରଙ୍କୁ ଶକ୍ତିମୟ କରିଦେଇଛେ । ସେମାନଙ୍କ ଭିତରେ ଈଶ୍ୱରୀୟ ଶକ୍ତି ଥାଇପାରେ । ସତରେ ସଂସାରର ସୃଷ୍ଟି ହିଁ ରହସ୍ୟରେ ଭରା । ଏଠି ଆମେ ମୋର ତୋର ହୋଇ ହିଁ ମରୁଛେ ।

ନିର୍ମଳାର ସଂସାରଟି ଜୀବନର ଫେଡ଼ାଣ ମିଶାଣ ଭିତରେ କଟିକଟି ଆସିଲାଣି । ଏବେ ତ ବେଳେ ବେଳେ ମନେପଡ଼ୁନି ଅତୀତର ନାଁମାନ । ଆଗରୁ ସ୍ମୃତିର ସିନ୍ଦୁକରେ ସାଇତି ହୋଇ ରହିଥିଲା ଅନେକ ନାଁ । ଏବେ ସ୍ମୃତିଶକ୍ତି କମି ଆସିଲାଣି । କିଛି କିଛି ଅଭୁଲା ସ୍ମୃତି ମନରେ ଦୃଶ୍ୟ ହେଉଛି । ଏଇ ଯେମିତି ଲୀନା ମା' । ଲୀନାର ବାହାଘର ବେଳେ ଘରକୁ ଆସି କାର୍ଡ଼ ଦେଇଥିଲେ ଲୀନା ବାପା । ଯିବାକୁ ମଧ୍ୟ କହିଥିଲେ କିନ୍ତୁ ଯାଇହେଲାନି । ସ୍ନେହା ବାପାଙ୍କର ଦେହ ଖରାପ ହୋଇଗଲା ସେଇ ବାହାଘର ତିଥିବେଳେ । ପୁଣି ଗାଁର ଗୁଆବନ୍ଧୁକ ଡାକରା ଥିଲା । ଦାଦାଙ୍କ ପୁଅ ବାହାଘର ସେଇ ତିଥି ସହିତ ଯୋଡ଼ି ହୋଇଗଲା । ତେଣୁ ନିର୍ମଳା ଗାଁକୁ ଯିବାକୁ ବାଧ୍ୟହେଲା । ଏଇ ତ ଦୁଇଦିନ ତଳେ ଲୀନା ମା' ସହ ମାର୍କେଟ୍‌ରେ ଦେଖା ହେଲା । ପଚରିଲା ନିର୍ମଳା – ଲୀନା ବାହାଘର ଠିକ୍‌ରେ ସରିଗଲା ତ ?

– ଆପଣ ତ ଆସିଲେନି ।

– ଗାଁକୁ ଘୁଲିଯାଇଥିଲି । ଯାଙ୍କର ତ ଦେହ ଖରାପ ଥିଲା । ପୁଣି ଆପଣ ଅନୁଗୋଳରେ କଲେ । ଏବେ ପରା ସେପଟ ରାସ୍ତା କାମ ଘୁଲିଛି ବୋଲି ଯାତ୍ରା କଲାବେଳେ ଧଡ଼କଟରେ ଯିବାକୁ ପଡ଼ିବ । ଅସୁବିଧା ଯୋଗୁଁ ସ୍ନେହା ବାପା ଯାଇପାରିଲେନି ।

– ହଁ ସବୁ ଭଲରେ ହେଲା । କିନ୍ତୁ ଆମର ବାରିପଦା ରହଣି ଭାରି ମନେପଡ଼େ । ବଡ଼ପୁଅ ଦେବେଶ ଆସିଛି ଆମେରିକାରୁ ତା ସ୍ତ୍ରୀ ପୁଅକୁ ନେଇ । ବାହାଘର ପରେ ଯାଇଛି ଆମେରିକା । ଏଇ ଭୁବନେଶ୍ୱରରେ ଆମେ ଗୋଟିଏ ଫ୍ଲାଟ୍ କିଣିଛୁ । ସେଠି ଆସି ଅଛୁ । ମଝିରେ ମଝିରେ କିଛିଦିନ ରେଷ୍ଟନେବାକୁ ଆସିଯାଉ ଏଠିକି । ପୋଷା କୁକୁର ପାଇଁ ଘର ଛାଡ଼ି କୁଆଡ଼େ ଯାଇପାରୁନୁ । କେତେବର୍ଷ ବଞ୍ଚିବ ସିଏ ? ଏବେ ତ ବାରବର୍ଷ ପୁରି ତେରବର୍ଷ ଘୁଲିଲା । ତା ପାଇଁ କାମ ଲାଗୁଛି । ତାକୁ ଛାଡ଼ି ମଧ୍ୟ ଯାଇପାରୁନୁ । ଟିକିଏ ଠିଆ ହୁଅନ୍ତୁ । ଏବେ ଦେବେଶ ଓ ଲୀନା ବାପା କାର୍ ନେଇ ଆସିବେ ମୋତେ ନେବାପାଇଁ । ଦେବେଶର ମୁଣ୍ଡରୁ ଚୁଟି ଉପୁଡ଼ି ପଡ଼ିଲାଣି । ସେ ଚନ୍ଦା ହୋଇଗଲାଣି ତେଣୁ ଏଠି ଚୁଟି ରୋପଣ କରିଛି । ଦେଖ୍ୱ ତାକୁ କିନ୍ତୁ କିଛି ପଚରିବେନି । ତା ବୋହୂ ତ ବହୁତ ହାଇଲେବଲର ଝିଅ । ଆମଘର ତାକୁ ଭଲ ଲାଗିବନି । ଆଉ ଶାଶୁ ଶ୍ୱଶୁରକୁ ପଚରୁଛି କି ? ଏବେ ତା ମାଉସୀଘରେ ନାତିକୁ ନେଇ ରହିଛି ।

କାର୍ ଆସି ପହଁଞ୍ଚିଲା ଆମ ପାଖରେ । ଡୋର ଖୋଲି ଦେବେଶ୍ ଓହ୍ଲାଇ ଆସିଲା । ଲୀନା ବାପା ମଧ୍ୟ ଓହ୍ଲାଇ ଓହ୍ଲାଇ ନମସ୍କାର ଜଣାଇଲେ । ନିର୍ମଳା ଦେବେଶ୍‌କୁ ଚିହ୍ନିଁ ପାରିଲା – ପୁରା ଲଣ୍ଡା ହୋଇ ପଡ଼ିଛୁ ଯେ । ମୁଣ୍ଡରେ ରୁମାଲ୍ ବାନ୍ଧି ବୁଲୁଛୁ ।

କିଛି କହିଲାନି ଦେବେଶ୍ । ନିର୍ମଳା ଉଚିତ୍ ମଣିନଥିଲା ସେ ବିଷୟରେ ଅଧିକା କିଛି କହିବାକୁ । ସ୍ନେହା ବାପା ପ୍ରଶ୍ନ କଲେ – ତୁ ତ ମୋଟା ହୋଇନୁ । ଯେମିତି ସେମିତି ଅଛୁ ।

ନିର୍ମଳା କହିଲା – ମୋଟା ହେଲେ ଶରୀରରେ ରୋଗ ବଢ଼ିବ ଏବେ ଠିକ୍ ଅଛି । ସେଥ‌ି ବେଶୀ ତେଲ ମସଲା ଖାଦ୍ୟ ଖାଉନାହାନ୍ତି ।

ଏବେ ଡାଇବେଟିସ୍ ବଢ଼ିଗଲାଣି ଆମ ଭାରତରେ । ପୃଥ‌ିବୀର ଡାଇବେଟିସ୍ କ୍ୟାପିଟାଲ୍ ହୋଇଯିବ ଭାରତ । ଭାତ ଓ ମିଠା ହିଁ ଭାରତୀୟଙ୍କ ପ୍ରିୟ । କହିଲେ ସ୍ନେହା ବାପା ।

ନିର୍ମଳା କହିଲା – ଏବେ ମୋର ଡାଇବେଟିସ୍ ପାଇଁ ତିନିଟା ଔଷଧ ଖାଉଛି ।

ଆଶ୍ଚର୍ଯ୍ୟ ହୋଇ ଲୀନା ବାପା ପ୍ରଶ୍ନ କଲେ– କେବେ ଡାଇବେଟିସ୍ ବାହାରିଲା ?

– ଦୁଇହଜାର ବାର ମସିହାରୁ ତ ଔଷଧ ଖାଉଛି । ବାରିପଦାରେ ଥ‌ିବାବେଳେ ଚିଲୁଥ‌ିଲି ବେଶୀ । ଖାଦ୍ୟପେୟକୁ ଜଗି ଚଲୁଥ‌ିଲି । କିଛି ବର୍ଷ କଣ୍ଟ୍ରୋଲ୍ ହୋଇଗଲା ଡାଇବେଟିସ୍ ରୋଗଟି ।

– ସତରେ । ତମେ ତ ମୋଟା ନୁହଁ । ତଥାପି ଡାଇବେଟିସ୍‌ରେ ପଡ଼ିଗଲଣି । ଲୀନା ମା’ର ସ୍ୱର ଶୁଣାଗଲା ।

– ବୁଝିଲେ ଲୀନା ମା’ । ଏଇ ରୋଗ ମୋର ଜେନେଟିକ୍ । ବୋଉଠାରୁ ଆସିଛି । ଆଉ ତା’ର ଉପାୟ ନାହିଁ । ମୃତ୍ୟୁପର୍ଯ୍ୟନ୍ତ ସାଥ‌ି ହୋଇଥ‌ିବ । ସବୁ ତ ଅସ୍ଥ‌ିର । ଆଉ ଶରୀର ସ୍ଥ‌ିର ହୋଇ ରହିଥ‌ିବ କେମିତି ?

◻

ମଥୁରା ଦର୍ଶନ

ପିଲାଙ୍କର ସବୁ ଦୋଷକୁ ଆଖି ବୁଜି ଦେଇ ହେବନି ତ ଆଉ । ସେମାନଙ୍କ ଘର ସଂସାର ଭିତରେ କିମ୍ବା ଚଳଣୀରେ ଦୋଷ ତ୍ରୁଟି ଦେଖିଲେ ବାଧ୍ୟ ହୁଏ କହିବାକୁ ତନ୍ଦ୍ରା । ତା'ର ମନରେ ଆପେ ଆପେ ମା' ଓ ସନ୍ତାନର ସମ୍ପର୍କର ମୁହୂର୍ତ୍ତଗୁଡ଼ିକ ଆୟତ୍ତ ହୋଇଯାଆନ୍ତି । ଯଦିଓ ବର୍ତ୍ତମାନ ସମୟରେ ତା'ର କୋମଳସନ୍ତାନଟି ଏବେ ବଡ଼ହୋଇ କଠୋର ମନୋଭାବରେ ଆକ୍ରମାଲ୍କ ହୋଇଯାଇଛି ତଥାପି ସେ ଦ୍ୱିଧା କରେନି କିଛି ଉପଦେଶ ଦେବାକୁ କିମ୍ବା ସେମାନଙ୍କ ମନକୁ ପରିବର୍ତ୍ତନ କରିବାକୁ । ବେଳେ ବେଳେ ଗୋଟିଏ ଗୋଟିଏ ମୁହୂର୍ତ୍ତ କଷ୍ଟ ଲାଗେ । ମନରେ ଦୁଃଖ ଆସେ ନିଜ ଜନ୍ମିତ ସନ୍ତାନ ବୁଝିପାରୁନି କେମିତି ? ଅନ୍ୟକୁ କହି ଲାଭ କ'ଣ ? ନିଜେ ହିଁ ନିଜ ପିଲାଙ୍କ ବିରୁଦ୍ଧାଚରଣ କରିବ । ତେଣୁ ସେମାନଙ୍କ ଭୁଲକୁ ଚେତାଇ ଦେଇ ମନର ଝର୍କାକୁ ଖୋଲି ସାଇତା ହୋଇଥିବା ଭାବନାକୁ ପିଲାଙ୍କ ପାଖରେ ଉପସ୍ଥାପନ କରିଦେଲେ କ୍ଷତି କ'ଣ ? ମା' ପରା ସିଏ । ସେ ସହିପାରେ ମିଠା, ପିତା ସମ୍ପର୍କରେ ସ୍ୱାଦ । ତଥାପି ଅନ୍ୟ ଆଗରେ ପ୍ରକାଶ କରିବାକୁ ତା'ର କୁଣ୍ଠାବୋଧ । ତାରି ଆଗରେ ତା ସନ୍ତାନଙ୍କ ହସ ସବୁଠୁ ସୁନ୍ଦର । ତାରି ନିଜସ୍ୱ ରକ୍ତର ସନ୍ତାନ ବର୍ତ୍ତମାନରେ ଅମିଳନ ହୋଇଯିବେ କେମିତି ? ସେ ପରା ବଞ୍ଚିଛି ।

– ମା' ମୋର ମେଡ଼ିକାଲ୍ ପି.ଜି. ପରୀକ୍ଷା ଡିସେମ୍ବର ବାର ତାରିଖରେ ହେବ । ତୁ ଯେମିତି ହେଲେ ଆସିବୁ ଦିଲ୍ଲୀ । ମୋ ପୁଅକୁ ତୁ ହିଁ ସମ୍ଭାଳିବୁ । ଜ୍ୱାଇଁ ମୋତେ ନେଇଯିବେ ସେ ପରୀକ୍ଷା ସେଣ୍ଟରକୁ । ଝିଅ କହିଲା ।

– ହଉ ଯିବି । ତୋ ବାପାଙ୍କୁ ପଚାରିବି । ଯଦି ତୋ ଶାଶୁ ତୁମ ପାଖକୁ ଯାଆନ୍ତେ ତେବେ ଭଲ ହୁଅନ୍ତା । କହିଥିଲା ତନ୍ଦ୍ରା ଦ୍ୱନ୍ଦ୍ୱରେ ।

– ତୁ ଯେମିତି ହେଲେ ଆସିବୁ । ତୁ ନ ଆସିଲେ ମୁଁ ପି.ଜି. ପାଇବି ନାହିଁ । ତୁ ମୋ ପୁଅ କଥା ଠିକ୍‌ରେ ବୁଝିପାରିବୁ । ବାପାଙ୍କୁ ନେଇ ଆସିଯିବୁ । ଜୋର୍‌ରେ ଝିଅ ଆର୍ଯ୍ୟା କହିଲା ।

– ଦେଖ ତୋ ବାପାଙ୍କୁ ଛୁଟି ମିଳୁଛି କି ନାହିଁ । ଆମେ ତ ଅଛୁ ସମ୍ବଲପୁରରେ । ଏଠୁ ଟ୍ରେନ୍‌ରେ ଯିବାକୁ ପଡ଼ିବ ।

– ତୁ ଯେମିତି ହେଲେ ଆସିବୁ ତ କହି ଆର୍ଯ୍ୟା ଫୋନ୍ କାଟିଲା ।

ମା'ର ମନ ତ । ମୃତ୍ୟୁ ପର୍ଯ୍ୟନ୍ତ ସନ୍ତାନଙ୍କ ପାଖରୁ ଆସକ୍ତି ହଟିଯିବନି ତ ଆଉ ! ନିଜ ମାତୃତ୍ୱର ସ୍ୱଭାବ ଯୋଗୁ ସେ ହିଁ ସ୍ୱାର୍ଥତ୍ୟାଗ କରିପାରେ ଯଦିଓ ସ୍ୱାର୍ଥ ନିଶାରେ ଆସକ୍ତି ହୋଇଯାଇଥାଆନ୍ତୁ ତାର ସନ୍ତାନମାନେ । ତା ମନକଥା ସନ୍ତାନ ବୁଝିବ କେବେ ?

ସମୟ ଦିନ ଦୁଇଟା ତେର ମିନିଟ୍ । କାର୍ ଆସି ପହଁଶିଲା ଗେଟ୍ ସମ୍ମୁଖରେ । ତନ୍ଦ୍ରା ଝରକାରେ ଦେଖିଲା ତପନ ଗେଟ୍ ଖୋଲିଲେ । ତନ୍ଦ୍ରା ଉଠିଲା ନିଜ ପଢ଼ା ଚେୟାରରୁ । ଡ୍ରଇଂରୁମ୍ ଡୋର୍ ଖୋଲି ରୋଷେଇ ଘରକୁ ପ୍ରବେଶ କଲା ଖାଦ୍ୟ ଗରମ କରିବାପାଇଁ । ଭଜା କଡ଼େଇଟିକୁ ଗ୍ୟାସ୍‌ରେ ବସେଇ ଗ୍ୟାସ୍ ଚୁଲା ଲଗେଇଲା । ଭାତ ଗରମ ଅଛି । ସାଙ୍ଗେ ସାଙ୍ଗେ ପରିବା କାଟି ଭଜା ଭାଜିଲେ ଭଲ ଲାଗିବ ଖାଇବାକୁ । ତପନ ଟିକିଏ ଧୁଆଧୋଇ ହୋଇ ଆସୁ ଆସୁ ଭଜା ସରିଯାଇ ଥିବ ।

ଘର ଭିତରକୁ ପ୍ରବେଶ କରୁକରୁ ତପନଙ୍କ ସ୍ୱର ଶୁଣାଗଲା – ଆଜି ଝିଅ ଫୋନ୍ କରିଥିଲା ମୋତେ । ମୋର ମିଟିଙ୍ଗ୍ ଚଲିଥିଲା । କହିଲି– ମା' ସହ କଥା ହେବୁ । କଥା କ'ଣ ?

– ତା'ର ମେଡ଼ିକାଲ୍ ଡି.ଏନ୍.ବି. ପରୀକ୍ଷା ଡିସେମ୍ବର ବାରରେ ଅଛି । ଯିବାକୁ କହିଛି ।

– ଏଇ ପ୍ରବଳ ଶୀତରେ ଦିଲ୍ଲୀ ଯିବ କିଏ ? ମୋର ଅଫିସ୍ ଛୁଟି ନାହିଁ । ତା ଶାଶୁ ତ ଆସିପାରନ୍ତେ ।

– ସେୟା ତ । କିନ୍ତୁ ସେ କହୁଛି ତୁ ଆସି ମୋ ପୁଅକୁ ସମ୍ଭାଳିବୁ । ଯେହେତୁ ତା ଡାକ୍ତରୀଶିକ୍ଷା ପାଇଁ ମୁଁ ଗୁରୁତ୍ୱ ବହନ କରିଥିଲି ତେଣୁ ତାର ପି.ଜି. ପାଇଁ ମୁଁ ଗୁରୁତ୍ୱ ଦେବି ନା ନାହିଁ ? ପି.ଜି. ପାଇଗଲା ପରେ ତା'ର ପଢ଼ା ଶେଷ ଓ ମୋ କାମ ମଧ ଶେଷ ।

– କିଏ ଆଉ ତା ପିଲାମାନଙ୍କ ଦାୟିତ୍ୱ ନେବ ? ତମେ ହିଁ କରିବ ।

– ସେମାନେ ଲୋକରଖି କରିବେ ।

– ଏବେ ଲୋକରଖ୍ୟ ପରୀକ୍ଷା ଦେଇପାରିଲାନି କେମିତି ? ତପନଙ୍କ ଆକ୍ଷେପର ସ୍ୱର ଶୁଣାଗଲା ।

ତନ୍ଦ୍ରା ଚୁପ୍ ରହିଲା । ଏତେ ସହଜରେ ତପନ ପିଲାଙ୍କ ପକ୍ଷରେ ଢଳିବା ମଣିଷ ନୁହଁନ୍ତି । ସେ ଭୁଲ୍ ଦେଖିଲେ ପଛରେ ତାଙ୍କ ଅବୁଝା ମନକୁ ବୁଝେଇବାକୁ ଯାଇ ହଜାରେ ବକ୍ ବକ୍ ତନ୍ଦ୍ରା ପାଖରେ ହିଁ ହେବେ ଯେପର୍ଯ୍ୟନ୍ତ ତନ୍ଦ୍ରା ଟିକିଏ ଜୋର ଦେଇ ନ କହିଛି ମୋର ଶୁଣିବାକୁ ଧୈର୍ଯ୍ୟ ନାହିଁ ବୋଲି । ବୟସର ଅପରାହ୍ନରେ ପହଁଞ୍ଚିସାରି ତପନ ହିଁ ବେଶି ଅଭିଜ୍ଞ ବ୍ୟକ୍ତିଟିଏ ପାଲଟି ଯାଇଛନ୍ତି ?

– ବାଢ଼ିଲଣି କି ? ତପନଙ୍କ ପ୍ରଶ୍ନ ।

– ଆସ ଡାଇନିଂ ଟେବୁଲ୍‌କୁ । ପୁଣି କାହାର ଫୋନ୍ ।

ତପନ ଖାଇବା ଆରମ୍ଭ କଲେ । ତନ୍ଦ୍ରା କେଉଁଠୁ କଥାଟି ଉତ୍ଥାପନ୍ କରିବ ଯେ ଟିକେଟ୍‌ଟିଏ କର । ତପନଙ୍କ ଖାଦ୍ୟ ଅଧା ହେଲାବେଳକୁ ତନ୍ଦ୍ରା କହିଲା ଆମେ ଡିସେମ୍ବର ଏକ ତାରିଖରେ ଯିବା । ତୁମେ ଆଜି ଟିକେଟ୍ ଦୁଇଟା କରିଦିଅ ।

– ମୁଁ ପୁଣି ଯିବି ।

– ଆଉ କେମିତି ହେବ ?

– ତମେ ଏକା ଘୁଲିଯାଅ ।

– ତମେ କ'ଣ ଏଠି ଏକା ରନ୍ଧାରନ୍ଧି କରି ଖାଇପିଇ ବସିଥିବ କି ? ତମେ ମୋ ସହ ଯଦି ଯାଅ ତେବେ ଆମେ ଏକା ସାଙ୍ଗରେ ଘୁଲି ଆସିବା ପରୀକ୍ଷା ସରିଲାପରେ ।

– ଆମେ କ'ଣ ନ ଗଲେ ସେ ପରୀକ୍ଷା ଦେଇ ପାରିବନି କି ?

– କହିଛି ତ ମୋତେ ।

– ହଉ ମୁଁ ଆଜି ଏ.ସି.ରେ ଟିକେଟ୍ କରି ଦେଉଛି । ଆରାମରେ ଯିବା ଟ୍ରେନ୍‌ରେ ।

ଏସି ବଗି ହି ପରିଷ୍କାର ପରିଚ୍ଛନ୍ନ ରହୁଛି ଯିବା ଆସିବା ପାଇଁ । ଗରମ, ଥଣ୍ଡା ସବୁବେଳେ ଏସି ବଗି ହିଁ ସବୁଧା । ରିଟର୍ଣ୍ଣ ଟିକେଟ୍ ମଧ କରିଦେବ ।

– କେବେ ଫେରିବା ଆମେ ?

– ଭାବୁଛି ଏଥର ମଥୁରା ଦର୍ଶନ କରି ଫେରିବା । ମଥୁରାରେ କୃଷ୍ଣଙ୍କୁ ଦେଖିବାକୁ ଇଚ୍ଛା । ଆମ ପୁଅ ଜନ୍ମ ବେଳେ କୃଷ୍ଣଙ୍କୁ ସ୍ୱପ୍ନରେ ଦେଖିଥିଲି ପରା ।

– ହଉ ଏଥର ମଥୁରା ବୁଲି ଆସିବା । ଗତବର୍ଷ ମା'ର ବର୍ଷିକୀୟା ଯାଇ ନଥିବାରୁ ମଥୁରା ଦର୍ଶନରୁ ବିରତ ହେଲେ ଆମେ ।

– ତମେ କ୍ରିୟାକର୍ମ କରିଲ । ବଡ଼ପୁଅଙ୍କ କାନ୍ଧରେ ମା'ଙ୍କର କର୍ମ ତ ବର୍ଷେ ପର୍ଯ୍ୟନ୍ତ ରହିବ । ଯିଏ ମାନୁଛି ଭଲ ଯିଏ ନ ମାନିଲା ନାହିଁ । ଏଠି ତମକୁ କିଏ ବାଧ୍ୟ କରିବାକୁ ନାହାନ୍ତି । ମା' କ'ଣ ଜାଣୁନଥିବେ କି ଆମେ ଆମ ପରମ୍ପରା ଓ ସଂସ୍କାରକୁ ମାନୁଛେ ବୋଲି ?

– ମା'ଠାରୁ ତମେ ଆହୁରି ଅଧିକା ପରମ୍ପରାକୁ ଜାବୁଡ଼ି ଧରିଛ । ଯୁଗ ବଦଳିଲାଣି । ଆମେ ବଦଳିଯିବା ।

– ଏଇଠି ପାଶ୍ଚାତ୍ୟ ସଭ୍ୟତାର ଉଷ୍ମତା ତମ ମନକୁ ଖାଲି ଘାରୁଛି । ପିଲାଦିନୁ ପାଳିଥିବା ଧର୍ମଭିତ୍ତିକ ପରମ୍ପରା ଓ ସଂସ୍କାରକୁ ମୁଁ ଉଡ଼ାଇ ଦେବା ବ୍ୟକ୍ତି ନୁହେଁ । ଏଥର ନିଶ୍ଚୟ ମଥୁରାଦର୍ଶନ ହେବ ।

– କିନ୍ତୁ ଜ୍ୱାଇଁ ଆମକୁ ସହଯୋଗ କଲେ ତ ହେଲା । ସେ ତା ହସ୍ପିଟାଲ୍ କାମଛାଡ଼ି ଆମକୁ ଆଉ ବୁଲେଇ ନେବେନି । ଗତ ଥର ଝିଅର ପୁଅ ଏକୋଇଶିଆ ବେଳକୁ ଆମ ପୁଅ ଚେନ୍ନାଇରୁ ଆସି ପହଞ୍ଚିଲା ବୋଲି ତା ସହ ଆମେ ତାଜ୍‌ମହଲ ଆଦି ବୁଲି ଆସିଥିଲେ । ନଚେତ୍‌ ମୁଁ ଏକା ତମକୁ ନେଇ ବୁଲିଯାଇପାରିବିନି ।

– କାହିଁକି ? କ'ଣ ଡର ମାଡ଼ୁଛି ?

– ଦୂରବାଟକୁ ଆମେ ଦୁହେଁ ଏକା କାର୍‌ରେ ଯିବା ଠିକ୍‌ ହେବନି । ପିଲାମାନେ ଥିଲେ ଭଲ । ଝିଅର ଛୋଟ ପୁଅ । ତେଣୁ ସେ ଯାଇପାରିବନି, ଜ୍ୱାଇଁ ଗଲେ ହେଲା ।

ଦେଖାଯାଉ ଆଗକୁ ଠାକୁରଙ୍କ ଦର୍ଶନ ମିଳୁଛି କି ନାହିଁ । ଝିଅର ପରୀକ୍ଷା ସରିଗଲାପରେ ଆମେ ମଥୁରା ବୁଲି ଫେରିଯିବା । ଟିକେଟ୍‌ ଆଜି ହିଁ କରିଦିଅ ତମ ସମୟ ସୁବିଧା ଦେଖ ।

ଝରିଦିନ ପରେ ଦିଅରଙ୍କ ଫୋନ୍‌ ଗାଁରୁ ଆସିଲା – ମୋ ଝିଅର ନିର୍ବନ୍ଧ ଘର ଡିସେମ୍ବର ତିନି ତାରିଖରେ ହେବ । ଆସିବ ନିଶ୍ଚୟ ।

ଏତକ ଖବର ଶୁଣି ତପନ କହିଥିଲେ – ଖୁସିର କଥାଟିଏ । କିନ୍ତୁ ଆମେ ତ ଡିସେମ୍ବର ଏକ ତାରିଖରେ ଦିଲ୍ଲୀ ଯାଉଛୁ । ଆର୍ଯ୍ୟାର ମେଡ଼ିକାଲ୍‌ ପିଜି ପରୀକ୍ଷା ଅଛି । ବାହାଘରକୁ ଯିବୁ ।

ମାତା ହେଉ ପିତା ହୁଅନ୍ତୁ ଆଗ ନିଜ ପୁତ୍ର କନ୍ୟାଙ୍କ ପାଇଁ କର୍ତ୍ତବ୍ୟକୁ ଗୁରୁତ୍ୱ ଦିଅନ୍ତି ଅନ୍ୟମାନଙ୍କ ତୁଳନାରେ । ଭାଇ ଝିଅର ନର୍ବ୍ଡ଼ଠାରୁ ନିଜ ଝିଅର ପିଜି ପରୀକ୍ଷା ସେମାନଙ୍କ ପାଇଁ ଅଧିକ । ବାପା ମା'ଙ୍କ ଚିନ୍ତା ଓ ଚେତନା ଅଲଗା ଯଦିଓ ସନ୍ତାନମାନେ ବୁଝିପାରିନଥାନ୍ତି ନିଜେ ନ ଭୋଗିଲା ପର୍ଯ୍ୟନ୍ତ । ତଦ୍ୱାର ମନେ ଅଛି ଆଜି ପର୍ଯ୍ୟନ୍ତ ବେଳେ ବେଳେ ତାକୁ ଲାଗେ ନିଜ ପିଲାଙ୍କ ପାଇଁ ଆଖ୍ତୁ ଗଣ୍ଡି ଛିଣ୍ଡେଇ ଏତେ କାମ କରି ଯଦି ପିଲାମାନେ ଅବୁଝା ହୁଅନ୍ତି ତେବେ ପ୍ରଥମରୁ ସ୍ୱାର୍ଥପର ହୋଇଗଲେ କ୍ଷତି କ'ଣ ? କିନ୍ତୁ ସାମ୍ନାରେ ଉଙ୍କିମାରେ କର୍ତ୍ତବ୍ୟର ଆହ୍ୱାନ । ସମୟସାଙ୍ଗରେ ଏକ ପ୍ରଶ୍ନବାଚୀ ସୃଷ୍ଟି ହୋଇଯାଇଛି ଯଦିଓ କର୍ତ୍ତବ୍ୟ ଥିଲା ମାତୃପିତୃର ଧର୍ମକୁ ଅକ୍ଷରେ ଅକ୍ଷରେ ପାଳନ କଲାବେଳେ । ସେତେବେଲେ ତ ହୃଦୟରେ ଭରିଥିଲା ମମତାର ଉସ୍ । ସେ ସ୍ରୋତର ଉସ୍ରେ ସେମାନେ ନିଜକୁ ଉ‌ସର୍ଗ କରିଦେଲେ ପିଲାଙ୍କୁ ମଣିଷ କରି ଗଢ଼ିବାକୁ । ଗଭୀର ଭଲପାଇବାର ସ୍ୱାଦରେ ବ୍ୟାକୁଳତା ସତରେ କ'ଣ ପିଲାମାନେ ବୁଝିବେ ନା ଶୁଣିବେ ଭବିଷ୍ୟତରେ ? ବିସ୍ତୃତ ସ୍ମୃତିର ପାଦରେ ଝୁଲୁଝୁଲୁ ତଦ୍ୱାର ନିଃଶ୍ୱାସ ଗରମ ହୋଇଯାଉଛି କାହିଁକି ? ଭାବୁଛି ତା ସ୍ୱପ୍ନର ବିଭୋରପଣରେ ଏବେ ନୀରବତା ଆସିଯାଉଛି କାହିଁକି ? ଏଇଟା ତା କ୍ଷେତ୍ରରେ ଏକା ନୁହେଁ । ଏମିତି କେତେ ପିତାମାତା ନିଜ ହୃଦୟର ନିଷ୍ଠୁର ସତ୍ୟକୁ ଲୁକ୍କାୟିତ କରି ମୁହଁରେ ଟାଣପଣ ଦେଖାଇ ବାହାଦୁରୀ ମାରିପାରନ୍ତି ନିଜ ପୁତ୍ରକନ୍ୟାଙ୍କ ପାଇଁ ।

ତଦ୍ୱାର ମନ ତ ଅଲଗା । ତାକୁ କପଟତା ଭଲ ଲାଗେନି । ଆପଣାର ଲୋକ ତାକୁ ଅଣଦେଖା କଲେ ତା ହୃଦୟ ଭାଙ୍ଗିଯାଏ ଯେମିତି । ଏହି କ୍ଷଣଭଙ୍ଗୁର ଶରୀରରେ ଆସକ୍ତିକୁ ଦୂରେଇ ଦେଇ ପାରିବନି । ଯାହାଙ୍କ ପାଇଁ ସମୟ ସାରିଛି ସେମାନଙ୍କଠାରୁ ଆଶା କରିବା ନିଶ୍ଚିତ । ସେ ଭୋଗବାଦୀରେ ବିଶ୍ୱାସ କରେନି କିନ୍ତୁ ବାସ୍ତବତା ଭିତରେ ଖୋଜେ ପିଲାଙ୍କ ଭଲପାଇବାର ମୁହୂର୍ତ୍ତକୁ । ଅଥଚ ହତାଶାବୋଧ ଗ୍ରାସିଲେ ନିରୋଳାରେ ସଂପର୍କକୁ ତର୍ଜମା କରେ । ଆଖିରୁ ନିଦ ହଜିଯାଏ । ଗଭୀର ଭାବାୟୁକ ହୋଇ ଆସକ୍ତିଠାରୁ ଦୂରେଇ ରହିବାକୁ ଚେଷ୍ଟା କରେ ।

ଏଇ ତ ଦିଲ୍ଲୀ ଯିବାପରେ ଆର୍ଯ୍ୟାର ପିଜି ପରୀକ୍ଷା ସରିଲା । ତା'ପରେ ଜ୍ୱାଇଁକୁ ଅପେକ୍ଷା । କେଉଁଦିନ ସମୟ ବାହାର କଲେ ଆମକୁ ଟିକିଏ ବୁଲେଇ ଆଣିବେ । ଆମେ ହଁ କାର ଭଡ଼ା କରିବୁ । ଖର୍ଚ୍ଚ ଆମେ ଦେବୁ । ଖାଲି ସମୟ ଟିକିଏ ଦେଲେ

ହେଲା । ଝିଅର କଥା–ଜ୍ୱାଇଁଙ୍କର ଏବେ ସମୟ ନାହିଁ । ତୋର ବାପାଙ୍କର କାର୍‌ରେ ଏକା ଯାଇ ଫେରି ଆସିପାରିବ ।

– ଏପଟରେ ତୋ ବାପା ତ ଯିବାକୁ ନାରାଜ । ମୁଁ କ'ଣ ତାଙ୍କୁ ଏକା ନେଇ ଯିବି କି ? କେତେ ଆଶା କରିଥିଲି ଏଥର ମଥୁରା ବୁଲିବି ବୋଲି ।

– ଆଉ କେବେ ଆସିଲେ ଯିବୁ । ମୋ ପୁଅ ବଡ଼ ହୋଇଯାଇଥିଲେ ମୁଁ ଯିବି ତୋ ସହ ।

– ଆଉ ଆସୁଛି କି ନାହିଁ ଦେଖାଅଛି ।

– ଆମେ ଏଠି ରହୁଛୁ ପରା ।

– ତୋର ପିଜି ହେଲେ ଆଉ କୁଆଡ଼େ ଢଳିଯାଇପାର । ଜାଣିଛୁ ତୋ ବାପାଙ୍କ କଥା । ଏକା ଯିବେନି କି ମୋତେ ନେଇ ଯିବେନି । ସାଙ୍ଗ ହୋଇ ଯିବେ । ହଉ ଏଇ କେଇଦିନ ଭିତରେ ଯଦି ଜ୍ୱାଇଁ ସମୟ ବାହାର କରିପାରନ୍ତି ତେବେ ବୁଲି ଆସିବି ।

ଯାରି ଭିତରେ ଜାଇଁଙ୍କୁ ସମୟ ମିଳିନି କିମ୍ବା ସମୟ ବାହାର କରି ଆମକୁ ବୁଲାଇନେବାକୁ ରୁହିଁନାହାନ୍ତି ସେ ଜାଣନ୍ତି । ଆମର ମଥୁରର କୃଷ୍ଣଙ୍କ ଦର୍ଶନ ସ୍ୱପ୍ନ ହୋଇ ରହିଯାଇଛି । ଫେରି ଆସିଛୁ ସମ୍ବଲପୁର ଫେରନ୍ତା ଟିକେଟ୍‌ରେ । ମାନସିକ ସ୍ତରରେ ତିନ୍ଦ୍ରା ଟିକିଏ ଭାବମଗ୍ନ ହୋଇ ପଡ଼ିଛି । ଏତେ କାର୍ଯ୍ୟ ଝିଅପାଇଁ କରି ମଧ ଗୋଟିଏ ସାଧାରଣ ଇଚ୍ଛାକୁ ଝିଅ ଯେମିତି ପୁରଣ କରିବାକୁ ରୁହିଁଲା ନାହିଁ । ଜ୍ୱାଇଁ ତ ପରପୁଅ । ତାଙ୍କ ପାଖରେ ଶାଶୁଶ୍ୱଶୁରଙ୍କ ପାଇଁ ଆମ୍ମୀୟତାର ଅନ୍ତଃସ୍ୱର ଆସିବ କୁଆଡ଼ୁ ? ଆମ୍ମୀୟତା ଛଳନାମୟ ହୋଇଗଲା କି ଆଧୁନିକ ସମାଜରେ ? ଦିନେ ତା ବାପା ମଧ କହୁଥିଲେ ମୁଁ ବହୁବର୍ଷତଳେ କୋଣାର୍କ ଦେଖିଥିଲି । ଏବେ ଆଉ ଦେଖିନି । କିନ୍ତୁ ତାଙ୍କ କଥାର ଗୁରୁତ୍ୱକୁ ଉପଲବ୍ଧ କରି ତିନ୍ଦ୍ରା ଓ ତପନ କ'ଣ କୋଣାର୍କ ବୁଲାଇବାକୁ ନେଇ ଯାଇଥିଲେ କି ? ତପନ କହିଥିଲେ – ଆରଥରକୁ ଆସିଲେ କୋଣାର୍କ ଯିବା ।

ବାପାଙ୍କ କୋଣାର୍କ ଦର୍ଶନ ପୁଅମାନେ ମଧ ପୁରଣ କରିପାରିଲେ ନାହିଁ । ଝିଅ କଥା ତ ଛାଡ଼ । ବାପାଙ୍କ ମୃତ୍ୟୁ ହୋଇଯିବାପରେ ଅନେକ ଥର ତିନ୍ଦ୍ରାଭାବେ ବାପାଙ୍କୁ ଆମେ କୋଣାର୍କ ପୁଣି ଥରେ ବୁଲେଇ ଆଣିବାର ଥିଲା । ତମେ ସହଯୋଗ ତ କଲନି । ଖାଲି କାମ କାମରେ ଦିନ ସାରିଲ ।

– ଓ଼ ବାପା ପରା କୋଣାର୍କ ଦେଖିଥିଲେ । ପୁଣି ସେଠିକୁ ଯାଇ କ'ଣ ଆଉ ଦେଖିଥାଆନ୍ତେ ? ତପନ ଯୁକ୍ତି କରି କଥାଟିକୁ ଉଡ଼େଇ ଦେବାକୁ ଚେଷ୍ଟା କରନ୍ତି ।

ତନ୍ଦ୍ରା ଜାଣେ ତପନ ଭ୍ରମଣକାରୀ ନୁହଁନ୍ତି । ଯେଉଁ କାମରେ ଲାଗିଥିବେ ସେଠି ମନଧ୍ୟାନ ଦେଇ କରୁଥିବେ । ଘରବାହାରକୁ ଖାଲିଟାରେ ଯାଇ ବୁଲିବା ସପକ୍ଷରେ ସେ ଜମାରୁ ରାଜି ନ ଥାନ୍ତି । ତେଣୁ ଝିଅ ପୁଅ ସ୍କୁଲ କଲେଜ ପଢ଼ିଲାବେଳେ ଯେତିକି ସମୟ ତ ଗଲା କିନ୍ତୁ ଛୁଟିପରେ ଘରେ ହିଁ ରୁହନ୍ତି । ଜିନିଷ କିଣିବାକୁ ଯଦି ବାହାରକୁ ଯିବାକୁ ପଡ଼େ ତେବେ ପିଲାମାନେ ବାପାଙ୍କ ସ୍କୁଟରରେ ହିଁ ଯାଆନ୍ତି । ବୁଲାପିଲା ସେମାନେ ନୁହଁନ୍ତି । କାମ ନ ଥିଲେ କିଏ ହେଲେ ବାହାରକୁ ଯିବାକୁ ଉଚିତ୍ ମଣନ୍ତି ନାହିଁ । ଆଉ ଦର୍ଶନୀୟ ସ୍ଥାନ ବୁଲେଇବାକୁ କେଉଁ ଆଗଭର କି ତପନ ? ପିଲାମାନେ ଟିକିଏ ବଡ଼ ହେଲାପରେ ପୁରୀ ଜଗନ୍ନାଥଙ୍କୁ ଦର୍ଶନ ମିଳିଲା । ଗହଳି ହେଲେ ପାଟି କରିବେ ।

ତନ୍ଦ୍ରା ଚୁପ୍ ରୁହେ । ଈଶ୍ୱରୀୟ ଭାବନାରେ ତା ମନର ୫୍‌ଙ୍କୋ ଖୋଲାଥାଏ । ତେଣୁ ସେ ଯେମିତି ହେଲେ ଜଗନ୍ନାଥଙ୍କୁ ଦର୍ଶନ କରିଯିବ ।

ଦିଲ୍ଲୀରୁ ଝିଅର ଫୋନ୍ ଅଧିକାଂଶ ବେଳେ ଆସେ । ପ୍ରାୟତଃ ପ୍ରତିଦିନ । ତପନଙ୍କ ରାଗ ଶୁଣାଯାଏ – ପ୍ରତିଦିନ କେତେ କଥା ହେବକି ? ବେଶି ଫୋନ୍‌ରେ କଥାବାର୍ତ୍ତା କରନି । କାନ ଖରାପ ହେବ । ସହଜରେ ମା'ର ଇଚ୍ଛାକୁ ପୁରଣ କରିପାରିଲାନି । ଖାଲିଟାରେ ଫୋନ୍ କରି ମନକୁ ଯୋଡୁଛି । ଦେଖିବ ତା ଶାଶୁ ଆସିଲେ ସେମାନଙ୍କୁ ନେଇ ମଥୁରା ଦର୍ଶନ କରେଇ ଆଣିବ ।

– ଆଃ । ମୁଁ କ'ଣ ବାଦ କରୁଛି କି ? ତାଙ୍କ ପୁଅ ଯଦି ମା'ର ଇଚ୍ଛା ପୁରଣ କରିପାରିଲା ତେବେ ମୋର ଚିନ୍ତା କାହିଁକି ?

– ତମ ଝିଅ ତମ ଇଚ୍ଛାର ଗୁରୁତ୍ୱକୁ ଉପଲବ୍ଧ କଲାନି ।

– ମୁଁ କ'ଣ ମୋ ବାପାଙ୍କ ଇଚ୍ଛାକୁ ପୁରଣ କରିପାରିଲି କି ?

ଚୁପ୍ ହୋଇଗଲେ ତପନ ।

ତନ୍ଦ୍ର ଭାବିଲା ତପନ ସିନା ଚୁପ୍ ପଡ଼ିଗଲେ ହେଲେ ତା ମନଭିତରେ ଏବେ ସୁଦ୍ଧା ମଥୁରା ଦର୍ଶନର ନିଶା ରହିଛି । କେବେ ସେ ସୁଯୋଗ ଆସୁଛି ଦେଖାଅଛି ।

ଝିଅର ଫୋନ୍ ଆସିଯାଇଥିଲା ଏତକ ଭାବୁଭାବୁ । ମୋବାଇଲ ଉଠାଇ ହ୍ୟାଲୋ କହୁକହୁ ଝିଅ କହିଲା – ମା’ ଶାଶୁ ଆସିବେ । ଆମେ ସବୁ ମଥୁରା ଯିବୁ ।

– ହଉ ଭଲ କଥା । ତାଙ୍କୁ ବୁଲେଇ ଆଣ । ତାଙ୍କ ମନ ଖୁସି ହେବ ।

– ହଁ ଜ୍ୱାଇଁପରା କହିଲେ ବୋଉକୁ ବୁଲେଇ ଆଣିବା । ବୋଉ ମୋ ପଢ଼ାପାଇଁ ବହୁତ ବ୍ୟସ୍ତ ଥିଲା ।

– ତୋ ପଢ଼ା ପାଇଁ ମୁଁ କେତେ ବ୍ୟସ୍ତଥିଲି ବୁଝିପାରିବୁନି । ମୋ ରୁକିରିକୁ ଗୁରୁତ୍ୱ ଦେଲିନି ତମମାନଙ୍କ ପାଇଁ । ମୋ ମନ କଥା ତମେ ବୁଝିବ କୁଆଡ଼ୁ ?

– ତୁ ରୁକିରି କରିଥିଲେ ଆମେ କ’ଣ ଚଳିନଥାନ୍ତୁ କି ? ବାପା ତତେ ରୁକିରି କରିବାକୁ ଦେଲେନି ।

– ହଉ, ମଥୁରା ଗଲେ ମୋ ପାଇଁ ଭୋଗ କରିଦେବୁ ।

– ଆଉ କେବେ ଆସିଲେ ତୁ ଯିବୁ ।

– ଦେଖିବା କେବେ ମୋ ପୁଅ ସହିତ ଯିବି । ସମୟକୁ ଅପେକ୍ଷା ।

ପୁଅର ବାହାଘର ସରିଯାଇଛି । ତା’ର ଝିଅଟିଏ ତିନିବର୍ଷର । ପୁଣି ବୋହୂର ଡେଲିଭରି ଆଗକୁ ଅଛି । ମନରେ ଦ୍ୱନ୍ଦ୍ୱ । ଏଥର ପୁଅଟିଏ ହୋଇଯାଉ । ମୋ ପୁଅର ଜନ୍ମ ପୂର୍ବରୁ କୃଷ୍ଣଙ୍କୁ ତ ସ୍ୱପ୍ନରେ ଦେଖିଥିଲି । କିନ୍ତୁ ଏଇ କ’ଣ କାଲି ରାତିରେ ପୁଣି ଗୋପାଳକୃଷ୍ଣଙ୍କୁ ସ୍ୱପ୍ନରେ ଦେଖିଲି । ହାତ ବଢ଼ାଉଥିଲେ ମୋ ଆଡ଼କୁ ଟିକିଏ କାଖ ହେବାକୁ । ନିଦ ତ ରୁଉଁକିନା ଭାଙ୍ଗିଗଲା । ଆଉ ମାସ ପରେ ବୋହୂର ଡେଲିଭରି ନିଶ୍ଚୟ ଆଜିର ତାରିଖରେ ହେବ ବୋଲି ମନରେ ଦୃଢ଼ ଆଶା ପୋଷଣ କରି କରିଥିଲି– ଏଥର ପୁଅଟିଏ ହୋଇପାରେ ।

ଯାହାହେଉ ମୋ କଣ୍ଡିତ ତାରିଖରେ ନାତିଟିଏ ଜନ୍ମହେଲା । ଏଥର ପୁଅବୋହୂଙ୍କୁ କହୁଛି ତୁମେମାନେ ମଥୁରା ଯାଇ କୃଷ୍ଣଙ୍କୁ ଦେଖି ଆସିବ ।

– ମା’ ତୁ ଆମ ସହ ଯିବୁ ତ ?

– ସୁବିଧା ହେଲେ ଯିବି । ମୋ ଦେହ ତ ଠିକ୍ ନାହିଁ । ସ୍ୱପ୍ନରେ କୃଷ୍ଣଙ୍କୁ ଦେଖି ସାରିଛି । ତମେମାନେ ମୋତେ କୁଆଡ଼େ ନିଅ କି ନ ନିଅ ଚିନ୍ତା ନାହିଁ । ମନର ତୃତୀୟ ଆଖିରେ ସ୍ୱଦେହରେ ଦର୍ଶନ କରିଛି ବାଲ୍ୟତ କୃଷ୍ଣଙ୍କୁ । ଏଥରେ ମୋର ମନ ଶାନ୍ତି ।

ବେଳେ ବେଳେ ଭାବେ ସବୁ ଇଚ୍ଛା ପୂର୍ଣ୍ଣହେବନି । ଆଉ ମନଦୁଃଖ କାହିଁକି ? ଜୀବନ ତ ସ୍ୱାଭାବିକ ଭାବରେ ଗତି କରୁଛି । ମା'ଟି ହୋଇ ଅଲି ଅର୍ଦ୍ଦଲି ସଭିଙ୍କର ଶୁଣିଛି । ଏବେ ରହିଛି ଆଖିରେ ଅନେକ ସ୍ୱପ୍ନ । ମନ ଏତେ ନିସ୍ତବ୍ଧ କାହିଁକି ? ନିଜେ ସଲିତା ହୋଇ ଜଳିଯିବ ସେ ଆଲୋକ ବାଣ୍ଟିବାଣ୍ଟି । ଦୂର ଦିଗ୍‌ବଳୟ ତ ଆଉ ଦୂର ନୁହେଁ । କିଏ ନିଜର କିଏ ପର ଭାବିବାର ବେଳ ନାହିଁ । ଅଟକିଯାଇନି ତ ପାଦ ଏତେ ବର୍ଷ ପରେ ମଧ । ଋଲୁ ଥାଉ ଶେଷ ପର୍ଯ୍ୟନ୍ତ ଏକ ସମ୍ମୋହନରେ ଦିଗ୍‌ବଳୟ ଆଡ଼କୁ । ହଜିଯିବା ପରେ ମା'ଟିକୁ ବେଶୀ ମନେ ପକେଇବେ ସନ୍ତାନମାନେ । ଆଉ ଦୁଃଖ କାହିଁକି ? ଜୀବନର ଚଲାପଥରେ ଆତ୍ମୀୟତାର ସୁଖବୋଧ ହିଁ ଯଥେଷ୍ଟ ।

– ଏଠିକୁ ଆସିଲ । ସେଠି ବସି କ'ଣ କରୁଛ ? ତପନଙ୍କ ଚଢ଼ାସ୍ୱର ଶୁଣାଗଲା ।

– ଏଠି ବସି ତୁମମାନଙ୍କ ବିଷୟରେ କିଛି ଲେଖୁଛି । ଯଦି ମୋ ଲେଖା ପଢ଼ି କାହାର ମନ ପରିବର୍ତ୍ତନ ହୋଇଗଲା ତେବେ ମୋ ଲେଖା ସାର୍ଥକ ହେବ ।

– ଆଜି ତୁମର ଗୋପବନ୍ଧୁଙ୍କ ସତ୍ୟବାଦୀରେ ଗପଟି ବାହାରିଛି ।

– ହଉ ।

– ଖୁସି ବ୍ୟକ୍ତ କରୁନ କାହିଁକି ?

– ସବୁ ଶ୍ରେୟ ତୁମର । ମୁଁ ଲେଖେ ତୁମେ ତାକୁ ନେଇ ପ୍ରକାଶ କରିବାକୁ ପଠାଅ । ତମେ ଖୁସି ହୁଅ ମୋ ପାଇଁ । କିନ୍ତୁ ମୋ ମଥୁରା ଦର୍ଶନ ଅପୂର୍ଣ୍ଣ ରହିଗଲା ସେ !

– ବ୍ୟସ୍ତ କାହିଁକି ? କ'ଣ ସମୟ ସରିଯାଉଛି ? ତପନ ସେଠୁ ପ୍ରସ୍ଥାନ କଲେ । ତହ୍ୟା ରୁହିଁଲା ଆକାଶକୁ । ରଙ୍ଗ ବଦଳିଲାଣି । ସୂର୍ଯ୍ୟଙ୍କର ପ୍ରସ୍ଥାନ ସମୟ ଉପସ୍ଥିତି । ପକ୍ଷୀମାନେ ନୀଡ଼ ଆଡ଼କୁ ଉଡ଼ିଯାଉଛନ୍ତି ଗୋଧୂଳି ବେଳାରେ । ଆଉ କେଇ ମିନିଟ୍ ପରେ ଅନ୍ଧାର ଗ୍ରାସିବ ଆକାଶରେ । ତେବେ ସମୟ ତ ସରୁଛି । କେଉଁଠି ଅଟକି ରହିଛି ଗୋଟିଏ ଗୋଟିଏ ଘଟଣା । କିନ୍ତୁ ସଂପର୍କର ସ୍ୱଚ୍ଛତାରେ କାଳିମା ଲାଗିଗଲାଣି । ଭଲପାଇବାକୁ ବାଣ୍ଟି ରୁଲ । କିନ୍ତୁ ଅନ୍ୟର ଭଲପାଇବା ପାଇଁ ମନକୁ ଉଚାଟ କରନି । ନିର୍ବିକାର ହୋଇଯାଅ ଠିକ୍ ବାପାଙ୍କ ପରି । ସମସ୍ତେ ତୁମକୁ ଭଲ ମଣିଷ କହିବେ । ନିଜର ଅହଂ ଛାଡ଼ିଦିଅ । ଆଶା କରିବା କଥା ନୁହଁ । ନିଜର ଆଶା ପାଇଁ ନିରାଶ

ହେଲେ ଦୁଃଖ ଲାଗିବ । ଏଥର ମୁଁ ମୋ ପାଇଁ ହିଁ ଖୁସି ଗୋଟାଇବି । ମନରେ ଏତେ ଆସକ୍ତି କାହିଁକି ବାନ୍ଧି ଦୀର୍ଘଶ୍ୱାସର ଲୁହ ଗୋଟାଇବି ? ଯେଉଁ ଘଟଣା ପାଣି ଫାଟିଗଲାଣି ତାକୁ ଆଶ୍ରା କରି ବଞ୍ଚରହି ଅବଶୋଷରେ ଉବୁଟୁବୁ ହେବି କାହିଁକି ? ଜୀବନରେ ଆଗେଇବାକୁ ହେବ ପୁଣି ଫେରିବାକୁ ହେବ । ଅଟକିଯିବନି ତ ଜୀବନ ଏଠି !

□

ପିତୃଋଣ

ଓଃ କି କଷ୍ଟ ! ସାଢ଼େ ଋରିବର୍ଷ କାଳ ପାରାଲିସିସ୍‌ରେ ଖଟରେ ପଡ଼ି କଷ୍ଟ ଭୋଗୁ ଭୋଗୁ ବେଡ଼ସୋର୍ ହୋଇଗଲାଣି । ହାତଗୋଡ଼ ଆଉ ଚଳୁନି । ସେଥି ଝାଡ଼ା, ପରିସ୍ରା ସବୁ କରିବାକୁ ପଡ଼ୁଛି । ତେବେ ମୁକ୍ତି ମିଳିବ କେବେ ବୋଲି ଆଖିରେ ଲୁହଭର୍ତ୍ତି ହୋଇଗଲାଣି ସଦାନନ୍ଦଙ୍କର । ପୁଅର ସ୍ୱର – ବାପା, କାନ୍ଦୁଛ କାହିଁକି ? ମୁଁ ପରା ତୁମ ପାଖରେ ଅଛି ।

– ସତରେ ତୁ ତୋ ଋକିରି ସୁଖ ସୁବିଧା ଛାଡ଼ି ମୋ ସେବା କରିପାରିବୁ ?

– ନିଶ୍ଚୟ, ପିତୃଋଣରୁ ମୁକ୍ତ ହେବାକୁ ତ ଚେଷ୍ଟା କରୁଛି ।

ଥର ଥର ହାତ ଛୁଇଁଗଲା ପୁତ୍ର ଭଗବାନଙ୍କ ମୁଣ୍ଡ ଉପରେ । କି ଆଶୀର୍ବାଦ ଦେଇଥିଲେ ସେ ଜାଣନ୍ତି । କିନ୍ତୁ କେବେହେଲେ ବାପାଙ୍କ ସେବା ଶୁଶ୍ରୂଷାରେ ହେଳା କରି ନାହାନ୍ତି ଭଗବାନ । ଝାଡ଼ା ପରିସ୍ରା ଉଠେଇବା ଦାୟିତ୍ୱ ମଧ୍ୟ ଜଣେ ଶିକ୍ଷିତ ବ୍ୟକ୍ତି କରିପାରିବ କିଏ ଭାବିନଥିଲେ । କାରଣ ଖୁବ୍ ଅୟସରେ ଚଳିଥିଲେ ଭଗବାନ ପିଲାଦିନେ । ଭଲ ଇଞ୍ଜିନିୟରିଂ ଋକିରି କରି ସ୍ଥାକୁ ନେଇ ଯିବାକୁ ବାହାରିବା ପୂର୍ବଦିନ ହିଁ ବାପାଙ୍କର ବ୍ଲଡ଼ପ୍ରେସର ଅଧିକା ଯୋଗୁଁ ପାରାଲିସିସ୍‌ରେ ପଡ଼ିଗଲେ । ବୟସ ତ ଷାଠିଏ ନୁହଁ କିନ୍ତୁ ପଇଁଶ ଉପରେ । ପୁଣି ଏଥିରେ ବ୍ୟଥିତ ହେବା ଏତେ ଜରୁରୀ ନୁହେଁ । କିନ୍ତୁ ଦଶରଥ ରାମଚନ୍ଦ୍ରଙ୍କ ବନବାସ ଯିବା ଦୃଢ଼ନିଷ୍ଠିରେ ବିଚଳିତ ହେଲାପରି ସଦାନନ୍ଦ ପୁତ୍ର ଭଗବାନଙ୍କର ଋକିରିସ୍ଥାନକୁ ଗମନରେ ଏତେ ଦୁଃଖରେ ମ୍ରିୟମାଣ ହୋଇଯିବେ ବୋଲି କିଏ ଭାବିଥିଲା କି ? ପାଖରେ ସ୍ତ୍ରୀ ଓ ଅନ୍ୟଦୁଇ ପୁତ୍ର ମଧ୍ୟ ଅଛନ୍ତି । ତଥାପି ବଡ଼ପୁତ୍ର ପ୍ରତି ମୋହ ନିଶ୍ଚୟ ଅଧିକା ଥିଲା ବାପାଙ୍କର !

ମନେ ଅଛି ଭଗବାନଙ୍କର । କଟକ ଡାକ୍ତରଖାନାର ଜେନେରାଲ୍ ୱାର୍ଡ଼ । ରୋଗୀ ଭର୍ତ୍ତି । ବାପାଙ୍କୁ ନେଇ ଦୁଇମାସ ଚିକିତ୍ସା ପାଇଁ ଭର୍ତ୍ତିକଲେ ସେଠି । ବାପାଙ୍କ ବେଡ଼ ପାଖ ତଳେ ବିଛଣା ପକେଇ ଶୋଇଲେ କାଲେ ବାପା ଭଲ ହୋଇଯିବା ଭରସାରେ । ଯା'ରି ଭିତରେ ସଫାସୁତୁରା ଚିକ୍‌ଣ ପୋଷାକ ପରିଧାନ ଓ ସଉକିନିଆ

ମନ ଭିତରେ ପଶି ଆସିଲା ବିଷାଦ । ସମୟ କାହାକୁ ନେଇ କେଉଁଠୁ ଆଣି କେଉଁଠି ଥୋଇଦିଏ ବୁଝିପାରୁ ନଥିଲେ ଭଗବାନ । ଉଦାସ ହୋଇ ପଡୁଥିଲା ମନ । ଆଖ ଆଗରେ ୱାର୍ଡ ଭିତରୁ ଶବ ଉଠେ ମଧ । ତାଙ୍କୁ ବୟସ ତେଇଶି ଚବିଶି । ଚକିରି କରିଥିଲେ ଭଞ୍ଜନଗରରେ । ପୁଣି ଇଞ୍ଜିନିୟରିଂ ଚକିରି । ଛୁଟିରେ ଆସି ବାପାଙ୍କ ସେବାରେ ଲାଗିଛନ୍ତି ଯେ ସମୟ ମିଳିନି ପୁଣି ଫେରିଯିବାକୁ ଚକିରି କ୍ଷେତ୍ରକୁ । ଏପଟରେ ଦାଦାମାନେ ସହଯୋଗର ହାତ ବଢ଼େଇବା ଛାଡ଼ିଦେଲେଣି । ବଡ଼ ଭାଇକୁ ସିନା ସାନ ଭାଇ ସାହା ହେବା କଥା । ଓଲଟି ରୋଗରେ ବଡ଼ ଭାଇ ପଡ଼ିଗଲାପରେ ଧନ ସମ୍ପତି ଭାଗବଣ୍ଟା ପାଇଁ ପ୍ରସ୍ତୁତି ଆରମ୍ଭ କଲେଣି । ଧନ ନଥିଲେ ବୋଧେ ଭଗବାନ ଚକିରି ଛାଡ଼ି ନ ଥାନ୍ତେ । ଘରର ଆଭିଜାତ୍ୟ ଓ ଧନର ପୂର୍ଣ୍ଣତା ପାଇଁ ଚକିରିର ମୂଲ୍ୟ କି ଦରମା କିଛି ନୁହଁ ଜଣେ ଉପଯୁକ୍ତ ପୁତ୍ରପାଇଁ । ଘରକୁ ଆସି ବାପାଙ୍କ ସେବା କରି ବିଜିନେସରେ ମନ ଖଟେଇବାରେ ତୃପ୍ତି ମିଳିବ ବୋଲି ଭାବିନେଲେ । ଏହିପରି ପାଞ୍ଚବର୍ଷ ଅତିକ୍ରାନ୍ତ ହୋଇଯିବାପରେ ବାପାଙ୍କର ମୃତ୍ୟୁହେଲା । କିନ୍ତୁ ଭଗବାନ ଆଉଥରେ ଚକିରିର ମଙ୍ଗ ଧରିନଥିଲେ । ମନରେ ଆଉ ଚକିରି କରିବାର ସ୍ପୃହା ରହିନଥିଲା ଦୀର୍ଘ ପାଞ୍ଚବର୍ଷ କାଳ ବାପାଙ୍କ ସେବାରେ ମଜ୍ଜି ରହିଲା ବେଳେ । ଚକିରିର ମୋହ କଟିଯାଇଥିଲା । ସେ ବଦଳିଯାଇଥିଲେ ଥଲଗା ମଣିଷଟିଏ ହୋଇ । ପୂର୍ବର ପ୍ୟାଣ୍ଟସାର୍ଟ ପିନ୍ଧି ବାବୁହୋଇ ବୁଲିବା ବଦଳରେ ଧୋତି ହାଫନାସାର୍ଟ ପିନ୍ଧି ସେ ହୋଇଗଲେ ଗାଁ ମଣିଷଟିଏ । ମୁହଁରେ ଭାରାକ୍ରାନ୍ତର ବୋଝ । ଦୁଇଭାଇ ପାଠ ପଢ଼ି ମଣିଷ ହେବେ । ମା', ଭଉଣୀମାନଙ୍କ କଥା ବୁଝିବା ସାଙ୍ଗକୁ ଘରର ଜମିବାଡ଼ି ଦୋକାନ ବଜାର ଘରର ଭଲମନ୍ଦ ବୁଝିବା ଭାରର ଚାପରେ ସେ ତ ବେଳେବେଳେ ଥକ୍କା ହୋଇ ପଡୁଥିଲେ । ପୁଣି ସ୍ତ୍ରୀ ଓ ପୁଅଝିଅଙ୍କ ଘର ସଂସାର ମଧ ଅଛି । କିନ୍ତୁ ନିଜର ସ୍ୱାର୍ଥ ବଦଳରେ ସେ ପ୍ରଥମେ ମା', ଭାଇମାନଙ୍କ ସ୍ୱାର୍ଥ ପ୍ରତି ସଚେତନ ହେଲେ । କାରଣ ମରିବାପୂର୍ବରୁ ବାପା କହିଥିଲେ – ଭଗବାନ ତତେ ଘରଦ୍ୱାର ଲାଗିଲା । ଏଥର ତୁ ସେମାନଙ୍କ କଥା ଠିକ୍‌ରେ ବୁଝିବୁ ।

ଭଗବାନ ବାପାଙ୍କ ଆଜ୍ଞାକୁ ଅବଜ୍ଞା କରିବେ ବା କେମିତି ? ସେ ପରା ଥିଲେ ଶ୍ରବଣକୁମାର ପରି ପୁତ୍ର ! ଭାଇମାନଙ୍କୁ ପାଠ ପଢ଼େଇବା ପାଇଁ ମନ ଆଶ କଲେ । ଏଥିରେ ଦିନେ ତାଙ୍କ ସାନ ଦାଦା କହିଲେ – ପୁଅରେ, ଏତେ ଭାଇ ଚିନ୍ତା କରୁଛୁ କାହିଁକି ? କେଉଁ ଭାଇ କାହାକୁ ପଚରିଲାଣି କି ?

ଚୁପ୍ ରହିଥିଲେ ଭଗବାନ ସେଦିନ । ସେ ଭଲରେ ଜାଣନ୍ତି ଏହି ଦାଦା ହିଁ ତାଙ୍କ ପିତା ସଦାନନ୍ଦଙ୍କୁ ହତାଦର କରିଛନ୍ତି ସାନ ଭାଇଟିଏ ହୋଇ । ସେ ପୁଣି କି ଶିକ୍ଷା ଦେବେ ପୁତୁରାକୁ ?

– ମୋ କଥା ମନେ ରଖଥା । ଦିନେ ତୋ ଭାଇମାନେ ତତେ ହିଁ ହତାଦର କରିବେ । ଦାଦା ଚଦିକରି କହିଥିଲେ ।

ଶୁଣିବା କଥା ଓ ପାଳିବା କଥା ଭିତରେ ଅନେକ ତଫାତ୍ । ହୃଦୟ ନଥିବା ମଣିଷ ପାଖରୁ କି ଆଶା କରାଯାଏ କି ? ଈର୍ଷାଭାବ ହିଁ ଦାଦାଙ୍କୁ ଘାରିଛି । କେତେ ଦେଖାରଖାଁ କରିଛନ୍ତି ବାପାଙ୍କୁ ରୋଗବେଲେ ? ଏଥିରେ ଧନ ସମ୍ପତ୍ତି, ଘର ବାଡ଼ି ଭାଗ ବଣ୍ଟାରେ ବ୍ୟସ୍ତ ରହି ନିଜ ନାମରେ ଦାଦାମାନେ କେତେ ଜମି ଅନ୍ୟର ଅଗୋଚରରେ ମଧ ରେଜେଷ୍ଟ୍ରି କରି ସାରିଥିବେ, କିଏ ଜାଣିଛି ? ସେ ତ ବୁଝୁଥିଲେ ଘର କଥା । ଭଗବାନଙ୍କୁ ସେତେବେଲେ ମାତ୍ର ଚବିଶ ବର୍ଷ ବୟସ । ବାପାଙ୍କ ମୃତ୍ୟୁବେଲକୁ ଅଠେଇଶି ହୋଇଥିଲା । ରୋଗରେ ପଡ଼ି ସଦାନନ୍ଦ ଆଉ ଘରର ଗଣ୍ଡଗୋଲ ଚିନ୍ତା କରିବାକୁ ରହିଁଲେ ନାହିଁ । ରୋଗ ମାଡ଼ି ପଡ଼ିଛି ଦେହକୁ ଯେ ବେଡ଼ରୁ ଉଠିବାକୁ ବଳନାହିଁ । ଉଦାସ ହୋଇଯାଇଛି ମନ ଓ ଚେତନା । ନିଜକୁ ସମ୍ଭାଳିବାକୁ ବଳ ନାହିଁ । ଆଉ କି ଚିନ୍ତା କରିବେ ସେ ?

ସମୟ ସାଙ୍ଗରେ ସାଲିସ୍ କରୁ କରୁ ଭଗବାନଙ୍କ ପିଲାମାନେ ବଡ଼ ହେଲେ । ସ୍କୁଲରେ ପାଠ ପଢ଼ିଲେ । ତାଙ୍କର ଜଣେ ଭାଇ ଚୁକିରି କଲେ ଓ ଅନ୍ୟଜଣେ ସଫେଇ ଦେଲେ – ମୁଁ ଚୁକିରି କରି କ'ଣ ବଡ଼ ଭାଇଙ୍କୁ ପୋଷିବି କି ?

ସେତେବେଲେ ଭଗବାନଙ୍କର ମନ ଭିତରକୁ ପଶି ଆସିଲା ସାନଦାଦାଙ୍କ କଥା । ସତରେ କେଉଁ ଭାଇ କାହାର ନୁହଁନ୍ତି କି ? ସେ କାହିଁକି ଚୁକିରି ଛାଡ଼ି ଏହି ଘର ଭିତରେ ଘାଣ୍ଟି ହେଲେ । ନିଜ ପିଲାଙ୍କୁ ଉପଯୁକ୍ତ ଶିକ୍ଷାଦେବାକୁ ପାଖରେ ମଧ ସମୟର ଅଭାବ । ବ୍ୟବସାୟ ମାଢାରେ ଚଳିଛି । ଲାଭ ବଦଲରେ ଘରର ଖର୍ଚ୍ଚ ବଳି ପଡ଼ିଲାଣି । ଏପରି ସବୁ ଅସୁବିଧା ଭିତରେ ଜାଗା ବିକ୍ରି କରି ପରିଶୋଧ କରିବ ରଣଭାର । ଭାଇମାନେ ତାଙ୍କୁ ଆଉ ସାହାଯ୍ୟ କି ତାଙ୍କ ପିଲାଙ୍କ ପଢ଼ାପାଇଁ ସଚେତନ ନୁହଁନ୍ତି । ଏପଟରେ ସ୍ୱର ଅଭିମାନ ଶୁଣିବାକୁ ପଡୁଛି – ମୋ ପିଲାମାନେ ପାଠ ପଢ଼ିବା ପାଇଁ ବିକଳ ହେଉଛନ୍ତି । ସେମାନଙ୍କ ଚିନ୍ତା ତମର ନାହିଁ । ଭାଇ ମା'ଙ୍କ ପାଇଁ

କର୍ତ୍ତବ୍ୟ କଲ ଠିକ୍ ଅଛି । ହେଲେ ନିଜ ସନ୍ତାନଙ୍କ ପାଇଁ କର୍ତ୍ତବ୍ୟ କଲାବେଲକୁ ପାଖରେ ଟଙ୍କା ନାହିଁ । ଭାଇଙ୍କୁ ପାଠ ପଢ଼େଇଲ । ମୋ ପିଲା ପାଠ ପଢ଼ିବେ ବୋଲି କହୁଛନ୍ତି ହେଲେ ନିଜ ପିଲାଙ୍କୁ ସମ୍ଭାଳିବାକୁ ବଳ ନାହିଁ । ତମେ ରୁକିରି ଛାଡ଼ି ଭୁଲ୍ କଲ । ମୋ ବାପା ମନା କରୁଥିଲେ ରୁକିରି ଛାଡ଼ନି । ତମେ ଶୁଣିଲ ନାହିଁ ।

— କାହିଁକି ବ୍ୟସ୍ତ ବିବ୍ରତ ହେଉଛୁ । ମୋ ଭାଇ ମୋର ନା ତୋର ?

ଚୁପ୍ ରହିଯାଆନ୍ତି ଭଗବାନଙ୍କ ସ୍ତ୍ରୀ ପ୍ରଭା । ଆଉ କିଛି କିଛି କହିଲେ କ'ଣ ଲାଭ ହେବ ? ସମୟ ଅତିକ୍ରାନ୍ତ ହୋଇଗଲାଣି କେଇବର୍ଷରେ । ପିଲାଙ୍କ ଭାଗ୍ୟରେ ଯାହା ଥିବ ସେମାନେ ହିଁ ଭୋଗିବେ ନିଶ୍ଚୟ ।

ଝିଅରି ଭିତରେ ବଡ଼ ଝିଅର ବାହାଘର କରିଦେଲେ ଭଗବାନ ଜଣେ ଉଚ୍ଚ ଶିକ୍ଷିତ ରୁକିରିଆଙ୍କ ସହ । ଘରର ଖର୍ଚ୍ଚରେ ଏପରି କାଟ୍‌ଛାଟ୍ ନ ଥିଲା । ଯେଉଁଠି ଯାହା ଖର୍ଚ୍ଚ ହେବ ସେ ଖର୍ଚ୍ଚ ଖୋଲା ହୃଦୟରେ କରୁଥିଲେ । ଦୂରଦୃଷ୍ଟି ଚିନ୍ତା ନଥିଲା ମଧ୍ୟ । ଦୁଇମହଲା ବଡ଼କୋଠାଘରେ ଦୁଇଭାଇ ତ ଅଛନ୍ତି । ଅନ୍ୟଜଣେ ବାହାରେ ରୁକିରି କରି ବୁଲୁଛନ୍ତି । କିନ୍ତୁ ହଠାତ୍ ଦିନେ ସାନଦୁଇଭାଇ ଘରର ଭାଗବଣ୍ଟା ପାଇଁ ଅଡ଼ି ବସିଲେ । ଜମି ଜାଗା, ଘରଦ୍ବାର ଭାଗବଣ୍ଟା ହୋଇଗଲା ପରେ ସାନଭାଇ ଶୁଣେଇଦେଲେ — 'ଏହି ଘରଟି ମୋ ଭାଗରେ ପଡ଼ିଲା, ତମେ ଦୁଇମାସ ଭିତରେ ଏଘର ଛାଡ଼ି ଚାଲିଯିବ' । ପୂର୍ବର ସାତପୁରୁଷ ଜାଗାରେ ଦୁଇବଖରା ଛାତଘର କରିବା ଆରମ୍ଭ କରିଦେଇଥିଲେ ଭଗବାନ । କିନ୍ତୁ ଦୁଇମାସରେ ସିନା ଛାତ ପଡ଼ିଯାଇଥିଲା, ହେଲେ ଭିତର କାମ କିଛି ଆରମ୍ଭ ହୋଇନଥିଲା । ଏପଟରେ ବର୍ଷାଦିନ । ଅଗଷ୍ଟମାସ । ସାନଭାଇଙ୍କ ଯୁକ୍ତି — ତମେ ତ ଦୁଇମାସରେ ଯିବା କଥା କହିଥିଲ, ଏବେ ଯାଇ ଯେଉଁଠି ରହୁଛ ରୁହ ।

ବାଧ୍ୟବାଧ୍ୟକତାରେ ପୁଅ ବୋହୂ, ସ୍ତ୍ରୀ, ସାନପୁଅକୁ ନେଇ ସେ ପୁରୁଣା ଭଙ୍ଗା ଟାଇଲ୍ ଘରେ ଅବସ୍ଥାନ କରି ଆଗପଟେ ତିଆରି ହେଉଥିବା ଘରଗୁଡ଼ିକ ସମ୍ପୂର୍ଷ କଲେ ଭଗବାନ । ଜବାବ୍ ରକ୍ଷାକରି ବର୍ଷାବେଲେ ନିଜ ସ୍ବାଭିମାନର ବଡ଼ କୋଠାଘରକୁ ଛାଡ଼ି ଯଦିଓ ଆସିବାକୁ ମନ ନଥିଲା ତଥାପି ମନଦୁଃଖରେ ଘର ଛାଡ଼ି ଆସିଥିଲେ । କିନ୍ତୁ ମଲାପର୍ଯ୍ୟନ୍ତ ଭାଇର ମୋହଠାରୁ କେବେ ଦୂରେଇ ରହିନଥିଲେ । ପିଲାମାନଙ୍କୁ ଭଲମନ୍ଦବେଲେ କହନ୍ତି — ଯାଅ, ଦାଦା ଘରେ ଦେଇ ଆସିବ ।

ପିଲାମାନେ କୁହନ୍ତି – ଭାଇ ପଛକେ ଘରୁ ତଡ଼ନ୍ତୁ, ହେଲେ ଭାଇ ଭାଇ ହେବା ଭୁଲିବେ ନାହିଁ ।

ପ୍ରଭା ମଧ୍ୟ ଭଗବାନଙ୍କ ସହଧର୍ମିଣୀ ହୋଇ ଅନେକ କଷ୍ଟ ଯାତନା ସହି ଆସିଥିଲେ, ତେଣୁ ସେ ଆଉ ଆଗ୍ରହ ପ୍ରକାଶ କରନ୍ତି ନାହିଁ ସେହି ଘର ଓ ଲୋକଙ୍କପାଇଁ । ପିଲାମାନଙ୍କ କଥାରେ ରହିବାକୁ ଉଚିତ୍ ମଣନ୍ତି ।

ଏପରି ହାବଭାବ ଦେଖି ଭଗବାନ ଦିନେ ଦିନେ ବିରକ୍ତ ହୋଇ କହନ୍ତି– ମୋ ଭାଇ ମୋର । ତମେମାନେ ମୋ କଥା ନଶୁଣିଲେ ମୋର ଆଉ କି ଋରା ଅଛି ?

ପ୍ରଭା ଉତ୍ତର ଦିଅନ୍ତି – ଭାଇମାନେ ତମକୁ ପଚ଼ରି ଦେଉଛନ୍ତି ତ ?

– ସେଥୁ କ'ଣ ହେଲା ? ମୁଁ ତ ବଡ଼ ଅଛି । ତାଙ୍କୁ ପଚ଼ରିବା କଉଁବ୍ୟ ମୋର ।

ଚୁପ୍ ରହିଲେ ପ୍ରଭା କଥା ଆଗକୁ ବଢ଼ିବନି ବୋଲି । ଆଉ କୌଣସି ବାକ୍ୟ ଉତ୍‌ଥାପନ୍ କରି ଭଗବାନଙ୍କ ମନରେ ଅଶାନ୍ତି ସୃଷ୍ଟି କରିବାକୁ ଋହାଁନ୍ତି ନାହିଁ । କିନ୍ତୁ ଭୁଲିନଥାନ୍ତି ଜାଆର ଟୀପ୍‌ଣୀ – ମୋ ଭାଇ ଶିକ୍ଷିତ, ତମ ଭାଇଙ୍କପରି ମୂର୍ଖ ନୁହନ୍ତି ।

ମନକଥା ମନରେ ମାରି ପ୍ରଭାଙ୍କ ଦିନ ଗଡ଼େ । ସମୟ ଆସି ପହଞ୍ଚେ ଯେତେବେଳେ ତାଙ୍କର ପୁଅଝିଅ ବୋହୂ ସମସ୍ତେ ଉଚ୍ଚଶିକ୍ଷିତ ହୋଇଯାଆନ୍ତି ସେତେବେଳେ ଦିଅରଙ୍କ ପିଲାମାନଙ୍କ ଶିକ୍ଷାଗତ ଯୋଗ୍ୟତା ନ୍ୟୂନ ଥାଏ । ଏପରି ପରିସ୍ଥିତିରେ ପ୍ରଭା କହନ୍ତି – ମୋ ନାତି ନାତୁଣୀ, ଡାକ୍ତର, ଇଞ୍ଜିନିୟର ଓ ଭଲ ପାଠ ପଢ଼ିଲେ ହେଲେ ତା'ର କ'ଣ ହେଲେ ? ମୋତେ କେତେ କଥା କହିଥିଲା । ଏବେ ଦେଖୁଥିବ ଯେ !

ସତରେ ସମୟ ତ କାହାକୁ ନେଇ କେଉଁଠି ପହଞ୍ଚାଇ ଦିଏ କହିହେବନି । ସମୟ ହିଁ ସବୁ ସମସ୍ୟାର ସମାଧାନ କରିଦେଇଥାଏ । ଭଗବତ୍ ବିଶ୍ୱାସକୁ ହିଁ ମୂଲ ଆଧାର କରି ଚଲ୍‌ଚଲୁ ଦିନେ ତ ହାତରୁ ଖସିଯାଇଥିବ ଆୟୁଷ ମଧ୍ୟ । ପ୍ରାର୍ଥନା, ଉପାସନାଦ୍ୱାରା ଭଗବତ୍ ବିଶ୍ୱାସ ଅଖଣ୍ଡ ରୁହେ ବୋଲି ଭଗବାନ ଓ ପ୍ରଭାଙ୍କ ଧାରଣା ବଲବତ୍ତର ରହେ । ସକାଳୁ ଦିନଚର୍ଯ୍ୟା ଆରମ୍ଭ ହୁଏ ଭଗବତ ସ୍ମରଣରେ ଓ ରାତ୍ରିରେ ନିଦ୍ରା ଯାଆନ୍ତି ଭଗବତ ନାମ ସ୍ମରଣ ପରେ । ସତରେ ଈଶ୍ୱରଙ୍କ ହିସାବରେ ଦୁଃଖ ସୁଖର ସମୟ ନିର୍ଦ୍ଧାରଣ ହୋଇଥାଏ । ହଠାତ୍ ଦିନେ ଭଗବାନ ସଂଧ୍ୟାବେଳେ ଭାଗବତ ପାଠ କରି ଦାଣ୍ଡଦୁଆରେ ସାହି ଲୋକଙ୍କ ସହ ଗାଁର ଉନ୍ନତି ବିଷୟରେ ଆଲୋଚନା କରି ଫେରିଥିଲେ ଘରକୁ । ସାଢ଼େ ନଅଟାରେ ଖାଇପିଇ ସାରିବାପରେ

ବୋହୂ ମଶାରୀ ଟାଣି ଦେଇ କହିଥିଲା – ବାପା ଶେଯ ରେଡ଼ି କରିଛି । ଶୋଇପଡ଼ିବ ।
ମୁଁ ଯାଉଛି ଖାଇବାକୁ ।

କିନ୍ତୁ ଏ କ'ଣ ? ଭଗବାନଙ୍କ ମୃତ୍ୟୁର ସମୟ ଥିଲା ବୋଲି ବୋହୂ କି ପୁଅ କି
ସ୍ତ୍ରୀ ଜାଣିଥିଲେ କି ? ମଶାରୀ ଭିତରେ ଶୋଇ ଈଶ୍ୱରଙ୍କ ନାମ ନେଉ ନେଉ ହଠାତ୍‌
ଉଠି ପଡ଼ିଲେ । ତା'ପରେ ପୁଣି ଶୋଇ ପଡ଼ିଲେ ଚିରନିଦ୍ରାରେ । ଏମିତି ମରଣ ଆସେ
କେମିତି କିଏ ବୁଝିବା ଆଗରୁ ସେ ଆଖିବୁଜି ସାରିଥିଲେ । ମର୍ତ୍ୟମଣ୍ଡଳର ନଶ୍ୱର
ଶରୀର ଛାଡ଼ି ତାଙ୍କର ଆତ୍ମା ଉଡ଼ିଗଲାଣି । ବୋଧେ ଭଗବାନ ମଧ୍ୟ ଆଜି ମୃତ୍ୟୁର
ଶିକାର ହେବେ ବୋଲି ଜାଣିପାରିନଥିବେ । ସବୁ ଶେଷ । ଅନେକଙ୍କ ମତ ସେ ତ
ଯୁବକ ସମୟରେ ପିତାଙ୍କ ରୋଗଶଯ୍ୟା ପାଖରେ ଯେତେ କଷ୍ଟ ଭୋଗିଛନ୍ତି ଆଉ
କେଉଁ ପୁଅ ଏତେ କଷ୍ଟ ଧୌର୍ଯ୍ୟଧରି ଭୋଗିନଥିବ । ତେଣୁ ସେ କାହିଁକି ଆଉ କଷ୍ଟ
ଭୋଗିଥାଆନ୍ତେ ? ରଷିମରଣରେ ଉଡ଼ିଗଲେ ଆରପାରିକି । କାହାକୁ କିଛି କଷ୍ଟ
ଦେଲେନି । ସେ ହିଁ ଭୋଗିଥିଲେ । ଆଉ କି କଷ୍ଟ ପାଇଥାନ୍ତେ କି ? ଈଶ୍ୱରଙ୍କ
ନ୍ୟାୟରେ ସନ୍ତୁଳନ ଥାଏ ପରା ।

ପୁଅ ବୋହୂଙ୍କ ଶୁଣାଗଲା ବାଷ୍ପରୁଦ୍ଧସ୍ୱର – ବାପା, ବାପା, ଆମକୁ ଛାଡ଼ି
ଉଡ଼ିଗଲ । ଆମକୁ ତମ ସେବାରୁ ବଞ୍ଚିତ କଲ କାହିଁକି ?

ପ୍ରଭା କହିଲେ କାନ୍ଦି କାନ୍ଦି – ସେ ଏତେ କଷ୍ଟ ଭୋଗିଲେ । ନିଜ ଦୁଃଖ
କାହାକୁ କହିନଥାନ୍ତି । ତମକୁ ଭୋଗିବାକୁ ଦେଇଥାଆନ୍ତେ କାହିଁକି ? ସବୁ ଦୁଃଖକୁ
ମନରେ ବୋହି ସେ ହିଁ ନିଜ ଶେଷକାଳ ସୁଖର ସନ୍ଧାନରେ ଥିଲେ । ନହେଲେ
ହଠାତ୍‌ ଏମିତି କାହାକୁ କିଛି ନ କହି ଛାଡ଼ିଯାଇଥାଆନ୍ତେ କେମିତି ? ମୋତେ କିଛି
କହିଲେନି ଏତେ ଦୁଃଖସୁଖ ହେବାବେଳେ ମଧ୍ୟ । ତମକୁ ଆଉ କହିଥାଆନ୍ତେ
କ'ଣ ? ମୋତେ ସାଙ୍ଗ ନ କରି ଉଡ଼ିଗଲେ କେମିତି ? ମୁଁ ବଞ୍ଚିବି କେମିତି ?

ବାହୁନି ବାହୁନି କାନ୍ଦିବାର ସ୍ୱର ଗୁଞ୍ଜରି ଉଠୁଥିଲା କେଇଦିନ ପର୍ଯ୍ୟନ୍ତ
ଘରଭିତରୁ । ବର୍ଷେପରେ ସେଇ ଏକା ତାରିଖରେ ପ୍ରଭା ଉଡ଼ିଗଲେ ସ୍ୱାମୀଙ୍କ ହାତରେ
ହାତ ମିଳାଇ ଯେମିତି ! ଏକ ବର୍ଷର ସ୍ମୃତିର ଝଲକର ଛବିଟି ଅନ୍ତର୍ଦ୍ଧାନ ହୋଇ
ଯାଇଥିଲା ଘର ଭିତରୁ । ଆଜି ମଧ୍ୟ ବୋହୂଟିର ଭଲପାଇବାର ବାସ୍ନା ଜୀଇଁ ଉଠି
ଆଖିରେ ଲୁହ ଭର୍ତ୍ତି କରିଥାଏ ଏକେଲାବେଳେ । ଦୀର୍ଘଶ୍ୱାସ ଛାଡ଼ି ବୋହୂଟି କୁହେ
"ବାପା, ବୋଉ ଆଉ କେଇ ବର୍ଷ ବଞ୍ଚଥାଆନ୍ତେ ହେଲେ !"

◻

ଉନ୍ମୋଚନ

ଠିକ୍ ସାଢ଼େ ପାଞ୍ଚଟାରେ ଘରୁ ବାହାରିବା ପାଇଁ ବହୁଥର କହିସାରିଛନ୍ତି ଅର୍ଚ୍ଚନାର ସ୍ୱାମୀ ଅଭିନ୍ନ । ଡେରି କଲେ ଚଳିବନି । ସାହିତ୍ୟ ସଭା ବେଳେବେଳେ ଠିକ୍‌ରେ ଆରମ୍ଭ ହୋଇଯାଏ । ଯିଏ ମୋତେ ଓ ତୁମକୁ ନିମନ୍ତ୍ରଣ କରିଛନ୍ତି ସେ ମୋର ଛାତ୍ର ।

— ଠିକ୍ ଅଛି ପ୍ରଫେସର । ଠିକ୍ ସମୟରେ କ୍ଲାସକୁ ଯିବା ଅଭ୍ୟାସ ଏହି ସତୁରୀବର୍ଷ ବୟସରେ ମଧ ରହିଛି । ହସିହସି କହିଲା ଅର୍ଚ୍ଚନା । ତୁମ ଛାତ୍ରଜଣକ କଲେଜରେ ପଢ଼ିଲାବେଳେ ଲେଖୁଥିଲେ ନା ଏବେ ଲେଖୁଛନ୍ତି ?

— ସେ ବିଷୟରେ ମୁଁ ଜାଣିନି । ଏଇ ସାହିତ୍ୟ ସଭାରେ ଦେଖାହେଲା ବୋଲି ତା ସହ କଥାବାର୍ତ୍ତା କରି ଜାଣିଲି ଲେଖୁଛି ବୋଲି । ଏମିତି ମଝିରେ ମଝିରେ ଫୋନ୍ କରେ ତହସିଲଦାର ଥିଲାବେଳେ । କିଏ କେଉଁଠି କେତେ ଉଚ୍ଚପଦବୀରେ ମୋର ଛାତ୍ର ଅବସ୍ଥାପିତ ହୋଇଛନ୍ତି ଜାଣିଲେ ଖୁସି ଲାଗେ । ଭୁବନେଶ୍ୱରରେ ଗଢ଼ି ଉଠିଥିବା ବଡ଼ ବଡ଼ ନର୍ସିଂହୋମ୍ ଅବା କ୍ୟାପିଟାଲ୍ ଓ ଅନ୍ୟ କେଉଁ କେଉଁ ଡାକ୍ତରଖାନାରେ କି ହସ୍‌ପିଟାଲ୍‌ରେ ଡାକ୍ତର ଅଛନ୍ତି ମୋର କେତେକ ଛାତ୍ରଛାତ୍ରୀ । ତେବେ ଏହି ଶିକ୍ଷକ ଜୀବନରେ ମୋର ତୃପ୍ତି ଥିଲା ଓ ମୋତେ ଶିକ୍ଷାଦାନ କରି ଆନନ୍ଦ ଲାଗିଛି । ସେ ସମୟଟା ଭଲ ଥିଲା । ଏହି ଅବସର ପରେ ଯେତେ ପାଠ୍ୟପୁସ୍ତକ ଲେଖିଲେ ସୁଦ୍ଧା ରଝିକିରି ଜୀବନଟା ଭଲ ଥିଲା ।

— ବୁଝିଲ, ସେତେବେଳେ ପାଖରେ ସମୟ ନଥିଲା । ରୁଟିନ୍ ପରି କାମ ପଡ଼ୁଥିଲା । ପୁଣି ପିଲାଙ୍କ କାମରେ ଆମେ ପୁରାପୁରି ମଜ୍ଜି ରହିଥିଲେ । ପୁଅ ଝିଅ ଡାକ୍ତର ଶିକ୍ଷାର ପଶିଗଲା ପରେ ଆମକୁ ଆଶ୍ୱସ୍ତ ଲାଗିଲା ଓ ସମୟ ମଧ ମିଳିଲା ।

— ଝିଅ ଅଧ୍ୟାପିକା ହୋଇଥିଲେ ଚଳି ଥାଆନ୍ତା । ତମ ଯୋଗୁଁ ଡାକ୍ତରାଣୀ ହେଲା ।

– ମୁଁ ଅଧ୍ୟାପିକା ହୋଇପାରିଥାଆନ୍ତି । ତମ ଯୋଗୁଁ ଘରେ ବସିଲି । ମୋ
କ୍ଷେତ୍ରରେ ଯେଉଁ ଭୁଲ ହେଲା ସେଇଚାର ପୁନରାବୃତ୍ତି କ'ଣ କୋଡିଏ ପଚିଶିବର୍ଷ
ପରେ ହୋଇଥାଆନ୍ତା କି ? ପିଲାମାନେ ଡାକ୍ତରୀଶିକ୍ଷା ପାଇଁ ଏତେ ଆଗ୍ରହ ଥିଲେ
କୋଡିଏ ବର୍ଷ ତଳେ କି ତା ପୂର୍ବ ବର୍ଷମାନଙ୍କରେ ତମେ ତ ଜାଣିଛ । ମାତ୍ର ଆମ
ଓଡ଼ିଶାରେ ତିନୋଟି ସରକାରୀ ମେଡିକାଲ୍ କଲେଜରେ କେବଳ ତିନିଶହ ସିଟ୍
ଥିଲା । ସେଥିରୁ କେତେ କୋଟାଗଲା ପରେ ପ୍ରାୟ ଶହେ ନବେ ଜେନେରାଲ ପିଲା
ମେଡିକାଲ ପାଉଥିଲେ । ତେଣୁ ଗହମ ଗୋଟି ଗଣିତା ପରି କିଏ ମେଡ଼ିକାଲ ଶିକ୍ଷା
ପାଇଁ ସିଟ୍ ଛାଡୁଥିଲେ କି ? ଝିଅ ଆମ ପାଖରେ ରହି ପଢ଼ିଲା । ତାକୁ କ'ଣ ବେଶୀ
କୋଚିଙ୍ଗ୍ ଦେଇଥିଲ କି ? କାଲେ ଅଲ୍ଇଣ୍ଡିଆ ପାଇଗଲେ ଅନ୍ୟ ରାଜ୍ୟରେ
ପଢ଼ିବାକୁ ପଡ଼ିବ ବୋଲି ତାକୁ ସେ ପରୀକ୍ଷାରୁ ବଞ୍ଚିତ କଲ । କେବଳ ଓଡ଼ିଶା
ମେଡ଼ିକାଲ ଜେଇଇ ଦେବାପାଇଁ ପାଠ ପଢ଼ିଲା ।

– ଠିକ୍ ଅଛି । କମ୍ ଟଙ୍କାରେ ଆମପିଲା ଦୁଇଜଣ ସରକାରୀ ମେଡ଼ିକାଲ୍
କଲେଜରେ ପଢ଼ି ପାରିଲେ ନିଜ ଯୋଗ୍ୟତା ବଳରେ । ଆଜିକାଲି ଆଉ ଯୋଗ୍ୟତାର
ମାପକାଠି ଦେଖାଯାଉନି । ପରସେଣ୍ଟାଇଲ୍‌ରେ ଲକ୍ଷ ଲକ୍ଷ ପିଲାଙ୍କୁ ଆଣି ଯୋଗ୍ୟତା
ପ୍ରଦାନ କରାଯାଉଛି । ସାତଶହ କୋଡ଼ିଏରୁ କିଏ ଦୁଇଶହ ଭିତରେ ମାର୍କ ରଖି ମଧ
ଲକ୍ଷ ଲକ୍ଷ ଟଙ୍କା ଖର୍ଚ୍ଚ କରି ପ୍ରାଇଭେଟ୍ ମେଡ଼ିକାଲ୍ କଲେଜରେ ସିଟ୍ ପାଇ ପଢ଼ୁଛନ୍ତି ।
ଯେତେବେଳେ ଡାକ୍ତର ହୋଇ ବାହାରିବେ ସେତେବେଳେ ସେମାନଙ୍କ ଦକ୍ଷତା
କିପରି ଭଲହେବ ପରେ ଜଣାପଡ଼ିବ । ଆଗରୁ ଭଲ ଶିକ୍ଷାର୍ଥୀ ଡାକ୍ତର ଶିକ୍ଷା ପାଇଁ ନିଜ
ବୁଦ୍ଧିମତ୍ତାର ପରିଚୟ ଦେଇ ନାଁ କରୁଥିଲେ । ଆଜିକାଲି ଏପରି କମ୍ ମାର୍କରଖି
ଡାକ୍ତରଶିକ୍ଷା ସମାପ୍ତ କରି ଫେରିଥିବା ଡାକ୍ତରଙ୍କଠାରୁ କି ସ୍ୱାସ୍ଥ୍ୟସେବା ଆଶା
କରାଯାଏ ଜନତା କହିବେ ।

ଝିଅର ଡ୍ରାଇଭର ଗାଡ଼ି ନେଇ ଆସି ପହଁଶିଲା ଠିକ୍ ପାଞ୍ଚଟା ପଞ୍ଚତିରିଶ
ମିନିଟ୍‌ରେ । ଅର୍ଜନା ସବୁବେଳେ ଆଗୁଆ ବାହାରି ତଳକୁ ଓହ୍ଲାଇଥାଏ । ତା'ପରେ
ଅଭିନ୍ଦ ବାହାରନ୍ତି । ଅର୍ଜନା ଠଟ୍ଟାକରିବ – ପୁରୁଷ ସିନା ଆଗୁଆ ବାହାରିଯିବ ଅଥଚ
ଏଠି ମୁଁ ସବୁବେଳେ ଆଗରେ ବାହାରିଥାଏ । ତୁମେ ଏତେସମୟ ବାହାରିବାକୁ
ଡେରି କର କାହିଁକି ?

ଏତକ ଶୁଣିଲାପରେ ଅଭିନ୍ନ ଟିକିଏ କ୍ଷୋଭରେ କହିବେ – ମୁଁ ପରା ମୋଜା ପିନ୍ଧି ଆସିଲି ।

ଅର୍ଚନା ଏମିତି ବିଭିନ୍ନ ବାହାନା ବିଭିନ୍ନ ସମୟ ଅନୁସାରେ ଶୁଣିଥାଏ ଅଭିନ୍ନଙ୍କ ଠାରୁ । କେବେ ନିଜେ ସ୍ୱୀକାର କରିବେ ନାହିଁ – ମୋର ଡୋରି ହୋଇଗଲା । ଛାଡ଼ ଏମିତିରେ କଲେଜକୁ ଯିବା ସମୟରେ ମଧ ଅର୍ଚନା ପନ୍ଦର ମିନିଟ୍ ପୂର୍ବରୁ କହିବ– ଶୀଘ୍ର ଯାଆ । ଯେମିତି କ୍ଲାସରେ ଗୋଟିଏ ମିନିଟ୍ ଲେଟ୍ ହେବନି ।

ଏବେ ମଧ ସମୟାନୁବର୍ତିତା ହେବାକୁ ଉଭୟଙ୍କୁ ଭଲ ଲାଗେ । ଠିକ୍ ଛଅଟାରେ ପହଞ୍ଚିଲେ ସଭାସ୍ଥଳ ବାହାରେ । ଶିଷ୍ୟଜନକ ବାହାରେ ଆଗନ୍ତୁକମାନଙ୍କୁ ପାଛୋଟି ନେଉଥିଲେ । ଅଭିନ୍ନ ଓ ଅର୍ଚନାଙ୍କୁ ନମସ୍କାର କରି କହିଲେ – ସାର୍ ଋଲନ୍ତୁ ଭିତରକୁ ।

ଅର୍ଚନା କହିଲା – ତୁମ ସାର୍ ଏବେ ମଧ ସମୟ ଅନୁସାରେ ପହଞ୍ଚି ଯାଉଛନ୍ତି ।

ସଭାଗୃହ ଭିତରକୁ ପଶିଗଲାବେଳକୁ ପ୍ରାୟ ଶହେ ଉପରେ ଲୋକ ନିଜ ସିଟ୍‌ରେ ବସି ସାରିଥିଲେ । ଅଭିନ୍ନ ଆଗଧାଡ଼ିଗୁଡ଼ିକୁ ଋହିଁ କହିଲେ – ସାହିତ୍ୟ ସଭାରେ ଏତେ ଲୋକ ଆସିଛନ୍ତି ଆଜି ଦେଖୁଛି ମୁଁ । ଯେହେତୁ ସେ କ୍ଷମତାରେ ଅଛି ଓ ଅନ୍ୟମାନଙ୍କ ସହ ଭଲ ସଂପର୍କ ରଖିଛି ତେଣୁ ପ୍ରକାଶକଠାରୁ କବି, ଲେଖକ, ସାଙ୍ଗସାଥୀ, ଗାଁଲୋକ ଓ ଚିହ୍ନା ପରିଚୟ ଲୋକ ମଧ ଆସିଛନ୍ତି ।

– ଯାହାହେଉ ତୁମ ଛାତ୍ର ଜଣଙ୍କ ନିଜ ଅନ୍ତରଙ୍ଗତାରେ ଅନ୍ୟମାନଙ୍କ ମନକୁ ଜିଣି ନେଇଛନ୍ତି ।

ଏତିକିବେଳକୁ ଛାତ୍ରଜଣକ ସିଟ୍ ପାଖକୁ ଆସି କହିଲେ – ମୁଁ ଯେତେବେଳେ ଅଧ୍ୟାପକ ଥିଲି କ୍ଲାସ୍ ଶେଷରେ ଆପଣଙ୍କ ଭଳି 'ଦ୍ୟାଟ୍ସ ଅଲ୍ ଫର୍ ଟୁଡ଼େ' ବୋଲି କହିଥାଏ ।

ଅଭିନ୍ନ କହିଲେ – ଭଲ ସଭାଟିଏ ଆଜି ହୋଇଛି । ତୁମେ ବହୁତ ଲୋକଙ୍କୁ ଡାକି ସାରିଥିଲ ବୋଧେ ।

– ହଁ ପ୍ରାୟ ତିନିଶହ ଉପରେ ଲୋକ ଆସିଥିବେ ।

ଛାତ୍ର ଜଣକ ପାଖରୁ ଋଲି ଗଲା ପରେ ଅଭିନ୍ନ କହିଲେ ଅର୍ଚନାକୁ – ବହି ଉନ୍ମୋଚନକୁ ଏତେ ଲୋକଙ୍କ ସମାଗମ ହେବା ମୁଁ ଆଜି ପ୍ରଥମେ ଦେଖୁଛି । ମନ୍ତ୍ରୀ

ଆସିଲେ ଲୋକବାକ ଜମିଯିବେ । କିନ୍ତୁ ପୁସ୍ତକ ଉନ୍ମୋଚନ ସଭାରେ ଶହେ ଭିତରେ କି ପଚାଶ ଭିତରେ ଲୋକ ହେଲାବେଳକୁ କାଠିକର କଥା । କିଏ ଆଉ ସାହିତ୍ୟ ଲେଖା ପଢ଼ା ପ୍ରତି ସଜାଗ ନାହାନ୍ତି । ସମସ୍ତେ ତ ସ୍ମାର୍ଟ ଫୋନ୍ ଧରି ବସିଗଲେ, ପୁସ୍ତକ କାଟ ହେବେ କାହିଁକି ? ଆମ ପିଲାମାନେ କ'ଣ ସାହିତ୍ୟ ବିଷୟରେ ପରିଚିତ କି ? ଇଂରାଜୀ ସ୍କୁଲରେ ପଢ଼େଇବା ଆମର ଭୁଲ୍ ଥିଲା । ଆମେ ଓଡ଼ିଆ ସ୍କୁଲରେ ପଢ଼ି କ'ଣ ବଡ଼ ଚକିରି କରିନୁ ।

– କିଏ ତମକୁ ଉପଦେଶ ଦେଉଥିଲା ନିଜପିଲାକୁ ପଠାଅ ଇଂରାଜୀ ମିଡ଼ିୟମ ସ୍କୁଲକୁ ? ନିଜେ ହମହମ ହୋଇ କହିଲ "ଏବେ ଯେଉଁ ସୁବିଧା ସହରରେ ଆମେ ପାଉଛେ ତାକୁ ହାତଛଡ଼া କରିବା କାହିଁକି ? ଗୋଟିଏ ଦୁଇଟା ପିଲାଙ୍କ ପାଇଁ ଟଙ୍କା ଖର୍ଚ୍ଚ ହେବ । ଆଉ ଆମର ନଅଟା କି ଛଅଟା ନାହାନ୍ତି ଯେ ଆମେ ଘାଣ୍ଟିହେବା । ଆମ ଚକିରି ଓ ସ୍ଥାଟସ୍କୁ ଚହିଁ ଆମ ପିଲାମାନେ ପଢ଼ିବେ ।"

ଅଭିନ୍ନ ଏତକ ଶୁଣି ଚୁପ୍ ପଡ଼ିଗଲେ । ଏବେ ଓଡ଼ିଆ ଗପ କି କବିତା ପିଲାମାନେ ଲେଖପାରୁନାହାନ୍ତି ବୋଲି ବାଡ଼େଇ ପିଟି ହେଲେ କି ଲାଭ ? ନିଜେ ଓଡ଼ିଆସ୍କୁଲରେ ପଢ଼ି ଇଂରାଜୀ ବିଷୟରେ ଜ୍ଞାନ ନାହିଁକି ? ତଥାପି ଓଡ଼ିଆଭାଷା ଲୋପ ପାଇବନାହିଁ । ଗାଁ ଗହଳିରେ ପିଲାମାନେ ଓଡ଼ିଆସ୍କୁଲରେ ପଢ଼ି ମଧ ଭଲ କବିତା ଗପ ଲେଖ ପାରୁଛନ୍ତି । ଯେଉଁଦିନ ଅର୍ଜୁନାକୁ ମୁଢ଼ିବାଲାଟି କହିଲା– ମାଡ଼ାମ୍ ଆପଣଙ୍କର ଗପ 'ସମୟ ସାପ୍ତାହିକୀ'ରେ ପଢ଼ିଛି ମୁଁ ।

ସେଦିନ ଅର୍ଜୁନା ଭାବିପାରୁନଥିଲା ସାଇକେଲରେ ମୁଢ଼ିବସ୍ତା ଧରି ବୁଲୁଥିବା ପିଲାଟି ଆଜି ମଧ ପେପର ଓ ମାଗାଜିନ୍ ପଢ଼ୁଛି ନିଜ ନିରୋଲା ସମୟରେ । ଖୁସିହୋଇ ପଚାରିଲା – କେତେଯାଏଁ ପାଠ ପଢ଼ିଛ ।

– ଦଶମଶ୍ରେଣୀ ପର୍ଯ୍ୟନ୍ତ ପଢ଼ିଛି । ମୁଢ଼ିବାଲା ପିଲାଟି କହିଥିଲା ଅବଶୋଷଭରା ସ୍ୱରରେ ।

ଯାହାଘରେ ମାଗାଜିନ୍ ଗଦାହୋଇ ରହିଛି ଓ ବାପା ମା' ଲେଖାଲେଖିରେ ବ୍ୟସ୍ତ ସେଠି ତାଙ୍କର ପିଲାମାନେ କି ବହି ଉନ୍ମୋଚନ ହେଲା କି ପ୍ରକାଶ ପାଇଲା ପଚାରିଲେ ନାଁ କହି ପାରିବେ ନାହିଁ । ଆଉ ସେ ଅଣ୍ଟାପାଉଆ ମୁଢ଼ିବାଲାଟି – ଗପର ନାଟି ମନେରଖି ତାକୁ ଆସି କହୁଛି ପୁଣି !

ସଭା ଆରମ୍ଭ ହୋଇଗଲା ପ୍ରାୟ ଛଅଟା ବେଳକୁ । ପ୍ରଦୀପ ପ୍ରଜ୍ୱଳିତ ହେଲା ଅତିଥିମାନଙ୍କଦ୍ୱାରା । ସେମାନଙ୍କ ଆଗମନକୁ ପ୍ରତୀକ୍ଷା କରି ଦୁଇଶହ ଲୋକ ଉଣାଅଧିକେ ବସି ବସି କଥାବାର୍ତ୍ତା ହେଉଥିଲେ କେତେବେଳେ ସଭା ଆରମ୍ଭ ହେବ । ଜଣେ ଉତ୍ତର ଦେଲା – ଆମର ଭାରତୀୟ ସମୟ ଅନୁସାରେ ଚଳିବା କଥା ଜାଣିଛ ।

ଯେଉଁ ପ୍ରକାଶକ ବହିଟି ଛପେଇଥିଲେ ତାଙ୍କୁ ନିଜ ବକ୍ତବ୍ୟ ଦେବାପାଇଁ ଅନୁରୋଧ କରାଗଲା । ସେ ଷ୍ଟେଜ୍‌ରେ କହିଲେ – ମୁଁ ପଚିଶବର୍ଷ ହେଲା ଏପରି ପୁସ୍ତକ ପ୍ରକାଶନ ସଂସ୍ଥାରେ ଅଛି । ସରକାର ଆମଠାରୁ ବହିନେଲେ ଆମେ ଲାଭାନ୍ୱିତ ହୁଅନ୍ତୁ । ନଚେତ୍ ଭାରି କଷ୍ଟ ଲାଗେ ଏହି ପ୍ରକାଶନ ସଂସ୍ଥା ଚଳେଇ ନେବାକୁ । ଏଥର ସରକାରଙ୍କ ଅନୁକମ୍ପା ଯୋଗୁଁ ଆମ ପ୍ରକାଶକ ସଂସ୍ଥାମାନଙ୍କର କିଛି କିଛି ବହି ବିଭିନ୍ନ ସରକାରୀ ଲାଇବ୍ରେରୀ ଓ ସ୍କୁଲମାନଙ୍କୁ ଯାଉଥିବାରୁ ମୁଁ ସରକାରଙ୍କୁ ଧନ୍ୟବାଦ ଜଣାଉଛି । ଏପରି ପ୍ରତିବର୍ଷ ବହିଗୁଡ଼ିକ ସରକାରୀ ଚୟନର ଧାରାରେ ସାମିଲ୍ ହେଲେ ପ୍ରକାଶନ ସଂସ୍ଥାଗୁଡ଼ିକ ତିଷ୍ଠି ରହିବା ସମ୍ଭବ ହେବ ।

ଅର୍ଦ୍ଦନା ଭାବୁଥିଲା ପ୍ରକାଶନ ସଂସ୍ଥା ସିନା ତିଷ୍ଠି ରହିବା ପାଇଁ ସରକାର ପ୍ରଚେଷ୍ଟା କଲେ । ଯଦି ଲେଖକମାନଙ୍କୁ ଲେଖିବାପାଇଁ ପ୍ରେରଣା ମିଳେ ଓ ଆର୍ଥିକ ସହାୟତା ମିଳେ ତେବେ ଲେଖକମାନେ ଉତ୍ସାହିତ ହେବେ ନିଜ ଲେଖାର ବୃତ୍ତି ପ୍ରତି । ସରକାର ଯେଉଁ ବହିଗୁଡ଼ିକ ଚୟନ କରୁଛନ୍ତି ସେହି ବହିଗୁଡ଼ିକର ଲେଖକଙ୍କୁ ଆଗ ପଚରନ୍ତୁ । ସେମାନଙ୍କୁ ସେ ବହିର ରୟାଲଟି ଲେଖକମାନଙ୍କ ଆକାଉଣ୍ଟ‌କୁ ପଠାନ୍ତୁ । କାରଣ ପ୍ରକାଶକମାନେ ବହିର ସବୁଟଙ୍କା ପାଇଗଲା ପରେ ଲେଖକମାନଙ୍କୁ ଦିଅନ୍ତି କି ନାହିଁ କିଏ ବୁଝେ ? ତେଣୁ ଲେଖକ ନିଜ ହାତରୁ ଗଳ୍ପ କବିତା ବହି ପ୍ରକାଶ ପାଇଁ ଟଙ୍କା ଖର୍ଚ୍ଚ କରି ଛପାଇଥାଏ ପ୍ରକାଶକଙ୍କ ପାଖରେ । ସେମାନଙ୍କୁ ବାରମ୍ବାର ଫୋନ୍ କରି ଲେଖକ ବ୍ୟତିବ୍ୟସ୍ତ ହୋଇ ପଡ଼ିଥିଲେ ମଧ୍ୟ ନିଜର ପାଣ୍ଡୁଲିପିକୁ ଫେରାଇ ଆଣିବାର ୟୁ ନଥାଏ । କାରଣ ଆଗରୁ କାଗଜଖର୍ଚ୍ଚ ଏପରି ବିଭିନ୍ନ ଖର୍ଚ୍ଚ ବାବଦକୁ ଟଙ୍କାର ମୂଲଚାଲ ହୋଇ ଦେଇ ସାରିଥାଏ ଲେଖକଟି । ତେଣୁ ଅଲାଜୁକଙ୍କ ପରି ବାରମ୍ବାର ଫୋନ୍ କରି ମନେପକେଇ ଦେବା ଛଡ଼ା ତା ପାଖରେ ଆଉ କ'ଣ ଚେରା ଥାଏ କି ?

ବେଳେବେଳେ ଅର୍ଚ୍ଚନା ପାଟିକରି ଅଭିନ୍ନଙ୍କୁ କୁହେ – ଆଗ ବହି ଧରିବ ତା'ପରେ ଟଙ୍କା ଦେଇଥାଆନ୍ତ । ଖାଲିଟାରେ ହମହମ ହୋଇ ଟଙ୍କା ଦେବା କି ଦରକାର ?

– ଓଃ କାହିଁକି ବିରକ୍ତ ହେଉଛ ? ସବୁ ବିଶ୍ୱାସରେ ରଖିଛି । ଯଦି କାହାର ବିବେକ ଶୋଇପଡ଼ିଲା ମୁଁ କ'ଣ କରିବି ?

– ଭକୁଆ ହୋଇ ରହିଁଥାଅ ନିଜ ବହିଟିର ପ୍ରକାଶନକୁ । ବର୍ଷେ କି ଦୁଇବର୍ଷ ନୁହେଁ ଦୀର୍ଘ ସାତବର୍ଷ ହେଲା ଟଙ୍କା ଦେଇ ବସିଛ । ବ୍ୟାଙ୍କରେ ରଖିଥିଲେ ଦୁଇଗୁଣା ପାଖାପାଖି ହୋଇଥାଆନ୍ତା । ସବୁବେଳେ ଆଗ ଟଙ୍କା ଦେବାକୁ ବ୍ୟଗ୍ର ହେଉଛ । ସତେ ପ୍ରଫେସରଙ୍କ ଧଲାଟଙ୍କାର ପରିଣାମ ବେଶୀ ବୋଧେ ।

– ତମ ବହିପାଇଁ ଟଙ୍କା ଦେଇଛି ଓଲଟି ତମଠୁ କଟୁକଥା ଶୁଣୁଛି ।

– ବୁଝିଲ, ଟଙ୍କା ନ ଦେଇଥିଲେ କେଉଁ ଦିନଠୁ ମୋ ପାଣ୍ଡୁଲିପି ଫେରେଇ ଆଣି ସାରିଥାଆନ୍ତି । ଏଥର ଚୁପ୍ ହୋଇ ବସିଯାଅ କି ପାଣ୍ଡୁଲିପି ଫେରାଇ ଆଣି ଅନ୍ୟଠି ଛାପିଦିଅ । ଭାବି ନିଅ ଟଙ୍କା ଦେଇନ କି ବାଟରେ ହଜିଗଲା ବୋଲି । ଭାବିନିଅ ଆରଜନ୍ମରେ କାହାର ଧାରୁଆ ଥିଲ ଏ ଜନ୍ମରେ ପରିଶୋଧ କଲ । ଏମିତି ମୋତେ ରହିଛ କ'ଣ ? ସତକଥା ଶୁଣିଲେ କଷ୍ଟ ଲାଗୁଛି କି ?

– ତମେ ସତକୁ ଜାବୁଡ଼ି ଧରି ବସିଥାଅ । ଅଧିକା ଟଙ୍କା ଖର୍ଚ୍ଚ କରି କରିତକର୍ମା ପ୍ରକାଶକଙ୍କ ପାଖରେ ବହି ଛାପିଲେ ପୁରସ୍କାର ମିଳିଯିବ ଯେ ।

– ସତରେ ! ମୋତେ ଆଉ ମୋ ସତ୍ୟପଥରୁ ବାଟଭୁଲା କରନି । ମୁଁ ଲେଖେ କାହିଁକି ତୁମେ ଜାଣ । ମୋର ପାଠ ପଢ଼ା ପ୍ରତି ଅଧିକ ରୁଚି ଥିଲା । ଏବେ ମଧ ଲେଖା ପଢ଼ାରେ ମୋତେ ଭଲ ଲାଗେ । କାହାକୁ ଟଙ୍କା ଦେଇ କି ତୋଷାମଦ କରି ପୁରସ୍କାର ହାତେଇ ତମମାନଙ୍କୁ ଖୁସି କରିବି ସେ ଭାବନା ମୋର ନାହିଁ । ଯଦି ପୁରସ୍କାର ମିଳିବ ତେବେ ମୋ ଲେଖାର ସ୍ୱୀକୃତିକୁ ମିଳୁ । ମୋ ଆତ୍ମା ଖୁସି ହେବ । ଆଉ ମୁଁ ନାଁ କରିବାକୁ ପୁରସ୍କାର ଗୋଟାଇବାକୁ ରହୁଁନି ।

– ସମସ୍ତେ ପୁରସ୍କାର ପାଇଲେ ଖୁସି ହୁଅନ୍ତି । ତମେ ତମ ନିୟମକୁ ଧରିବସି କେତେଟା ପୁରସ୍କାର ପାଇଲଣି ?

୧୪୨ ••• କଥା ଦେଇଛି ମୃତ୍ୟୁକୁ

— କାହିଁ, କେବେ ମୋ ମନରେ ଦୁଃଖ ହୋଇନି ଏହି ପ୍ରାପ୍ତି ପାଇଁ । ଯେତେବେଳେ ଉପରବାଲା ରହିଁବେ ମୋତେ ପୁରସ୍କାର ମିଳିବ । ଆଉ ଯାକୁ ତାକୁ ତୋଷାମଦ କରି ପୁରସ୍କାର ପାଇବା ମୋ ପକ୍ଷେ ଗ୍ରହଣୀୟ ନୁହେଁ କି ମୁଁ ସେ ଚେଷ୍ଟା କରିବି ନାହିଁ ।

— ଶ୍ରୀରାମଙ୍କୁ ପିଲାଦିନରୁ ପୂଜା କରୁଛ ବୋଲି ତାଙ୍କ ଆଦର୍ଶରେ ଅନୁପ୍ରାଣୀତ ହୋଇଛ ।

— ଠିକ୍ ବୁଝିଛ ତୁମେ । ଆଉ ମୋ ପାଇଁ ବ୍ୟସ୍ତ ହୁଅନି । ଆଜି ଆମ ସମାଜରେ ସତପଥକୁ କେତେଜଣ ଆପଣେଇଛନ୍ତି ? ହଁ ଦିନେ ମୁଁ ସଫଳ ହେବି । ଦେଖବନି କି ତମେ ?

ସଭାଗୃହରେ ବିଭିନ୍ନ ଅତିଥିଙ୍କ ଭାଷଣ ଶୁଣୁ ଶୁଣୁ ରାତି ନଅଟା ପରେ ହେଲାଣି । ତେଣୁ ଅଭିନ୍ନ କହିଥିଲେ ନଅଟା ବାଜିଗଲେ ଏଠୁ ଉଠିଯିବା । କାଲି ମୁଁ ମୋ ଛାତ୍ର ସହ ଫୋନ୍‌ରେ କଥା ହୋଇଯିବି । ଖାଦ୍ୟ ଓ ଔଷଧ ଖାଇବା ଡେରି ହୋଇଯିବ ।

ଅର୍ଚ୍ଚନା ଓ ଅଭିନ୍ନ ସଭାଗୃହରୁ ଫେରି ଆସିଥିଲେ । ସଭାଗୃହ ମଝିରେ ଟିଫିନ୍ ପ୍ୟାକେଟ୍ ଅତିଥିମାନଙ୍କୁ ଦେଇଥିଲେ । କୌଣସି ସଭାରେ ଅର୍ଚ୍ଚନା ଟିଫିନ୍ ଖାଏନି କି ର ପିଇନଥାଏ । ବେଲେବେଲେ ଟିଫିନ୍ ଗ୍ରହଣ କରିନଥାଏ । ଆଜି ଟିଫିନ୍‌ଟି ଆଣି ଦେଇଥିଲା ଡ୍ରାଇଭର ପିଲାକୁ କାରରେ ବସିଲାବେଲେ । ଆଉ କହିଥିଲା - ଆଜି ସଭାଟି ଭଲ ହେଲା ।

— ହଁ ବହୁତଥର ସେ ଡାକିଥିଲା ବୋଲି ମୁଁ ଆସିଲି । ନହେଲେ କ'ଣ ଆସିଥାଆନ୍ତି କି ? ଅଭିନ୍ନ କହିଲେ ।

— ଜାଣେ ତୁମକଥା । ପଢ଼ା ଟେବୁଲ ପାଖରେ ବସିଗଲେ ଖାଇବାକୁ ଡାକିଲେ ମଧ ଉଠିବ ନାହିଁ । ଏମିତି ପାଠ ଯଦି କଲେଜ ବେଲେ ପଢ଼ିଥାଆନ୍ତ ନା ଇଚ୍ଛାମୁତାବକ ଚାକିରି ପାଇଥାଆନ୍ତ ।

— ମୁଁ ଏବେ ମୋ ଇଚ୍ଛାମୁତାବକ ଶିକ୍ଷାଦାନ ଚାକିରି ଗ୍ରହଣ କରିଛି । ବ୍ୟାଙ୍କ ଅଫିସର କି ଓ.ଏ.ଏସ୍. ଚାକିରି ଛାଡ଼ି ଆସିଛି ଅନ୍ୟମାନଙ୍କର ମନା କରିବା ସତ୍ତ୍ୱେ । ମୋ ବାପା କହିଲେ "ତୋ ଇଚ୍ଛାରେ ଚାକିରି କରେ ଯେଉଁଟି ତୁ ଶାନ୍ତି ପାଇବୁ ।"

– ଆଉ ଆମଘରେ ତୁମ ବିବାହ ପୂର୍ବରୁ କହିଲେ "ଆମ ଭାବୀ ଜ୍ୱାଇଁ ପୁଅ ବ୍ୟାଙ୍କ ଅଫିସର ଚାକିରି ଛାଡ଼ିଦେଲେ । ଏହା ଶୁଣି ମୋ ବାପା କହିଥିଲେ "ମୋ ଜ୍ୱାଇଁ ଭାରି ବୁଢ଼ିଆ । ତାଙ୍କ ପଛରେ ଚାକିରି ଗୋଡ଼ାଉଛି ।"

– ଛାଡ଼ ସେ ଦିନର କଥା । ଏବେ ଆମ ପାଖରେ ମୋ ବାପା ମା' କି ତୁମ ବାପା ବୋଉ ନାହାନ୍ତି ଟିକିଏ ଆମ ଖୁସି ଦେଖିବାକୁ । ସମୟର ସ୍ନୈହଦୀ ଭିତରେ ଅତୀତର ଦୃଶ୍ୟପଟର ସ୍ପନ୍ଦନ ଟିକିକ ଆମ ମନରେ ପ୍ରକମ୍ପିତ ହେଉଛି । ମୋତେ ସତୁରୀ ବର୍ଷ ହେଲାଣି । ଦେହରେ ରୋଗ ବସାବାନ୍ଧିଛି । ତାକୁ ଜଗିରଖି ଚଳିପାରୁଛେ ଦୁଇଜଣ । ମହାମାରୀ କରୋନା ଗଲା ତଥାପି ତାରି ଭିତରେ ନିୟମ ମାନି ଚଳିଲେ ଆମେ ଦୁଇଜଣ । ଭାରି ଡର ମାଡୁଥିଲା ସେ ସମୟ ମଧ୍ୟ ।

ମୋ ଛାତ୍ରର ଗୀତଟିଏ ରେକର୍ଡ଼ିଂ ହୋଇ ବାଜୁଥିଲା ସଭାଗୃହରେ । ଭଲ ଜଣାଶତି ଖୁବ୍ ମଧୁର ଓ ଭାବପୂର୍ଣ୍ଣ ହୋଇଛି । ତା'ର ଟିକିଏ ହେଲେ ଆମ୍ଭଗରିମା ନାହିଁ । ଭଲ ଛାତ୍ରଟିଏ । ଯଦି ସରକାରୀ ସେକ୍ରେଟେରୀମାନେ ଜାଣନ୍ତେ ସାହିତ୍ୟିକମାନେ ରୟାଲ୍ଟି ପାଉନାହାଁନ୍ତି ତେବେ କିଛି ପ୍ରତିକାର କରନ୍ତେ । ତୁମେ ଚାକିରି କରିନ, ଲେଖି ଦେଇପାରିବ ସରକାରଙ୍କୁ ପତ୍ରଟିଏ ।

– ସମସ୍ତେ ଚୁପ୍ ଆଉ ମୁଁ ହୋ ହୋ ହେବି କ'ଣ ତୁମ ନିର୍ଦ୍ଦେଶରେ ? ମୋର ଟଙ୍କା କ'ଣ ଦରକାର ? କର୍ମ କରିଯାଅ ଫଳରେ ଆଶା ରଖନି । ଧର୍ମକୁ ଆଦରି ମୁଁ ଲେଖୁଛି ।

– ହଉ ଦେଖ କେଉଁଦିନ ତୁମ ଲେଖାର ପାରିଶ୍ରମିକ ରୂପେ ପୁରସ୍କାର ପାଇବ ।

– ଲେଖକ ଶ୍ରମିକଟିଏ ପରି ଚାଷ କରି ଚାଲିଛି । ଫଳ ପାଇବା ପୂର୍ବରୁ ଧୋଇ ମରୁଡ଼ି ଆଦିକୁ ମଧ୍ୟ ଡର । ଯେଉଁଦିନ ସୁନାର ଫସଲ ମିଳିଲା ସେଇଦିନ ତା ମୁହଁରେ ହସ ହିଁ ଭରିବ ।

– ଧୋଇ ମରୁଡ଼ି କ'ଣ ସାହିତ୍ୟରେ ଭେଟୁଛ କି ?

– ହଁ । ନଚେତ୍ ଉପନ୍ୟାସ ଗପ କବିତାକୁ ବନ୍ଦ କରି ଦେଇ ପନ୍ଦର ବର୍ଷ କାଲ ଲେଖାଠାରୁ ଦୂରେଇ ରହିବାର ଅର୍ଥ କ'ଣ ଭାବନାର ମରୁଡ଼ି ନୁହଁ କି ?

ଅବଶୋଷଭରା କଣ୍ଠରେ ଅଭିନ୍ନ କହିଲେ – ତୁମର ଉଷାହକୁ ଚିହ୍ନିବାକୁ ମୋତେ ଡେରି ଲାଗିଗଲା । ମୁଁ କ'ଣ ଜାଣିଥିଲି ତୁମ ଲେଖା ପାଠକୀୟ ସ୍ୱୀକୃତି ମିଳିବ ବୋଲି ।

– ଠିକ୍ ଅଛି । ଜୀବନରେ ସୁଖ ଦୁଃଖ ଲାଗିଥିଲା ପରି ସାହିତ୍ୟର ମଧ୍ୟ ସ୍ଥିତି ବଦଳୁଛି ସମୟ ସାଙ୍ଗରେ । ତମେ ପାଖରେ ଥିଲେ ମୋର ଆଉ ଚିନ୍ତା କ'ଣ ? ସମୟ ଆକାଶରେ ଏବେ ମଧ୍ୟ ସ୍ମୃତିର ଝଲକ ଆମ ଖୁସିରେ ମହମହ ହୋଇ ବାସୁଛି । କାହାପ୍ରତି ଆମର ଈର୍ଷା ଭାବନା ନାହିଁ । ଯିଏ ଯେଉଁଠି ଖୁସିରେ ରହିଲେ ଆମେ ଖୁସି । ଲେଖକର ହୃଦୟ କୋମଳ । ସେ କୌଣସି ଯନ୍ତ୍ରଣାରେ ଜର୍ଜରିତ ହେଲେ ନିଜ ଲେଖନୀ ମାଧ୍ୟମରେ ହିଁ ଶାନ୍ତି ଟିକିଏ ପାଇଯାଏ । ସତରେ ଦୁନିଆରେ ଶାନ୍ତିଠାରୁ ଆଉ କ'ଣ ବଡ଼ ସୁଖ ଅଛି ? ଧନସମ୍ପତ୍ତି ସବୁ ମଧ୍ୟ ହାରମାନିବ ଶାନ୍ତି ପାଖରେ । ଗୋଧୂଲି ପରେ ନକ୍ଷତ୍ର ଆସିଲା ପରି ମନଟିର ଆଶା ମଧ୍ୟ ଝିଲିମିଲ୍ ହୋଇଥାଏ । ମୋ ଆତ୍ମବିଶ୍ୱାସକୁ ଛାତିର କୋଣରୁ ଫିଙ୍ଗିପାରିବିନି ମୁଁ ।

– ସତରେ ଅର୍ଚ୍ଚନା ।

– ହଁ । ଦେଖିବ ଦିନେ ସତ୍ୟର ହିଁ ଜୟ ହେବ ।

❑

ଭୁଲା ମନ

ଅଟୋରିକ୍ସାରେ ଚଢ଼ୁ ଚଢ଼ୁ କମଳ ରୁହିଁଲେ ଘଣ୍ଟାକୁ । ସକାଳ ପାଞ୍ଚଟା ସତତିରିଶି ସମୟ ହେଲାଣି । ଟ୍ରେନ୍ ଛାଡ଼ିବ ଛଅଟା କୋଡ଼ିଏ ମିନିଟ୍‌ରେ । ହାତରେ ଅଧଘଣ୍ଟେ ଉପରେ ସମୟ । ପ୍ଲାଟ୍‌ଫର୍ମ ଯିବାକୁ ଲାଗିବ ପନ୍ଦର ମିନିଟ୍ । ଚିନ୍ତାନାହିଁ, ତଥାପି ସ୍ତ୍ରୀକୁ ତରବର ନ କଲେ ସେ ଆସି ଅଟୋରେ ବସିବନି । ରୁମ୍ ଗୁଡ଼ିକରେ ପକାଇଥିବା ତାଲାଗୁଡ଼ିକ ପୁଣି ଚେକ୍ କରିବ । ମେନ୍ କବାଟ ତାଲା ପକେଇ ବାହାରୁ ବାହାରୁ ପାଞ୍ଚଟା ପଚିଶ ମିନିଟ୍ ଧରିନେବ ଘଣ୍ଟାକଣ୍ଟା ।

ଟିକିଏ ବିରକ୍ତସ୍ୱରରେ ଗୁଣୁଗୁଣୁ ହେଲେ କମଳ । ଖାଲି ଘରଟାକୁ ଏତେ ନିଘା କରିବା କି ଦରକାର ? ତଥାପି ପ୍ରମିଳାର ମନ କ'ଣ ବୁଝୁଛି ? ପୁଣି ଚେକ୍ କରିବ ପାଣି ଟ୍ୟାପ୍‌କୁ । ଛାଡ଼ ସ୍ତ୍ରୀଲୋକଗୁଡ଼ା ବାହାରୁ ବାହାରୁ ତ ଡେରି !

ଏହି ବ୍ୟାଗ୍‌ଟି ନେଇ ଅଟୋରେ ରଖ । ଯାଆ କବାଟ ତାଲାକୁ ପୁଣି ଚେକ୍ କରିଦେବ । ଶୁଣାଗଲା ପ୍ରମିଳାର ସ୍ୱର ।

– ତୁମେ ପରା ଦେଖିଛ, ପୁଣି ମୋତେ ଆଉଥରେ ପଠାଇବା କି ଦରକାର ?

– ଦେଖିନିଅ ଥରେ । ମୋଟର୍ ତୁମେ ବନ୍ଦ କରିଛ କି ନା ଦେଖିନିଅ ।

ଶୁଣାଗଲା ଉତ୍ତେଜିତ ସ୍ୱର କମଳଙ୍କର – ମୁଁ ତ ପାଣି ମୋଟର ସୁଇଚ୍ ଅଫ୍ କରିଛି ।

– ସତରେ ? ମୁଁ ଆଉ ତାକୁ ଚେକ୍ କରିନି ।

ଦୃଢ଼ତାର ସ୍ୱରରେ କହିଲେ – ମୁଁ କୌଣସି ଜିନିଷ ଭୁଲେନି ।

ପ୍ରମିଳା ଚୁପ୍‌ରେ ବସିଲା ଅଟୋରେ । ଅଟୋ ପହଁଛିଲା ଷ୍ଟେସନରେ । ଟିକେଟ୍ କରି ରଘୁନମ୍ବର ପ୍ଲାଟ୍ ଫର୍ମରେ ଦୁଇ ପ୍ରାଣୀ ଚଢ଼ିବେ ପୁରୀ ବଲାଙ୍ଗୀର ଇଣ୍ଟରସିଟ୍‌ରେ । ହାତଘଡ଼ିକୁ ରୁହିଁଲା ପ୍ରମିଳା । ସମୟ ଛଅଟା ପାଞ୍ଚମିନିଟ୍ ହେଲାଣି । ଟିକେଟ୍ କାଉଣ୍ଟରରେ ଧାଡ଼ିବାନ୍ଧି ଠିଆହୋଇଛନ୍ତି ଲୋକ । ଦୁଇଦିନ ପୂର୍ବରୁ ଟିକେଟ୍ ଅନ୍

ଲାଇନ୍‌ରେ କରିଦେଇଥିଲେ ଭଲ ହୋଇଥାଆନ୍ତା । ଫେରିବା ଟିକେଟ୍‌କୁ କମଳ ତ ତିନିଦିନ ତଳେ ବାତିଲ କରିଦେଲେ । ଦେହ ଠିକ୍ ହେଲେ ରୁକିରି ଷେତ୍ର ସମ୍ବଲପୁରକୁ ଯିବାକୁ ଉଚିତ୍ ମନେ କରିଥିଲେ । ପୁଣି ଗତ ରାତିରେ କହିଲେ – କାଲି ସକାଲୁ ସକାଲୁ ଯିବାକୁ ପଡ଼ିବ ନଚେତ୍ ଏ ମାସର ଦରମା ବିଲ୍ ହୋଇପାରିବନି ।

ପ୍ରମିଲା ଜାଣେ ରୁକିରିଆମାନଙ୍କ ଗୁଣ । ଦରମାକୁ ରୁହିଁଥାଆନ୍ତି ପ୍ରତିମାସ ପହିଲାରେ । ତେଣୁ ରୁକିରିରେ ବଦଲି ଯେଉଁଠିକୁ ହେଲା ପେଡ଼ି ପୁତୁଲି ବାନ୍ଧି ସେଇଠିକୁ ଯାଆନ୍ତି ଇଚ୍ଛା ନ ଥିଲେ ମଧ । ଆଇନର ଉଲଂଘନ କରିବାକୁ ମଧ ରୁହିଁନଥାନ୍ତି । ଏହି ରୁକିରି ପାଇଁ ତ ବୁଲି ବୁଲି ନିଜ ଗାଁରୁ ଦୂରରେ ରହି ରହି ଶେଷରେ ଗାଁକୁ ଭୁଲି ଘର ତୋଳନ୍ତି ସହରରେ । ଏହି ରୁକିରିଆମାନଙ୍କ ପଇସାରେ ହିଁ ସହରରେ ଗଢ଼ି ଉଠେ ଘର । ମନରେ ଆଶ୍ୱସନା ଭର୍ତ୍ତିଥାଏ ଯେ ସହରରେ ସବୁ ସୁବିଧା ଅଛି । ଗାଁରେ କ'ଣ ଅଛି ?

ଯ଼ାପରେ ଗାଁ ପ୍ରତି ଭଲପାଇବାର ବିଶ୍ୱାସ ଭିତରକୁ ସହରରେ ବସତି ସ୍ଥାପନ କରିବାର ମୋହ ମାଡ଼ିବସେ, ମନରେ ଗାଁର ଅଭାବବୋଧ ରୁହେନି ମଧ । ଅନୁଶୋଚନାର ତ ଚିନ୍ତାନାହିଁ । ସଂସାରର ବଳକା ଆୟୁଷ ଖୁସିରେ ଖୁସିରେ ସହର ମାଟିରେ ସାରିଦେଲେ ଚିନ୍ତା କ'ଣ ?

କିନ୍ତୁ ଆଜିକାଲି ଏହି ଅବସରପ୍ରାପ୍ତ ରୁକିରିଆମାନଙ୍କ ଦମ୍ଭିଲା ମନରେ ଦୁଃଖ ତ ଭରିଗଲାଣି ସନ୍ତାନମାନେ ଦୂରେଇ ରହିବା ଯୋଗୁ । ଅଲୋଡ଼ା ହୋଇ ସହରରେ ରହିବା ଅପେକ୍ଷା ଗାଁ ମାଟିର ବିଶ୍ୱାସ ପ୍ରାଣରେ ପୁଲକ ଭରିଦେଉଛି । କିଏ ବାଙ୍ଗାଲୋର, ଦିଲ୍ଲୀ, କିଏ ଆମେରିକା କିମ୍ବା ଲଣ୍ଡନରେ ରୁକିରି କଲାପରେ ସେମାନେ ମଧ ସେହି ବାତାବରଣକୁ ଖୁବ୍ ଆପଣେଇ ନେଇ ଭୁଲୁଛନ୍ତି ପିତୃ ଅର୍ଜିତ ଧନରେ ଗଢ଼ି ଉଠିଥିବା କୋଠାକୁ । ତେଣୁ ଯିଏ ଯେଉଁଠି ଘର ଜାଗା କରି ରହିଯିବା ପରେ ଏକ କିମ୍ବା ଦୁଇ ସନ୍ତାନର ଜନକଜନନୀ ନିଜ ଅର୍ଜିତ କୋଠାରେ ଅବହେଳିତ ହୋଇ ଦିନ କାଟନ୍ତି । ଏହି କଥା ବୁଝିପାରନ୍ତି ନାହିଁ ତାଙ୍କ ପିଲାମାନେ ଯେମିତି ବାପାତି ଦିନେ ବୁଝିପାରିନଥିଲା ନିଜ ଜନକ ଜନନୀଙ୍କ ମନୋଭାବକୁ ।

ଏବେ ତ ଆଧୁନିକ ଦିଗ୍‌ବଲୟରେ କିଏ କାହାକୁ ପ୍ରତୀକ୍ଷା କରିବାକୁ ସମୟ ନାହିଁ । ଧନ ରୋଜଗାର ଧାବିତ ଧାରାରେ ସମସ୍ତେ ତ ଦୌଡ଼ୁଛନ୍ତି । ଶୁଣାଗଲା

କମଲଙ୍କ ସ୍ୱର – ତୁମେ ସେଇ ଲେଡ଼ିଜ୍ ଲାଇନ୍‌ରେ ଠିଆହୁଅ ଶୀଘ୍ର ଟିକେଟ୍ ମିଳିଯିବ । ମୋ ଆଗରେ ଆହୁରି କୋଡ଼ିଏ ଜଣ ଅଛନ୍ତି ।

ପ୍ରମିଳା ଠିଆହୋଇ ପଡ଼ିଲା ଲେଡ଼ିଜ୍ ଲାଇନ୍‌ରେ । ଆଗରେ ତିନିଜଣ ଠିଆ ହୋଇଛନ୍ତି । ତେଣୁ ଟିକେଟ୍ ଠିକ୍ ସମୟରେ ପାଇଯିବେ । ଭାବନାର ଅନ୍ତକରି ଆଗରେ ଥିବା ଝିଅଟି କହିଲା – ମାମ୍ ମୋତେ ଆଉ ତିନିଟଙ୍କା ଦିଅନ୍ତୁ । ମୁଁ ଆପଣଙ୍କୁ ଫେରାଇଦେବି ।

ପ୍ରମିଳା ରୁହିଁଲା ସେହି ଝିଅଟିର ମୁହଁକୁ । ତା'ପରେ ଭାବିଲା ଝିଅଟିକୁ ତ ସେ ଚିହ୍ନିନି । ତଥାପି ଫେରାଇଦେବ ଟଙ୍କା ବୋଲି ଦୃଢ଼ତାର ସହ କହୁଛି କେମିତି ?

– ତୁମେ ଯିବ କୁଆଡେ ?

– ଅନୁଗୋଳ । ଦିଅନ୍ତୁ ଶୀଘ୍ର ମୋ ଟିକେଟ ପାଲି ପଳେଇ ଆସିଲା ।

ପ୍ରମିଳା ଭ୍ୟାନିଟ୍ ବ୍ୟାଗରୁ ପାଞ୍ଚଟଙ୍କାର କଏନ୍ କାଢ଼ି ତାହାକୁ ଦେଇ କହିଲା – ମୋତେ ଫେରାଇବା ଦରକାର ନାହିଁ । ରଖ ।

ଝିଅଟି କୃତକୃତ୍ୟ ହୋଇ ପାଞ୍ଚଟଙ୍କା ନେଇ ଟିକେଟ୍ ଟଙ୍କାରେ ମିଶାଇଲା । ତା'ପରେ ଫେରିଯାଉ ଯାଉ କହିଲା – ମ୍ୟାଡ଼ାମ୍ ଧନ୍ୟବାଦ ।

ପ୍ରମିଳା ଟିକେଟ୍ ଧରି ଆସୁ ଆସୁ ଟ୍ରେନ୍ ଆସି ଲାଗିଗଲାଣି ଘରିନମ୍ବର ପ୍ଲାଟଫର୍ମ୍‌ରେ । ଜୋର୍ ଜୋର୍ ପାଦ ପକେଇ କମଲଙ୍କୁ କହିଲା– ଚଲ ଟ୍ରେନ୍ ଆସିଗଲାଣି । ତୁମେ ଏହି ବ୍ୟାଗରୁ ଗୋଟିଏ ଧର । ମୁଁ ଆରଟି ଧରୁଛି ।

ବିରକ୍ତ ହୋଇ କମଲ କହିଲେ – ମଣିଷ ଚଢ଼କିରି କରି ଭାରି ହଇରାଣ ହେଲାଣି । ଗାଁରେ ଥିଲେ ଭଲରେ ଥାଆନ୍ତା ।

ପ୍ରମିଳା ଆଉ କିଛି ନ କହି ତର ତରରେ ଟ୍ରେନ୍ ଭିତରକୁ ପଶିଗଲାଣି ଗୋଟିଏ ବ୍ୟାଗ୍ ସହ । କମଲ ମଧ୍ୟ ଅନ୍ୟ ବ୍ୟାଗଟି ଧରି ଉଠୁଉଠୁ କହିଲେ – ବସିଯାଅ ସିଟ୍‌ରେ ।

ଦେଖିଲାବେଳକୁ ସେଇ ଝିଅଟି ବସିଛି ସେ ସିଟ୍‌ରେ । କହିଲା ମ୍ୟାଡ଼ାମ୍ ଏଠି ବ୍ୟାଗ୍ ରଖନ୍ତୁ । ପ୍ରମିଳା ଆଶ୍ୱସ୍ତି ହୋଇ ବସୁ ବସୁ ଫୋନ୍‌ର ରିଙ୍ଗ ବାରମ୍ବାର ବାଜୁଛି । କାହାର ହୋଇପାରେ ? ପିଲା ଦୁଇଜଣ ତ ଏ ସକାଳୁ ସକାଳୁ ଫୋନ୍ କରିବେ

ନାହିଁ । ତେବେ କିଏ ହୋଇପାରେ ? ପୁଣି କମଳଙ୍କ ଫୋନ୍ ବାଜିଲାଣି । ବିରକ୍ତ ହୋଇ କମଳ କହିଲେ – ଏହି ସମୟରେ ପଡ଼ୋଶୀ ରଥବାବୁଙ୍କ ଫୋନ୍ ଆସିବାର ଥିଲା କି ? ହଳଦିଆ ଲାଇଟ୍ ଜଳୁଥିଲା ଫ୍ଲାଟ୍ ଫର୍ମରେ । ଟ୍ରେନ୍ ଛାଡ଼ିବା ସମୟ । ତଥାପି ମୋବାଇଲର ସ୍ୱିଚ୍ ଅନ୍ କରି ହ୍ୟାଲୋ କରୁ କରୁ ଶୁଣାଗଲା ସ୍ୱର – ଆପଣଙ୍କ ମୋଟର ବନ୍ଦ କରିନାହାନ୍ତି । ପାଣି ଟାଙ୍କିରୁ ପାଣି ବୋହୁଛି । ଘର ତ ବନ୍ଦ । ଆମେ କେମିତି ମୋଟର ବନ୍ଦ କରିବୁ ?

କମଳ ଟିକିଏ ବିଚଳିତ ହୋଇଗଲେ । ପ୍ରମିଳା କହିଲା, କ'ଣ ହୋଇଛି ?

ଛାତଉପର ଟାଙ୍କିରୁ ପାଣି ବୋହୁଛି । କ'ଣ କରିବା ? ରେଳ ଫେରିଯିବା ଘରକୁ । କାଲି ଯିବା ।

– ତମକୁ ତ ପଛରିଲି ମୋଟର ସ୍ୱିଚ୍ ଅଫ୍ କଲ ନା ନାହିଁ । ଖୁବ୍ ଦମ୍ଭରେ କହିଦେଲ "ମୁଁ ବନ୍ଦ କରିଛି" ।

– ମୋତେ ଲାଗୁଥିଲା ବନ୍ଦ କରିଛି ।

ବୟସ ବଢ଼ିଲେ ମଣିଷର ଭୁଲିବା ପ୍ରକ୍ରିୟା ଆରମ୍ଭ ହୁଏ । ତେଣୁ ଦୃଢ଼ତା ବଦଲରେ ଆଉଥରେ ଚେକ୍ କରିଦେଲେ କ୍ଷତି କ'ଣ ?

– ହଉ ଓହ୍ଲାଇ ପଡ଼ ।

– ଥାଉ । ସେ ରଥବାବୁଙ୍କୁ କହିଦିଅନ୍ତୁ ସିଡ଼ିଘର ତାଲା ଭାଙ୍ଗିଦେଇ ମୋଟର ବନ୍ଦ କରି ଆଉ ଗୋଟିଏ ନୂଆ ତାଲା ପକେଇ ଦିଅନ୍ତୁ ।

– ଘରର ତାଲାଭାଙ୍ଗିବା କାହିଁକି ? ଓହ୍ଲାଇପଡ଼ ତଳକୁ ଶୀଘ୍ର ଶୀଘ୍ର ଟ୍ରେନ୍ ଛାଡ଼ିଦେବ ।

ଅନନିଃଶ୍ୱାସୀ ହୋଇ ଦୁଇଜଣ ଓହ୍ଲାଇ ପଡୁପଡୁ ସେଇ ଝିଅଟି ଦୁଇଟି ବ୍ୟାଗ୍ ଆଣି ସେମାନଙ୍କ ହାତକୁ ବଢ଼େଇ ଦେଉ ଦେଉ ଟ୍ରେନ୍ ଛାଡ଼ିବାକୁ ଆରମ୍ଭ କଲା ।

ଉତ୍ତେଜିତ ସ୍ୱରରେ ପ୍ରମିଳାକୁ କମଳ କହିଲେ – ତୁମେ ଶେଷରେ ଟିକିଏ ମୋଟର ସ୍ୱିଚକୁ ଲକ୍ଷ୍ୟ କଲନି ।

– ବୁଝିଲ ତ ଏଇଟା ତମର ଭୁଲ । ନିଶ୍ଚିତ ହୋଇ କହିଥିଲ ନିଜର ମନର ଦୃଢ଼ତାକୁ । ମୋର ଏଥରେ ଭୁଲ ରହିଲା କେଉଁଠି ? ଘର ଗୋଟାକର କାମସାରି ମୁଁ ଅନନିଃଶ୍ୱାସୀ ହୋଇ ଦୌଡ଼ିଛି । ଶେଷରେ ମୋ ଦୋଷ ହେଲା ପୁଣି !

କିଛିକ୍ଷଣ ଚୁପ୍ ପଡ଼ିଯାଇ କହିଲେ – ଯାହାହେଉ ସେ ଝିଅଟି ଆମକୁ ସାହାଯ୍ୟ କଲା । ଶେଷରେ ଆମ ବ୍ୟାଗ୍ ଦୁଇଟି ତଳକୁ ନ ବଢ଼େଇଥିଲେ ଆମେ ଓହ୍ଲାଇପାରିନଥାନ୍ତେ ।

– ବୁଝିପାରୁଛ ତ ? ଅନ୍ୟକୁ ସାହାଯ୍ୟ କଲେ ତାଠାରୁ ତୁମେ ଅଧିକା ସାହାଯ୍ୟ ପାଇବ ।

– ଆଉ ଏତେ ନୀତିବାଣୀ ଶୁଣାଅନି । ଝଲ ଶୀଘ୍ର । ଘର ତୋଳିବ ଭୁବନେଶ୍ୱରରେ ଝିକିରି କରିବ ସମ୍ବଲପୁରରେ । ପୁଣି ପନ୍ଦର ଦିନକୁ ଦୌଡ଼ାଦୌଡ଼ି କର । ବଦଲି ହୋଇଯିବାର ସମାଧାନର ସୂତ୍ର ମିଳୁନି ଏଯାଏଁ ।

– ସୂତ୍ରଟି ହିଁ ତୁମକୁ ଜଣା । ଟଙ୍କା ଖର୍ଚ୍ଚ କଲେ ସବୁ ସମ୍ଭବ । ଆଉ ତମେ ତ ଦୁର୍ନୀତି ବିରୋଧରେ ଠିଆହେବ । ତେବେ ଲାଞ୍ଚ ଦେବ କାହାକୁ ?

– ସେୟା ତ ସତ । ମୁଁ କାହିଁକି ଟଙ୍କା ଖର୍ଚ୍ଚକରି ଭୁବନେଶ୍ୱର ଆସିବି ? ଆଉ ବର୍ଷେପରେ ମୋ ଝିକିରି କାଳ ସରିଲା । ଏଠି ମଧ୍ୟ ରହିବାରେ ଅସୁବିଧା ନାହିଁ ।

– ତେବେ ବ୍ୟସ୍ତ କାହିଁକି ? ଯେଉଁଠିକୁ ଯିବ ସେ ଫଳଖାଇ ଶାନ୍ତିରେ ରୁହ । ଆଉ ଚିନ୍ତା କାହିଁକି ? ଅବସର ପରେ ଘରେ ବସି ବସି ବୋର୍ ହୋଇଯିବ ଯେ !

◻

ରାଗ

ଜୀବନରେ ରୂପ ଏତେ ପଡ଼ିଲାଣି ଯେ ଯାହାକୁ ପଚରିବ– ଭଲ ଅଛନ୍ତି ? ଉତ୍ତର ଶୁଣିବ – ଆଉ ଭଲ କ'ଣ ? ଦିନକୁ ଆଠ ଦଶଟି ବଟିକା ଗିଳିବାକୁ ଆଉ ଭଲ ଲାଗୁନି । କେତେ ଖାଦ୍ୟ ଉପରେ ନିୟନ୍ତ୍ରଣ କରି ବଞ୍ଚିବ ଆଉ ମଣିଷ ? ଏଇଟା ଖାଇବା ବାରଣ ସେଇଟା ଖାଇବା ବାରଣ ଭିତରେ ସିଝି। ସନ୍ତୁଲା କ'ଣ ପାଟିକୁ ରୁଚୁଛି କି ? ବେଳେବେଳେ ଇଚ୍ଛାହୁଏ ଖାଇବି ଯାହା ମନକୁ ରୁଚିବ । ହେଲେ ବଞ୍ଚିବା ମୋହ ଯୋଗୁଁ ଖାଦ୍ୟର ସ୍ୱାଦକୁ ନ ପଚରି ଗିଳିପକାଏ । ମଣିଷ ହଜାରେ ହଜାରେ ଟଙ୍କା ପେନସନରେ ପାଇବ ତଥାପି ଖାଇ ପାରିବନି ନିଜ ଇଚ୍ଛାରେ ।

– ଇଏ ତ ଫାଲାସି । ଭୋକ ଥିଲେ ଖାଦ୍ୟ ନାହିଁ । ଖାଦ୍ୟ ଥିଲେ ଭୋକ ନାହିଁ ।

– ଭୋକ ଥିଲେ ସୁଦ୍ଧା ରୁଚୁନି ପରା ଖାଦ୍ୟ । ଡାଇବେଟିସ୍ ବଢ଼ିଗଲାଣି । ଅଧା ଲୁଣ ଖାଇଲେ ମଧ ବ୍ଲଡ଼ପ୍ରେସର ଅଧିକା । ଏବେ ପିଲାଦିନର ଡ୍ରିଲ୍ କରିବାକୁ ପଡୁଛି । ରାସ୍ତାରେ ଚଲିବାକୁ ଡାକ୍ତରଙ୍କ ପରାମର୍ଶ । ସେଠିରେ ପୁଣି ଭେଟିବ ଗାଡ଼ି ମଟର, ଗାଈ, ଗୋରୁ, କୁକୁର, ବେଲେବେଲେ ମାଙ୍କଡ଼ । କାହା ହାବୁଡ଼ରେ ପଡ଼ିଗଲେ ନିର୍ଦୋଷରେ ପାଲଟି ଯିବି ଅକର୍ମଣ୍ୟ । ଏଇଟା ରାଜଧାନୀ । ଦେଖିବାକୁ ଚହକ ସୁନ୍ଦର । ବେଲେବେଲେ ଭାବେ ଆମେ ବୁଢ଼ାବୁଢ଼ୀ ଦୁହେଁ ଏଇଠି ବଞ୍ଚିବା ଅପେକ୍ଷା ଆମ ଗାଁ ଘରେ ବଞ୍ଚିଲେ କିଏ ଜଣେ ତ ସାହାହେବ । ଏଇଠି ଭୟ ଲାଗୁଛି ଆମ ଦୁଃଖରେ କିଏ ଆସି ଦୁଆରେ ଠିଆହେବ ? ପିଲାମାନେ ଦେଶ ବାହାରେ ରହିଲେଣି ଘରଦ୍ୱାର କରି । ସେମାନଙ୍କ ପିଲାମାନେ ସେଠି ଜନ୍ମ ହୋଇ ବଡ଼ ହେଲେଣି । ଏଠିକୁ ଆସିବେ ଆମ ସାଙ୍ଗରେ ରହିବାକୁ କି ?

– ଉଡ଼ିଗଲା ଚଢ଼େଇ କେବେ ମା' ପାଖକୁ ଫେରିବ କି ନ ଫେରିବ ଆଶା କରିବା ବୃଥା । ଯେମିତି ଲାଗୁଛି ରାଜଧାନୀରେ ବେଶୀ ଚୋରୀ, ରାହାଜାନୀ, ଧର୍ଷଣ ସବୁ ଚଲିଛି । ଏଠି ଏତେ ପୋଲିସ୍ ଥାଉ ଥାଉ ବେଲେବେଲେ ମଣିଷ ନିଜେ

ଅସୁରକ୍ଷିତ ହୋଇଯାଏ । ଅପରାଧୀ ନିର୍ଦୋଷରେ ଖଲାସ ହୋଇ ବୁଲେ । ଏଠି ସବୁ ଚିହ୍ନା ମୁହଁମାନେ ଏହି ଅପରାଧ ବୟସରେ କାହାକୁ କିଏ କାହିଁକି ସାହାଯ୍ୟ କରିବ ? ନିଃସ୍ୱତା ହିଁ ମନରେ ଭରିଦିଏ ବେଶୀ ଦୁଃଖ । କେତେ ବାଧ୍ୟବାଧକତାରେ ବୁଲିବ ଆଉ । ଭଲ ଲାଗୁନି ସ୍ୱାଭାବିକ ଜୀବନଯାପନ । ଆଗକୁ କି ଭଲମନ୍ଦ ଅଛି ଭାବିପାରୁନି ମୁଁ ।

– ବ୍ୟସ୍ତ ହୁଅନ୍ତୁ ନାହିଁ ଶଙ୍କରବାବୁ । କାହିଁକି ଆମେ ଏ ଜୀବନରେ ଭାଙ୍ଗିପଡ଼ିବା ? ମନକୁ ଦୃଢ଼ କରନ୍ତୁ । ରୋଗ ଦୂରେଇ ଯିବ ଆପେ ଆପେ ।

ହସିଲେ ଶଙ୍କରବାବୁ ଜୋରରେ । ଆପଣ ଏପରି କହୁଛନ୍ତି ଶରତବାବୁ ? ଆପଣ ସତରେ କ'ଣ ମୋ ସହିତ ହସିପାରିବେ ଏମିତି ଜୋର୍‌ରେ । ଯେତେବେଳେ ବୟସ ଥିଲା ମନରେ ଜୋଶ୍‌ ଥିଲା । ଯୁବକ ବୟସ ବେଳେ ନିଜ ଘର ସଂସାର ଭିତରେ ବ୍ୟସ୍ତ ହୋଇ ଅନନିଃଶ୍ୱାସୀ ହୋଇ ପଡୁଥିଲେ । ମନ କହୁଥିଲା ନିରୋଳା ସମୟ ଟିକିଏ ମିଳିଯାଆନ୍ତି କି ? ଆମ ଅଲକ୍ଷରେ ବୟସର ଦୀର୍ଘତା ବଢ଼ିଲା । ଜୀବନକୁ ନେଇ ଗୋଲକଧନ୍ଦାରେ ଘାଣ୍ଟି ହେଉ ହେଉ ଆଜି ରୋଗ, ରାଗ, ଶୋକ ଭିତରେ ଆକ୍ରାମାଡ଼ା ହୋଇ ପଡୁନେ କି ? ଆଉ ଅଛି କି ଅତୀତ ଆବେଗର ସ୍ୱର ? ଆମ ପିଲାଙ୍କୁ ମଣିଷ କରିବା ନିଶାରେ ପଡ଼ିପଡ଼ି ଆମେ ନିଜ କଥା ଭୁଲିଗଲେ । ଖସିପଡ଼ିଥିବା ମୁହୂର୍ତ୍ତ ଆଉ ଫେରିବନି । ଏବେ କପାଳକୁ ଆଦରି ନିଜ ରୋଜଗାରରେ ଗଢ଼ିଥିବା ପ୍ରାସାଦ ଘରେ ବସି ପୁଣି ଖୋଜିବା ଅତୀତର କୋଲାହଲର ସ୍ମୃତିର ଝଲକ ।

– କେତେ ସମୟ ସ୍ମୃତିର ସାହାରାରେ ବଞ୍ଚିବା ଆମେ ? ସବୁ ମାୟା ମରୀଚିକା । ଯେତେବେଳେ ପକେଟ୍‌ ଖାଲି ଥିଲା ସେତେବେଳେ ବୟସ ପାଖରେ ଥିଲା । ଏବେ ବୟସ ବଢ଼ିଗଲା ବେଳକୁ ପକେଟ୍‌ ଫୁଲ । କ'ଣ କରିବି ମୋ ଲକ୍ଷ ଲକ୍ଷ ଟଙ୍କା ? ବାଣ୍ଟିଦେଲେ ଦରକାର ବେଳେ ଆଉ କେଉଁଠୁ ପାଇବି ? ପାଖରେ ଟଙ୍କା ନଥିଲେ ରୋଗ ବେଳକୁ ବଡ଼ ଡାକ୍ତର ଦେଖାଇ ଚିକିତ୍ସିତ ହୋଇପାରିବି ତ ? ଆସନ୍ତା କାଲିର ଜୀବନ ପାଇଁ ଓ ଏପରି ବଡ଼ବଡ଼ ଭେଟୁଥିବା ରୋଗପାଇଁ ତ ଲକ୍ଷ ଲକ୍ଷ ଟଙ୍କା ଖର୍ଚ୍ଚ ହୋଇ ଯାଉଛି ହଠାତ୍‌ ।

ଶରତବାବୁ ଦୀର୍ଘଶ୍ୱାସ ଛାଡ଼ି କହିଲେ – ଏ ମୋର କି ଆପଣଙ୍କର ମନଗଢ଼ା କାହାଣୀ ନୁହେଁ । ଆମେ ଟଙ୍କା ପାଇଁ ବଡ଼ ଚାକିରି ଓ ଅଧିକା ଟଙ୍କା ରୋଜଗାର କରିବା

ନିଶା ହଁ ଆମ ବଡ଼ ପରିବାର ଭିତରୁ ଆରମ୍ଭ ହୋଇଛି । ପିଲାଦିନରୁ ବେଶୀ ଟଙ୍କାରେ ଚଳିବାକୁ ଆମକୁ ସୁବିଧା ମିଳି ନଥିବାରୁ ଆମର ପାଠ ପ୍ରତି ଗଭୀର ଆଗ୍ରହ ଜାତ ହୋଇଥିଲା । ପାଠ ହିଁ ସବୁ ସୁଖ ସମୃଦ୍ଧିର କାରଣ । ପାଠରେ ଉନ୍ନତି କଲେ ପାଖକୁ ଲକ୍ଷ୍ମୀ ସରସ୍ୱତୀ ଆସିବେ । ଅଭାବୀ ପରିଧ୍ୱ ହିଁ ଆମ ଶିକ୍ଷାର ଉତ୍କର୍ଷତା ବଢ଼େଇ ରଖିଲା । କମ୍‌ରେ ଚଳ ପଛେ ପାଠ ପଢ଼ିଯାଅ । ପାଠଠାରୁ ଆଉ କିଛି ବଡ଼ ଜିନିଷ ନଥିଲା ଆମ ମନରେ ।

– ହଁ । ଆଜିକା ଯୁଗରେ ପାଠଠାରୁ ଅନ୍ୟ ସୁବିଧା, ସୁଯୋଗ ସବୁ ବଡ଼ ବୋଲି ଭାବୁଛନ୍ତି ଆମ ପିଲାମାନେ । ସେମାନଙ୍କ ଦୃଷ୍ଟିରେ ବଦଳୁଛି ପୃଥିବୀର ଆର୍ଥିକ ପରିସ୍ଥିତିର ନକ୍ସା । ବୈଜ୍ଞାନିକ ଅନୁକରଣ ଅନୁସାରେ ବଢ଼ିଛି ଜୀବନର ମାନଦଣ୍ଡ ଓ ଆୟୁଷ । ସେ ପୁରୁଣା କାଳିଆ କଥାରେ କ'ଣ ମିଳିବ ଆମକୁ ? ଯାହାକୁ ତୁମେମାନେ ସୁଯୋଗ ଭାବୁଥିଲ ଏବେ ତାକୁ ଡେଇଁ କେତେ ସୁଯୋଗ ଆମ ହାତମୁଠାରେ ପହଁଞ୍ଚିଗଲାଣି । ଆମେ ପଛରେ ପଡ଼ିଯିବୁ କି ?

– ଏ ମଧ୍ୟ ଗୋଟିଏ ଦୃଷ୍ଟିରୁ ସତ କଥା । ଆମେ ନଈ ପୋଖରୀ, କୂଅ ଆଦିର ଜଳ ବ୍ୟବହାର କରୁଥିଲେ । କୂଅଟିଏ ଘରେ ଥିଲେ ବଡ଼ କଥା । ପାଣି ଚିନ୍ତା ଗଲା । ସେଠି ଦଉଡ଼ିରେ ବାଲ୍‌ଟି ଗରା ପକେଇ ପାଣି କାଢ଼ିବା କଷ୍ଟଠାରୁ ପାଣି ପାଖରେ ପାଇବା କଷ୍ଟ ବଡ଼ ଥିଲା । ଆମେ ତୋଟା କି ଗଛମୂଳେ ଖରାଦିନର ପବନ ଖାଇବା ନିଶାରୁ ଏବେ ଏ.ସି. କୁଲର୍ କଥା ଅଲଗା । ଏଥିରେ ବେଶୀ ଥଣ୍ଡା ମିଳିଯିବ ଗୋଟିଏ ଯନ୍ତରେ ।

– ହଁ ଏବେ ଯନ୍ତ ଯୁଗରେ ବଞ୍ଚୁଛେ ଆମେ । ଏଇ ମୋବାଇଲ୍ ଖଣ୍ଡକ କେତେ ଦରକାରୀ ସୂଚନା ଆଦାନ ପ୍ରଦାନ କରେ । ସବୁ ସୁବିଧା ଏବେ ଫାଇଭ୍ ଜି ମୋବାଇଲେ ଖୁନ୍ଦା ହୋଇଯାଇଛି । ଆଉ ପରଶ ବର୍ଷ ବେଳକୁ କି ସବୁ ସୁବିଧା ମଣିଷ ପାଉଥିବ ଭାବି ହେଉନି ପରା ।

– ସତ କଥା । ଆମେ ଆମ ପିଲାଦିନେ ମୋବାଇଲ୍ ହାତର ଖେଳଣା ହେବ ବୋଲି ଭାବିଥିଲେ କି ? ବିଦେଶର ରାସ୍ତାଘାଟ ଦେଖିଲେ ଆଖି ଖୋସି ହୋଇଯିବ । ସେଠାର ପ୍ରାଚୁର୍ଯ୍ୟ ଦେଖିଲେ ଲାଗିବ ସ୍ୱର୍ଗରେ ମଣିଷ ବଞ୍ଚୁଛି ବୋଧେ । ଏମିତି ସମୟରେ ଆମେ କିପରି ଆମ ପିଲାମାନଙ୍କ ସୁବିଧା ଛଡ଼ାଇ ଦେଇ କହିବା ଆସ ଆମର ଦେଖାରଖା କରିବ । ଆମେ ତୁମକୁ ଜନ୍ମ ଦେଇ ମଣିଷ କରିଛୁ ପରା ।

ଭାନୁମତୀ ସାହୁ ••• ୧୫୩

– ତାହା ତ କେବେ କରିବାନି ଆମେ । ହେଲେ ସେମାନଙ୍କ ମଣିଷପଣିଆ କମିଗଲେ ଆମେ ନୀରବରେ ବାହୁନି ଆଖିରୁ ଲୁହ ଢାଳୁନେ କି ?

– କାହିଁକି ଭାବୁଛନ୍ତି ନିଜ ପିଲାଙ୍କ କଥା ? ଆଖି ଲୁହ ନିଜ ହାତରେ ପୋଛି ନିଜ ବ୍ୟଥା ଦୂର କରନ୍ତୁ । ଯାଆନ୍ତୁ ଗାଁ ପରିବାର ପାଖକୁ । ଖୋଜନ୍ତୁ ନିଜ ଅତୀତର ସ୍ମୃତି ସେହି ମାଟି ପାଣି ପବନରେ । ଶୂନ୍ୟତା ଭିତରେ ଆଲୋକ ଟିକିଏ ଖୋଜିଲେ ନିଜ ଅଭିମାନ, ଅସନ୍ତୋଷ ସବୁ ଶୂନ୍ୟରେ ମିଳେଇ ଯିବ । ଜୀବନ ତ ଏକ ସମୟରେ ଅଟକି ଯାଇନି । ସେ ଆମକୁ ଅନୁଭୂତିରେ ଭାରି କରିଦେଇ ବୟସ୍କ କରି ଦେଇଛି । ଏ ବୟସରେ ଆମକୁ ଆହୁରି ଶିଖିବାକୁ ବାକି ଅଛି ।

ପିଲାଟି ଦିନରୁ ଜୀବନକୁ ଭଲ ପାଇଲେ । ଏବେ କାହିଁକି ଆମେ ଜୀବନକୁ ଭଲ ପାଇବା ନାହିଁ ? କ'ଣ ନାହିଁ ଆମ ପାଖରେ କି ଏବେ ? ବୟସ ଯାଉ ତ ବାଟରେ । ଆମେ ତ ବଞ୍ଚିଛେ ଜୀବନକୁ ହାତଛଡ଼ା ନକରି । ନିରୁତା ଭଲପାଇବା ହିଁ ଆପଣଙ୍କ ଜୀବନରେ ବିମୁଗ୍ଧତା ଆଣଦେବ । ଅପେକ୍ଷା କାହାକୁ ଆଉ ? ଯିଏ ଉପରବାଲା ସେ ହିଁ ଆମର ସୁଖ ଦୁଃଖର ଦାତା ପରା । ଯାହା ପାଖରେ ବେଶୀ ଅଛି ଭାବିଲେ ଦୁଃଖ ଆସିବ କାହିଁକି ?

– ସତ କହିଲେ ଆପଣ । ମୁଁ ଏବେ ଘର ତିଆରି ଜଳଖିଆ ନ ଖାଇ ଏଠି ହୋଟେଲରେ ଖାଇବାକୁ ଆସିଛି ।

– କାହିଁକି ?

– ସେ ରୋଷେଇବାଲୀ ରୁଟି ସନ୍ତୁଲା କରି ଥୋଇଦେଲା । ତେଲ, ଲୁଣ ସବୁ କମ୍ । ମୁଁ ଖାଇଲା ବେଳକୁ ହାତ ଗଲାନି ଦ୍ୱିତୀୟ ଥର ପାଟିକୁ । ଉଠି ଆସିଲି ପରା । ତମ ଭାଉଜ ଖାଇ ଖାଇ କହୁଥିଲା "ଠିକ୍ ଅଛି ତ ଝିଲି ରୋଷେଇ । ତମ ପାଟିକୁ ରୁଚୁନି କାହିଁକି ?"

– ରାଗି କରି ଘରୁ ବାହାରି ଆସିଛି । କିଏ ଖାଇବ ଏମିତି ଖାଦ୍ୟ ଆଉ ?

– ଭାଉଜ ବୋଧେ ଅଭ୍ୟାସ କରିଦେଲେଣି ନିଜ ଖାଦ୍ୟରୁଚି ।

– ହଁ । ମୋ ମା'କୁ ଯେତେବେଳେ ଡାକ୍ତର ଲୁଣ ବିନା ରୋଷେଇ ଖାଦ୍ୟ ଦେବାକୁ କହିଲେ ସେତେବେଳେ ସେ ନିଜ ମନକୁ ବୁଝେଇ ଦେଲା ଅଳ୍ପ ଲୁଣ ଖାଇବ ବୋଲି । ତା'ର ଡାଇବେଟିସ୍ ଓ ବ୍ଲଡ୍ ପ୍ରେସର ସେତେବେଳକୁ ଅଧିକ

ଥିଲା । ତେଣୁ ତାକୁ ସେମିତି କିଛି ଖାଦ୍ୟରେ ଫରକ ପଡ଼େନି । ବିନା ଲୁଣରେ ଖାଇଦେବ ସେ ।

– ଭଲ କଥା । ଆଗୁଆ ପ୍ରସ୍ତୁତି ହେବା ଜରୁରୀ ମଧ୍ୟ ।

– ବୁଝିଲୁ ସାଙ୍ଗ ତା ପରି ତୁ କି ମୁଁ ଖାଇପାରିବା ନାହିଁ । କହିବ “ଜିଭ ସ୍ୱାଦର ମୂଳ କାରଣ । ତଣ୍ଟି ଭିତରକୁ ଗୁଳିଗଲେ ଆଉ କି ସ୍ୱାଦ ଜିଭ ପାଇବ ।”

– ତା ବୋଲି କିଏ ସଂଯମ ରଖିବ ଖାଦ୍ୟରେ ?

– ସତକଥା । ରାଗ ମଧ୍ୟ ଦେହ ଓ ରୋଗ ପାଇଁ କ୍ଷତିକାରକ । ରାଗ ଆସିବା ମଧ୍ୟ ଉଚିତ୍ ନୁହେଁ । ଜଣେ ଜଣଙ୍କ ପାଇଁ ବଞ୍ଚିବାକୁ ପଡ଼ିବ ତ ପୁଣି !

ସତରେ ଯିଏ ପାଖରେ ସଦାବେଳେ ଅଛି ତା କଥା ଆମେ ଭାବିଛେ କେତେବେଳେ ? ସେ ବେଶୀ ଆମ ଜୀବନରେ ଅଣଦେଖା ହୋଇ ରହିଯାଇଛି । ସେ ଆମ ଘରକୁ ବାହା ହୋଇ ଆସି ତା ପୁରା ଜୀବନ ଧୈର୍ଯ୍ୟର ସହ ଆମ ନିଃସଙ୍ଗତା ଦୂର କରି ବଞ୍ଚିଗଲା । ଏବେ ସେ ଆମଠାରୁ ରାଗ ବଦଳରେ ଅନୁକମ୍ପା ପାଇବା କଥା । ପୁରୁଷର ରାଗ କ'ଣ କେବେ କମୁଛି ? ବୟସ ସାଙ୍ଗରେ ବଢ଼ିବଢ଼ି ଗୁଳିଛି । ସତ କହିଲେ ଯେଉଁ ଝିଅଟି ଆସି ଆମ ଘର ସମ୍ଭାଳିଲା ତା ମନକୁ ଚିହ୍ନିପାରିଲା କି ପୁରୁଷ ? ପୁଅ ଭୁଲ କଲେ ମା'ର ଦୋଷ । ପିଲା ମୂର୍ଖ ହୋଇ ବେରୋଜଗାର ହେଲେ ମା'ର ଦୋଷ । ଝିଅ ପୁଅ ଶିକ୍ଷିତ ହୋଇ ବେଶୀ ରୋଜଗାର କଲେ ଆମର ଗର୍ବ ଓ ଗୌରବ । ଆମ ଯୋଗୁ ଆମ ସନ୍ତାନ ହିଁ ଆଜି ଉଚ୍ଚଶିଖରରେ ପହଞ୍ଚି ପାରିଛେ ବୋଲି ବାହାପିଆ କଥା କହୁଛେ ନା ନାହିଁ । ଆମଠାରୁ ସନ୍ତାନଙ୍କ ମା' ହିଁ ବେଶୀ ଖୁସି ହୁଏ । କିନ୍ତୁ ଖୁସିରେ ଶିହରୀ ଉଠି ପିଲାଙ୍କ ଖୁସି ଅନ୍ୟ ଆଗରେ କୁହେନି କାଳେ ନଜର ଲାଗି ଯିବ ବୋଲି । ସବୁଠି ଭଣେ ବାପାଠାରୁ ମା' ହିଁ ବେଶୀ ଖୁସି ଓ ମଙ୍ଗଳମୟୀ ନାରୀଟିଏ । ମୁଁ ତାକୁ କି ତୁ ମଧ୍ୟ ଅଣଦେଖା କରିଥିବୁ । କିନ୍ତୁ ମା' ପରି ଆଉ କିଏ ହେବ ଭାବିଲେ ଆଖିରେ ଲୁହ ଭର୍ତ୍ତି ହୋଇଯାଉଛି ପରା । ଯିଏ ନିଜ ଜୀବନକୁ ତିଲତିଲ କରି ତା ସନ୍ତାନ ପାଇଁ ସାରିଦେଇ ନିଜକୁ ଭୁଲିଗଲା ସେପରି ମା' ମିଳିବ କୁଆଡ଼େ ? ମା'ର ମୋହ ଏବେ ତା ଅନୁପସ୍ଥିତିରେ ଉପଲବ୍ଧ ହେଲାବେଳେ ଶୁଣାଯାଉନି ତା ମମତାର ସ୍ୱର – ବାବୁରେ ଅଟ୍ଟ କରେନି ଆଉ । ଖାଦ୍ୟ ପରା ମହାଲକ୍ଷ୍ମୀଙ୍କ ମହିମାରୁ ମିଳେ । ତାକୁ ହତାଦର କରି ଯିବୁନିରେ କେବେ ଆଉ !

– ଯାହାହେଉ ସାଙ୍ଗ, ଆଜି ମୋ ରାଗ ମା'ର ମମତାର ସ୍ନେହର ଥଣ୍ଡା ଜଳରେ ଧୋଇ ହୋଇଗଲାରେ । ବେଳେବେଳେ ରାତିରେ ମା'କୁ ସ୍ୱପ୍ନରେ ଦେଖେ କିନ୍ତୁ ଏବେ କେତେବର୍ଷ ହେଲା ମା' ଆଉ ସ୍ୱପ୍ନରେ ଆସୁନି । କ'ଣ ମୋ ଉପରେ ରାଗିଛି କି ?

– ମା' ଜନ୍ମ ନେଇଯାଇଥିବେ ପୁଣି ଆର ଜନ୍ମରେ ଆମର ଅବୁଝା ପୁଅମାନଙ୍କୁ ବୁଝେଇ ଶାନ୍ତ କରିବାକୁ ।

ଜୋରରେ ହସିଲେ ଦୁଇ ସାଙ୍ଗ । ତେବେ ପୁଣି ଆମେ ଭେଟିବା ଆମ ମା'କୁ ପୁଣି ଥରେ ? କି ଆଶ୍ୱାସନା ପାଇଗଲିରେ ଆଜି । ତେବେ ଆମ ରାଗ କି ଦୁଃଖ କାହିଁ ?

□

ଦୁଇଟି ସତକ

ମନତଳେ ପ୍ରତିମୁହୂର୍ତ୍ତରେ ବେଳ ଅବେଳରେ ଧସେଇ ଉଠେ ଦୁଇଟି ନାରୀଙ୍କ ମୁହଁ । ସଂପର୍କର ମଧୁରତା ସ୍ପର୍ଶରେ ମୁଁ ଭେଟିଲା ବେଳକୁ ଖୋଲିଦିଏ ମୋ କାଠ ଆଲମାରୀ । କାଢ଼ିଥାଏ ଫର୍ଣ୍ଢ଼ାଟିକୁ । ତାରି ଭିତରେ ଯେପରି କାହାର ପ୍ରାଣଶକ୍ତି ବାନ୍ଧି ହୋଇ ରହିଯାଇଛି । ତାକୁ ଖୋଲିଦେଲେ ହାତରେ ଧରେ ଦୁଇଟି ଆମ୍ବ କଷିଆ ମାଳିର ଦୁଇଟି ପାଖୁଡ଼ାକୁ । ଗୋଟିଏ ମୋ ଜନ୍ମ କଲା ମମତାମୟୀ ବୋଉର ଓ ଅନ୍ୟଟି ମୋତେ ବୋହୂ ରୂପରେ ଆପଣେଇ ନେଇଥିବା ସ୍ନେହମୟୀ ଶାଶୁଙ୍କର । କିଛିସମୟ ନିରୀକ୍ଷଣ କରି ଦେଖିଲା ପରେ ସେମାନଙ୍କ ଶୂନ୍ୟଦେହ ଆଖି ଆଗରେ ଉଭାହୋଇ ମୋ ମନରେ ମୂର୍ଚ୍ଛନା ତୋଳନ୍ତି । ଇଚ୍ଛାହୁଏ ମୁହଁକୁ ଆଉଁସି ଦେଇ କୋଳେଇ ପକେଇବାକୁ । ହାତ ବଢ଼ାଇବା ବେଳେ ସ୍ମୃତିର ପୃଷ୍ଠାଗୁଡ଼ିକ ଖୁବ୍ ଆକୃଷ୍ଟ କରେ ସେମାନଙ୍କ ପାଖକୁ ପହଁଞ୍ଚିଯିବାକୁ । ଆଖିରେ ନାଚିଉଠେ ବୋଉ ଓ ଶାଶୁଙ୍କ ମୁହଁ ଦୁଇଟି । ସେମାନଙ୍କ ଜୁଇ ଜଳିବା ବେଳେ ମୁଁ ଉପସ୍ଥିତ ଥିଲି ସ୍ୱର୍ଗଦ୍ୱାରରେ । ଚନ୍ଦନ କାଠ, ଘିଅ, ଧୂପ ଆଦି ଦେଇଛି ଜୁଇରେ । ଭାବି ପାରୁନି ମୁଁ କେମିତି ସହ୍ୟ କରି ପାରିଲି ଏମାନଙ୍କୁ ଜୁଇରେ ଜଳୁଥିବା ଦେଖି । ମନକୁ ବୁଝାଇ ଦେଲି ମୃତ୍ୟୁ ତ ଜୀବନରେ ନିଶ୍ଚୟ ତମକୁ ପାଛୋଟିନେବ । କିଏ ଅମର ବର ପାଇନାହାନ୍ତି ଆଉ ? ଏମିତି ତ ଆରମ୍ଭ ଓ ଅନ୍ତ ଘୁଲିଛି ଏ ଦୁନିଆଁ ବକ୍ଷରେ । କେବଳ ସଂପର୍କର ମୋହ ଆମ ମନକୁ ଦୋହଲାଇ ଦେଇ ପଚାରୁଛି – ସତରେ ଏ କ'ଣ ମାୟାର ପ୍ରଲେପରେ ଭରା ଧରା ?

ମାୟା । ସେ କ'ଣ ଆମକୁ ସିକ୍ତ କରିଛି ତା ପରିବ୍ୟାପ୍ତିରେ ? କାହିଁ ସବୁ ତ ସତ ପ୍ରତୀୟମାନ ହେଉଛି । ସୂର୍ଯ୍ୟ ଠିକ୍ ସମୟରେ ଘୁରୁଛନ୍ତି ଓ ଆମକୁ ଆଲୋକ ଅନ୍ଧକାରର ସତ୍ୟତାରେ ବିଶ୍ୱାସ ଜନ୍ମାଇଛନ୍ତି । ଠିକ୍ ସମୟରେ ମୌସୁମୀ ବାୟୁ ନିଜ ପଥରେ ଆସୁଛି । ଠିକ୍ ଭିତରେ ଜଗତ ସତ୍ୟ ଆଉ କ'ଣ ଜନ୍ମ ମୃତ୍ୟୁ ମିଥ୍ୟା ? ଆମ୍ଭା କ'ଣ ଅମର ? ତେବେ ମୋ ଶାଶୁ ଓ ବୋଉ ପୁଣି ଜନ୍ମ ନେଇଯିବେ ? ମୃତ୍ୟୁ କେବଳ ଆଖିର ଏକ ପରଲ ପରି ଧୂଆଁରେ ଆଚ୍ଛାଦିତ କି ?

ଭାନୁମତୀ ସାହୁ ••• ୧୫୭

କାହିଁକି ମୋ ମନ ଝୁରୁଛି ଏହିମାନଙ୍କୁ ଏହି ଛଳଛଳ ଆଖି ଦୁଇଟିରେ ? ଅସମାହିତ ଅନେକ ପ୍ରଶ୍ନରେ ମୋର ଏକ ଗୁଣୁଗୁଣୁ କରୁଣସ୍ୱର ଶୁଣାଇଲି - ବୋଉ ତୁ ଗଲୁ କୁଆଡ଼େ ? ତୁ ପାଖରେ ଥିଲେ ଅନ୍ତଃରଙ୍ଗ କଥାଟି ଖୋଲି କହିଦେଲେ ମନର ବୋଝ ହାଲ୍‌କା ହୋଇଯାଏ । ହୃଦୟର ବ୍ୟଥାକୁ ହିଁ ତୁ ସମାଧାନ କରିଦେଉ । ତୋ ମମତାର ପଣତ ଆଜି ମନେ ପଡୁଛି । ଏହି ପଣତ ତଳେ ମୁହଁ ପୋଛି ଦେଲେ ଆମ୍ମାୟତାର ଏକ ମହକ ବାସ୍ନାରେ ମନ ଆନ୍ଦୋଳିତ ହୁଏ । ତୁ ହିଁ ମୋ ସଫଳତା ପଛର କାହାଣୀଟିଏ । ଦିନେ ଜୋର ଦେଇ କହିଥିଲୁ - ମୋ ଝିଅମାନେ ପାଠ ପଢ଼ିବେ ।

ହେଲେ ବୋଉ ସମୟ ସାଥୀ ହୁଏନି ସବୁବେଳେ । ମାଟ୍ରିକ୍‌ରେ ଫାଷ୍ଟକ୍ଲାସ ପାଇ ପାସ୍ କଲାପରେ ତୁ ହିଁ ବେଶୀ ଖୁସି ହେଲୁ । କହିଥିଲୁ ଆହୁରି ପଢ଼ିବୁ ।

ପଢ଼ିବା ପାଇଁ ଆମ ଘରର ପରିବେଶ କ'ଣ ଉପଯୁକ୍ତ ଥିଲା କି ? ଧନୀଘରର ଆଭିଜାତ୍ୟ ଓ ଭଲ ଚଳଣୀ ଭିତରେ ଚଳିଚଲି ପଡ଼ୋଶୀ ଘରକୁ ଯିବାକୁ ଅନୁମତି ମଧ ଦିଆଯାଏନି । ଘରଲୋକଙ୍କ ସହିତ ମନ୍ଦିର ଯାଇପାର । ଆଉ ବାଳିକା ବିଦ୍ୟାଳୟରେ ପଢ଼ା ପରେ ପରେ ଶିକ୍ଷା ସରିଲା । ଗାଁରେ କଲେଜ ଆରମ୍ଭ ହେବ ହେବ ବୋଲି ଘଡ଼ିସନ୍ଧି ମୁହୂର୍ତ୍ତରେ ଅଛି । ତିରିଶି କିଲୋମିଟର ବସ୍‌ରେ ଯାତାୟତ କରି ଝିଅପିଲା ଦୂରରେ ଥିବା କଲେଜକୁ ପାଠ ପଢ଼ିବାକୁ ଯାଆନ୍ତି ନାହିଁ । ତେଣୁ ଘରୋଇଭାବରେ ହେଉ କି ଦୂରଶିକ୍ଷା ଦ୍ୱାରା ହେଉ ପାଠ ପଢ଼ । କଲେଜ ବହି ଗାଁରେ ମିଲେନି । ଜଣେ ପାଣିଦାଦା ସ୍କୁଲ ଆରମ୍ଭ ହୋଇ ଖୋଲିଲା ବେଳେ ସାନ ଜେଜେଙ୍କ ଦୁଆର ବହି ବିକ୍ରି କରି ଥାଆନ୍ତି ସପ୍ତାହକ ପାଇଁ । ତା'ପରେ କେବେ ଆଉ କେତେ ମାସପରେ ଆସିଥାଆନ୍ତି କହିହେବନି । ମୁଁ ପଢ଼ିବି ଇଂରାଜୀ ମିଡ଼ିୟମ୍‌ରେ । କଲେଜ ବହି ଗାଁରେ ମିଲିବ କୁଆଡୁ ? କଲେଜରେ ଓଡ଼ିଆରେ କଳା ବିଷୟ ପଢ଼ାଯାଉଛି । ନିଜ ହୃଦୟର ବ୍ୟଥା ଓ ପଢ଼ାପାଇଁ ଆତୁରତା କିଏ କାହିଁକି ଉପଲବ୍ଧ କରିବ ଆମ ଘରେ ? ସପ୍ତମ ଅଷ୍ଟମରୁ ଝିଅମାନେ ତ ପୋଥିବନ୍ଦ କରି ସିଲେଇ କି ଘର କାମରେ ବ୍ୟସ୍ତ । ମୋ ବାପା ଓଭରସିୟର ଚାକିରି କରି ପାଞ୍ଚ ବର୍ଷ ପରେ ନିଜ ଇଚ୍ଛାରେ ଚାକିରିରୁ ଇସ୍ତଫା ଦେଇ ଦେଲେ ଜେଜେଙ୍କ ଦେହ ଖରାପ ଯୋଗୁଁ । ଜଣେ ଦାଦା ମଧ ଚାକିରି କରି ବାହାରେ ଅଛନ୍ତି । ଆଉ ଜଣେ ଗ୍ରାଜୁଏଟ୍ ହୋଇ ଦୋକାନ କରି ଗାଁରେ ବସିଛନ୍ତି । ଏମିତିରେ ସେମାନଙ୍କ ପାଠପ୍ରତି ସହଯୋଗ କରିବା କଥା ଚିନ୍ତାରେ ନାହିଁ ।

ବାପାଙ୍କର ଆଉ ମୋତେ ପଢ଼େଇବାକୁ ଇଛ୍ଛାଥିଲା କି ନାହିଁ କହିହେବନି । ବୋଉର ମୋ ପାଠ ପ୍ରତି ସ୍ନେହ ଯୋଗୁଁ ମୁଁ ହିଁ ଏତେ ବାଟକୁ ଆସିପାରିଛି । ଆଜି ଯେତେବେଳେ ନିଜକୁ ପ୍ରଶ୍ନ କରେ ସେତେବେଳେ ଉଭର ପାଏ ମୋ ବୋଉ ହିଁ ମୋ ପାଠକୁ ଓ ଲେଖାକୁ ଆଗେଇ ନେବାକୁ ପ୍ରେରଣା ଦିଏ । ନଚେତ୍ ମୋ ସ୍ୱାମୀ, କି ଶ୍ୱଶୁର, କି ଶାଶୁ କିଏ ହେଲେ ପାଠର ଗୁରୁତ୍ୱକୁ କେବେ ନିଜ ମନରେ ପୁରାଇ ନଥିଲେ ।

ବିବାହ ଜାନୁୟାରୀ ତିରିଶି ତାରିଖରେ ହେଲା । ବି.ଏ. ପରୀକ୍ଷା ଏପ୍ରିଲ ଶୁରିରୁ ଆରମ୍ଭ ହୋଇଥିଲା । ମୁଁ ବାପାଙ୍କ ସହ ନୟାଗଡ଼ କଲେଜକୁ ଆସିଥାଏ ପରୀକ୍ଷା ଦେବାକୁ । ପ୍ରାୟ ତିରିଶି କିଲୋମିଟର ରାସ୍ତା ବସ୍‌ରେ ଆସିବାକୁ ପଡ଼େ । ବେଶୀ ବସ୍ ସୁବିଧା ସେତେବେଳେ ନଥିବାରୁ ସକାଳ ସାତଟାରୁ କାଳୁପଡ଼ା ବସ୍‌ରେ ନିଜ ଗାଁ ଦୁଆର ମୁହାଁରୁ ଚଢ଼ି ନୟାଗଡ଼ କଲେଜ ସାମ୍‌ନାରେ ପହଁଶ୍ଲାବେଲକୁ ଘଣ୍ଟାରେ ଦୁଇ କିମ୍ବା ଅଢ଼େଇଘଣ୍ଟା ବଢ଼ିଯାଇଥାଏ ମାନେ ଦିନ ନଅଟା ପରେ ବସ୍ ହିଁ ପହଁଶ୍ଥାଏ । ସେମିତି ଓଡ଼ଗାଁକୁ ଫେରୁ ଫେରୁ କେଉଁଦିନ କେତେ ଡେରିହେବ କହିହେବନି । ବସ୍ ଉପରେ ନିର୍ଭର କରିବାକୁ ପଢ଼ିଥାଏ ଆମକୁ । ଅନ୍ୟପଚରେ ମୋ ଶାଶୁଙ୍କ ଘର ଇଟାମାଟିରୁ ନୟାଗଡ଼କୁ ଦଶ ପନ୍ଦର ମିନିଟ୍ ଲାଗିବ । ଥରେ ଥରେ ମୋ ଶାଶୁ ମଧ ତାଙ୍କ ବଡପୁଅ ମାନେ ମୋ ସ୍ୱାମୀଙ୍କ ସହିତ ସ୍କୁଟରରେ ଆସି କଲେଜ ସାମ୍‌ନାରେ ଆମକୁ ଅପେକ୍ଷା କରି ରହିଥାଆନ୍ତି । ସେ ମୋ ପାଇଁ କାଚ ବଟଲରେ କ୍ଷୀର ଓ ଫଳ ଧରି ମଧ ଆସିଥାଆନ୍ତି । କହନ୍ତି – ଟିକିଏ ପିଇଦିଏ । ଫଳ ବିସ୍କୁଟ୍ ଖାଇଦିଏ । କେତେବେଲୁ କ'ଣ ଖାଇ ଗାଁରୁ ଆସିଛୁ ଓ ଫେରୁ ଫେରୁ ଡ଼େରି ହୋଇଯିବ ।

ଶାଶୁଙ୍କର ଏହି ଅଭୁଲା ସ୍ନେହ ଆଜି ମଧ ମୋ ମନରେ ଗୁଞ୍ଜରିତ । କେବେ କିଛି ଭୁଲଭଟ୍‌କାରେ ଟିପ୍‌ଣୀ ଦେଲେ ଯଦିଓ ସେ ସମୟରେ ମନ ଖରାପ ହୁଏ କିନ୍ତୁ ଭାବେ ନିଜର ଭାବୁଥିବା ଲୋକଙ୍କୁ ଭୁଲ ନ ଚିହ୍ନେଇଲେ କ'ଣ ବାହାର ଲୋକ ଭୁଲ୍ ଦେଖ୍ ଦାଣ୍ଡରେ ଗାଇବେ କି ? ମା' ଠିକ୍ କରିଥିଲେ । ନିଜ ପିଲାଙ୍କୁ ଠିକ୍ ଭାବରେ ଗଢ଼ି ତୋଲିବାରେ ତାଙ୍କର ମୁଖ୍ୟ ଭୂମିକା ଆଜି ମଧ ସ୍ମରଣୀୟ ।

ଦୁଇଜଣ ନାରୀ । ଦୁହିଁଙ୍କ ମନ ମଧ ପରଖିବା ବେଳେ ମୋତେ ଲାଗିଛି ବୋଉ ହିଁ ତା ଭ୍ୟାଁ ଚନୟ କରିଛି ଆଉ ଶାଶୁ ମଧ ବୋହୂ ଚୟନରେ ପ୍ରମୁଖ ଭୂମିକା ଗ୍ରହଣ କରିଛନ୍ତି । ଯେତେ ଯୁଆଡ଼ୁ ମୋ ପାଇଁ ପ୍ରସ୍ତାବ ଆସିଲା ବୋଉ କହିଲା – ମୋର ଧନ

ସମ୍ପତ୍ତି ଘରଦ୍ୱାର ଦରକାର ନାହିଁ । ଶିକ୍ଷିତ ସୁନ୍ଦର ପୁଅଟିଏ ମୋ ଝିଅ ପାଇଁ ହିଁ ଉପଯୁକ୍ତ ।

ଶାଶୁ ମଧ୍ୟ କହିଥିଲେ — ମୁଁ ଅନ୍ୟ କେଉଁଠି ମୋ ପୁଅକୁ ବାହା କରିବି ନାହିଁ । ସେଇ ଝିଅ ହିଁ ମୋ ଘରର ବୋହୂ ହେବ । ଏପର୍ଯ୍ୟନ୍ତ ତେଇଶିଟି ଝିଅ ଦେଖା ସରିଛି ।

ଶାଶୁ ପ୍ରଥମେ ମୋତେ ଦେଖିଲାବେଳେ ଆପାଦମସ୍ତକ ଦେଖି ନେଲେ । ଶ୍ୱଶୁର ମୋ କଲେଜ ନୋଟ୍ ଆଦି ଦେଖି କହିଥିଲେ — ଭଲ ସୁନ୍ଦର ହସ୍ତାକ୍ଷର ।

ହଜିଯାଇଥିବା ସ୍ମୃତି ଓଲଟେଇଲେ ଦେଖାଯାଆନ୍ତି ମୋ ଶାଶୁ । ଖୁବ୍ ଆଭିଜାତ୍ୟଚଳଣୀର ଚେହେରା ଭିତରେ ବାରିହୋଇ ପଡ଼ନ୍ତି । ନିଜ ମମତାକୁ ମଧ୍ୟ ବୋହୂ ପ୍ରତି ସଂକୁଚିତ କରିନାହାନ୍ତି । ମୋ କାମ ମନକୁ ନ ପାଇଲେ କହିପାରିବାର ଅଧିକାର ତାଙ୍କର ଅଛି ମଧ୍ୟ । ବେଳେବେଳେ ଖରାପ ଲାଗିଲେ ମଧ୍ୟ ଭୁଲି ହୋଇଯାଏ ମାୟାଭରା ସଂପର୍କର ସମ୍ମୋହନରେ । ସେ ଆମ ଗାଁକୁ କି ଯୁଆଡ଼େ ଯାଆନ୍ତି ବେକରେ ଲଗାଇଥିବା ଆମ୍ୟକଷିଆମାଲର ହାରଟିକୁ ଖୁବ୍ ଯନ୍ରେ ସଜାଡ଼ି ନିଅନ୍ତି ଯେମିତି ଧଲାପଥରରେ ଚକ୍‌ଚକ୍ କରୁଥିବା ସୁନା ଲକେଟ୍‌ଟି ଠିକ୍ ମଝିରେ ରହିବ ।

ଆଜି ସେଇ କଥା ମନକୁ ଆସିଗଲା । ମୃତ୍ୟୁବେଳକୁ ଯେତେବେଳେ ଭୁବନେଶ୍ୱରର ନର୍ସିଂହୋମ୍‌ରେ ପ୍ରବେଶ କଲେ ସେତେବେଳେ ଟଙ୍କା ଓ ସୁନାରୂପା ବାକ୍ସଟି ମୋ ଜିମାରେ ଦେଇଥିଲେ । ଜାଣନ୍ତି ସେ ମୋ ପାଖରେ ରହିଥିଲେ ମଧ୍ୟ ବିନା ଅନୁମତିରେ କେବେ ଖୋଲିବି ନାହିଁ ।

ବୋଉର ରଣ କେବେ ଶୁଝି ପାରିବି ନାହିଁ । ବୋଉ ଯାହା କୁହେ କାହାପଛରେ କୁହେନି । ଆମକୁ କେଉଁଟା ଭୁଲ୍ ଠିକ୍ କହିବ । କହିବ ଭୁଲ୍ ରହିଗଲେ ବଢ଼ିବଢ଼ି ଯିବ । ସୁଧାରି ଦେଲେ ଭଲ । ମୋ ବୋଉର ପାଠ ପ୍ରତି ଯେଉଁ ଆଗ୍ରହ ଜାଗ୍ରତ ହୋଇଥିଲା ସେହି ଆଗ୍ରହ ମୋ ଭିତରେ ଅଙ୍କୁରୋଦଗମ୍ ହୋଇଥିଲା । ବୋଉ କୁହେ — ପାଠ ପଢ଼ିଲେ ସବୁ ଜାଣିବ । ଆମ ମଫସଲ ଗାଁରେ ସ୍କୁଲ ନଥିଲା । କେଉଁଦିନ ଅବଧାନ ଗାଁକୁ ଆସିଲେ ଚଉଳ ଡାଲି ପନିପାରିବା ତାଙ୍କୁ ଦେଇ ପାଠ ପଢ଼ୁଥିଲୁ । ଏମିତିରେ ଗାଁରେ ମୁଁ ପାଠ ପଢ଼ିବାକୁ ଚହୁଁଥିବା ଝିଅଟି କେମିତି ବେଶି

ପଢ଼ି ଥାଆନ୍ତା । ତେଣୁ ଏବେ ତୁ ଗାଁର ବାଳିକା ଉଚ୍ଚ ବିଦ୍ୟାଳୟରେ ଆଗ ଭଲ ନମ୍ବର ରଖି ମାଟ୍ରିକ୍ ପାସ୍ କର ।

ବୋଧେ ମାଟ୍ରିକ୍ ପାସ୍‌ଟା ବଡ଼ ଥିଲା ଗାଁ ଲୋକଙ୍କ ମନରେ ଯେହେତୁ କଲେଜ ସ୍ଥାପନା ହୋଇନଥିଲା ସେଠି । ଆଜି କଲେଜ ପଢ଼ି ଅନେକ ପିଲା ବେକାର ହୋଇ ବୁଲୁଛନ୍ତି । ସେତେବେଳେ ଭଲ ନମ୍ବର କିମ୍ବା ବେଶୀ ଭଲ ନମ୍ବର ରଖି ମାଟ୍ରିକ୍ ପାସ୍ କରିଥିବା ପିଲାମାନେ ପ୍ରାୟ ଚାକିରି କ୍ଷେତ୍ରରେ ନିଯୁକ୍ତି ପାଇଯାଉଥିଲେ ନିଜ ଯୋଗ୍ୟତା ଅନୁସାରେ । ମୋର ଏମ୍.ଏ. ପରୀକ୍ଷା ବେଳକୁ ବୋଉ ବାଧ ହୋଇ ରୋଗିଣା ଜେଜେମା'ଙ୍କୁ ଛାଡ଼ି ଆସି ମୋ ପାଖରେ ରହିଥିଲା ଟିକିଏ ସାହାଯ୍ୟ କରିବାକୁ । ମୁଁ ମୋ ଛୋଟପିଲାଙ୍କୁ ଲାଳନପାଳନ କରି ପାଠ ପଢ଼ିଲି କଷ୍ଟ କରି । ଅଧ୍ୟାପିକା ଚାକିରି ପାଇ ମଧ୍ୟ ଯୋଗ ଦେଲିନି । ଏଇ ତ ଦୁଃଖ ଗୋଟିଏ ଝିଅର । ଯିଏ ଶିକ୍ଷିତା ତାକୁ ଘରେ ବସେଇ ଭାତ ରନ୍ଧେଇ ତା ହାତକୁ ଚବିଶ ଘଣ୍ଟା ରଖିବାଁ କ'ଣ ପୁରୁଷର ଅଧିକାର ନା କର୍ତ୍ତବ୍ୟ ଭାବି ପାରେନି । ଛାଡ଼, ସମୟ ଗଲାଣି । ପିଲାମାନେ ମଧ୍ୟ ଡାକ୍ତରୀ ଶିକ୍ଷା ପାଇ ନିଜନିଜ କର୍ମକ୍ଷେତ୍ରରେ ରୋଜଗାରକ୍ଷମ । ଆଉ କି ଚିନ୍ତା ?

ଦେଖୁ ଦେଖୁ ସମୟ ସାଙ୍ଗରେ ମୋ ଶୁଭାକାଂକ୍ଷୀମାନେ ଜଣକ ପରେ ଜଣେ ଚାଲିଗଲେଣି । ଏବେ ଆଉ କେଉଁଠି ଶୁଣିବ ସେମାନଙ୍କ ସ୍ୱର ?

ବୋଉକୁ ମଧ୍ୟ ଗାଁରୁ ଅଣାଗଲା ଭୁବନେଶ୍ୱର ଏମ୍‌ସ୍‌କୁ ଦେହ ଖରାପ ବେଳେ । ସେଠି ରହି ବାରଘଣ୍ଟା ବୋଉ ଚିକିତ୍ସିତ ହେବାବେଳେ ଭାଉଜ ମୋତେ ଦେଇଥିଲା ବୋଉର ଆମ୍ବକଷିଆ ମାଲିଟି । କହିଥିଲା – ନାନୀ ତମ ଘରେ ରଖିଦିଅ । ପରେ ଦେବ ।

ବୋଉ ଚାଲିଗଲା ସମ୍ପର୍କ ତୁଟାଇଦେଇ ଆମପାଖରୁ । ମୋ ଶାଶୁ ମଧ୍ୟ ନର୍ସିଂହୋମରୁ ଚାଲିଗଲେ ସ୍ୱର୍ଗଦ୍ୱାରକୁ । ବଡ଼ ଝିଅ, ବଡ଼ବୋହୂ ଭିତରେ ଏମାନଙ୍କ ସହ କଟିଥିବା ବର୍ଷଗୁଡ଼ିକର ଅବଧ ମଧ୍ୟ ଟିକିଏ ଅଧିକ । କୋଡ଼ିଏ ବର୍ଷ ବୟସରେ ଶାଶୁଘରକୁ ଆସିଥିଲି । ଶାଶୁଙ୍କ ସ୍ନେହର ବନ୍ଧନରେ ବାନ୍ଧିହୋଇ ଥିଲି ପ୍ରାୟ ତିରିଶବର୍ଷ କାଳ । ବୋଉର ପରେ ମୃତ୍ୟୁ ହେଲା । ତେଣୁ ବୋଉର ମମତା ଓ ସାନ୍ନିଧ୍ୟରେ ଦୀର୍ଘ ଛପନବର୍ଷ କଟିଯାଇଥିଲା ମୋ ଜୀବନର ଆୟୁଷ । ମୃତ୍ୟୁପରେ ବୋଉର ଆମ୍ବକଷିଆ ମାଲିଗୁଡ଼ିକ ଭାଗ କରିଥିଲେ ଭାଇମାନେ । ମୋତେ ବୋଉ ସୁନା ଦେବାକୁ

କହିଲାବେଳେ କହିଥିଲି – କ'ଣ କରିବି ଆଉ ସୁନାରୂପା ? ମୋର ମଧ୍ୟ ଏତେ ଆସକ୍ତି ନାହିଁ ଏଥରେ । ମୋ ପୁଅ ଝିଅ ବାହାହୋଇ ଗଲେଣି । ତୁମେମାନେ ରଖିଥାଅ । ସାନଭାଇ କହିଲା – ବୋଉର କିଛି ନେବୁ ତୁ । ତାକୁ ରଖେ କି ଭାଙ୍ଗେ । ଆଉ କର୍ତ୍ତବ୍ୟ ଆମେ କରିବୁ ।

ବାଧବାଧକତା ଭିତରେ ବୋଉର ସନ୍ତକ ଭାବି ରଖିଲି ମାଳିର କିଛି ଅଂଶ । କେଇବର୍ଷ ରଖିଲା ପରେ ଦିନେ ଗଲି ସତ୍ୟନଗରସ୍ଥିତ ଗୋଟିଏ ନାମୀ ସୁନା ଦୋକାନକୁ । ସେ ମାଳି ଦେଖି କହିଦେଲେ – ଅଠର କ୍ୟାରେଟ୍ ।

ମୁଁ କହିଲି ଏହି ମାଳିଟି ଖାଣ୍ଟି ସୁନାରେ ତିଆରି ହୋଇଥିଲା ।

ତଥାପି ସେ କ'ଣ ପରଖିଲା ଓ ମିଥ୍ୟା କଥା କହିଲା ତା ଲାଭ ପାଇଁ । ମୋ ସ୍ୱାମୀଙ୍କୁ ଦଶଟା ଦୋକାନ ବୁଲିବାକୁ ଇଚ୍ଛାନାହିଁ । ତାଙ୍କ ମୁହଁ ଦେଖି ସେ କହିଲା– ଦେଖନ୍ତୁ ଏଇ କଷଟି ପଥରର ଗାରକୁ ।

ବଣିଆ ସିନା ସୁନା ଚିହ୍ନିବ ଆମେ କ'ଣ ଜାଣିବୁ ? ଘାଟାରେ ପଡ଼ିଗଲୁ ରୁଢ଼ କିଣିଲାବେଳେ ଏହି ସୁନାକୁ ବଦଳେଇ । ସେଇ ମାଳୀରୁ ଗୋଟିଏ ପାଖୁଡ଼ା ରଖି ପରେ କଲ୍ୟାଣ ପାଖରେ ଦେଖାଇବି ବୋଲି ଭାବିଲା ବେଳକୁ ମୋ ସାନଭାଇ କହିଲା ଦିନେ – ନାନୀ କଲ୍ୟାଣରେ ବୋଉର ସୁନାମାଳୀର ଆୟକଷିଆଗୁଡ଼ିକ ତେଇଶି କ୍ୟାରେଟ୍ ହେଲା । ଭଲ ସୁନା ଥିଲା ।

ମନରେ ଉଠିଗଲା ରାଗ ଏହା ଶୁଣିଲା ପରେ ମୋ ସ୍ୱାମୀଙ୍କ ଉପରେ । ଦୋକାନରେ ଠିଆହୋଇ କହିବେ – ଗାଁ ସୁନା ମାଳିର ଖଣ୍ଡିଏ ଅଂଶ !

ସେଠି ବଣିଆ ଝଲାକ୍ କରିଦେଲା ଗାଁ କଥା ଶୁଣିଲା ପରେ । ଉତ୍ତର ଦେଲା – ଭଲ ସୁନା ନୁହେଁ । ଆଜ୍ଞା ଦେଖନ୍ତୁ ।

ମୁଁ ଜାଣେ ଜଣେ ବଣିଆ ଅଜାଙ୍କଦ୍ୱାରା ଏହି ମାଳୀଟି ମୋ ଅଜା ଗଢ଼ାଇଥିଲେ । ସେ ବଣିଆ ଅଜା ଏତେ ଅଜାଘର ସହିତ ସମ୍ପର୍କ ଯୋଡ଼ିଥିଲେ ଯେ କେବେ ଠକିପାରିବେନି ବୋଉକୁ । ମୁଁ ମୋ ବୋଉର କିଛି ଅଂଶର ମାଳୀକୁ ପାଖରୁ ଛାଡ଼ିବାକୁ ପ୍ରସ୍ତୁତ ନଥିଲି ହଠାତ୍ । କିନ୍ତୁ ମୋ ସ୍ୱାମୀ କଥାରେ ପଡ଼ି ପାଖରେ କେବଳ ଗୋଟିଏ ଆୟକଷିଆ ପତର ରଖି ବଦଳାଇ ଦେଇଥିଲି ।

ଏଥରୁ ବୁଝିପାରୁଥିବେ ବଣିଆଙ୍କ ବିଶ୍ୱାସ ଭିତରେ ଗାଁ ଆଉ ସହରର କିଛି ଭିନ୍ନତା ନାହିଁ । ଠକ ବଣିଆ ହିଁ ଠକିଥାଏ ଗ୍ରାହକକୁ ମିଛ କହି ନିଶ୍ଚୟ ।

ଅନ୍ୟପଟରେ ଶାଶୁଙ୍କର ବଡ଼ ଆୟକକ୍ଷିଆ ମାଳୀଟି ଗାଁରେ ତରଲାଇଲାବେଲେ ଗୋଟିଏ ଗୋଟିଏ ଆୟର ପତରକୁ ଆମେ ସନ୍ତାନମାନେ ସତକ ଭାବି ପାଖରେ ରଖ୍ଲୁ । ଏବେ କେଉଁ ଦିଆରଙ୍କ ପାଖରେ ସେ ସତକ ଅଛି କି ନାହିଁ ମୁଁ ଜାଣେନି । କିନ୍ତୁ ମୁଁ ତାକୁ ତାଙ୍କ ଅସ୍ତିତ୍ୱ ଭାବି ସାଇତି ରଖ୍ଛି ଯେମିତି । ବୋଉ ଓ ଶାଶୁ ଏହି ମାଳୀଟିକୁ ମୃତ୍ୟୁର ଅବ୍ୟବହିତ ପୂର୍ବରୁ ଉଭାରିଛନ୍ତି ବେକରୁ । ସେ ଦୁହେଁ ଭଲପାଉଥିଲେ ମଧ୍ୟ ଏହି ମାଳାକୁ ।

ଆଜି ଯେତେବେଲେ ସେ ସତକ ଦୁଇଟିକୁ ପାପୁଲିରେ ଧରି ରୁହିଁଦେଲି ଖୁବ୍ ଭଲ ଲାଗିଲା ମନଟି । ସେମାନଙ୍କ ଦେହର ବାସ୍ନା ଯେମିତି ଏହି ସୁନା ଭିତରେ ଆବଦ୍ଧ ହୋଇ ରହିଯାଇଛି । ସେମାନଙ୍କ ଅଦୃଶ୍ୟ ସଭା ଭିତରେ ମା'ର ମୋହ କ୍ଷଣିକ ଉଲ୍ଲାସରେ ମନରେ ଭରିଦେଇ କହୁଛି – ବୋଉ ତୁ ଏଠି ଅଛୁ ! ମା' ତୁମେ ଏଠି ଅଛ ! ଆମକୁ ଟିକିଏ ଆଶୀର୍ବାଦ ଦେଉଥାଅ । ଆମେ ତୁମର ଅବୋଧ ସନ୍ତାନ ପରା !

◻

ଏହି ଲେଖକଙ୍କ ପ୍ରକାଶିତ ପୁସ୍ତକ:

ଉପନ୍ୟାସ

୧. ମାୟା, ପାଦଟୀକା, କଟକ, ୨୦୦୨ (ଏଡସ୍ ଉପରେ ପ୍ରଥମ ଉପନ୍ୟାସ)

୨. ମରୁଭୂମିର ଶୋଷ, ଶୌର୍ଯ୍ୟ ପ୍ରକାଶନ, କଟକ, ୨୦୦୬

୩. ଧୂମାୟିତ ଧରିତ୍ରୀ, କିତାବ ଭବନ, ଭୁବନେଶ୍ୱର, ୨୦୧୪

୪. ବାଘର ପଞ୍ଝା, କିତାବ ଭବନ, ଭୁବନେଶ୍ୱର, ୨୦୧୫

୫. ନିର୍ବାସନ, ଆରୋହୀ, କଟକ, ୨୦୧୬

୬. ବିଷଣ୍ଣ ବୈଶାଖ, ଲଳିତ ପ୍ରକାଶନୀ, ଭୁବନେଶ୍ୱର, ୨୦୧୬

୭. ଅସପୂର୍ଣ୍ଣା, କିତାବ ଭବନ, ଭୁବନେଶ୍ୱର, ୨୦୧୭

୮. ପଦ୍ମାଲୟା ପ୍ୟାଲେସ୍, ଶକ୍ତି ପବ୍ଲିଶର୍ସ, କଟକ, ୨୦୧୭

୯. ମାରା ମାଆଁ, କିତାବ ଭବନ, ଭୁବନେଶ୍ୱର, ୨୦୧୮

୧୦. ନୀଳ ଜନ୍ମ, ଜ୍ଞାନଯୁଗ ପବ୍ଲିକେଶନ, ଭୁବନେଶ୍ୱର, ୨୦୧୯

୧୧. ଚକ୍ରବ୍ୟୂହ, ଜ୍ଞାନଯୁଗ ପବ୍ଲିକେଶନ, ଭୁବନେଶ୍ୱର, ୨୦୨୧

୧୨. ତଥାପି ଶୂନ୍ୟତା, ବ୍ଲାକ୍ ଈଗଲ ବୁକ୍, ଓହିଓ, ଆମେରିକା, ୨୦୨୨

୧୩. ରକ୍ତ ତର୍ପଣ, କିତାବ ଭବନ, ଭୁବନେଶ୍ୱର, ୨୦୨୨

୧୪. ଅମୁହାଁ ସୁଡ଼ଙ୍ଗ, ସୁଧନ୍ୟା ପ୍ରକାଶନୀ, ଭୁବନେଶ୍ୱର, ୨୦୨୨

୧୫. ମୁଁ ବି କର୍ଣ୍ଣ, ବ୍ଲାକ୍ ଈଗଲ ବୁକସ୍, ଓହିଓ, ଆମେରିକା, ୨୦୨୩

୧୬. ରାଣୀ ମହଲ, ବିଦ୍ୟା ପବ୍ଲିଶିଂ, ଟରୋଣ୍ଟୋ, କାନାଡା, ୨୦୨୩

୧୭. ସମୟର ଝେରାବାଲିରେ, ବନଫୁଲ ପ୍ରକାଶନୀ, ଭୁବନେଶ୍ୱର, ୨୦୨୩

୧୮. ସଦାନନ୍ଦର ପୃଥିବୀ, କିତାବ ଭବନ, ଭୁବନେଶ୍ୱର, ୨୦୨୪

୧୯. ନୀଲା ଚାଁଦ, ଅଥର୍ସ ପ୍ରେସ, ନୂଆଦିଲ୍ଲୀ, ୨୦୨୪ (ଅନୁବାଦ: ଅଜିତ୍ ପ୍ରସାଦ)

୨୦. ସରୋଗେଟ୍ ମଦର, ବନଫୁଲ ପ୍ରକାଶନୀ, ଭୁବନେଶ୍ୱର, ୨୦୨୪

ଉପନ୍ୟାସିକା ସଂକଳନ

୨୧. ଆରୋହଣ, କାହାଣୀ, କଟକ, ୨୦୧୧

୨୨. ପଞ୍ଚପର୍ଣ୍ଣ, ପାଦଟୀକା, କଟକ, ୨୦୧୭

୨୩. ମାୟାବିନୀ, ଏଥେନା ବୁକ୍ସ, ଭୁବନେଶ୍ୱର, ୨୦୨୫

ଗଳ୍ପ ସଂକଳନ

୨୪. ଅବ୍ୟକ୍ତ ସ୍ୱର, ପାଦଟୀକା, କଟକ, ୨୦୦୬

୨୫. ଯେ ମନ ଉଡ଼େ ଯେତେ ଦୂର, କାହାଣୀ, କଟକ, ୨୦୦୬

୨୬. ଜୟନ୍ତ, ତୋ ମା' ଜିତିଯାଇଛି, ଅନ୍ୱେଷଣ ପ୍ରକାଶନୀ, ଭୁବନେଶ୍ୱର, ୨୦୦୭

୨୭. ଅଜଣା ଠିକଣା, ସୁଧନ୍ୱା ପ୍ରକାଶନୀ, ଭୁବନେଶ୍ୱର, ୨୦୦୮

୨୮. ଦର୍ପଣ, କାହାଣୀ, କଟକ, ୨୦୧୧

୨୯. ଧୂମକେତୁର ଶୋଷ, ଜ୍ଞାନଯୁଗ ପବ୍ଲିକେସନ୍, ଭୁବନେଶ୍ୱର, ୨୦୧୪

୩୦. ଅଜ୍ଞାତବାସ, ସୁଧନ୍ୱା ପ୍ରକାଶନୀ, ଭୁବନେଶ୍ୱର, ୨୦୧୪

୩୧. ଛଅଆଖର ଆଖ୍ୟ, ଜ୍ଞାନଯୁଗ ପବ୍ଲିକେସନ୍, ଭୁବନେଶ୍ୱର, ୨୦୧୪

୩୨. ଲଜ୍ଜା, ଜ୍ଞାନଯୁଗ ପବ୍ଲିକେସନ୍, ଭୁବନେଶ୍ୱର, ୨୦୧୫

୩୩. ରଙ୍ଗଦ୍ୱାରର ଶବ୍ଦ, ଜ୍ଞାନଯୁଗ ପବ୍ଲିକେସନ୍, ଭୁବନେଶ୍ୱର, ୨୦୧୬

୩୪. ଶୂନ୍ୟ ଭାବନା, ଅନ୍ୱେଷଣ ପ୍ରକାଶନୀ, ଭୁବନେଶ୍ୱର, ୨୦୧୭

୩୫. ସନ୍ୟାସିନୀ, ଜ୍ଞାନଯୁଗ ପବ୍ଲିକେସନ୍, ଭୁବନେଶ୍ୱର, ୨୦୧୮

୩୬. ଜୀବନ ବଗିଚାରେ, କିତାବ ଭବନ, ଭୁବନେଶ୍ୱର, ୨୦୧୯

୩୭. ସୁମିତ୍ରାର କାନ୍ଦ, କିତାବ ଭବନ, ଭୁବନେଶ୍ୱର, ୨୦୨୦

୩୮. ଅଦୃଶ୍ୟ ଆଖ୍ୟ, କିତାବ ଭବନ, ଭୁବନେଶ୍ୱର, ୨୦୨୦

୩୯. ମୁଠାଏ ପ୍ରତିଶ୍ରୁତି, ବ୍ଲାକ ଇଗଲ ବୁକ୍ସ, ଓହିଓ, ଆମେରିକା, ୨୦୨୧

୪୦. ଛାୟାବଳୟ, ଜ୍ଞାନଯୁଗ ପବ୍ଲିକେଶନ, ଭୁବନେଶ୍ୱର, ୨୦୨୨

୪୧. ଅୟମାରମ୍ଭ, ଆଦିତ୍ୟ ଭାରତ, କଟକ, ୨୦୨୩

୪୨. ପ୍ରିୟା, ଶକ୍ତି ପବ୍ଲିଶର୍ସ, କଟକ, ୨୦୨୪

୪୩. ଭଲ ପାଇବାର ରଙ୍ଗ, ଜ୍ଞାନଯୁଗ ପବ୍ଲିକେଶନ, ଭୁବନେଶ୍ୱର, ୨୦୨୪

କବିତା ସଂକଳନ

୪୪. ଉଦ୍‌ବେଳିତ ତରଙ୍ଗ, ସୁଧନ୍ୱା ପ୍ରକାଶନୀ, ଭୁବନେଶ୍ୱର, ୨୦୦୮

୪୫. ବିଷ କନ୍ୟା, ଅନ୍ୱେଷଣ ପ୍ରକାଶନୀ, ଭୁବନେଶ୍ୱର, ୨୦୧୬

୪୬. ଶ୍ରୀକୃଷ୍ଣ କୃଷ୍ଣା, ବ୍ଲାକ ଇଗଲ ବୁକ୍ସ, ଭୁବନେଶ୍ୱର / ଆମେରିକା, ୨୦୨୫

ଜନପ୍ରିୟ ବିଜ୍ଞାନ ସଂକଳନ

୪୭. ଫଳ ଖାଇବା ସୁସ୍ଥ ରହିବା (ସହଲେଖିକା), ଜ୍ଞାନଯୁଗ ପବ୍ଲିକେଶନ,
        ଭୁବନେଶ୍ୱର, ୨୦୨୩

୪୮. ଜହ୍ନମାମୁଁ ଓ ମଙ୍ଗଳ ମାଉସୀ, ଜ୍ଞାନଯୁଗ ପବ୍ଲିକେଶନ, ଭୁବନେଶ୍ୱର,
        ୨୦୨୩

୪୯. ଜହ୍ନରେ ଭାରତ ଲେଖିଲା ନାଁ, ଜ୍ଞାନଯୁଗ ପବ୍ଲିକେଶନ, ଭୁବନେଶ୍ୱର,
        ୨୦୨୪

୫୦. ଆହା କି ସୁନ୍ଦର ଫୁଲ ରାଇଜ(ସହଲେଖିକା), ପବ୍ଲିଶିଂ ହାଉସ୍, ଭୁବନେଶ୍ୱର,
        ୨୦୨୪

●